셜록 홈즈의 모험

셜록 홈즈의 모험

The Adventures of Sherlock Holmes

아서 코난 도일 지음

강의선 옮김

부북스

(일러두기: 아무 표시가 없는 주는 모두 역자주입니다.)

차례

셜록 홈즈의 모험

보헤미아 스캔들

1.

셜록 홈즈에게 그녀는 항상 '그 여성'이었다. 그 외 다른 이름으로 그녀를 부르는 것을 나는 거의 들어본 적이 없다. 그의 눈으로 보면, 그녀는 다른 모든 여자들의 빛을 가리는 누구보다도 뛰어난 존재였다. 이레네 아들러[01]를 향한 사랑과 같은 어떤 감정에 빠져있기 때문은 아니었다. 모든 감정, 특히 사랑 같은 감정이란, 냉정하고 예리하며 완전하게 균형 잡힌 정신을 가진 홈즈에겐 혐오스러웠다. 내가 보건데, 그는 세상에서 가장 완벽하게 추리하고 관찰하는 기계였다. 하지만 사랑을 하는 연인으로서는 전혀 어울리지 않는 사람이었다. 그가 따뜻한 감정이나 사랑에 대해서 이야기할 때에는 항상 비웃음과 경멸이 있었다. 그러한 감정이란 인간의 감춰진 동기와 행동을 파악해내는 관찰자에게는 훌륭한 도구이기는 하다. 하지만 훈련된 추론가인 그의 섬세하고 정교하게 조정된 마음속에 그런 감정이 침입하도록 허용한다면, 그의 모든 정신적 결과물에 불신을 일으킬 요소를 받아들이는 것이다. 그와 같은 사람에게 강렬한 감정이 일어난다면 그것은 예민한 악기 속의 모래나, 그가 지닌 고성능 렌즈에 난 금보다도 더 큰 혼란이 될 것

---

01 Irene Adler : 영어발음, '아이린 애들러'로 읽기도 한다. 이레네 아들러는 미국 태생이지만 주활동 무대가 유럽이어서 독일어 발음을 따랐다. 1984년, 영국 그라나다 TV에서 방영된 홈즈 시리즈 드라마에서도 이레네 아들러라고 발음하고 있다.

이다. 그런데 그에게도 한 여자가 있었으니, 바로 그녀가 모호하고 흐릿한 기억으로 남은 고(故)이레네 아들러[01]였다.

최근에 나는 홈즈를 거의 보질 못했다. 내가 결혼하면서 서로 떨어져 지냈다. 내 자신의 더 없는 행복, 그리고 처음으로 한 가정의 주인이 되어, 가정생활을 중심으로 벌어지는 여러 가지 일들에 온통 마음을 빼앗기고 있었다. 그러는 동안, 완전한 보헤미안의 영혼을 지녀 사회의 모든 격식을 싫어하는 홈즈는 베이커 가(街)에 있는 우리의 하숙집에 남아 고서에 파묻혀 지내며, 한 주는 코카인에 빠져 있다가 한 주는 의욕적으로 일하는, 즉 마약의 몽롱함과 그 자신의 강렬한 본성에서 나오는 열정 사이를 번갈아 오가며 지내고 있었다. 그는 여전히, 늘 그렇듯이 범죄 연구에 깊이 빠져있었고, 놀라운 재능과 비범한 추리 능력으로 단서를 추적해, 경찰이 가망 없어 포기해버린 미해결 사건을 말끔하게 해결해냈다. 이따금 나는 그의 활약상을 어렴풋이 전해 듣곤 했다. 트레포프 살인사건으로 오데사[02]에 부름 받아 갔던 일, 트링코말리[03]의 앳킨슨 형제에게 일어난 기묘한 사건을 해결한 것, 그리고 네덜란드 현(現)왕가를 위한 임무를 멋지고 성공적으로 해낸 것 등. 하지만 이러한 활약상은 신문을 읽는 독자들이라면 모두가 아는 것일 뿐, 나는 내 친구이며 동료인 그에 대해서 더 이상 아는 것이 없었다.

1888년 3월 20일 밤, 왕진을 마치고 돌아오는 길에 (나는 그때 개업의사로 돌아와 있었다) 베이커 가를 지나게 되었다. 내가 구혼했던

---

01 the late Irene Adler : late의 의미를 former로 해석해서 예전 이름을 말한다고 하는 견해도 있는데 고려해볼 만하다. 이 책에서는 일반적인 번역을 따랐다.

02 Odessa : 흑해 연안의 러시아 항구.

03 Trincomalee : 스리랑카 동해안에 있는 항구 도시.

것을 떠올리게 하고 〈주홍색 연구〉의 음험한 사건도 생각나게 하는 그 익숙한 대문을 스쳐가면서, 나는 홈즈를 다시 만나고 싶다는 마음에, 그의 비범한 재능을 어떻게 쓰고 있는지 알고 싶다는 마음에 사로잡혔다. 그의 방은 불이 환하게 켜져 있었고, 심지어 내가 올려다보는 사이에도, 홈즈의 마르고 키 큰 그림자가 블라인드 너머로 두 번이나 지나갔다. 고개를 숙이고, 팔은 뒷짐을 진 채 방안을 빠르고 초조하게 왔다 갔다 하고 있었다. 그의 모든 습관과 기분을 잘 알고 있는 나로서는 그 태도와 행동만으로도 충분히 그 상황을 짐작할 수 있었다. 그는 일을 다시 시작한 것이다. 마약으로 인한 몽환적인 상태에서 깨어나 새로운 문제에 열정적으로 빠져들어 있었다. 나는 벨을 눌렀고, 내가 이전에 같이 지냈던 그 방으로 들어갔다.

　그는 많은 감정을 드러내지 않았다. 좀처럼 그런 일은 없었다. 하지만 내 생각으로는, 나를 만나서 기뻐하는 듯 보였다. 거의 한 마디 하지 않았지만, 친절한 눈빛으로 안락의자에 앉으라 손짓하며 시가가 든 케이스를 건네주었고, 구석에 있는 독한 술이 든 상자와 탄산수 제조기를 손으로 가리켜 알려주었다. 그리고 나서는 벽난로 앞에 서서 특유의 관찰하는 표정으로 나를 살펴보았다.

　"결혼생활이 자네에게 잘 맞는 모양이네."

　그가 말했다.

　"왓슨, 내가 보기엔 지난 번 봤을 때보다 7파운드 반[04]은 늘은 것 같아."

_____

04. 약 3.4kg

"7파운드일세."

나는 대답했다.

"내가 좀 더 생각했어야 되었던 거군. 아주 약간 사소한 것 하나 더, 왓슨. 그런데 다시 병원을 시작한 모양이지. 전엔 다시 개업한다고 얘기하지 않았었는데."

"맞아. 어떻게 알았나?"

"보고, 추론하는 거지. 최근에 자네가 비를 흠뻑 맞은 적이 있다는 것도, 자네 집에는 게으르고 조심성 없는 하녀가 있다는 것도 알지. 내가 어떻게 알았을 것 같은가?"

"이봐, 홈즈."

나는 말했다.

"정말 대단하네. 자네가 몇 세기 전에 살았더라면 분명 화형을 당했을 거야. 지난 목요일, 시골길을 걸어 돌아오는 길에 아주 엉망이 된 건 사실이야. 그런데 그때 옷은 다 갈아입었으니 어떻게 그걸 추론해 냈는지 알 수가 없군. 그리고 메리 제인은 말이지, 아내가 주의를 주었는데도 정말 어쩔 도리가 없는 아이라네. 그건 또 어떻게 알았는지 나는 도무지 알 수가 없어."

그는 혼자 싱글벙글 웃으며 길고 억센 손을 마주 비볐다.

"간단하지."

그는 말했다.

"난로 불빛이 자네 왼쪽 구두 안쪽을 바로 비추고 있는데, 내 눈에는 구두가죽에 긁힌 자국이 거의 수평으로 여섯 줄이 있는 것이 보이네. 그건 구두에 묻어있는 진흙을 떼어내려고 누군가가 구두창을 마구 긁어댔다는 걸 분명하게 보여주지. 그걸로 두 가지를 추론해볼 수 있어. 자네가 궂은 날씨에 다녔다는 것과, 구두에 상처를 내는 심술궂은 런던 하녀를 두고 있다는 것이네. 그리고 자네가 의사를 개업한 것은 말이야. 만약, 어떤 신사가 내 방에 들어왔는데 요오드포름 냄새를 풍기고 오른쪽 집게손가락에는 질산은의 검은 자국이 있으며 모자 한쪽이 튀어나와 청진기가 숨겨져 있는 걸 짐작하게 한다면? 그 사람을 의사 직업을 갖고 활동하는 사람이라 단언하지 못하면 그야말로 바보 아니겠는가."

홈즈가 그 추론 과정을 간단하게 설명하는 것을 듣고 나는 웃지 않을 수 없었다.

"자네 설명을 들으면 말이지,"

나는 내 의견을 말했다.

"내가 보기엔 우스울 정도로 간단해서 나도 쉽게 할 수 있을 것 같거든. 하지만 자네가 그 과정을 설명해주기 전까지는, 그 연결되는 단계 하나하나를 도무지 알 수가 없다네. 내 눈도 자네만큼 좋은 것 같은데 말이야."

"그렇지."

그는 대답하면서 담배에 불을 붙이고 안락의자에 앉았다.

"자네는 보긴 하지만 관찰하지는 않아. 그 차이는 분명해. 예를 들어볼까. 현관에서 이 방으로 올라오는 계단을 많이 봤겠지?"

"많이 봤지."

"얼마나 많이?"

"음. 몇 백번 쯤."

"그럼 계단이 몇 개인가?"

"몇 개? 그건 모르겠네."

"그거야. 자네는 관찰하지 않는다니까. 보기는 하지만. 그게 중요한 점일세. 나는 계단이 열일곱 개라는 걸 알고 있다네. 보는 것과 관찰하는 것을 동시에 하니까. 그건 그렇고, 자네가 이런 작은 문제들에 관심이 있고, 내 사소한 사건들을 한두 개 훌륭하게 기록해주기도 하였으니까 이것도 흥미가 있을 걸세."

그는 탁자 위에 펼쳐져있던 옅은 분홍색의 두꺼운 편지지를 내게 건넸다.

"최근에 배달된 거네."

그는 말했다.

"소리 내서 읽어보게."

편지에는 날짜도 없었고, 서명이나 주소도 없었다.

"오늘 저녁 8시 15분 전, 아주 중요한 문제를 상담하길 원하는 신사가 당신을 방문할 예정입니다. 당신은 최근에 유럽 왕실의 일을 맡아 해결하여 이 중차대한 문제를 의논하기에 믿을만한 사람임을 보여줬습니다. 당신에 대한 이러한 평가는 여러 소식통으로부터 입수한 것입니다. 그 시간에 계시기를 바라며, 방문자가 마스크를 쓰고 있더라도 이해해주길 부탁드립니다."

"이건 정말 이상한 걸."

나는 말했다.

"자넨 어떻게 생각하나?"

"아직은 자료가 없어. 자료가 없는 상태에서 이론을 세우는 것은 치명적인 실수라네. 그러면 사실에 적합한 이론을 세우는 대신, 무의식적으로 이론에 맞추기 위해 사실을 왜곡하게 되지. 하지만 편지 그 자체는 얘기할 수 있지. 거기서 어떤 걸 추론해볼 수 있을까?"

그 글과 글이 쓰여진 편지지를 나는 조심스럽게 살펴보았다.

"이 편지를 쓴 사람은 아마 부자인 것 같네."

나는 내 동료의 추리 과정을 따라 해보려고 애쓰며 말했다.

"이런 종이는 한 묶음에 반 크라운[01] 이하로는 살 수 없을 걸세. 특별히 질기고 두꺼운 종이야."

"특별. 딱 어울리는 단어라네."

홈즈는 말했다.

"이건 절대 영국 종이가 아니야. 불빛에 비춰 보게."

빛에 비추자, 소문자 g가 붙은 대문자 E, P가 하나, 소문자 t가 붙은 대문자 G가 종이 표면에 나타났다.

"그게 무슨 뜻이라고 생각하나?"

홈즈가 물었다.

"틀림없이 제조자 이름이겠지. 아니면 그의 머리글자일 거야."

"아니지. 대문자 G와 소문자 t는 〈Gesellschaft〉를 말하네. 독일어로 〈회사(Company)〉라는 뜻이야. 우리가 〈Co.〉라고 약자로 적는 것과 같아. P는 물론 독일어 〈Papier〉로 종이를 말하는 것이고. 이제 Eg 차례인데, 한 번 대륙 지명 사전을 봐볼까."

그는 책장에서 두터운 갈색 표지의 책을 꺼냈다.

---

01 crown : 영국의 화폐 단위. 1 크라운은 5 실링. 1970년까지 쓰였다.

"에글로우(Eglow), 에글로니츠(Eglonitz) 여기 있군. 에그리아(Egria). 독일어를 사용하는 보헤미아[01] 지방이며, 카를스바트[02]에서 멀지 않다네. 〈발렌슈타인[03]이 죽은 현장으로 유명하고 유리 제조 공장과 제지소가 많다〉 하하. 이보게. 이게 무슨 의미인줄 알겠나?"

그는 눈을 반짝이며, 담배를 입에 물고 자랑스럽게 푸른 연기를 피워 올렸다.

"이 종이는 보헤미아에서 만든 것이군."

나는 말했다.

"틀림없지. 그리고 이 편지를 쓴 사람도 독일인이라네. 〈당신에 대한 이러한 평가는 여러 소식통으로부터 입수한 것입니다(This account of you we **have** from all quarters **received**)〉 - 이 문장의 구조가 특이한 것을 알아채지 않았나? 프랑스인이나 러시아인이라면 이렇게 쓰지 않지. 동사를 이렇게 무례하게 쓰는 건 독일인이야. 그러니까, 이제 남은 문제는 보헤미안 종이를 사용하고 마스크를 써서 얼굴을 가리려고 하는 독일인이 원하는 게 무엇인가 하는 것이지. 그리고 내가 틀린 게 아니라면, 그 문제를 풀어줄 사람이 지금 오는 것 같네."

그가 이야기하는 동안 갑자기 말발굽 소리, 그리고 바퀴가 보도 연석에 닿는 삐익 소리가 크게 들려왔다. 그리고 벨을 세게 당기는 소리가 이어졌다. 홈즈는 휘파람을 불었다.

"소리를 들어보니 쌍두마차 같은데."

---

01 Bohemia : 체코 서부 지역에 있었던 왕국.

02 Carlsbad : Karlsbard로도 쓴다. 체코의 도시. 현재 지명은 카를로비바리(Karlovy Vary).

03 Wallenstein : 보헤미아 출신의 장군. 30년 전쟁때 신성로마제국 황제군으로 활약했다. 실러의 희곡, 발렌슈타인의 죽음도 유명하다.

그는 말했다.

"맞아."

창문 밖을 바라보며 말을 이었다.

"작고 멋진 브루엄[04] 마차와 훌륭한 준마 두 필이라. 한 마리당 150기니는 되겠군. 왓슨, 이 사건에는 다른 건 없더라도 돈은 풍족하겠는걸."

"나는 그만 가보는 것이 좋겠네, 홈즈."

"조금도 움직이지 말게, 의사 선생. 거기 그대로 있게나. 보즈웰[05]이 없으면 내가 허전하지. 그리고 이 사건은 틀림없이 재미있을 거야. 놓치면 후회할 걸세."

"하지만 의뢰인이……."

"그건 걱정 말게. 자네 도움이 필요할거야. 의뢰인도 마찬가지고. 이제 온 것 같군. 의사 선생, 저기 안락의자에 앉아, 되도록 집중해서 들어봐 주게."

느리고 육중한 발소리가 계단을 타고 올라왔고 통로를 지나 문 밖에 이르자 곧 멈췄다. 그리고 크고 위압적인 노크가 들렸다.

"들어오십시오."

홈즈가 말했다.

들어온 사람은 헤라클레스 같은 손과 발, 가슴을 지니고 키가 6피트 6인치[06]는 넘을 듯한 남자였다. 영국에서는 악취미라고 생각될 만큼 사치스럽고 비싼 복장을 하고 있었다. 더블코트 앞자락과 소매에는

---

04 brougham : 4륜 마차. 영국의 저술가 헨리 브루엄의 이름을 따왔다.

05 Boswell : 전기 작가. 〈존슨전〉, 〈런던 일기〉 등으로 유명하다.

06 약 197cm

넓은 아스트라한[01] 모피를 두르고 있었고, 어깨를 감싸고 내려간 짙은 푸른색 망토는 커다란 진홍색의 녹주석 브로치로 목에 고정하고 있었는데 안감으로는 선명한 붉은 색 실크를 덧대고 있었다. 종아리 중간까지 올라오는 부츠는 윗부분에 갈색 모피로 장식하고 있어서, 전체적인 외모에서 드러나는 지나치게 사치스런 면을 더욱 확실하게 보여 주었다. 손에는 챙이 넓은 모자를 들고 있었고, 얼굴 윗부분에서 광대뼈까지 내려오는 검은 마스크를 쓰고 있었다. 들어올 때 그것을 손으로 올리고 있던 것으로 봐서 방금 전에 쓴 것이 틀림없었다. 얼굴 아래쪽으로 보자면 강인한 남성의 인상을 주었다. 두텁고 튀어나온 입술, 길고 각 진 턱은 완고함의 깊이를 보여주는 듯했다.

"내 편지를 받았소?"

그는 독일 억양이 강하게 느껴지는 거칠고 낮은 목소리로 물었다.

"내가 방문할 것이라 얘기했소만."

누구에게 말해야할지 모르는 듯 우리 두 사람을 차례로 쳐다보았다.

"의자에 앉으시지요."

홈즈가 말했다.

"이쪽은 제 친구이자 동료인 의사, 왓슨 선생인데, 가끔씩 제 사건을 도와주고 있습니다. 누구신지 물어봐도 되겠습니까?"

"나는 보헤미아 귀족으로, 폰 클람 백작으로 불러주시오. 여기, 그대의 친구인 신사 분은 내가 아주 중요한 문제를 얘기해도 될 만큼 명망 있고 사려 깊은 분으로 알겠소. 그게 아니라면, 그대와 둘이서만

---

01   astrakhan : 러시아 아스트라한 지방에서 많이 산출되는 어린 양의 모피.

16

이야기하고 싶소."

내가 나가려고 일어서는데, 홈즈가 내 손목을 잡아 다시 의자에 앉혔다.

"둘이 아니라면 안 됩니다."

그가 말했다.

"저한테 말씀하실 것이라면 이 신사 분 앞에서 얘기해도 아무 문제없습니다."

백작은 널따란 어깨를 으쓱해보였다.

"그렇다면,"

그는 말했다.

"두 분 모두 이 사건에 대해서 2년 동안 비밀을 지킬 것을 분명하게 맹세해주어야 얘기를 시작하겠소. 그 후에는 큰 문제가 없을 것이오. 현재로서는 유럽 역사에 큰 영향을 미칠 중차대한 일이라오."

"약속드립니다."

홈즈가 말했다.

"저도 그렇습니다."

"이 마스크는 미안하오."

우리의 이상한 의뢰인은 말을 이었다.

"내가 모시는 존엄한 그 분께서는 대리인인 나의 정체를 그대들에게 숨기길 원하신다오. 앞에 내가 말한 이름과 직책도 사실과는 다르다는 것을 밝혀두고 싶소."

"알고 있습니다."

홈즈는 건조한 어투로 말했다.

"아주 미묘한 상황이오. 유럽의 한 왕가가 엄청난 스캔들과 명예를 더럽힐 심각한 위협에 빠져 있소. 모든 방책을 동원해서 이 문제를 해결해야하오. 솔직하게 말하자면, 보헤미아 왕족 오름슈타인 대가(大家)와 관련된 일이오."

"그것도 역시 알고 있습니다."

홈즈는 안락의자 깊숙이 몸을 파묻은 채, 눈을 감고 중얼거렸다.

유럽에서 가장 날카로운 추리가이자 가장 에너지가 넘치는 탐정이라고 들어왔던 그가 늘쩍지근한 모습으로 의자에 나른하게 몸을 눕히자, 우리의 방문객은 놀란 표정으로 쳐다보았다. 홈즈는 천천히 눈을 뜨고, 커다란 몸집의 고객을 (참을 수 없다는 듯)갑갑하다는 듯 바라보았다.

"더이상 숨기지 마시고, 폐하께서 직접 사건을 말씀하여주신다면,"

그는 말을 이었다.

"제가 도와드리기에 수월할 듯 싶습니다."

그 남자는 의자에서 튀어오르듯 벌떡 일어났다. 그리고 주체할 수 없는 동요가 일어, 방 안을 서성대더니 포기하는 몸짓으로 마스크를 확 벗어 바닥으로 내던졌다.

"그대가 맞소. 나는 왕이오. 숨길 필요가 뭐가 있겠소."

"그렇습니다."

홈즈는 나지막이 말했다.

"말씀하시기 전부터 저는 카셀-펠슈타인 대공작, 보헤미아의 국왕이신 빌헬름 고츠라이흐 지기스문트 폰 오름슈타인 폐하이심을 알고 있었습니다."

"하지만 이해할 수 있을 거요."

18

우리의 이상한 방문객은 다시 의자에 앉아 손으로 그의 흰 이마를 문지르며 말을 했다.

"내가 몸소 이러한 일을 처리하는데 익숙하지 못하다는 걸 그대는 이해할 수 있을 거요. 이 문제가 워낙 미묘한지라, 탐정에게 오히려 약점을 보일 수도 있는 까닭에 털어놓을 수가 없었소. 나는 그대에게 상담을 하고자 신분을 숨기고 프라하를 떠나 여기까지 왔소."

"그렇다면 상담을 하시지요."

홈즈는 말하며 다시 눈을 감았다.

"사실을 간략하게 말하자면 이렇소. 약 5년 전, 바르샤바에 한동안 있던 시절이었지. 그곳에서 잘 알려져 있는 대단한 여성, 이레네 아들러와 교제하게 되었소. 그대에게도 익숙한 이름일 것이오."

"의사 선생, 목록에서 그녀를 찾아봐주지 않겠나."

홈즈는 눈을 감은 채 낮은 목소리로 말했다. 그는 수많은 인물이나 사건에 관한 모든 기사를 요약하여 기록하는 방식을 오랫동안 해왔기 때문에, 자세한 정보를 이야기해주지 않으면 제목이나 사람 이름으로는 그 내용을 금방 찾을 수 없었다. 이번엔 유대 랍비와 심해 어류에 대한 논문을 쓴 부사령관의 자료 사이에서 그녀의 약력을 찾을 수 있었다.

"어디 볼까."

홈즈는 말했다.

"흠. 1858년 뉴저지에서 출생. 콘트랄토[01]. 라 스칼라[02], 흠! 바르샤

---

01   Contralto : 성악에서 여성의 가장 낮은 음역. 알토.
02   La Scala : 이탈리아 밀라노에 있는 오페라 하우스.

바 황립오페라단에서 프리마돈나. 그래. 오페라 무대에서 은퇴. 하! 런던에 거주. 바로 그렇군! 폐하, 제가 이해한 바로는, 이 젊은 여인과 얽히게 되었고 명예를 손상시킬 어떤 편지를 써주었기 때문에 이제 다시 돌려받고자 하시는 것이군요."

"바로 그렇소. 어떻게 그걸……."

"그곳에서 비밀리에 결혼하셨습니까?"

"아니오."

"공식 문서나 증서는 없습니까?"

"없소."

"그렇다면 폐하의 뜻을 헤아릴 수 없겠습니다. 이 젊은 여인이 편지를 협박이나 어떤 다른 용도로 쓰려고 해도 어떻게 그것이 진짜인지 증명하겠습니까?"

"필적이 있소."

"하하, 위조하지요."

"내 개인 편지지."

"훔치지요."

"내가 쓰는 봉인."

"모조품을 만들지요."

"내 사진이라면."

"사면됩니다."

"우리 둘이서 찍은 사진이오."

"오, 이런! 이건 좋지 않은 상황입니다. 폐하께서는 경솔한 일을 저지르셨습니다."

"미쳤지. 정신이 나갔었소."

"정말 심각하게 위태로운 일을 하셨군요."

"그때는 내가 황태자 시절이었소. 어렸었지. 이제 겨우 서른이 되었을 뿐이오."

"되찾아야만 합니다."

"시도해보았지만 실패 했다오."

"폐하께서 돈을 지불하셔야지요. 살 수 있을 겁니다."

"그녀가 팔지 않는다고 했소."

"그렇다면 훔쳐내야지요."

"다섯 번이나 시도를 해보았소. 두 번은 도둑을 시켜 그녀의 집을 뒤지게 했지. 한 번은 그녀가 여행을 할 때 짐을 빼앗아 봤고, 또 두 번은 노상강도를 시킨 적이 있다오. 모두가 실패였지."

"아무런 단서가 없었습니까?"

"전혀 없었소."

"이건 뭐 단순한 문제이군요."

라고 말하며 홈즈는 소리 내어 웃었다.

"나한테는 아주 심각한 문제라오."

왕은 나무라듯이 대꾸했다.

"알겠습니다. 그녀가 사진을 가지고 원하는 것은 무엇입니까?"

"나를 파멸시키는 것이지."

"하지만 어떻게?"

"나는 곧 결혼을 앞두고 있소."

"들은 바 있습니다."

"스칸디나비아 왕의 둘째 딸, 클로틸드 로트만 폰 삭스메닝겐 공주라오. 그 가문의 엄격한 법도는 그대도 잘 알고 있으리라 믿소. 그녀는 매우 섬약한 영혼의 소유자인지라, 내 품행에 의심의 그림자만 있더라도 이 혼사는 파멸로 치달을 것이오."

"그러면 이레네 아들러는?"

"그 사진을 보내겠다고 협박하고 있소. 그녀는 그렇게 할 거요. 그렇게 하리란 걸 난 잘 알고 있소. 그대는 잘 모르겠지만, 그녀는 강철 같은 영혼을 지녔다오. 세상에서 가장 아름다운 여성의 얼굴을 가지고 있지만, 마음은 어떤 남성보다 단호한 사람이오. 내가 다른 여자와 결혼하는 것을 막기 위해선 무슨 일이든 하고 말 것이오."

"아직 사진을 보내지 않은 것은 확실합니까?"

"확실하오."

"어째서이지요?"

"약혼식이 발표되는 날에 보내겠다고 말했소. 다음 월요일에 발표한다오."

"아, 그러면 아직 삼 일이 남았군요."

홈즈는 말하고 나서 하품을 했다.

"다행입니다. 지금 바로 조사해야할 중요한 일이 한 두 가지 있으니까요. 폐하께서는 물론 런던에 머물러 계시겠지요?"

"물론. 폰 클람 백작 이름으로 랭엄 호텔에 머물고 있소."

"그러면 그곳으로 진행 상황을 알려드리도록 하겠습니다."

"그래주길 바라오. 나는 몹시 걱정하고 있소."

"그리고, 보수에 관해서는?"

"백지 위임장을 주겠소."

"정말이십니까?"

"그 사진을 되찾을 수만 있다면 내 왕국의 일부라도 떼어줄 수 있소."

"그리고 당장 쓸 비용은?"

왕은 망토 안에서 묵직한 양가죽 주머니를 꺼내 탁자 위에 올려놓았다.

"금화 삼백 파운드와 지폐 7백 파운드요."

홈즈는 수첩 한 면에 영수증을 갈겨쓰고, 왕에게 건넸다.

"그리고 아가씨의 주소는?"

그는 물었다.

"세인트 존스 우드. 서펜타인 로(路) 브리오니 저택이오."

홈즈는 수첩에 적었다.

"한 가지 질문이 있습니다." 그는 말했다.

"그 사진은 캐비닛 판[01]입니까?"

"그렇소."

"그러면 안녕히 가십시오. 폐하. 곧 좋은 소식이 있을 것을 약속드립니다. 자아, 왓슨. 잘 돌아가게."

왕의 브로엄 마차가 거리를 따라 내려가자 홈즈는 덧붙여 말했다.

"내일 오후 세 시에 시간이 괜찮다면, 이 사소한 문제에 대해서 얘기해 보세나."

---

01 11x17cm 크기의 판형.

2.

세 시 정각에 나는 베이커 가로 갔는데 홈즈는 아직 돌아오지 않았다. 하숙집 아주머니는 그가 여덟 시 조금 지나서 나갔다고 알려주었다. 나는 그가 아무리 늦게 돌아올지라도 기다릴 작정으로 난롯가에 앉았다. 나는 이미 그의 사건 조사에 깊은 관심을 가지고 있었다. 내가 예전에 기록했던 두 범죄 사건처럼 소름끼치거나 기묘한 면은 없었지만, 사건의 성질이나 의뢰자의 높은 지위가 특별한 관심을 끌었다. 사실 사건 자체를 떠나, 내 친구가 맡은 사건을 완벽하게 파악해서, 날카롭고 예리한 추리력을 통해 절대 해결하지 못할 듯한 수수께끼를 빠르고 명석한 방법으로 해결해내는 것을 보며, 그의 일하는 방식을 연구하고 따라가는 것이 내겐 즐거움이었다. 나는 그가 사건 해결에 항상 성공하는 모습에 익숙해져서 실패의 가능성이란 내 머릿속에 들어오질 않았다.

네 시가 다 되어가는 시각에 문이 열리더니, 술에 취한 듯한 마부가 방에 들어왔다. 얼굴은 붉게 물들어있고 덥수룩한 머리에 구레나룻을 기른 추레한 옷차림의 마부였다. 내 친구의 놀라운 변장술에 익숙한 나였지만 세 번이나 본 후에야 홈즈라는 것을 확인할 수 있었다. 고개를 끄덕이며 침실로 사라진 후, 오 분 만에 예전처럼 트위드 정장 차림의 말쑥한 모습으로 나타났다. 그는 주머니에 손을 찔러 넣고 다리를 벌린 채 난로 앞에 서서, 몇 분을 실컷 웃어댔다.

"아, 정말이지!"

그는 이렇게 말하며 다시 웃다가, 숨이 차서 기진맥진하여 의자에 쓰러지듯 누웠다.

"무슨 일인데?"

"정말 너무 재미있었네. 자네는 내가 아침에 나가서 어떤 일을 했는지, 결말이 어떻게 되었는지 상상도 못할 거야."

"나야 알 수가 있나. 아마 이레네 아들러양의 집이나 평소 행동 등을 살펴보고 왔겠지?"

"그렇지. 하지만 그 결말은 좀 색다르다네. 어쨌든 들어보게. 나는 오늘 아침 여덟 시 조금 지나 집을 나섰지. 일자리를 찾으러 나가는 마부 복장으로 말이야. 마부들 사이에는 놀라울 정도로 끈끈한 우애와 동료의식이 있어. 그들 중 일원이 되면 알고 싶은 건 뭐든지 알아낼 수 있지. 브리오니 저택은 금방 찾았다네. 뒤쪽에 정원이 있는 멋진 빌라인데 앞쪽은 도로에 가깝게 붙여서 지은 2층집이더군. 문에는 처브 자물쇠[01]가 달려있었지. 오른 편에는 가구가 잘 갖추어진 커다란 응접실이 있었는데 바닥까지 내려오는 긴 창문이 있더군. 거기에는 어린애라도 열 수 있는 형편없는 영국산 자물쇠가 달려있었지. 그외 특별한 점은, 마차 차고 지붕을 통해서 복도 창문으로 들어갈 수 있다는 것 외엔 없었네. 나는 여러 가지 각도에서 자세히 살펴보려고 돌아다녔는데 별다른 흥미를 끄는 것은 없더군.

그래서 거리를 따라 천천히 걸어가 보았더니, 예상하던 대로 정원의 담을 따라 골목길 안에 마구간이 붙어있었네. 거기에서 마부들이 말등을 닦는 일을 도와주고 답례로 2펜스와 혼합맥주 한 잔, 담배 두대, 그리고 아들러양에 대한 필요한 정보를 원하는 만큼 많이 얻을 수

---

01 Chubb lock : 영국 자물쇠 회사의 상표.

있었어. 물론 그걸 얻기 위해서 조금도 관심도 없는 이웃의 이야기를 한참 들어야했지만 말이야."

"그래서 이레네 아들러에 관한 이야기는?"

"오, 그곳의 모든 남성에게 존경을 받는 것 같더군. 하늘 아래 하나 뿐인 가장 우아한 여성이야. 서펜타인의 마부들 사이에선 말이지. 그녀는 가끔 콘서트에 가 노래 부르며 조용히 사는 편인데, 매일같이 다섯 시에 나갔다가 일곱 시 정각 저녁시간에 돌아온다는군. 다른 시간에는 거의 나가지 않는다네. 노래 부르러 나갈 때 외에는. 남자 방문객이 딱 한 명 있는데 자주 드나든다고 하네. 그는 얼굴이 검은 편이고, 잘생기고, 활기찬 남자인데 하루에 한 번은 꼭, 어떤 때는 두 번 온다는군. 이름은 갓프리 노턴이고 이너템플 법학원에 다닌다네. 마부를 막역한 친구로 둔다는 것이 얼마나 도움이 되는지 알겠지? 서펜타인에서 집까지 열두 번도 더 태워다주었으니 그에 대한 많은 것을 알 수밖에. 얘기를 모두 들은 다음에 나는 브리오니 저택으로 다시 걸어 올라가며 계획을 어떻게 세울 것인가 궁리했지.

갓프리 노턴이란 사람은 이 사건에서 중요한 변수임이 틀림없었네. 그는 변호사야. 거기엔 무언가 의미하는 바가 있어. 그들 사이의 관계는 무엇이며, 매일처럼 반복되는 방문은 어떤 목적일까? 고객인 걸까, 친구인 걸까. 아니면 사랑하는 사이? 고객이라면 그녀는 아마도 사진을 보관하라고 건넸을 거야. 연인이라면 그럴 가능성이 적지. 이 문제의 결론에 따라 내가 브리오니 저택에서 계속 조사를 할 것인가 아니면 법학원에 있는 그의 방으로 관심을 돌려야하는가가 결정되는 것이네. 이건 내 조사 범위를 넓힐지도 모르는 까다로운 문제이지. 내가 너무 자세한 것까지 얘기해서 지루하게 만드는 건지도 모르겠군. 자네가 상황을 이해하려면 내 사소한 어려움도 알려줘야만 하거든."

"잘 따라가고 있다네."

나는 대답했다.

"마음 속으로 그 문제를 저울질하고 있는데, 이륜마차가 달려와 브리오니 저택에 멈추어서고 안에서 신사 한 명이 튀어나오더군. 눈에 띄게 잘 생긴 남자인데다 짙은 피부, 매부리코, 구레나룻. 틀림없이 그 청년이었어. 그는 서두르는 기색으로 마부에게 기다리라고 소리치더니 문을 열어준 하녀를 스치고 지나, 집에 온 것처럼 익숙하게 안으로 들어가 버렸지.

그는 반 시간 정도 집에 있었는데, 응접실 창문 너머로 그가 왔다 갔다하며 팔을 흔들고 열정적으로 얘기하는 모습이 보였다네. 그녀는 전혀 보이지 않더군. 곧이어 아까보다 더 급한 모습으로 나타났어. 마차에 뛰어올라, 주머니에서 금시계를 꺼내 진지하게 쳐다보더니 〈최대 속도로 달려주시오.〉 라고 소리쳤어.

〈리젠트가의 그로스 앤 행키 상점에 들렀다가 에지웨어 거리에 있는 세인트 모니카 교회로 갑시다. 이십분 안에 도착하면 반 기니를 주겠소.〉

마차가 떠나고 난 뒤, 내가 따라가지 않은 것이 잘한 일인가 고민하고 있던 터에 작은 사륜마차 하나가 달려왔다. 그 차의 마부는 코트의 단추를 반 밖에 잠그지 못했고, 타이는 귀에 걸치고 마구에 달린 끈은 혁대에 매달린 상태였지. 아직 마차가 서기도 전에 그녀가 쏜살같이 현관문에서 나와 올라타더군. 눈 깜빡할 사이에 잠깐 그녀를 보았지만 정말 남자가 목숨을 걸만큼 아름다운 여성이었네.

〈존, 세인트 모니카 교회로 가 주세요.〉

그녀가 큰 소리로 말했어.

〈이십분 안에 도착하면 반 파운드를 주겠어요.〉

왓슨, 그건 놓칠 수 없는 기회였어. 뛰어서 따라가느냐, 아니면 사륜마차 뒤에 매달려서 가야하느냐 생각하는데 마차가 하나 다가왔다네. 마부는 내 초라한 몰골을 두어번 쳐다보더군. 그냥 가버리기 전에 얼른 올라탔지.

〈세인트 모니카 교회.〉

나는 말했어.

〈이십분 안에 도착한다면 반 파운드를 주지.〉

그때가 12시 25분 전이었지. 물론 어떤 일이 벌어지고 있는 건지 충분히 알 수 있었네.

내가 탄 마차는 빠르게 달렸지. 평생 그렇게 빠른 속도로 달려본 적이 없는데, 다른 마차들을 따라잡을 수 없더군. 내가 도착했을 때엔 교회 문 앞에 말들이 김을 내뿜으며 마차 두 대와 함께 서있었어. 나는 마부에게 돈을 주고 서둘러 교회 안으로 들어갔네. 그곳에는 내가 뒤를 따라간 두 사람과 백의를 입은 성직자 외엔 없었는데, 그 성직자는 두 사람에게 무언가 타이르는 듯 했지. 그들은 제단 앞에 모여 있었네. 나는 어쩌다 교회에 들린 할 일 없는 사람처럼 옆쪽 통로를 따라 걸어 올라갔어. 그랬더니 제단 앞에 있는 세 사람이 갑자기 나를 쳐다보는 거야. 갓프리 노턴이 나를 향해 정신없이 뛰어오더군.

〈하느님 감사합니다!〉

그가 소리쳤어.

〈자네면 되겠네. 이리 오게! 이리 와!〉

〈무슨 일이신지?〉

내가 물었어.

〈이리 오게 어서. 딱 삼 분이면 되네. 그래야 합법적이라니까.〉

　반쯤은 끌려서 제단 앞으로 갔지. 정신도 채 차리기 전에 내 귓속에 불러주는 대로 중얼거리며, 알지도 못하는 사람들의 보증을 서고, 신랑 갓프리 노턴과 신부 이레네 아들러를 한데 묶어주는 결혼식의 증인이 되어버린 거네. 결혼식은 순식간에 끝났고, 성직자는 내 앞에서 환하게 웃어보였으며 신랑과 신부는 양 쪽에서 내게 감사하다는 말을 전했네. 지금까지 살아오는 동안 가장 터무니없는 순간이었어. 방금 전에 웃음이 터진 것은 그 생각이 나서였다네. 증인이 없이 결혼하는 것은 효력이 없는 것이어서 성직자가 거부를 하고 있었던 모양이야. 다행히 내가 거기에 나타났기 때문에 신랑이 거리로 뛰어나가 증인을 찾아 헤매지 않아도 되었던 거지. 신부가 내게 1파운드 금화를 주었는데, 그건 기념으로 시계줄에 매달아 놓을 생각이네.〉

　"정말 뜻밖의 일이었군."

　내가 말했다.

　"그래서 어떻게 되었나?"

　"내 계획에 심각한 문제가 생겼다는 것을 알게 되었네. 이 부부는 곧 여행을 떠날 것 같아서 신속하고 효과적인 조치가 필요했어. 그런데 교회 문 앞에서 두 사람은 헤어져서 남자는 법학원으로 여자는 집으로 돌아가더군.

〈언제나처럼 다섯 시에 공원으로 마차를 타고 갈게요.〉

그녀는 이렇게 말하면서 떠났지. 더 이상은 듣지 못했어. 두 사람은 서로 다른 방향으로 가버렸고, 나는 나름대로 준비할 것이 있어 돌아온 거라네."

"무슨 준비인데?"

"차가운 소고기와 맥주 한 잔."

그는 대답하며 벨을 울렸다.

"먹는 건 생각도 못할 만큼 바빴다네. 오늘 저녁엔 더 바쁠 것 같군. 그건 그렇고, 의사 선생. 자네 협력이 필요한데."

"기꺼이 도와주지."

"법을 어기는 것도 괜찮나?"

"상관없네."

"체포될 수도 있는데도?"

"정당한 이유가 있는 거라면 괜찮네"

"아, 물론 정당한 일이야."

"그러면 자네 말대로 하지."

"자네가 꼭 도와줄 거라 생각했네."

"그런데 어떤 일을 하는 건데?"

"우선 터너 부인이 식사를 가져오면 그걸 해치우기부터 해야겠어."

그는 하숙집 아주머니가 가져다 준 간단한 음식을 배가 많이 고팠던 듯 열심히 먹기 시작했다.

"시간이 많지 않으니까, 먹는 동안에 얘기를 해야겠네. 이제 다섯 시가 다되어 가는군. 두 시간 안에 현장으로 가있어야 되네. 이레네양

30

이, 아니 부인인가. 아무튼 7시에는 돌아오거든. 브리오니 저택에서 그녀를 만나야 하네."

"그리고 그 다음엔?"

"나한테 맡겨두게. 이미 다 준비해 놓고 있지. 한 가지 꼭 말해두고 싶은 것이 있는데, 어떤 일이 일어나더라도 절대 자네는 끼어들면 안 되네. 알겠나?"

"중립을 지키는 건가?"

"어떤 것도 하지 않으면 돼. 아마도 작은 소동이 생기게 될 테니까, 거기에 끼어들지 말게. 나중에는 내가 그 집 안으로 들어가게 된다네. 사오 분 지나서 응접실 창문이 열리게 될 거야. 자네는 그 열린 창문 가까이에서 대기하고 있어야 하네."

"알았네."

"내가 보일 테니까, 잘 지켜보고 있게."

"알았네."

"그리고 내가 손을 들면, 그때 내가 준 것을 방 안으로 던지는 거야. 그러면서 불이 났다고 소리 지르면 되네. 잘 알겠지?"

"물론이지."

"이건 전혀 위험한 것이 아니네."

라고 말하며 그는 주머니에서 시가 모양의 긴 통을 꺼냈다.

"이건 배관공이 쓰는 일반적인 발연통인데 양쪽 끝에 자연발화 되는 장치가 있어. 자네 맡은 일은 이것뿐이지. 자네가 불이 났다고 소리 지르면 꽤 많은 사람들이 따라서 소리치게 될 거야. 그러면 자네는 도로 끝까지 걸어가면 돼. 거기서 10분 후에 나를 다시 만나게 될 걸세. 확실히 알겠지?"

"아무 것도 안하고 있다가, 창문 가까이 가서 대기한다. 자네를 지켜보다가, 신호에 따라 이걸 던진다. 그 다음엔 불이 났다고 소리 지른다. 그리고 길 끝 모퉁이에 가서 자네를 기다린다."

"정확하네."

"그럼 걱정 말고 맡겨두게."

"아주 좋아. 이제 새로운 배역을 준비할 시간이 되어가는 것 같군."

그는 침실로 사라지더니 오 분만에 온화하고 사람 좋은 비국교도[01] 목사의 모습으로 나타났다. 챙이 넓은 검은 모자, 헐렁한 바지, 흰 색타이, 호의적인 미소, 친절하고 진중한 태도 등은 그야말로 존 헤어[02]에 비견될 수 있었다. 홈즈는 의상만 바꿔 입은 것이 아니었다. 그는 표정이나 태도, 마음까지도 새롭게 맡은 배역에 따라 변화시킬 줄 알았다. 그가 범죄 전문가가 되었을 때, 연극 무대는 훌륭한 배우를 잃었고 과학계는 식견 있는 이론가를 잃은 것이다.

우리가 베이커 가를 떠난 시간이 여섯 시 십오 분이었는데도 서펜타인 로에 도착했을 때는 예정된 시간에서 십 분이 남아있었다. 날은이미 저물어서, 집주인이 오기를 기다리며 브리오니 저택 앞을 왔다갔다 하는 동안 가로등이 켜지기 시작했다. 그 집은 홈즈의 간략한 설명으로 미루어 상상한 것과 딱 들어맞았는데, 위치한 곳은 생각보다덜 한산한 편이었다. 오히려 조용한 동네에 있는 작은 거리치고는 눈에 띄게 활기차 보였다. 한쪽 모퉁이에서는 남루한 옷차림의 몇 명이

---

01 Non-conformist : 영국교회(성공회)에 반대하는 프로테스탄트 교회, 개신교.

02 John Hare : (1844-1921) 당시 영국 최고의 성격 배우.

담배를 피우며 웃고 있었고, 숫돌을 돌리고 있는 가위 가는 사람, 아이 돌보는 젊은 보모와 시시덕거리는 근위병 두 명, 잘 차려입고 입에 시가를 문 채 어슬렁대는 젊은 남자도 몇 있었다.

"자네도 알겠지만,"

집 앞을 왔다 갔다 하다 홈즈는 말했다.

"이 결혼으로 사건이 간단해졌네. 그 사진은 이제 양날의 검이 된 거야. 우리 의뢰인이 공주에게 그 사진을 보여주지 않으려고 하는 것처럼, 그녀도 갓프리 노턴에게 그 사진을 보여주고 싶지 않을 걸세. 이제 남은 질문은, 그 사진을 어디서 찾을 수 있느냐는 것이지."

"정말, 어디일까?"

"그녀가 몸에 지니고 다니지 않는 것은 거의 확실하네. 캐비닛판 크기이니까. 여자들의 옷에 간단히 숨기기에는 너무 크지. 왕이 사람들을 시켜 길에서 붙잡고 뒤질 수도 있다는 걸 알거야. 이미 그런 비슷한 일을 두 번이나 당했으니까. 그러니 몸에 지니고 다니지는 않는다고 결론 내야지."

"그러면 어디?"

"은행이나 변호사. 둘 다 가능성이 있지. 하지만 난 둘 다 아니라는 쪽에 기울고 있네. 여자들이란 본능적으로 비밀스러워서 자신 만의 비밀을 갖는 걸 좋아하지. 왜 다른 사람에게 그걸 맡기겠는가? 자신이 숨겨두고 보호하고 있으면 믿을 수 있지만 사업상의 사람들에겐 정치적인 압력이나 은밀한 배후 거래가 있을 수 있으니까. 게다가 그녀는 며칠 안에 그걸 사용할 작정이네. 분명히 손에 닿기 쉬운 곳에 있을 거야. 바로 그녀가 사는 집에 두었을 것이 틀림없어."

"그런데 두 번이나 도둑을 시켜 찾았잖아?"

"허! 제대로 찾는 방법을 알기나 할까."

"그럼 어떻게 찾을 건가?"

"찾지 않지."

"그럼 어떻게?"

"그녀가 알려주도록 해야지."

"알려주지 않을 텐데."

"알려줄 수밖에 없을 걸. 그런데 마차 바퀴 소리가 들리는군. 그녀의 마차일세. 자, 이제 내가 부탁한 그대로 해주게."

그가 말하자마자 마차의 측면에 달린 불빛이 도로 모퉁이를 따라 돌아 나타났다. 작고 날렵한 사륜마차가 브리오니 저택의 문 앞에 덜커덩거리며 멈춰 섰다. 그때 모퉁이에 있던 부랑자 한 명이 마차 문을 열어주고 동전 한 푼 얻으려는 심산으로 뛰어왔다. 하지만 같은 의도로 달려온 다른 부랑자가 그를 팔꿈치로 밀쳤다. 거센 다툼이 벌어졌고, 두 근위병이 그 중 한 부랑자 편을 들자 가위 가는 사람이 흥분하며 다른 편을 들어 소동은 더욱 커졌다. 싸움질이 시작되었고, 마차에서 내린 아가씨는 몽둥이와 주먹질로 무지막지하게 싸우는 무리 한가운데에 들어서고 말았다. 홈즈는 아가씨를 보호하려고 그 안으로 뛰어들었다. 하지만 그녀 앞에 다다르자마자 비명을 지르며 바닥으로 쓰러졌다. 얼굴에서는 피가 마구 흘러내렸다. 그가 쓰러지는 것을 보고 근위병들은 뒤돌아 도망갔고 부랑자들은 그 반대편으로 달아났다. 그러자 지금까지 싸움을 지켜보고만 있던 잘 차려 입은 남자들이 아가씨와 다친 사람을 돌보려고 다가왔다. 이레네 아들러(나는 그녀를

34

결혼 전 성으로 계속 부르겠다)는 계단 위로 서둘러 올라갔다. 하지만 현관등을 배경으로 뛰어난 미모를 드러내며, 맨 윗단에 멈춰서서 거리 아래를 내려다보았다.

"그 신사 분은 많이 다치셨나요?"

그녀가 물었다.

"죽었어요."

몇 명이 소리쳤다.

"아뇨, 아뇨, 아직 살아있습니다."

다른 사람이 소리 질렀다.

"그런데 병원에 데려가기도 전에 죽을 것 같아요."

"용감한 분이세요."

한 여자가 말했다.

"이 분이 없었으면 아가씨의 지갑도 시계도 다 빼앗겼을 거예요. 그놈들은 깡패들이에요. 험악한 놈들이죠. 아, 이제 숨을 쉬고 있어요."

"길바닥에 눕혀놓을 수는 없어요. 안으로 데려가도 될까요, 부인?"

"그럼요. 응접실로 모셔다 주세요. 거기에 편안한 소파가 있으니까. 이쪽으로 와주세요."

사람들은 조심스럽고 정중하게 그를 브리오니 저택 안으로 데려가 중앙 응접실에 눕혔다. 그동안 나는 창가의 지정된 자리에서 그 과정을 지켜보고 있었다. 램프가 켜졌고 블라인드는 아직 내려지지 않았기 때문에 나는 홈즈가 소파에 누워있는 것을 볼 수 있었다. 그가 연기를 하면서 어떤 양심의 가책을 느끼고 있을 지 아닐지 알 수 없지만, 나는 다친 사람을 돌보는 친절함과 우아함을 갖춘 그토록 아름다운 사람에게 이런 속임수를 쓰고 있는 내 자신이 부끄러워 견딜 수가 없었다. 그러나 여기서 내가 맡은 일을 던져두고 돌아선다면 홈즈에게 더없이 비열한 배신행위가 되고 말 것이다. 나는 마음을 다잡고 얼스터[01] 외투 안에서 발연탄을 꺼내들었다. 생각해보자면, 결과적으로 우리는 그녀를 해치려는 것이 아니다. 단지 그녀가 다른 사람을 해치는 것을 막으려할 뿐.

홈즈가 소파에서 몸을 일으켜 앉아, 숨이 갑갑한 사람처럼 움직이는 모습이 보였다. 하녀가 방을 가로질러 달려가 창문을 열었다. 그와 동시에 홈즈는 손을 들어 올렸고, 그 신호를 감지한 나는 방 안으로 발연탄을 던져 넣으며 '불이야' 소리쳤다. 그 말이 내 입 밖으로 나가자마자 모든 구경꾼들, 잘 차려 입은 사람이든 아니든, 신사, 마부, 하녀 등 모두가 '불이야' 소리 지르는데 동참했다. 짙은 연기구름이 피어올라 방 안을 채우더니 열려진 창문으로 흘러나왔다. 누군가 서둘러 뛰어가는 것이 흘끗 보였고, 잠시 뒤 진짜 불난 것이 아니라며 걱정하지 말라는 홈즈의 목소리가 들렸다. 소리치는 사람들 사이를 빠져나와 나는 길모퉁이로 달아났다. 10분이 지나자, 반갑게도 홈즈가 내 팔을 잡아 이끌어 소동의 현장에서 벗어날 수 있었다. 그는 몇 분 동안 말이 없이 빠르게 걸었고, 에지웨어로 향하는 조용한 거리에 다다르자 입을 열었다.

"아주 잘 해주었네, 의사선생."

그가 말했다.

"정말 멋지게 잘 해냈어. 아주 좋았네."

---

01   ulster : 품이 넓은 긴 외투.

"사진을 찾았군!"

"어디 있는 지 알아냈지."

"어떻게 찾았는데?"

"그녀가 가르쳐 줬네. 그녀가 할 거라 내가 얘기한 대로."

"무슨 말인지 통 모르겠는 걸."

"일부러 숨기려 하는 말은 아닐세."

그는 웃으며 말했다.

"실은 아주 간단하네. 물론 자네가 본, 그 거리에 있던 사람들은 모두 우리와 한 편이었지. 오늘 저녁 사건을 위해 고용한 사람들이야."

"그정도는 짐작하고 있었네."

"그리고, 소동이 벌어졌을 때 나는 손바닥에 붉은 물감을 가지고 있었네. 앞으로 달려가서 넘어졌고, 손바닥으로 내 얼굴을 철썩 친 거야. 그렇게 불쌍한 광경을 연출하게 된 거지. 구식 수법이네."

"그것도 추측하고 있었네."

"그 다음에 사람들이 나를 데리고 들어갔지. 그녀도 나를 안으로 들여보낼 수밖에 없었네. 다른 방법이 뭐가 있겠나? 그리고는 내가 가장 의심하고 있던 응접실로 들어가게 되었지. 그 곳이 아니면 그녀의 침실에 있으리라 생각했기 때문에 둘 중 어느 곳인지 확인하고 싶었네. 사람들이 나를 소파에 눕힌 다음에, 숨이 갑갑한 듯한 몸짓을 하자 창문을 열지 않을 수 없던 거고 그래서 자네가 던질 기회를 잡게 된 거지."

"그게 어떻게 도움이 된 건가?"

"아주 중요한 일이었어. 집에 불이 났을 떄, 여자들은 본능적으로 가장 중요하게 여기는 것을 향해 달려가게 된다네. 정말 거역할 수 없는 힘든 충동이기 때문에, 이것으로 두어 번 효과를 보았어. 달링턴 스캔들 사건, 안스워스 성 사건 둘 다 이 걸 이용했었어. 결혼한 여자는 아이를 데리러 가고, 미혼인 여자는 보석 상자를 찾으러 가지. 오늘 우리의 주인공 아가씨는 집안에서 우리가 찾고 있는 것 외에 더 귀중한 것이 없을 테니, 당연히 그걸 지키려고 달려가겠지. 불이 났다는 외침은 효과가 있었네. 연기와 사람들이 외치는 소리는 강철 같은 신경줄도 흔들어 놓기에 충분했다네. 그녀는 예상대로 반응하더군. 사진은 오른편 벨을 당기는 줄 바로 위, 벽 널빤지 뒤 공간에 숨겨져 있었어. 그녀가 재빠르게 그곳으로 가서 사진을 반쯤 꺼내는 것을 슬쩍 볼 수 있었지. 내가 진짜 불이 난 것이 아니라고 소리치자, 그걸 다시 넣더니, 발연통을 힐끗 한 번 쳐다보고는 급하게 방에서 나가더군. 그리고는 그녈 보지 못했네. 나는 일어서서, 실례했다고 하면서 집에서 빠져나왔네. 사진을 그 때 찾아서 가지고 나올까 망설이기는 했는데, 마부가 들어와서 나를 지켜보고 있었기 때문에 다음으로 미루는 것이 안전할 것 같더군. 지나친 성급함은 화를 부르는 법이니까."

"그러면 이제 남은 일은?"

"우리 임무는 실제적으론 끝난 거나 마찬가지네. 내일 왕과 같이, 물론 자네도 괜찮다면 같이 그녀를 방문하는 거지. 우리는 응접실에서 그녀가 나오기를 기다리게 될 거야. 하지만 그녀가 왔을 때는, 사진도 우리 일행도 사라진 뒤일 걸세. 폐하가 자신의 손으로 직접 사진을 되찾는다면 얼마나 만족하겠나."

"몇 시에 방문할 건데?"

"아침 여덟 시. 그녀가 일어나지 않았을 시간이니 우리가 작업하기에 편리할 걸세. 게다가, 결혼으로 인해 그녀의 생활이나 습관이 달라질 수도 있으니 서둘러야 하네. 지체 없이 왕에게 전보를 쳐야하겠군."

베이커 가에 도착한 우리는 대문 앞에 섰다. 그가 열쇠를 찾으려고 주머니를 뒤적이고 있을 때 누군가가 지나치며 인사를 했다.

"안녕하십니까. 셜록 홈즈 씨."

그때, 거리에는 몇 명이 지나가고 있었다. 인사한 사람은, 얼스터 외투를 입고 빠른 걸음으로 지나가는 마른 체형의 청년이었다.

"전에 들어본 적이 있는 목소리인데."

홈즈는 말하며 어둑한 거리를 내려다보았다.

"도대체 누구인지 지금은 잘 떠오르지 않는군."

3.

그날 밤은 베이커 가에서 자고, 다음 날 토스트와 커피로 아침을 먹고 있을 때 보헤미아 왕이 방으로 뛰어 들어왔다.

"그대가 정말 해낸 게로군!"

그는 셜록 홈즈의 두 어깨를 잡고 간절히 그의 얼굴을 뚫어져라 쳐다보았다.

"아직 아닙니다."

"그래도 가능성이 있겠지?"

"있습니다."

"그럼. 갑시다. 조바심이 나서 더 이상 참을 수가 없소."

"마차를 불러야 합니다."

"아니, 내 브루엄 마차가 대기하고 있소."

"그렇다면 일이 간단해지는군요."

우리는 내려가서, 브리오니 저택을 향해 또다시 출발했다.

"이레네 아들러는 결혼했습니다."

홈즈가 말했다.

"결혼! 언제?"

"어제입니다."

"그런데 누구와 했소?"

"영국인 변호사인데 이름은 노턴입니다."

"하지만 사랑하는 건 아니겠지?"

"저는 사랑하기를 바라고 있습니다."

"아니 어째서?"

"폐하께서 장래에도 계속 고통 받으실 일이 없어지기 때문입니다. 그 아가씨가 남편을 사랑한다면, 폐하를 사랑하지 않는다는 것이 됩니다. 그녀가 폐하를 사랑하지 않는다면 폐하의 앞길을 방해할 이유가 하나도 없는 까닭이지요."

"그건 맞소. 그렇지만……. 아, 그녀가 나와 같은 신분이면 좋으련만! 그녀는 정말 훌륭한 왕비가 되었을 것을!"

그는 우울한 침묵에 빠져들었고 서펜타인 로에 마차가 멈출 때까지 말을 하지 않았다.

브리오니 저택의 대문은 열려있었고, 나이든 여자가 계단에 서있었다. 그녀는 우리가 브루엄에서 내리는 것을 비웃는 듯 쳐다보았다.

"셜록 홈즈씨이신지요?"

그녀가 말했다.

"제가 홈즈입니다만."

내 동료는 대답하며, 놀랍고도 의심스러운 눈빛으로 그녀를 쳐다보았다.

"참말이군요. 오실 것 같다고 부인께서 말씀하셨지요. 부인께선 오늘 아침에 남편분과 떠나셨답니다. 채링 크로스 역에서 출발하는 5시 15분 기차로 대륙으로 가셨습니다."

"뭐라고?"

셜록 홈즈는 분함과 놀라움으로 얼굴이 창백해지더니, 비틀거리며 물러섰다.

"영국을 떠났다는 말입니까?"

"다신 돌아오지 않으실 겁니다."

"그럼 사진은?"

왕이 쉰 목소리로 물었다.

"모든 것이 끝났소."

"가 봅시다."

그는 하인을 밀치고 응접실로 뛰어 들어갔고, 왕과 나도 뒤를 따랐다. 그녀가 떠나기 전에 급하게 짐을 싼 듯, 가구는 여기저기 흩어져 있었으며 서랍들은 모두 열리고 선반은 떨어져 있었다. 홈즈는 벨을 당기는 줄이 있는 곳으로 달려가 작은 덮개를 뜯어내고 손을 집어넣어 사진과 편지 한 장을 꺼냈다. 사진 속의 인물은 이브닝 드레스를 입은 이레네 아들러 혼자였고 편지에는 〈셜록 홈즈 귀하, 오실 때까지 여기에 둘 것〉이라고 쓰여 있었다. 내 친구는 편지를 찢어 개봉했고 세 명 모두가 함께 읽었다. 전날 밤 자정에 쓴 편지로, 내용은 아래와 같다.

친애하는 셜록 홈즈 씨.

당신은 정말 훌륭하게 해내셨습니다. 저를 완전히 속이셨지요. 불이 났다는 외침이 들리기 전까지 저는 조금도 의심하지 못했습니다. 하지만 제 스스로 비밀을 누설하는 자신을 보고서 깨닫기 시작했습니다. 몇 달 전에 당신에 대한 경고를 받은 적이 있습니다. 만약 왕이 탐정을 고용한다면 틀림없이 당신일 거라는 말을 들었지요. 그리고 당신의 주소도 받았습니다. 하지만, 그랬음에도 저는 당신이 원하는 바를 스스로 알려주고 말았군요. 수상하다고 마음이 든 뒤에도 그토록 자애롭고 친절하며 나이 지긋한 목사님를 의심하기는 어려웠습니다. 하지만, 아시다시피 저는 여배우로 연기 수업을 받았습니다. 남자 분장을 하는 것은 전혀 낯선 일이 아닙니다. 가끔 남자 분장이 주는 편리함을 이용할 때도 있지요. 마부 존을 보내 당신을 지켜보라고 한 다음, 위층으로 달려가 제가 외출복이라고 부르는 옷으로 갈아입고, 당신이 떠나자마자 따라 내려갔습니다.

당신의 집 앞까지 따라가, 고명하신 셜록 홈즈씨의 관심 대상이 되었다는 것을 확인할 수 있었습니다. 그 다음엔 좀 경솔하게도 인사말을 드리고 나서, 제 남편이 있는 법학원을 향해서 갔습니다.

이토록 대단한 분이 뒤를 추격하고 있다면 저희는 멀리 달아나는 것이 최선의 방책이라 생각했습니다. 그래서 내일 찾아오시더라도 집은 비어있을 것입니다. 사진에 대해 말하자면, 당신의 의뢰인께선 안심하시길 바랍니다. 저는 그보다 더 좋은 사람을 만나 사랑하고 사랑받고 있습니다. 왕께선 이제 장애물 없이 하고자 하는 일을 하실 수 있을 것입니다. 잔인하게도 그분에게 부당한 취급을 받았던 저의 방해 없이 말입니다. 장래에 왕께서 어떤 방법을 제게 취하더라도 그에 방어해 제 자신을 지켜내는 무기로써, 보호도구로써만 그 사진을 간직하겠습니다. 그가 가지고 싶어할만한 사진을 한 장

남겨 둡니다. 셜록 홈즈씨께 존경의 마음을 표하며,

이레네 노턴, 구성(舊姓) 아들러

"대단한 여자요! 정말 대단한 여자라오!"

세 명이 모두 편지를 읽은 후에 보헤미아왕은 소리쳤다.

"이렇듯 영리하고 단호한 결단력을 지닌 사람이라고 내가 말하지 않았소? 분명 훌륭한 왕비가 되지 않았겠소? 그녀가 나와 같은 신분이 아닌 것이 얼마나 불행한 일인지!"

"제가 아가씨를 보아온 바, 정말 폐하와는 전혀 다른 사람이었습니다."

홈즈는 차갑게 말했다.

"폐하께서 의뢰하신 일에 좀 더 성공적인 결과를 드리지 못해서 유감입니다."

"그렇지 않소."

왕은 큰소리로 말했다.

"그야말로 큰 성공을 거둔 것이오. 그녀는 결코 말을 바꾸는 사람이 아니지. 사진은 이제 불태워 버린 것이나 다름없이 안전하오."

"폐하께서 그렇게 말씀해주시니 감사합니다."

"그대에게 커다란 빚을 지게 되었군. 보답을 어떻게 해야 할지 말해주시오. 이 반지는,"

그는 손가락에서 뱀장식의 에메랄드 반지를 빼서 손바닥에 올려 놓았다.

"폐하께서는 제게 그보다 가치 있는 물건을 가지고 계십니다."

홈즈가 말했다.

"뭐든 말만 하시오."

"이 사진입니다."

왕은 놀라며 그를 쳐다보았다.

"이레네의 사진을?"

그는 큰소리로 말했다.

"물론이지. 그대가 원한다면."

"감사합니다. 폐하. 그러면 이제 더 이상 할 일이 없는 것 같군요. 즐거운 아침 인사를 드릴 수 있게 되어서 영광입니다."

그는 몸을 숙여 인사를 하고 곧바로 돌아서서, 왕이 손을 내미는 것을 보지 못했다. 그리고 나와 함께 그의 집으로 돌아왔다.

이것이 보헤미아 왕국을 위협했던 중대한 스캔들 사건이었고, 셜록 홈즈의 멋진 전략이 한 여성의 기지로 인해 무너지고만 사건이기도 하다. 그는 여자들의 재능을 조롱하는 말을 가끔 하곤 했지만 최근에는 전혀 들어본 적이 없다. 그리고 이레네 아들러에 대해 이야기하거나, 그녀의 사진에 관해 언급할 때는 항상 〈그 여성〉이라는 영예로운 존칭을 붙인다.

실종된 신랑

"이보게, 친구."

홈즈가 말했다. 베이커 가의 하숙집에서 난로를 사이로 양쪽에 앉아 있을 때였다.

"인생이란 사람의 마음이 상상할 수 있는 그 어떤 것보다 훨씬 더 이상하기 그지없는 것일세. 우리는 삶의 지극히 평범한 일상조차도 잘 파악하지 못하고 있다네. 만약 우리가 날 수 있어서 저 창문을 빠져나가, 손에 손을 잡은 채 이 거대한 도시 위를 떠다니며 지붕을 조용히 떼어내고 무슨 일이 일어나고 있는 지를, 이를테면 기묘한 우연의 일치라든가, 여러 가지 음모, 서로 엇갈리는 목적, 세대를 걸쳐 이어지다 정말 기이한 결말로 끝나는, 놀라운 사건의 연속 등을 볼 수 있다면, 모든 소설은 진부하고 식상하기 짝이 없는 뻔한 결말이 될 테니 도통 쓸모없는 것으로 전락해 버리겠지."

"하지만 나는 그렇게 생각하진 않네."

내가 대답했다.

"신문에 올라오는 사건들을 보더라도 대개 저속하고 통속적이기 이를 데가 없어. 경찰 보고서는 사실주의 묘사의 극으로 치닫고 있는데, 솔직히 말하자면, 흥미를 끌지도 못하고 예술적인 것도 아니네."

"사실주의적 효과를 내자면 어떤 확실한 선택과 판단이 있어야지."

홈즈가 말했다.

"경찰 보고서의 문제점은 그게 부족하다는 거야. 상세한 세부사항보다는 치안판사[01]의 상투적인 진술에만 중점을 두고 있지. 세부사항이 관찰자에겐 전체 사건의 중요한 본질을 쥐고 있는 것인데도 말이야. 보고서만 본다면, 평범한 일만큼 그렇게 부자연스러운 일은 없다고 할 정도이지."

나는 웃으며 머리를 흔들었다.

"자네가 생각하는 게 어떤 건지 알겠군."

나는 말했다.

"물론, 자네는 세 개 대륙을 통틀어 심각한 곤경에 빠져있는 사람들에게 비공식적으로 조언해주고 도와주는 입장에 있으니까 이상하고 기괴한 사건을 많이 접해왔겠지. 하지만 여기,"

나는 바닥에서 조간신문을 집어 들었다.

"실제 확인을 한번 해보세. 여기 첫 번째 헤드라인에 이런 내용이 있군. 〈아내를 학대하는 남편〉. 한 면의 반을 차지하는 칼럼인데 읽어보진 않았어도 어떤 기사일지 잘 알 것 같네. 내용은 물론, 다른 여자가 있고, 술주정뱅이에다가, 밀치고, 때리고, 타박상을 입히는 이야기겠지. 그리고 부인을 불쌍하게 생각하는 여동생이나 집주인 아주머니 등이 나올 걸세. 아무리 형편없는 작가라도 이보다 더 형편없는 이야기를 지어내진 못할 걸."

---

01 영국의 하급법원에서 약식재판의 권한을 가진 판사를 말한다. 그 지방에서 덕망 있는 사람이 치안판사가 되어, 형사재판과 치안유지 등을 맡게 된다.

"사실, 그 예는 자네 논증을 뒷받침하기에 적절치 못하다네."

홈즈는 신문을 집어 들고 훑어보며 말했다.

"이건 던대스 이혼사건인데, 우연히 그와 관계된 몇 가지 작은 문제들을 해결해주느라 관여한 적이 있네. 그 남편은 절대금주주의자이고, 다른 여자도 없었어. 소송을 한 이유는 그 남자가 매일 식사를 끝내고 나서는 틀니를 빼서 부인에게 던지는 버릇이 있다는 것이지. 이런 일이 평범한 소설가가 상상해낼 수 있는 행위라고 생각하나? 자, 의사 선생. 코담배 한 대 하고, 자네가 든 예로 오히려 내가 이겼다는 걸 인정하게."

그는 뚜껑 한 가운데에 커다란 자수정이 박힌 광택이 없는 금색의 코담배갑을 내밀었다. 그 호화로움이 홈즈의 검소하고 수수한 생활과는 대조적인 것이라 나는 물어보지 않을 수 없었다.

"아,"

그는 말했다.

"자네를 본 지 몇 주 지났다는 걸 잊었군. 이건 이레네 아들러 사진 사건 때 보헤미아 국왕을 도와준 대가로 받은 작은 선물이지."

"그 반지는?"

나는 그의 손가락에서 빛나고 있는 다이아몬드를 흘깃 보며 물었다.

"이건 네덜란드 왕실에서 받은 것이지. 내가 그 왕실의 민감한 문제를 해결해준 적이 있는데, 내용에 관해서는 자네에게 조차 털어놓을 수가 없군. 자네가 내 사건 한두 가지를 훌륭하게 기록해주긴 했지만 말이야."

"지금은 어떤 사건을 맡고 있는데?"

나는 흥미가 생겨서 물었다.

"열 갠가 열두 갠가 사건이 있는데 별 흥미로운 것은 없어. 자네도 알다시피, 모두 중요하긴 하지만 재미는 없지. 사실, 대개는 덜 중요한 사건일수록 관찰할 범위도 넓고, 사건 조사의 매력을 느끼게 하더군. 원인과 결과에 대한 예리한 분석을 요구하니까 말일세. 큰 범죄 사건은 단순한 경향이 있어. 일반적으로 커다란 범죄 사건일수록 동기가 간단하거든. 이번 사건 중에선, 마르세이유에서 의뢰해온 것이 그나마 얽히고 설킨 문제일 뿐 다른 흥밋거리는 전혀 없다네. 그런데, 조금만 있으면 훨씬 재미있는 사건이 생길 것 같은 걸. 의뢰인이 한 명 올 것 같아. 내가 잘못 본 게 아니라면 말이야."

그는 의자에서 일어나 블라인드 사이로 흐리고 우중충한 런던 거리를 내려다보았다. 그의 어깨 너머로 보니, 길 건너편에는 체격이 큰 여인이 서 있었는데 목에는 두터운 모피 목도리를 두르고, 붉은 깃털이 휘어져 달린 챙이 넓은 모자를 데본셔 공작부인[01] 스타일로 요염하게 한쪽 귀를 가린 채 비스듬히 쓰고 있었다. 화려한 치장의 그 여인은 우리가 있는 창문 쪽을 불안한 듯, 망설이는 듯 살피면서 이리저리 왔다갔다 하기도 하고, 안절부절 못하며 장갑에 달린 단추를 만지작거렸다. 갑자기, 수영선수가 강둑에서 뛰어내리는 것처럼 그녀는 서둘러서 도로를 건너왔다. 그리고 벨소리가 날카롭게 울려 퍼졌다.

"전에도 이와 같은 증상을 본 적이 있지."

홈즈가 담배를 난로 안으로 던지면서 말했다.

---

01 토마스 게인즈버러가 1783년에 그린 초상화. 당시 미인으로 손꼽혔던 데본셔 공작부인, 조지아나 캐븐디쉬를 그렸다.

"길거리에 서서 망설이는 것은 언제나 연애사건을 뜻하네. 상담하길 바라지만 이야기하기에 미묘한 문제인지라 쉽게 결정을 못하는 거지. 그런데 이런 경우일지라도 차이가 있어. 남자에게 심하게 당한 여자라면 망설이지 않아. 그때는 벨을 끊어지도록 당기는 증상이 나타나지. 이번 일은 연애 사건이 분명하긴 한데 여자가 화가 났다기 보단 어찌할 바를 모르거나 슬퍼하는 것 같네. 어쨌거나 우리 궁금증을 풀어줄 여자 분이 몸소 들어오는군."

그가 말을 하자마자 문에서 두드리는 소리가 났고, 제복을 입은 급사 아이가 들어와 메리 서더랜드 양이 왔다고 전했다. 검은 옷을 입은 작은 소년 뒤에 나타난 그녀의 모습은, 마치 커다란 상선이 자그마한 수로 안내선을 앞세우고 돛을 활짝 편 채 들어오는 것 같았다. 셜록 홈즈는 아주 편안하고 공손한 태도로 맞이했다. 그리고 문을 닫고 그녀를 안락의자에 안내한 뒤, 생각에 골두한 듯한 특유의 태도로 잠시 바라보았다.

"힘드시겠군요."

그는 말했다.

"시력이 나쁘신데 타자기를 그렇게 많이 치시니 말입니다."

"처음엔 그랬어요."

그녀가 대답했다.

"하지만 지금은 보지 않아도 글자가 어디 있는 지 알 수 있으니까요."

그러다가, 갑자기 홈즈가 말한 질문의 의도를 깨달은 그녀는 깜짝 놀라며 그를 쳐다보았다. 그녀의 크고 착해 보이는 얼굴에 두려움과 놀라움이 떠올랐다.

"저에 대해서 들으셨군요. 홈즈 씨."

그녀는 크게 소리쳤다.

"아니면 어떻게 아실 수 있겠어요?"

"걱정하실 것 없습니다."

홈즈는 웃으며 말했다.

"그런 일을 아는 것이 제 직업이지요. 다른 사람들이 빠뜨리고 지나가는 것을 볼 수 있도록 훈련해왔다 할까요. 그렇지 않다면 저한테 상담하러 오실 일도 없었겠지요?"

"저는 에서리지 부인 말을 듣고 이곳에 왔습니다. 경찰이나 다른 모든 사람이 죽었다고 포기한 그녀의 남편을 선생님께서 간단히 찾아주셨다는 얘기를 듣고 말이에요. 오, 홈즈 씨! 저한테도 그렇게 해주세요. 저는 부자가 아닙니다만, 제 앞으로 일 년에 100파운드 씩 받는 돈이 있고 타자기를 쳐서 버는 돈도 있습니다. 호스머 앤젤 씨의 행방을 알 수 있다면 전부 다 드리겠어요."

"그런데, 저한테 상담하러 오시면서, 왜 그리도 서두르셨지요?"

홈즈는 손끝을 한데 모으고, 천장을 쳐다보며 물었다.

또다시 메리 서더랜드 양의 얼이 빠진 듯한 얼굴에 놀라운 표정이 떠올랐다.

"네. 정신없이 뛰쳐나왔어요."

그녀는 말했다.

"윈디뱅크 씨가, 제 아버지입니다만, 이 일을 너무도 가볍게만 생각하는 터라 화가 나서 견딜 수가 없었어요. 경찰에 신고하려고 하지도 않고 홈즈 씨에게도 가려고 하지 않아요. 결국 아무 것도 하지 않고 피해본 일은 없었다는 말만 한답니다. 그러니 미칠 것 같아서 제가 직접 해결하려고 곧장 빠져나와 당신께로 온 것이에요."

"아버지?"

홈즈가 말했다.

"의붓아버지겠지요? 성이 다른 것을 보니."

"네. 의붓아버지이죠. 아버지라 부르긴 합니다만 좀 이상한 것 같긴 해요. 저보다 나이가 다섯 살 반 정도밖에 차이가 나질 않으니까요."

"어머니는 살아계시지요?"

"그럼요. 건강하게 살아계십니다. 홈즈 씨, 아버지가 돌아가시고 그렇게도 빨리, 거의 십오 년이나 어린 사람과 재혼할 적에 저는 사실 반갑지 않았답니다. 아버지는 토튼햄 코트 로드에서 배관공으로 일하셨는데 작은 사업체를 남겨주셨고, 어머니께선 그 일을 공장장이었던 하이디 씨와 함께 이어서 해왔어요. 그런데 와인 영업사원으로 수완이 좋았던 윈디뱅크 씨가 그 사업체를 팔아버리도록 했어요. 영업권과 이자를 합쳐 사천칠백을 받았는데 아버지가 살아계셨다면 그보다 훨씬 많이 받았을 거예요."

나는 그녀의 산만하고 앞뒤 없는 이야기에 셜록 홈즈가 짜증을 내리라 생각하며 그를 보았다. 그런데 오히려 열심히 집중하며 듣고 있었다.

"당신의 수입 말입니다."

그는 물었다.

"그 사업으로부터 나오는 겁니까?"

"오, 아니에요. 그건 완전히 다른 겁니다. 오클랜드에 있는 제 삼촌 네드가 남겨주신 거예요. 뉴질랜드 공채로 이자가 4.5퍼센트이지요. 전체 이천오백 파운드인데 저는 이자만 손댈 수 있답니다."

"아주 흥미 있는 이야기로군요."

홈즈가 말했다.

"그러면 일 년에 백 파운드라는 거액이 들어오고, 거기에다가 돈을 벌고 있으니 여행도 좀 할 수 있고 여러 가지 일을 마음대로 할 수 있겠군요. 독신여성이라면 육십 파운드 정도의 수입이라도 꽤 잘 살 수 있으리라 생각합니다만."

"그보다 더 적어도 살 수 있어요. 홈즈 씨, 이해하시겠지만 저는 집에서 같이 살면서 짐이 되고 싶지는 않아요. 그래서 제가 집에서 사는 동안에 부모님이 그 돈을 마음대로 쓰실 수 있게 했어요. 물론 그동안만 말이에요. 윈디뱅크 씨가 삼 개월마다 이자를 찾아와서 어머니께 드리고 있고, 저는 타자를 쳐서 충분히 살아갈 수 있어요. 한 장에 이 펜스씩 받는데 하루에 열다섯 장에서 스무 장 정도 칠 수 있으니까요."

"상황이 어떤지 잘 설명해주셨습니다."

홈즈가 말했다.

"이쪽은 제 친구이자 의사인 왓슨 선생입니다. 저한테 얘기하듯이 편하게 생각하시면 됩니다. 이제 호스머 앤젤 씨에 관련된 모든 것을 말씀해주시겠습니까?"

서더랜드 양의 얼굴에 붉은 기운이 홍수처럼 밀려왔다. 그녀는 불안한 듯 재킷의 가장자리를 뜯었다.

"처음 만난 곳은 가스업자들의 무도회에서였지요."

그녀는 말했다.

"아버지가 살아계실 적에 초대장이 오곤 했는데, 돌아가신 후에도 잊지 않고 어머니께 보내주더군요. 윈디뱅크 씨는 어머니와 제가 그런 곳에 가는 것을 원치 않았어요. 어느 곳이라도 가는 건 다 싫어했어요. 제가 일요학교 소풍에 가겠다고만 해도 미친 듯이 화를 낼 거예요. 하지만 이번에는 가기로 결심했어요. 내가 간다면 무슨 권리로 막겠어요? 그는 아버지의 친구들이 모두 거기에 올 거고 그 사람들과 알고 지내기엔 어울리지 않는다고 하더군요. 거기에 맞는 옷도 없지 않느냐는 말도 했지만, 제겐 옷장에서 한 번도 꺼내지 않은 보랏빛 플러시천으로 만든 옷이 있거든요. 결국, 막으려고 해도 안 된다는 것을 알자 프랑스에 사업상 출장을 가버리더군요. 그래서 어머니와 저, 공장장이었던 하이디 씨는 무도회에 참석했고 그곳에서 호스머 앤젤 씨를 만나게 된 것이에요."

"그렇다면,"

홈즈가 말했다.

"윈디뱅크 씨가 프랑스에서 돌아와서 무도회를 다녀온 것을 알고 매우 화를 냈겠군요."

"오, 아니에요. 그 부분에 대해선 호의적이었어요. 제가 기억하기에는, 웃으며 어깨를 으쓱하더니 여자란 자기 맘대로 하기 마련이니 말려도 소용이 없다는 말을 했어요."

"그렇군요. 그러니까 가스업자 무도회에서 만난 신사분이 호스머 앤젤 씨라는 것이지요?"

"네. 맞아요. 그 날 밤에 만났고, 다음 날에는 우리가 집에 잘 도착했는지 궁금하다며 집으로 방문을 와서 만나게 되었지요. 홈즈 씨, 그 후 두 번 만나 같이 산책을 했답니다. 하지만 아버지가 출장에서 돌아온 후, 호스머 앤젤 씨는 더 이상 집으로 찾아오지 못했어요."

"어째서?"

"아시다시피 아버지가 그런 일을 좋아하지 않았어요. 할 수만 있다면 어떤 손님도 들여놓지 않으려고 했거든요. 여자란 가족이라는 굴레 안에서 행복을 찾아야 한다고 늘 말하더군요. 하지만 전 어머니께 얘기하곤 했어요. 여자란 자신의 가정을 시작하길 원한다고. 저는 아직 그런 가정을 가지지 못했다고 말이에요."

"그러면 호스머 앤젤 씨는 어떻게 했습니까? 당신을 만나려고 애쓰지 않았나요?"

"아버지가 일주일 뒤엔 다시 프랑스로 출장을 떠나니, 호스머는 그가 갈 때까지 서로 만나지 않는 것이 안전하고 좋을 거라고 편지를 써서 말했어요. 그동안은 편지를 쓰면 되니까요. 그 사람은 매일 편지를 보냈어요. 제가 아침에 편지를 가져오니까 아버지는 알 수도 없지요."

"신사분과 결혼 약속을 했나요?"

"오. 맞아요. 홈즈 씨. 처음 산책을 함께 한 다음에 결혼 약속을 했어요. 호스머, 그러니까 앤젤 씨는 리든홀 가(街)에 있는 어떤 사무실에 회계원으로 있는데……."

"어떤 사무실이라면?"

"홈즈 씨, 그게 아주 안 좋은 점인데요. 그걸 모르겠어요."

"그럼 사는 곳은 어디죠?"

"그는 사무실에서 잤어요."

"주소도 모릅니까?"

"네. 리든홀 가라는 것 밖에는."

"그렇다면 편지는 어디로 보냈지요?'

"리든홀 가 우체국으로요. 그곳으로 보내면 가져갔어요. 사무실로 여자가 편지를 보내면 다른 회계원들이 놀린다고 해서, 저도 그가 보내는 것처럼 타자로 쳐서 보내겠다고 했는데 그건 싫다고 했어요. 손으로 쓴 것은 저한테서 오는 편지 같지만, 타자로 친 것은 우리 사이에 기계가 끼어든 것 같은 느낌이라고 하더군요. 홈즈 씨, 그런 사소한 것만 봐도 그가 얼마나 저를 좋아하는 지 아시겠지요?"

"암시하는 바가 많군요."

홈즈가 말했다.

"가장 사소한 것이야말로 가장 중요하다는 것을, 오래 전부터 제 지론으로 삼고 있습니다. 호스머 앤젤 씨에 대한 다른 어떤 사소한 일이라도 기억나는 것이 있으신지요?"

"홈즈 씨. 그는 아주 수줍음이 많은 사람이었어요. 환한 대낮보다는 저녁 나절에 산책하는 것을 좋아했어요. 사람들 눈에 띄는 것이 싫다고 하더군요. 사교성은 없었지만 점잖고 신사다웠어요. 목소리도 부드러웠지요. 그가 말하기를, 어릴 적에 편도선염과 임파선 비대증에 걸려 목이 약해지는 바람에 말을 더듬고 속삭이는 버릇이 생겼다더군요. 옷차람은 항상 잘 차려입었고 깔끔하고 소박한 편이었는데, 저처럼 눈이 나빠서 눈부심을 방지하려고 색깔 있는 안경을 썼지요."

"의붓아버지인 윈디뱅크 씨가 다시 프랑스에 출장 간 다음에는 어떻게 되었습니까?"

"호스머 앤젤 씨가 다시 집에 와서 아버지가 돌아오시기 전에 결혼하자고 저한테 프로포즈했어요. 그는 정말 간절하고 진지했기 때문에, 시키는 대로 성서에 손을 얹고 무슨 일이 있어도 그에게 충실하겠노라고 맹세하고 말았지요. 어머니는 그런 맹세를 시킨 것은 당연하다며, 열정의 증거라고 말했어요. 어머니는 처음부터 그에게 호의적이었고, 저보다 더 좋아하기도 했답니다. 그리고서 두 사람은 그 주 안에 결혼식을 올리자고 의논을 시작했는데, 저는 아버지한테 얘기해야 한다고 말했지요. 어머니와 그 사람은 아버지는 신경 쓰지 않아도 된다고, 나중에 이야기해도 된다고 했어요. 어머니는 아버지에 관한 일은 자신이 알아서 할 테니 걱정 말라고 하셨죠. 하지만 저는 그렇게 하고 싶지 않았어요. 홈즈 씨. 저보다 다섯 살 밖에 많지 않은 사람에게 결혼 허락을 받는 것도 우스운 일이었지만, 몰래 하는 것도 마음에 들지 않았기 때문에 보르도에 있는 아버지에게 편지를 보냈지요. 회사의 프랑스 지점이 그곳에 있어요. 그런데 편지는 결혼식이 있던 그 날 아침에 돌아왔더군요."

"아버지가 편지를 받지 못했나요?"

"네. 편지가 도착하기 바로 전에 영국을 향해 떠났기 때문이죠."

"하! 운이 나빴군요. 그러면, 결혼식은 금요일에 예정되어 있었고, 교회에서였나요?"

"네. 아주 조용하게 치르기로 했어요. 킹스 크로스 근처 세인트 세이비어 교회에서였지요. 그 다음엔 세인트 판크라스 호텔에서 아침을 먹기로 했어요. 호스머는 이륜마차를 타고 왔는데 좌석이 둘 밖에 없어서 어머니와 저를 먼저 태웠답니다. 그리고 그는 마침 거리에 하나 있던 사륜마차에 올랐지요. 제가 탄 마차가 먼저 교회에 도착하고 사륜마차가 다음에 도착해서 그가 내리기를 기다리고 있었어요. 그런데 내리지 않더군요. 마부가 내려와 마차 안을 들여다 보았더니 그가 없는 거예요! 마부는 그가 타는 것을 자신의 눈으로 똑똑히 봤는데 어찌된 일인지 모르겠다고 말했어요. 그때가 지난 금요일이었지요. 홈즈 씨, 그 이후론 그 사람이 어떻게 되었는지 알 수 있는 단서 하나 보지도 못했고, 듣지도 못했어요."

"아주 치욕스런 일을 당하신 것 같습니다."

홈즈가 말했다.

"오, 아니에요! 착하고 친절하기만한 그 사람이 저를 떠날 리가 없어요. 어쩐 일인지 모르지만, 그날 아침 저한테 이런 얘길 했어요. 무슨 일이 생기더라도 마음 변하지 말라고, 뜻하지 않은 일이 일어나 우리가 헤어지게 되더라도 맹세했던 것은 꼭 기억해야한다고, 머지않아 그 약속을 지키려고 돌아올 것이라고. 결혼식 아침에 그런 얘기를 하는 것을 이상하게 생각했는데, 막상 일이 벌어지니 그 뜻을 알겠어요."

"확실히 무언가 있는 것 같군요. 그러니까 서더랜드 양의 생각은, 그 사람한테 어떤 뜻하지 않은 이변이 생겼다는 것이지요?"

"네, 맞아요. 그는 어떤 위험을 예견했던 것 같아요. 아니라면 그런 얘기를 할 까닭이 없겠죠. 그리고 제 생각엔, 예견했던 위험이 실제 일어난 것 같아요."

"하지만 어떤 일이 일어났는지는 모르는 거지요?"

"모르겠어요."

"한 가지 더 질문 드리겠습니다. 어머니는 이번 일을 어떻게 생각하시는지?"

"화가 많이 나셨어요. 저한테 이번 일에 대해서 다신 얘기도 꺼내지 말라고 하셨지요."

"그럼 아버지는? 아버지한테 얘기했나요?"

"네. 제 생각처럼 어떤 일이 일어났고, 호스머가 다시 연락하리라 생각하는 것 같아요. 그가 말한 것처럼, 저를 교회 문 앞까지 데려가고, 거기서 버린다고 해서 이익을 얻을 사람이 어디 있겠어요. 그가 제 돈을 빌려갔거나, 저랑 결혼해서 재산을 얻을 수 있는 것이라면 분명 이유가 되겠지요. 하지만 호스머는 돈에 관해서는 아주 자립심이 강해서 제 돈은 일 실링이라도 쳐다보지 않았어요. 그러니 무슨 일이 일어난 것일까요? 왜 편지도 쓰지 않는 것일까요? 아, 그 생각만 해도 반쯤은 미쳐버릴 것만 같아요. 밤에 한 숨도 잠 잘 수가 없어요."

그녀는 소매 끝에서 작은 손수건을 꺼냈고, 흐느껴 울기 시작했다.

"이 사건을 한 번 살펴보기로 하지요."

홈즈는 일어서면서 말했다.

"분명한 결과가 나오리라 확신합니다. 이 문제는 이제 저한테 맡기시고, 더 이상 깊이 빠져들지 마세요. 무엇보다도, 호스머 앤젤 씨에 대한 기억을 지워버리도록 노력하십시오. 그가 서더랜드 양의 인생에서 사라진 것처럼 말입니다."

"그렇다면, 그 사람을 다신 볼 수 없다고 생각하시는 건가요?"

"그럴 것 같군요."

"그럼 무슨 일이 일어난 걸까요?"

"그 문제는 저한테 맡겨두세요. 그에 대해 정확한 인상착의를 알려주시면 좋겠군요. 그리고 그가 쓴 편지를 가지고 있으신지?"

"지난 일요일 크로니클 신문에 광고를 냈어요."

그녀가 말했다.

"이 종이에 그 내용이 있어요. 이건 그 사람이 보낸 편지 네 통이구요."

"고맙습니다. 그리고 서더랜드 양의 주소는?"

"캠버웰, 라이언 플레이스 31번지이에요."

"앤젤 씨의 주소는 모른다고 하셨지요? 아버지의 직장은 어디인가요?"

"웨스트하우스 앤 마뱅크에서 영업사원으로 일해요. 펜처치 가(街)에 있는 적포도주 수입회사입니다."

"고맙습니다. 상황을 아주 잘 설명해주셨군요. 편지들은 여기에 두고 가시고, 아까 제가 얘기한 충고를 잊지 마십시오. 모든 일은 봉인된 책처럼 알 수 없는 수수께끼로 남겨두고, 앞으로 살아가는데 영향을 미치지 않도록 하시길 바랍니다."

"홈즈 씨. 정말 친절하신 분이시군요. 하지만 그렇게 할 순 없어요. 호스머에게 충실하고 싶습니다. 그가 돌아올 때까지지 저는 기다리고 있을 거예요."

의뢰인인 그녀는, 어울리지 않는 모자에 얼빠진 듯한 표정이었지만 단순한 믿음 속에 어떤 고결함이 느껴졌기에 우리는 경의를 표하지 않을 수 없었다. 그녀는 편지 묶음을 책상 의에 올려놓은 뒤, 부르면 언제든지 오겠다는 약속을 하고 집으로 돌아갔다.

셜록 홈즈는 여전히 손가락 끝을 모은 채 몇 분을 조용히 앉아있었다. 다리는 앞으로 길게 뻗었고 시선은 천장을 향해 고정되어 있었다. 그리고는 선반에서 오래되고 손때가 묻어 반질거리는, 사기로 만든 파이프를 꺼냈다. 그에게는 상담자와 같은 파이프였다. 불을 붙이고 의자에 기대 앉아 두텁고 푸른 연기 조각들을 피워 올렸는데, 그의 얼굴에는 더없이 음울한 표정이 느껴졌다.

"그 여자는 정말 흥미로운 연구과제야."

그가 말했다.

"그녀가 가져온 사소한 사건보다는 그녀가 더 흥미롭군. 사건은 그저 흔해빠진 것이니 말이야. 내 목록을 뒤져보면 비슷한 사건을 찾을 수 있을 걸세. 77[01]년에 앤도버,[02] 작년에 헤이그[03]에서 비슷한 사건이 있었지. 세부적인 면에서 한 두 가지 다른 점이 있지만 그 아이디어는 낡은 수법이지. 배울 점이 있다면 바로 그 여자 자체라네."

"나한테는 보이지 않는 많은 부분을 자네는 그 여자를 보면서 파악했나 보군."

내가 말했다.

"보이지 않는 것이 아니라 보지 않고 지나치는 것이지. 왓슨, 자네는 어디를 봐야할 지 몰라. 그러니 중요한 것은 모두 놓치는 거야. 소매 끝의 중요성이라든가 엄지손톱이 암시하는 바, 구두끈 하나에도 매달려 있는 커다란 증거들을 자네는 아직도 깨닫지 못하고 있어. 아

01 1877년을 말함.
02 Andover : 영국 잉글랜드 햄프셔 주에 있는 도시. 미국 매사츄세츠주에도 같은 이름의 시가 있다.
03 The Hague : 네덜란드의 실질적인 수도. 정치의 중심지.

까 그 여자의 겉모습을 보고 관찰한 것이 무엇인지 얘기해 보게."

"음, 짙은 회색의 챙이 넓은 밀짚모자에 벽돌처럼 붉은 깃털이 꽂혀있었네. 재킷은 검은 색이었는데 검은 구슬이 수놓아져 있었고, 가장자리에는 작은 흑옥(黑玉) 장식이 달려있었지. 드레스는 커피색보다 좀더 진한 갈색인데, 소매와 목에는 보라색 플러시천이 붙어있더군. 장갑은 잿빛이고 오른쪽 집게손가락 부분이 닳아서 구멍이 뚫려있었네. 부츠는 자세히 보지 않았어. 작고 둥근, 달랑거리는 금귀고리를 하고 있었고 꽤 잘 사는 듯한 분위기인데, 평범하고, 느긋한데다, 수더분한 성격 같더군."

셜록 홈즈는 가볍게 손뼉을 치며 만족스러운 듯 웃었다.

"오, 놀라운 걸. 왓슨, 아주 많은 발전을 했어. 정말 잘 해냈네. 중요한 것은 모두 놓치고 말았지만, 관찰 방법은 제대로 해냈어. 자네는 색깔을 민첩하게 파악하는 능력이 있군. 친구, 전체적인 인상을 절대 믿지 말고, 세부적인 것에 집중을 하게. 나는 항상 여자의 옷소매를 먼저 본다네. 남자라면 아마도 바지 무릎을 먼저 보는 게 좋겠지. 자네가 본 것처럼, 이 여자는 플러시천을 소매에 달고 있는데, 그 천은 흔적을 찾기에 아주 유용한 재질이라네. 손목 약간 위쪽에 두 줄이 뚜렷하게 나있었는데 타자를 칠 때 테이블에 손목이 닿아서 생긴 자국이지. 손으로 돌리는 재봉틀을 사용해도 비슷한 자국이 남지만, 타자 칠 때에는 오른 쪽에 넓게 나는 것에 비해 엄지손가락에서 멀리 떨어진 왼쪽 팔에 자국이 나게 된다네. 그리고 그녀의 얼굴을 보았더니 코 양쪽에 코안경 자국이 있었어. 근시에 타자를 치는 것이라고 한 번 짐작을 해보았지. 그랬더니 그녀가 놀라더군."

"나도 놀랐다네."

"하지만, 그건 아주 명백한 것이었지. 그리고는 부츠를 살펴보니 놀랍기도 하고 흥미로운 점을 발견했어. 신고 있는 부츠가 양 쪽이 같지 않더군. 서로 다른 걸 신고 있는데 하나는 앞에 약간의 장식이 있고, 다른 하나는 장식이 없는 거였지. 하나는 다섯 개의 단추 중에서 아래 쪽 두 개만 채웠고, 다른 쪽은 첫 째, 셋 째, 다섯 째 것만 채웠더군. 잘 차려 입은 젊은 여자가 짝짝이 부츠를 신고, 단추는 반 쯤 채우고 집에서 나왔다면, 몹시 서둘렀다는 것은 대단한 추리가가 아니더라도 알 수 있겠지."

"그리고 다른 건?"

나는 언제나처럼 내 친구의 날카로운 추리에 큰 흥미를 느끼며 물었다.

"살펴보는 김에, 내가 알게 된 것은 그녀가 나오려고 다 차려입고 집에서 나오기 전에 무언가를 썼다는 거야. 자네는 그녀의 오른쪽 장갑 집게 손가락이 닳은 것은 보았지만, 양쪽 장갑과 손가락이 보라색 잉크로 물든 것은 보지 못했더군. 서둘러서 글씨를 쓰느라 펜을 잉크에 너무 깊이 넣었던 거지. 오늘 아침에 그랬던 것이 틀림없어. 그렇지 않다면 손가락에 잉크자국이 선명하게 남아있을 리가 없지. 재미있긴 하지만 초보적인 것들이라네. 그런데 왓슨, 이제 사건으로 돌아가야겠어. 호스머 앤젤 씨에 대한 광고 내용을 읽어봐 주겠나?"

나는 인쇄된 작은 종이를 들어 불빛에 비춰보았다.

"사람을 찾음. 14일 아침. 호스머 앤젤이라는 이름의 신사. 키는 약 5피트 7인치[01]. 건장한 체격. 창백한 피부색. 검은 머리. 이마 가운데 부분이 조금 벗겨짐. 수북한 구레나룻과 콧수염. 색안경을 씀. 약간 어눌한 말투. 실종 당시에 실크로 마감한 검은색 프록코트에 검은색 조끼를 입고 있었고, 금으로 된 시곗줄, 회색 해리스 트위드 바지, 고무를 덧댄 부츠에 갈색 각반을 하고 있었음. 리든홀 가에 있는 사무실에서 근무하고 있었다고 함. 누구든지 행방을 아는 사람은……."

"그만하면 됐네."

홈즈는 말했다.

"편지를 보자면,"

그는 편지들을 훑어보기 시작했다.

"아주 평범하기 짝이 없군. 발자크[02]의 말을 한 번 인용한 것 외에는 앤젤 씨에 대한 단서는 전혀 없어. 한 가지 특이한 것이 있는데, 이걸 보면 놀랄 걸세."

"타자기로 쳤군."

내가 말했다.

"내용 뿐만이 아니라 서명까지 타자기를 썼네. 아래쪽에 작고 깔끔하게 〈호스머 앤젤〉이라고 친 것을 보게나. 날짜는 있는데 주소는 리든홀가라고 애매하게 쓴 것 밖에 없군. 이 서명이 아주 암시하는 바가 크네. 사실, 결정적인 증거라고 할 수 있지."

"어째서?"

"이 친구, 정말 이 사건에서 얼마나 큰 증거가 되는지 모른단 말인가?"

---

01 약 170cm

02 Balzac : Honoré de Balzac, 19세기 프랑스의 소설가. 대표작으로 《고리오 영감》이 있다.

"잘 모르겠는걸. 결혼 약속을 파기해 깨뜨려서 고소되었을 때를 대비해 자신의 서명을 부인하려고 그렇게 한 걸까?"

"아니, 그런 건 아니야. 어쨌든 간에, 이제 편지를 두 통 써야겠군. 그걸로 사건이 해결될 거야. 하나는 시내에 있는 한 회사에, 또 하나는 그 젊은 아가씨의 의붓아버지, 윈디뱅크 씨에게 내일 저녁 6시에 이곳으로 방문해달라고 요청하는 편지일세. 남자 대 남자로 얘기하는 것이 아무래도 좋을 것 같군. 자, 그럼 의사 선생, 편지에 대한 답장이 올 때까지는 아무 할 일이 없는 것 같으니까, 이 사소한 문제는 잠시 선반 위에 얹어두기로 하세나."

나는 지금까지 겪어오면서 내 친구의 명석한 추리력과 사건을 해결해내는 추진력에 대한 굳은 믿음을 가지게 되었기 때문에, 그가 강한 확신과 편안한 태도를 보이는 것으로 미루어 이 이상하고도 수수께끼 같은 사건을 풀어낼 해결책을 갖고 있다고 느꼈다. 단 한 번, 보헤미아 국왕과 이레네 아들러 사진 사건에서 그가 실패한 적이 있지만, 네 사람의 서명과 같은 기묘한 사건, 주홍색 연구와 연관된 특이한 상황 등을 되돌아보면, 그가 풀어내지 못할 사건이란 정말 이상하고 혼란스런 것이리라 생각했다.

내일 저녁이면 메리 서더랜드 양의 사라진 신랑에 대한 정체를 파악할 모든 열쇠가 그의 손에 들려 있을 것을 확신하며, 나는 검은 파이프를 피워대는 그를 남겨두고 집으로 돌아왔다.

그 당시 나는 꽤 중대한 환자를 돌보고 있었기 때문에, 다음 날은 하루 종일 그 환자의 침대 옆에서 바쁘게 보냈다. 6시 가까이 되어서야 시간이 나서, 나는 그 수수께끼 같은 사건의 대단원을 놓칠까

조마조마하며 이륜마차에 뛰어올라 베이커 가를 향해 달려갔다. 그런데 홈즈 혼자서 안락의자에 길고 마른 몸을 구부리고 들어앉아 졸고 있었다. 줄지어 늘어선 많은 병들과 시험관, 코를 찌르는 염산 냄새로 미루어볼 때, 하루 종일 그가 좋아하는 화학실험을 했다는 것을 알 수 있었다.

"문제를 해결했나?"

방에 들어서면서 내가 물었다.

"했지. 산화바륨의 중황산염이었어."

"아니, 아니, 수수께끼 사건 말이야!"

나는 소리쳤다.

"아, 그거! 실험하고 있던 소금 얘기인 줄 알았네. 그 사건에는 수수께끼 같은 면이 없어. 어제도 말했듯이, 몇몇 사소한 점이 흥미로울 뿐이지. 단 하나 결점이 있다면 법에 저촉되는 것이 아니라는 거야. 그 악당을 손 댈 수 없다는 게 안타깝네."

"그게 누군데? 대체 서더랜드 양을 버린 목적은 뭐지?"

내가 질문을 하자마자, 홈즈가 대답하려고 입을 열기도 전에 복도에서 무거운 발소리가 들렸고, 이어 노크 소리가 났다.

"그 아가씨의 의붓아버지일세. 제임스 윈디뱅크 씨."

홈즈가 말했다.

"여섯 시에 여기로 온다고 편지로 말했었네. 들어오십시오."

들어온 사람은 중간 체격의 건장한 남자로, 서른 살 쯤 되었는데 창백한 혈색에 말끔히 면도한 얼굴이었고, 환심을 사려는 듯한 온화한 태도였지만 회색 빛 눈동자가 놀랍도록 날카롭고 예리했다. 그는 우리 두 사람에게 의심스러운 눈빛을 던지며, 번들거리는 모자를 선반 위에 얹고 가볍게 몸을 숙여 인사하더니 옆걸음으로 가까운 의자에 다가와 앉았다.

"안녕하십니까. 제임스 윈디뱅크 씨."

홈즈가 말했다.

"이 타자기로 쓴 편지가 당신이 보낸 것이 맞지요? 여섯 시에 저와 만나기로 약속한 편지 말입니다."

"네. 제가 좀 늦지나 않았는지 모르겠습니다. 아시다시피 제 마음대로 나올 수 있는 처지가 아니라서요. 서더랜드 양이 사소한 사건을 가지고 폐를 끼친 것 같아 죄송합니다. 집안일을 바깥에 드러내는 것이 좋은 일은 아니지요. 여기에 온다는 것을 저는 반대했습니다. 하지만 보셨듯이, 그 아이가 흥분을 잘하고 충동적인 편이라 한 번 마음먹은 것이 있으면 다스리기가 쉽지 않습니다. 물론 경찰과 연관된 분이 아니시니 큰 염려는 하지 않습니다만 집안의 불행스런 일이 이처럼 퍼져나가는 것은 유쾌한 일이 아닙니다. 게다가, 당신이 어떻게 호스머 앤젤을 찾을 수 있겠습니까? 다 소용없는 일이지요."

"그와는 반대로,"

홈즈는 조용히 말했다.

"저는 호스머 앤젤 씨를 찾을 수 있다는 확실한 믿음이 있습니다."

윈디뱅크 씨는 움찔 놀라며 장갑을 떨어뜨렸다.

"그 말씀을 들으니 반갑군요."

그가 말했다.

"참 신기한 일이지요."

홈즈가 말했다.

"타자기도 사람이 손으로 쓴 글씨와 같이 각각의 기계마다 큰 차이가 있습니다. 완전히 새것이 아니라면 똑같이 찍는 타자기는 하나도 없지요. 어떤 글자는 다른 것보다 많이 닳고, 또 어떤 글자는 한쪽만 닳기도 하지요. 자, 그럼 윈디뱅크 씨. 당신이 쓴 편지를 보면 모든 〈e〉자가 약간 흐릿하고 〈r〉자는 끝부분이 약간 잘려져 있습니다. 그 외 열네 가지 다른 특징이 있습니다만 이 두 가지가 가장 알기 쉽지요."

"사무실에서 서신을 쓸 때 이 타자기를 사용합니다. 조금 낡은 것은 당연한 일이겠죠."

방문객은 반짝이는 작은 눈으로 홈즈를 날카롭게 쏘아보았다.

"그렇다면 윈디뱅크 씨, 이제 정말 재미있는 연구를 보여드리지요."

홈즈는 계속 말을 이었다.

"저는 최근에 타자기와 범죄의 연관성에 대한 또 다른 소논문을 집필하려고 생각 중입니다. 제가 좀 관심을 두고 연구해오던 주제이지요. 여기에 실종된 사람이 썼다는 편지가 네 통 있습니다. 모두 타자기로 친 것입니다. 어느 편지를 보던 간에, 〈e〉자가 흐릿하고 〈r〉자의 끝부분이 잘린 것 뿐만 아니라, 확대경을 사용하면 아까 제가 언급한 바와 같이 다른 열네 가지 다른 특징도 명확하게 볼 수 있습니다."

윈디뱅크 씨는 의자에서 벌떡 일어나, 모자를 집어 들었다.

"홈즈 씨. 이런 터무니없는 이야기에 시간을 낭비할 순 없군요."

그가 말했다.

"그 남자를 잡을 수 있다면, 잡고 나서 나한테 알려주십시오."

"물론이죠."

홈즈는 말하며, 문으로 가로질러가 열쇠를 돌려 잠갔다.

"그러면 알려 드리죠. 잡았습니다!"

"뭐라고? 어디에?"

윈디뱅크 씨는 입술은 창백해지고, 덫에 걸린 쥐처럼 주위를 둘러보며 소리 질렀다.

"오, 안되지. 절대 그럴 수는 없지."

홈즈가 침착하게 말했다.

"빠져나갈 곳은 없어, 윈디뱅크. 모든 것이 훤히 들여다보이는군. 이렇게 간단한 문제를 나한테 풀 수 없다고 말하다니 아주 지나친 평가였는걸. 좋아! 자리에 앉아서 이야기를 나눠볼까."

방문객은 시체처럼 핏기 없는 얼굴로, 이마에는 땀을 반짝이며 의자에 쓰러지듯 앉았다.

"이, 이건 법으로 처벌할 수 없습니다."

그는 더듬거리며 말을 했다.

"그런 것 같아서 유감이군. 하지만 윈디뱅크, 우리끼리 얘긴데 이건 간단한 수법이었지만, 내가 맡은 사건 중에서 가장 잔인하고, 이기적이며, 냉혹한 속임수라 할 수 있겠군. 자, 이제 사건이 어떻게 된 것인지 대강 얘기해 볼테니 만약 틀린 점이 있다면 알려주시지."

그 남자는 완전히 짓눌러진 사람처럼, 머리를 가슴에 파묻고 몸을 잔뜩 움츠린 채 의자에 앉아있었다. 홈즈는 벽난로선반 옆에 등을 기대고 서서, 손을 주머니에 넣은 채 이야기를 시작했다. 누군가에게 말한다기보다는 혼잣말을 하는 것처럼 느껴졌다.

"재산을 노리고 자신보다 나이가 아주 많은 여인과 결혼한 남자가 있었네. 그리고 그 여인의 딸과 함께 사는 동안은 딸의 돈 역시 마음대로 쓸 수 있었어. 그 남자의 처지로서는 꽤 많은 금액이었기 때문에 그 돈이 있고 없고의 차이는 큰 것이었지. 돈을 지키려고 노력할만한 가치가 있었던 거야. 그 딸은 착하고, 호감을 주는 성격이었네. 마음도 따뜻하고 다정한 편인데다가 적으나마 수입도 있는 그녀를 독신으로 오랫동안 살도록 남자들이 그냥 내버려둘 리가 없었어. 그녀가 결혼한다는 것은, 물론 일 년에 백 파운드의 돈이 사라진다는 걸 의미하지. 그렇다면 의붓아버지는 그걸 막기 위해 무엇을 해야 할까? 그녀를 집에서 나가지 못하게 하고, 같은 또래의 사람들과 어울리지 못하도록 하는 빤한 수단을 쓴 것이네. 하지만 그건 영원한 해결책이 되지 못한다는 것을 곧 깨달았어. 그녀는 반항을 하며 자신의 권리를 주장하게 되었고, 결국은 어떤 무도회에 가겠다고 적극적으로 나서게 된 거야. 그렇다면 영리한 의붓아버지는 어떻게 했을까? 양심을 저버리는 계략을 생각해낸 거지. 부인의 묵인과 도움으로 날카로운 눈매를 색안경으로 가리고, 콧수염과 무성한 구레나룻으로 얼굴을 숨기고, 목소리는 일부러 낮춰 환심을 살만한 속삭이는 목소리로 바꾼 다음, 그녀가 다른 사람을 만나 사랑에 빠지는 것을 막기 위해 호스머 앤젤이라는 이름으로 나타난 거야. 딸이 근시라는 것도 계산에 넣고서 한 짓이었지."

"처음에는 그저 장난이었을 뿐,"

방문객은 신음하듯 말을 했다.

"그 아이가 그렇게 빠져들 줄은 전혀 생각 못했습니다."

"그랬겠지. 그렇다하더라도 이 젊은 아가씨는 빠져들고 말았고, 의붓아버지가 프랑스에 있다고 믿었기 때문에 그런 사기극이 있으리라곤 전혀 생각을 할 수 없었지. 그 신사의 관심에 그녀는 기뻐하게 되었고, 어머니가 극구 칭찬을 해댔으니 효과는 더욱 커졌네. 그런 다음 앤젤 씨는 집으로 찾아오기 시작했는데, 제대로 효과를 보자면 할 수 있는 데까지 밀어붙여야만 했던 것이지. 데이트를 하고, 결혼 약속을 받아내면서 결국 그녀의 관심을 자기한테만 돌리는 데에 성공을 했네. 하지만 사기극을 언제까지나 계속할 순 없었지. 프랑스로 출장을 떠난다고 둘러대는 것도 귀찮은 일이었거든. 이 젊은 아가씨에게 영원히 지속될 강력한 인상을 남기고 다른 사람을 찾지 못하게 하려면 드라마틱한 결말로 끝나는 것이 좋다는 생각을 한 거야. 그래서 성경에 대고 충성의 서약을 강요했으며, 그래서 결혼식 아침에 무슨 일이 일어날 것 같은 암시를 준 것이지. 제임스 윈디뱅크는 서더랜드 양이 호스머 앤젤에게 완전히 마음을 빼앗기게 만든 다음, 그 생사를 확실히 알 수 없게 해서 적어도 십 년 동안은 다른 남자를 만나지 못하게 되기를 바랐네. 교회 문 앞까지 그녀를 데려간 후, 더 이상 할 일은 없으니까 사륜마차의 한 쪽 문으로 타고 다른 쪽 문으로 내리는 낡은 수법으로 사라져버린 것이지. 이것이 내가 생각하는 사건의 전말이야. 윈디뱅크!"

홈즈가 말하는 동안 방문객은 침착함을 되찾았다. 그의 창백한 얼굴에 차가운 비웃음을 흘리며 의자에서 일어났다.

"그럴 수도 있고, 아닐 수도 있지. 홈즈 씨."

그가 말했다.

"당신이 그렇게 머리가 좋다면 이것도 알아야할 걸. 지금 법을 어기고 있는 사람은 내가 아니라 당신이야. 나는 처음부터 범죄가 될 만한 일은 하지 않았어. 하지만 당신이 계속 문을 걸어 잠그고 있다면 불법 감금과 폭력 행위를 범하게 되는 것이야."

"당신 말대로 법으로는 손댈 수 없겠지."

홈즈는 잠긴 문을 열어젖히며 말했다.

"하지만 처벌 받아 마땅한 인간이 있다면 바로 당신이지. 그 젊은 아가씨한테 남자형제나 친구가 있었다면 네 어깨 위에 채찍을 날렸을 거야. 맹세코!"

그 남자의 얼굴에 신랄한 냉소가 흐르는 것을 본 홈즈는 화를 내며 얼굴을 붉혔다.

"이건 고객에게 의뢰받은 것은 아니지만, 여기 사냥용 채찍이 있으니 써 볼 수도 있겠군."

그는 채찍을 향해 빠르게 두 걸음을 옮겼다. 하지만 채찍을 잡기도 전에 계단에서 거친 발소리가 울리더니, 육중한 현관문이 쾅하며 닫히는 소리가 들렸고, 창문 밖으로 제임스 윈디뱅크 씨가 전속력을 다해 달아나는 것을 볼 수 있었다.

"냉혈한이로군!"

홈즈는 웃으며 의자 안으로 또다시 몸을 던졌다.

"저런 녀석은 계속해서 점점 더 나쁜 범죄를 저지르다가, 결국 교수대에서 생을 마감하게 되지. 아무튼 이번 사건은 아주 재미없는 건 아니었군."

"나는 아직 자네 추리 과정을 잘 모르겠는걸."

내가 말했다.

"음, 물론, 호스머 앤젤이라는 자가 별스런 행동을 하는 데는 어떤 강한 목적이 있음이 처음부터 명백했네. 그리고 이 일로 해서 이익을 얻는 사람은 단 한 명이라는 것도 분명했지. 우리가 아는 바와 같이 그 의붓아버지 말이야. 그리고 두 사람이 함께 있은 적이 한 번도 없고, 한 사람이 나타나면 다른 사람은 언제나 사라진다는 것은 암시하는 바가 많지. 색안경과 이상한 목소리, 그 두 가지만 봐도 변장이라는 느낌을 주는데 거기다가 수북한 구레나룻이라니. 의심이 확실해진 것은 서명을 타자기로 친 독특한 행동 때문이었네. 자신의 글씨체가 서더랜드 양에게 익숙했기 때문에 작은 글씨 하나라도 들킬 염려가 있었던 거야. 이런 각각의 사실들과 다른 소소한 것들을 합쳐보면 모든 점이 한 방향으로 이어진다는 것을 알 수 있다네."

"그러면 확인은 어떻게 했나?"

"일단 범인을 찍고 나니, 확인할 증거를 모으는 것은 간단했지. 이 남자가 일하는 회사는 알고 있네. 광고에서 묘사된 인상착의 중에서 변장으로 생각되는 구레나룻, 안경, 목소리를 제외한 다음 그 회사로 편지를 보내 영업사원 중에서 이와 같은 사람이 있는지 확인해주길 부탁했다네. 그 타자기의 특징은 이미 알아냈으니까, 이번엔 그의 회사주소로 편지를 보내 이곳으로 와줄 수 있냐고 물었지. 바라던 대로 그의 답장은 타자기로 친 것이었는데, 글자의 특징적인 면이 사소한 것까지 모두 같다는 걸 밝힐 수 있었다네. 그리고 펜처치가에 있는 웨스트하우스 앤 마뱅크 회사로부터 온 편지에서도 말하기를, 여러 가지 면을 고려해볼 때 그 인상착의에 맞는 사람은 제임스 윈디뱅크라고 하더군. 그게 전부일세."

"그러면 서더랜드 양은?"

"내가 말해준다 해도 믿지 않을 것 같군. 옛날 페르시아 격언에 이런 말이 있지. 〈호랑이 새끼를 데려가는 것은 위험한 일이다. 그리고 여자로부터 환상을 강탈하는 것 역시 위험한 일이다.〉 호라티우스[01] 만큼 하피즈[02]도 지혜로우며 세상일에 통달한 인물이었다네."

01　Quintus Horatius Flaccus (63-8 BC) : 로마의 시인. 영어 표기는 호레이스(Horace).
02　Shams-ud-Din Mohammed Hafiz : 14세기 페르시아(이란)의 시인.

빨간 머리 연맹

작년 가을 어느 날 내 친구 셜록 홈즈를 찾아갔더니, 그는 불타는 듯 빨간 머리에 꽤 뚱뚱하고 혈색이 좋은 중년의 신사와 한창 대화를 하던 중이었다. 방해하게 되어서 미안하다 말하며 뒤돌아 나오려는데, 갑자기 홈즈가 나를 방안으로 끌어당기고선 문을 닫았다.

"딱 맞는 시간에 잘 와주었네. 왓슨."

그는 진심으로 반갑게 얘기했다.

"일 때문에 대화중인 것 같은데."

"그렇지. 바로 그렇다네."

"그러면 옆방에서 기다리겠네."

"아닐세. 윌슨 씨, 이 신사 분은 저의 동료인데 많은 사건들을 성공적으로 해결할 수 있도록 도움을 주었지요. 이번 경우에도 틀림없이 큰 도움이 될 겁니다."

뚱뚱한 신사는 의자에서 반쯤 일어나 고개를 살짝 숙이며 인사했는데, 두툼한 눈꺼풀 사이의 작은 눈에선 의심의 눈빛이 약간 비쳤다.

"긴 의자에 앉게나."

이렇게 말하며 홈즈는 안락의자로 돌아가 앉아, 무언가를 생각할 때 하던 버릇처럼 두 손의 손가락 끝을 마주 댔다.

"왓슨, 자네도 나와 같이, 매일매일 반복되는 일상적인 일과 습관에서 벗어난 기묘한 일들을 좋아한다는 것을 알고 있네. 자네가 내 사건을 열성적으로 기록해준 것만 봐도 그 취향을 알 수 있지. 이런 말을 해도 될지 모르겠지만, 내 사소한 사건들을 상당히 과장한 부분도 있지만 말이야."

"나한테는 자네 사건들이 더없이 흥미로운 일이지."

내가 말했다.

"전에 내가 했던 말 기억해보게. 아주 간단한 문제였던 메리 서더랜드 양 사건이 시작되기 전에 했던 말이네. 기묘한 광경이나 희한하고 복잡한 일을 찾으려면 인생 그 자체를 파고 들어가야 한다고, 상상이 만들어낸 어떤 작품보다도 대단한 일이 거기엔 항상 자리 잡고 있다고 했던 것 말일세."

"나는 그 의견에 동의하지 않았었네."

"그랬지, 의사선생. 그럼에도 불구하고 내 의견 쪽으로 오지 않으면 안 될 걸세. 아니면 자네의 논리가 깨지고 내가 옳다는 것을 인정할 때까지 실제 사건들을 겹겹이 쌓아 올려줄 테니까. 자, 여기 자베즈 윌슨 씨가 오늘 아침에 오셨는데, 내가 근래 들은 것 중에서 가장 기묘한 내용이 될 만한 이야기를 들려주고 계셨다네. 전에 내가 말한 것처럼, 가장 이상하고 가장 진기한 일들은 큰 사건에 있는 것이 아니라 아주 작은 사건에 있는 법이거든. 때로는 실제로 범죄가 저질러졌는지 아닌지 확신할 수 없는 사건도 있고 말이야. 지금까지 들은 바로는, 이 사건이 범죄가 되는지 아닌지 아직까지는 말할 수가 없군. 하지만 상황의 전개를 보면 분명 내가 들은 것 중에서 가장 이상한 것이라네. 윌슨 씨, 죄송합니다만, 혹시 그 이야기를 처음부터 다시 해주실 수 있는지요. 내 친구이자 의사인 왓슨선생이 처음부터 듣지 못했을 뿐만 아니라, 그 이야기가 너무도 기묘하기 때문에 아주 세밀한 부분까지 당신께 직접 듣고 싶군요. 대개는, 사건의 진행을 조금만 들어도 제 기억 속에 있는 수천가지 사건 중 비슷한 것을 찾아낼 수 있습니다. 제가 확신하건대, 현재로서는 이 사건이 가장 독특한 사건이라고 할 수 있겠군요."

약간의 자만심이 느껴지는 듯 풍채 좋은 고객은 가슴을 넓게 펴더니, 커다란 외투 안에서 더럽고 구겨진 신문을 꺼냈다. 그가 신문을 무릎 위에 펼치고 머리를 앞으로 내밀어 광고면을 들여다보는 동안, 나는 내 친구의 방식을 따라서 그의 옷이나 용모를 통해 무언가 알아낼 수 있는지 살피기 시작했다.

하지만 내가 살핀 바로는 별로 얻은 것이 없었다. 방문객은 어느 모로 보나 별 특징이 없는 평범한 영국 상인이었고, 뚱뚱하고, 거만하며, 둔했다. 그는 자루 같은 회색 체크 바지를 입었고, 별로 깨끗하지 못한 검은 프록코트는 앞 단추를 잠그지 않았고, 충충한 갈색의 조끼엔 놋쇠빛이 나는 시계줄을 하고 있었으며, 사각형 구멍이 뚫린 철제 조각이 장식으로 매달려 있었다. 그의 뒤편 의자에는 닳아빠진 모자, 구겨진 벨벳 칼라가 달린 빛바랜 오버코트가 놓여져 있었다. 내가 보기에는, 그의 불타는 듯 빨간 머리와 몹시 화가 나고 불만스런 얼굴 외에는 특별할 것이 없었다.

내가 살피고 있는 것을 재빠르게 알아챈 셜록 홈즈는, 궁금해 하는 내 눈빛을 보더니 웃으며 고개를 끄덕였다.

"확실하게 알 수 있는 사실은, 이 분은 한때 손을 사용한 육체노동을 했었다는 것과 코담배를 하고, 프리메이슨[01] 회원이고, 중국에 다녀온 적이 있으며 최근에 아주 많은 양의 글을 썼다는 것이지. 내가 추론한 것은 거기까지이네."

자베즈 윌슨 씨는 놀라서 의자에서 일어났다. 집게손가락은 신문 위에 있었지만 시선은 내 친구를 향했다.

"그걸 대체 어떻게 아셨습니까? 홈즈 씨."

그가 물었다.

"내가 육체노동을 했다는 건 어떻게 아셨습니까? 그건 틀림없는 사실입니다. 배를 만드는 목공부터 일을 시작했답니다."

"손을 보면 알 수 있지요. 오른손이 왼손보다 배는 크군요. 그쪽 손으로 일을 했기 때문에 근육이 더 발달한 것입니다."

"음, 그러면 코담배는? 프리메이슨은?"

"그걸 어떻게 알았는지 일일이 말하는 건 당신의 지성을 모욕하는 결과가 될 겁니다. 가슴에 달린 활과 컴퍼스 모양 장식핀[02]만 보더라도 그 단체의 엄격한 규칙을 어기고 있으시군요."

"아, 물론이죠. 그걸 잊고 있었군요. 그러면 글을 쓰는 것은?"

"오른쪽 소매가 5인치 정도 번들거리고 있고, 왼쪽은 팔꿈치 가까운 부분이 책상에 닿아서 매끄러워진 것을 보니 충분히 짐작할 수 있지요."

"음, 그럼 중국은?"

---

01 Freemason : 18세기 영국에서 시작된 세계적인 비밀 결사 조직(회원). Free and Accepted masons.
02 프리메이슨을 상징하는 엠블럼. 실제로는 직각자와 컴퍼스 모양.

"오른쪽 손목 바로 위에 물고기 문신이 있는데, 그건 중국에서만 할 수 있는 겁니다. 저는 문신에 관한 연구를 조금 해왔고 그 주제로 기고한 적도 있습니다. 물고기의 비늘을 우아한 분홍빛으로 물들이는 기술은 중국에만 있는 독특한 것이지요. 게다가 시계줄에 중국 동전이 매달려 있는 것을 보니 문제가 더욱 간단해지더군요."

자베즈 윌슨 씨는 크게 웃었다.

"아! 정말이지."

그는 말했다.

"처음에는 당신이 정말 대단한 능력을 가진 줄 알았습니다. 그런데 알고 보니 별 것이 아니군요."

"왓슨, 이제 생각하니 말일세."

홈즈는 말했다.

"설명을 해준 것은 실수였네. 〈알지 못하는 모든 것은 위대한 것으로 여겨진다〉[01]는 말이 있듯이, 이렇게 솔직하게 말하다간 내 얼마 되지 않는 명성도 난파된 배처럼 가라앉을 것 같군. 윌슨 씨, 그 광고를 아직 못 찾았습니까?"

"아뇨, 방금 찾았습니다."

그는 두텁고 불그레한 손가락으로 광고란의 중간 아래쯤을 가리키며 대답했다.

"여기 있군요. 여기서부터 모든 일이 시작되었습니다. 직접 읽어보시지요."

---

01 Omne ignotum pro magnifico : 로마의 역사가, 타키투스가 한 말.

나는 신문을 받아들고 읽어 내려갔다.

빨간 머리 연맹 귀하

– 미국 펜실베이니아 주, 레바논의 고(故) 이즈키아 홉킨스의 유산에 의해, 단순 명목상의 봉사를 하고 일주일에 4파운드의 급료를 받는 회원이 현재 공석이 생겼음. 심신 건강하고 21세 이상의 빨간 머리 남자는 회원 자격이 있음. 월요일 11시, 플리트 가(街), 폽스 코트 7번지, 연맹 사무실에 있는 던컨 로스에게 본인이 직접 신청하길 바람.

"이게 대체 무슨 뜻이지?"

나는 그 이상한 공고를 두 번이나 읽고 나서 소리쳤다.

홈즈는 의자에서 몸을 흔들며 낄낄 웃었다. 기분 좋을 때하는 버릇이었다.

"이건 정말 상식을 벗어난 내용이지 않나?"

그가 말했다.

"자, 그럼 월슨 씨. 출발점으로 돌아가서, 본인과 식구들에 관해서라든가 이 광고가 당신의 운명에 어떤 영향을 미쳤는지 등에 대해 모두 이야기해주십시오. 왓슨, 자네는 먼저, 신문과 날짜를 메모해주게."

"모닝 크로니클 신문이고, 1890년 4월 27일이네. 꼭 두 달 전이군."

"좋아, 그럼 월슨 씨?"

"셜록 홈즈 씨, 그러니까 말씀 드린 바와 같이,"

자베즈 월슨은 이마의 땀을 닦으며 말했다.

"저는 시내 근처 코버그 스퀘어에서 작은 전당포를 하고 있습니다. 큰 사업도 아니고, 최근 몇 년 간은 겨우 생활을 꾸려나갈 정도 밖에 수입을 벌지 못하고 있지요. 전에는 두 명의 점원을 둘 수 있었는데 지금은 한 명 뿐입니다. 일을 배울 수 있다면 급료의 반만 받더라도 괜찮다고 해서 데리고 있게 되었습니다."

"그 착한 청년의 이름은 어떻게 되지요?"

셜록 홈즈가 물었다.

"빈센트 스폴딩이라고 하는데, 그렇게 젊지는 않습니다. 나이는 잘 모르겠군요. 홈즈 씨, 그보다 똑똑한 점원은 없을 겁니다. 어딜 가든 나한테 받는 급료의 두 배는 충분히 받을 수 있을 걸요. 하지만 만족하며 일하고 있는데 굳이 이야기해줄 필요는 없겠지요?"

"오, 그런가요? 정상적인 급료 이하로 일하겠다는 점원을 데리고 있으니 행운입니다. 요즘 같은 때에 고용주로서 평범한 일은 아니지요. 어쩌면 당신이 가져온 광고만큼 그 점원도 특이한 것 같은데요."

"오, 결점도 있습니다."

윌슨 씨는 말했다.

"그 녀석만큼 사진광은 또 없을 겁니다. 틈만 나면 카메라로 찍어대고, 토끼가 굴로 들어가 듯이 지하실에 뛰어 내려가 사진을 현상합니다. 그게 큰 결점인데, 그래도 전체적으로 보자면 괜찮은 점원이지요. 나쁜 점은 없습니다."

"지금도 점원으로 일하고 있는 거겠지요?"

"그렇습니다. 그리고, 간단한 요리도 하고 집안 청소도 하는 열네 살짜리 여자 아이가 있습니다. 집안 식구라고는 그게 답니다. 홀아비가 된 후로는 결혼을 하지 않았지요. 하루하루 근근히 살면서 빚도

갚아가며, 우리 셋이서 조용하게 살고 있습니다. 그외 다른 일은 할 수 없지만요.

그런 우리를 흔든 것은 바로 그 광고였습니다. 8주 전 오늘, 스폴딩이 이 신문을 손에 들고 사무실로 내려와 이런 말을 하더군요.

〈저도 빨간 머리였으면 좋겠습니다.〉

〈왜 그러는데?〉

내가 물었지요.

〈왜냐하면,〉

그가 말했습니다.

〈빨간 머리 연맹에 빈자리가 하나 났거든요. 그 자리를 차지하는 사람은 정말 행운인거죠. 제가 알기로는 회원에 빈자리가 많이 있어서 유산 관리인이 꽤 애를 먹고 있는 모양이에요. 제 머리 색깔을 바꿀 수만 있다면 당장이라도 달려갈 텐데 말이죠.〉

〈그게 대체 무슨 얘긴가?〉

나는 물었지요. 홈즈 씨, 당신도 아시다시피 저는 집에만 있는 사람이고, 제 직업이 손님을 찾아나가는 것이 아니라 안에서 손님을 기다리는 것인지라 현관 흙털개에 발 한 번 올려보지 않고 몇 주를 보낼 때가 많습니다. 그러니 바깥세상 돌아가는 것은 잘 알지도 못해서, 항상 작은 뉴스거리에도 즐거워한답니다.

〈빨간 머리 연맹에 대해서 한 번도 들어보지 못하셨어요?〉

그가 눈을 크게 뜨고 물었습니다.

〈전혀.〉

〈이런, 그걸 모르시다니, 윌슨 씨는 자격에 꼭 맞아요.〉

〈그게 무슨 이익이 있는 건데?〉

내가 물었지요.

〈아, 일 년에 2백 파운드인데 일은 간단하고, 원래 하던 일에 큰 방해가 되지도 않아요.〉

요즘 몇 해 동안 장사도 잘 안되는데 2백 파운드가 쉽게 들어온 다니, 내 귀가 쫑긋 설 수 밖에 없었습니다.

〈좀 더 자세히 말해보게〉

내가 말했습니다.

〈그러니까,〉

하며 그는 광고를 보여주었지요.

〈직접 보시면 아시겠지만, 연맹에 빈자리가 있다는 얘기와 개별 면접을 보러 갈 주소가 있어요. 제가 아는 바로는, 그 연맹은 미국의 갑부 이즈키아 홉킨스가 설립을 했는데 아주 별난 사람이었나 봐요. 그 사람도 빨간 머리였는데, 모든 빨간 머리 남자들에게 깊은 동료의식이 있었다는군요. 그래서 죽을 때 막대한 재산을 유산 관리인에게 맡겨 그 이자를 가지고, 그와 머리 색깔이 같은 사람들에게 쉬운 일거리를 제공해서 돈을 나누어주라고 지시 했다네요. 제가 듣기로는, 수입도 꽤 크고 일은 아주 적다는 거죠.〉

〈하지만,〉

내가 말했지요.

〈빨간 머리 남자라면 수백만 명이 응모하러 올 텐데.〉

〈생각하시는 만큼 많지 않아요.〉

그가 대답했습니다.

〈런던 사람으로 제한되어 있고, 성인이어야 해요. 이 미국사람은 어렸을 때 런던에서부터 일을 시작했기 때문에 정들은 이 도시에 이익을 돌려주길 바란다는군요. 또 제가 들은 바로는, 옅은 빨강, 진한 빨강은 소용없고, 밝고 불타는 듯 빛나는 진짜 빨간색이 아니면 안된다네요. 윌슨 씨, 응모하기 원하신다면 그저 그곳에 가시기만 하면 돼요. 몇 백 파운드를 위해서라면 한 번 가보는 것도 손해가 될 것 같진 않군요.〉

사실, 보시는 바와 같이, 제 머리카락은 정말 강렬하고 짙은 빛깔입니다. 그렇기 때문에 경쟁이 벌어진다면 어떤 사람에게도 지지 않을 자신이 있었지요. 빈센트 스폴딩은 그 곳에 대해서 잘 아는 것 같았기에 도움이 되리라 생각했습니다. 그래서 그 날은 셔터를 내리고 당장 같이 가자고 했지요. 가게를 하루 쉬게 되니 좋아라하더군요. 우리는 가게 문을 닫고 광고에 나온 그 주소를 찾아서 떠났습니다.

홈즈 씨, 그 광경은 정말 두 번 다시 볼 수 없는 것이었지요. 북쪽, 남쪽, 동쪽, 서쪽에서 머리카락에 붉은 빛이 있는 사람이라면 모두, 그 광고를 보고 시내로 몰려들었어요. 플리트 가는 빨간 머리 군중으로 숨이 막힐 지경이었고, 폽스 코트는 과일 장수의 오렌지 수레 같았습니다. 광고 한 번으로 전국에서 그렇게 많은 사람들이 몰릴 것이라고는 전혀 생각을 못했지요. 밀짚색, 레몬색, 오렌지색, 벽돌색, 아이리시세터색[01], 간(liver)과 같은 색, 진흙색 등 온갖 색깔이 있었는데, 스폴딩이 말한 대로 정말 밝고 불타는 듯한 빨간 색은 많지 않더

---

01 Irish-setter : 아일랜드가 원산지인 사냥개. 짙은 적갈색이다.

군요. 그렇게도 많은 사람들이 대기하고 있는 것을 보고 실망에 빠져 단념하고 있었는데 스폴딩은 포기하지 않았습니다. 그가 어떻게 했는지 잘 모르겠지만, 밀고 잡아끌고 부딪치고 하며 군중들을 뚫고서 나를 사무실로 향하는 계단 바로 앞에 데려갔습니다. 계단에는 두 줄이 있었는데 하나는 희망에 가득차서 올라가고 있고, 다른 하나는 낙담하여 내려오고 있었지요. 우리는 최대한 끼어들어서 곧 사무실 안으로 들어갈 수 있었습니다."

"들어본 것 중 가장 재미있는 경험담입니다."

의뢰인이 한껏 코담배를 들이마시며 숨을 돌리고 기억을 되살리는 사이, 홈즈가 말했다.

"흥미로운 이야기를 계속 듣고 싶군요."

"사무실 안에는 나무 의자 두 개와 소나무 책상 밖에 없었는데, 책상 뒤에는 나처럼 빨간 머리의 작은 남자가 앉아 있었습니다. 그는 올라오는 각각의 후보자와 몇 마디를 나누고는, 항상 실격시킬 만한 결점을 찾아내더군요. 결국, 회원의 빈자리를 차지하는 것은 쉽지 않은 것이지요. 어쨌든, 내 차례가 오자, 그 자그마한 남자는 다른 사람들을 대할 때보다 호의적인 태도를 보였습니다. 우리가 들어간 다음 사무실 문을 닫아서 편안하게 이야기할 수 있는 분위기를 만들더군요.

〈이 분은 자베즈 윌슨 씨입니다.〉

내 점원이 말했습니다.

〈연맹의 빈자리를 맡기를 바라고 계십니다.〉

〈정말 딱 맞는 분이시군요.〉

그 사람이 말했지요.

〈모든 요구 조건에 들어맞습니다. 이렇게 멋진 분은 지금까지 뵌 적이 없군요.〉

그는 한 걸음 물러나더니 머리를 비스듬히 기울이고, 내가 부끄러워질 정도로 머리를 쳐다봤습니다. 그리고선 갑자기 앞으로 뛰어나와 내 손을 부여잡고 합격한 것을 다정하게 축하했지요.

〈더 이상 머뭇거린다면 잘못된 일이겠죠.〉

그는 말했습니다.

〈하지만 실례를 무릅쓰고 확인을 해야겠습니다.〉

그러면서 양손으로 내 머리카락을 붙잡고 세게 잡아당겨서, 저는 아프다고 소리 지르고 말았지요.

〈눈물이 나셨군요.〉

이렇게 말하더니 붙잡은 손을 풀었습니다.

〈틀림없이 진짜라는 걸 인정하겠습니다. 가발에 두 번 속고, 물감을 들인 것에 한 번 속은 적이 있는 까닭에 조심하게 되었지요. 구두닦이의 왁스를 사용해 물들인 얘기를 들으시면 인간성에 대한 회의가 들 겁니다.〉

그는 창문으로 걸어가 빈자리가 찼다고, 있는 힘껏 크게 소리쳤습니다. 실망의 불평소리가 아래로부터 들려왔고, 군중들은 모두 제각기 흩어졌지요. 빨간 머리는 그 관리자와 나만 남았습니다.

〈제 이름은,〉

그가 말했지요.

〈던컨 로스입니다. 저 역시도 고귀한 후원자께서 남긴 기금의 혜택을 받고 있습니다. 결혼하셨습니까, 윌슨 씨? 가족이 있으시겠죠?〉

나는 아니라고 말했습니다.

그러자 즉시 그의 얼굴이 낙담하는 표정으로 바뀌었지요.

〈이런 세상에!〉

그는 근심스럽게 말했습니다.

〈이건 정말 중대한 문제이군요. 그 말씀을 듣게 되어서 유감입니다. 이 기금은, 당연한 일이지만, 빨간 머리를 보존하는 것뿐만 아니라 널리 퍼뜨리고 그 숫자를 늘려가는 데도 목적이 있습니다. 당신이 독신이라니 정말 불행한 일이군요.〉

홈즈 씨, 그러니 저도 결국엔 빈자리를 차지할 수 없다는 생각에 낙담할 수밖에 없었지요. 그런데 그는 몇 분 동안 생각하더니 괜찮을 거라고 말했습니다.

〈다른 사람의 경우라면.〉

그는 말했습니다.

〈그 결점은 치명적인 것입니다. 하지만 당신처럼 훌륭한 머리카락을 가진 분께는 조건을 완화해드려야 하겠군요. 언제부터 일을 시작할 수 있으십니까?〉

〈음, 그게 약간 문제가 있는데요, 제가 이미 하고 있는 일이 있습니다.〉

내가 말했지요.

〈아, 그건 걱정하지 마세요, 윌슨 씨!〉

빈센트 스폴딩이 말하더군요.

〈제가 대신 봐드릴 수 있습니다.〉

〈시간은 어떻게 됩니까?〉

내가 물었습니다.

〈10시부터 2시까지입니다.〉

홈즈 씨, 전당포 일이란 게 주로 저녁 때, 특히 월급날 전인 목요일과 금요일에 바쁘답니다. 그러니까 오전에 잠시 나가 돈을 벌 수 있다면 저에게 딱 맞는 것이지요. 게다가, 점원은 착한 녀석이고, 무슨 일이든지 잘 해내니까요.

〈그 시간이라면 저한테 잘 맞는 것 같군요.〉

내가 말했습니다.

〈그러면 급료는?〉

〈일 주일에 4파운드입니다.〉

〈그러면 일은?〉

〈완전히 명목상의 일이지요.〉

〈완전히 명목상이라면 어떤 것인지?〉

〈그러니까, 그 시간 동안 사무실에 있어야만 합니다. 적어도 건물 안에는 있어야 하지요. 자리를 떠나면 자격을 영원히 상실하게 됩니다. 유언장에도 그 점에 대해서 확실히 쓰여 있습니다. 근무 시간 동안 사무실에서 벗어나면 그 조건을 어기는 것입니다.〉

〈하루에 네 시간 뿐이니, 자리를 벗어날 생각은 없습니다.〉

내가 말했지요.

〈예외는 인정하지 않습니다.〉

던컨 로스 씨가 말했답니다.

〈아프거나, 다른 일로 바쁘거나, 그외 다른 어떤 일이라도 안됩니다. 자리를 지키지 않으면 자격을 잃게 됩니다.〉

〈일은 어떤 것인지?〉

〈브리태니커 백과사전을 베껴 쓰는 겁니다. 저기 선반에 첫 번째 권이 있습니다. 잉크와 펜, 압지는 가져오시고 이 책상과 의자는 제공해 드리겠습니다. 내일부터 시작할 수 있습니까?〉

〈물론이죠.〉

나는 대답했지요.

〈그러면 자베즈 윌슨 씨, 안녕히 가십시오. 중요한 자리를 차지하는 큰 행운을 얻으신 것을 다시 한 번 축하드리지요.〉

그는 사무실에서 나와 인사를 했고, 저와 점원은 집으로 돌아왔지요. 이처럼 큰 행운을 얻게 되니 너무 기뻐 무슨 말을 해야 할지, 무슨 일을 해야 할지 모르겠더군요.

그런데 하루 종일 곰곰이 생각하고, 저녁때가 되자 다시 기분이 가라앉았습니다. 아무래도 짓궂은 장난이나 사기인 것 같았지요. 그 목적이 뭔지 도무지 알 수 없긴 했지만요. 어떤 사람이 그런 유언을 하겠으며, 누가 브리태니커 백과사전을 베껴 쓰는 일에 그만한 돈을 지불하겠습니까. 모두 믿을 수 없었지요. 빈센트 스폴딩은 내 기분을 풀어주려고 했지만, 잠 잘 시간 때쯤엔 모든 일에 대해 결론을 내버렸습니다. 하지만 다음 날 아침이 되자, 어찌 될 지 한 번 보자 하는 생각이 들더군요. 그래서 일 페니짜리 잉크 병, 깃펜, 풀스캡[01] 종이 일곱 장을 사들고 폽스 코트를 향해 떠났습니다.

그런데 놀랍고 기쁘게도 모든 것이 사실이었습니다. 나를 위한 책

---

01 foolscap paper : 34cm x 43cm 크기의 종이.

상이 준비되어 있었고, 던컨 로스 씨가 일하러 온 나를 맞이했습니다. 그는 알파벳 A항목부터 시작하라고 시키고 갔는데, 이따금씩 와서 내가 제대로 하고 있는 지 확인했지요. 2시가 되자 그는 내가 쓴 양을 보고 칭찬하며, 좋은 하루 보내라고 작별 인사를 했습니다. 그리고는 내가 사무실을 나서자 문을 잠갔습니다.

홈즈 씨, 그렇게 하루하루가 지나가고 토요일이 되었습니다. 그 관리인이 오더니 일주일의 대가로 금화 네 개를 털썩 내려놓더군요. 다음 주도 그랬고, 그 다음 주도 그랬습니다. 매일 아침 열 시에 그곳에 가서 매일 오후 두 시에 나왔습니다. 던컨 로스 씨는 아침에 한 번 오다가 점차 시간이 지나니까 아예 나타나지 않았습니다. 물론 저는 그 사무실을 한 순간이라도 나갈 생각은 하지 않았지요. 그가 언제 나타날 지 알 수 없었고, 나한테 잘 맞고 수입도 좋은 그 자리를 잃어버리고 싶지 않았습니다.

이렇게 8주가 지나갔습니다. 〈Abbots(대수도원장)〉와 〈Archery (궁술)〉, 〈Armour(갑옷)〉, 〈Architecture(건축학)〉, 〈Attica(아티카)[02]〉를 썼고, 부지런히 한다면 B항목에 도달하는 것도 멀지 않았답니다. 풀스캡 종이도 꽤 사용했고, 내가 쓴 종이로 선반을 꽤 채울 정도였지요. 그런데 갑자기 모든 길이 끝나고 말았습니다."

"끝났다구요?"

"그렇습니다. 바로 오늘 아침이지요. 언제나처럼 10시에 일하러 갔더니 문은 굳게 닫힌 채 잠겨있었고, 문 중간쯤에 작고 네모난 마분지

---

02 아티카 : 고대 그리스의 남동부 지방.

가 압정으로 고정되어 있었습니다. 여기 있으니, 직접 읽어보시지요."

그는 노트 한 장 크기의 하얀색 마분지 하나를 건넸다. 거기에는 이와 같이 씌어있었다.

빨간 머리 연맹 해체됨

1890. 10. 9

이 간략한 공고와 그 뒤에 있는 침울한 표정의 얼굴을 보니, 셜록 홈즈와 나는 우습다는 생각이 차올라 다른 건 고려할 겨를도 없이 한바탕 웃음을 터트리고 말았다.

"뭐가 그리 우스운 지 알 수 없군요."

불타는 듯 빨간 머리에, 화가 나서 얼굴까지 빨갛게 된 의뢰인은 소리쳤다.

"저를 비웃는 것 밖에 할 수 없다면, 딴 데로 가겠습니다."

"아니, 아닙니다."

홈즈는 반쯤 일어난 그를 다시 의자 안으로 밀며 큰 목소리로 말했다.

"이번 사건은 절대 놓치고 싶지 않군요. 이건 정말 새롭고 특별한 사건입니다. 그런데, 이런 말을 하면 실례이겠습니다만, 약간 우스운 면도 있군요. 문에 이 종이가 붙어 있는 것을 보고 어떻게 하셨습니까?"

"깜짝 놀랐지요. 어찌해야 될지 몰랐습니다. 근처의 사무실을 둘러보았지만 거기에 대해서 아는 사람은 아무도 없더군요. 결국은 일층에서 회계사 일을 하는 집주인을 찾아가서, 빨간 머리 연맹이 어떻게 된 건지 물어봤지요. 그는 그런 단체는 전혀 들어본 적도 없다고 했습니다. 그래서 던컨 로스 씨를 아느냐고 물었지요. 그 이름도 처음 듣는다고 하더군요.

〈그럼,〉

내가 말했습니다.

〈4호실의 신사 분은 아십니까?〉

〈아, 빨간 머리 남자분이요?〉

〈맞습니다.〉

〈그 사람 이름은 윌리엄 모리스이지요.〉

그가 말했습니다.

〈그는 변호사인데 새로운 사무실이 준비될 때까지 임시로 이곳을 이용했지요. 어제 이사 갔습니다.〉

〈어디로 가면 만날 수 있을까요?〉

〈오, 새로운 사무실로 가야죠. 주소를 알려줬습니다. 킹에드워드 가(街) 17번지. 성바울 대성당과 가까워요.〉

홈즈 씨, 그곳으로 찾아갔지만, 그 주소에는 인공 무릎관절 공장이 있었고 어느 누구도 윌리엄 모리스 씨나 던컨 로스 씨에 대해선 알지 못했습니다."

"그 다음엔 어떻게 했습니까?"

홈즈가 물었다.

"삭스 코버그 스퀘어의 집으로 돌아와 점원에게 물어봤지요. 하지만 도움이 되겠습니까. 기다리면 편지로 소식을 전해올 거라는 말만 하더군요. 그 말로는 마음이 놓이지 않습니다, 홈즈 씨. 그와 같은 좋은 자리를 한 번 애써보지도 않고 놓치긴 싫습니다. 그래서 도움이 필요한 저 같이 불쌍한 사람들을 도와주신다는 얘기를 듣고 곧장 이곳으로 찾아온 겁니다."

"현명하게 처신하셨습니다."

홈즈가 말했다.

"이 사건은 정말 색다르군요. 기꺼이 조사하도록 하겠습니다. 말씀을 들어보니, 처음에 생각한 바와 달리 중대한 사건이 될 가능성이 있습니다."

"중대하고 말구요."

자베즈 윌슨 씨는 말했다.

"일 주일에 4파운드를 잃었으니 말입니다."

"당신 입장에서 본다면,"

홈즈는 말했다.

"이 이상한 연맹에 대해서 불평할 이유가 하나도 없는 것 같군요. 제가 보기에는 오히려 30파운드 정도의 이익을 얻었습니다. 당신이 A항목의 모든 주제에 관한 상세한 지식을 얻은 것은 제외한다 해도 말입니다. 연맹 때문에 잃은 것은 하나도 없지요."

"맞습니다. 그래도 그들을 찾아내서, 누구였는지, 어떤 목적으로 이런 장난을 저에게 했는 지 알고 싶습니다. 그게 장난이었다면 말이죠. 그 사람들은 32파운드나 썼으니 꽤나 비싼 장난인 셈이지요."

"그런 점들을 모두 해결하도록 노력하겠습니다. 그리고 윌슨 씨, 한두 가지 질문이 있습니다. 처음에 그 광고를 당신에게 알려준 점원은 얼마나 오래 근무해 왔나요?"

"그때부터 약 한달 전이지요."

"어떻게 오게 되었습니까?"

"광고를 보고 찾아왔습니다."

"그 사람 한 명 뿐이었나요?"

"아뇨. 열 명 넘게 왔습니다."

"그 사람을 뽑은 이유는 뭐죠?"

"점원으로 알맞기도 하고, 급료도 적기 때문입니다."

"반값 정도겠지요?"

"네."

"어떻게 생겼습니까? 그 빈센트 스폴딩이란 사람은?"

"작고 건장한 체격에 아주 활발하고, 얼굴에 수염이 없긴 해도 서른살 이하는 아닙니다. 이마에는 산(酸)에 덴 하얀 얼룩이 있더군요."

홈즈는 굉장히 놀라며 자리를 고쳐 앉았다.

"그럴 거라 생각했지."

그는 말했다.

"귀에 귀걸이 구멍이 나있는 것을 본 적이 있으신가요?"

"맞아요. 어렸을 때 집시가 그랬다고 말을 했습니다."

"흠,"

홈즈는 이렇게 말하며 다시 깊은 생각에 잠겼다.

"아직 근무하고 있겠지요?"

"아, 그렇지요. 조금 전에 보고 온 걸요."

"당신이 없는 동안에도 일은 잘 돌아갑니까?"

"문제될 게 없습니다. 오전에는 일이 별로 많지 않거든요."

"그렇군요. 윌슨 씨. 하루나 이틀 정도 이 문제를 조사한 후에 의견을 알려드리도록 하겠습니다. 오늘이 토요일이니 월요일 쯤엔 결론에 도달할 것 같군요."

"그럼, 왓슨."

방문객이 돌아간 후에 홈즈가 말했다.

"자네는 어떻게 생각하나?"

"모르겠네."

나는 솔직하게 대답했다.

"이건 정말 풀기 어려운 사건 같아."

"대개,"

홈즈는 말했다.

"괴상한 사건일수록 풀기가 쉬운 법이네. 평범하고 개성이 없는 범죄야말로 정말 어렵지. 평범한 얼굴이 가장 구별하기 어려운 것처럼 말이야. 하지만 이 사건은 신속하게 처리해야겠네."

"그럼 무엇을 할 생각인가?"

내가 물었다.

"담배를 피워야지."

그는 대답했다.

"이건 딱 파이프 담배 세 대짜리 문제이네. 부탁인데, 오십분 동안은 말을 걸지 말아주게."

그는 의자 안에서 몸을 구부리고, 야윈 무릎을 매처럼 생긴 코 앞으로 끌어당겼다. 그리고는 눈을 감았는데, 사기로 만든 검은 파이프가 기묘한 새의 부리처럼 앞으로 나와 있었다. 그가 잠에 빠졌다고 생각한 나는 꾸벅이며 졸게 되었다. 그런데 홈즈가 마음의 결정을 내린 듯, 느닷없이 의자에서 일어나더니 파이프를 벽난로 선반에 올려놓았다.

"사라사테[01]가 오늘 오후 세인트 제임스 홀에서 연주한다네."

그는 말했다.

"왓슨, 어떤가? 자네 환자들이 몇 시간 정도 시간을 내주려나?"

"오늘은 할 일이 아무 것도 없네. 그리고 진료하는 건 결코 재미있는 일은 아니지."

"그렇다면 모자를 집어 들고 같이 가세. 먼저 시내에 갈 예정이네. 도중에 점심을 좀 먹기로 하지. 연주회 프로그램에 독일 음악이 많이 들어 있는 걸 보았는데, 이탈리아나 프랑스 음악보다 내 취향에 맞더군. 독일 음악은 자기 성찰적이지. 내게 필요한 것이 그거라네. 가세!"

우리는 앨더스게이트까지 지하철을 타고 간 다음, 조금 걸어서 삭스 코버그 스퀘어에 도착했다. 오전에 들었던 그 이상한 이야기의 현장이었다. 그곳은 비좁고, 작고, 쇠퇴한 곳이었다. 사방을 둘러싼 지저분한 이층 벽돌 건물은 울타리로 둘러싸인 공터를 지켜보고 있었는데, 그 안에는 잡초들이 잔디를 이루었고 시들은 월계수 덤불 몇 그루만이 스모그와 열악한 환경에 맞서 싸우고 있었다. 모퉁이의 집에는 세 개의 금색 구슬[02]과 갈색 간판에 흰 글씨로 쓴 자베즈 윌슨이란 이름이 보였다. 사건을 가져온 그 빨간 머리 의뢰인의 집이었다. 셜록 홈즈는 그 앞에 서서 고개를 비스듬히 하고 살펴보았는데, 그의

01　Sarasate : 에스파냐 출생의 작곡가이자 바이올린 연주자. (1844-1908)

02　전당포의 표지

두 눈은 찌푸린 눈꺼풀 안에서 빛나고 있었다. 그리고는 여전히 집을 찾고 있는 것처럼 천천히 거리를 올라갔다 내려왔다. 모퉁이의 전당포로 돌아온 그는 지팡이로 도로 바닥을 쿵하며 세게 두세 번 치고는, 문 앞으로 가서 노크를 했다. 즉시 문이 열리더니, 영리해 보이고 깔끔하게 면도를 한 젊은 친구가 나와 들어오시라는 말을 했다.

"고맙소만."

홈즈가 말했다.

"여기서 스트랜드로 가는 길만 알려주면 되오."

"세 번째 골목에서 오른쪽, 네 번째 골목에서 왼쪽입니다."

점원은 금방 대답하고는 문을 닫았다.

"머리가 좋은 친구로군."

홈즈는 걸어가며 이야기했다.

"내 판단으로는 말이야, 저 친구는 런던에서 네 번째로 머리 좋은 사람일 걸세. 대담하기로는 세 번째가 될 것으로 확신하네. 전부터 그에 대해 좀 알고 있지."

"틀림없이."

내가 말했다.

"윌슨 씨의 점원은 빨간 머리 연맹의 이상한 사건에서 중요한 역할을 맡고 있겠군. 그 얼굴을 보려고 길을 물은 것이겠지."

"그를 보려고 한 건 아닐세."

"그러면?"

"바지의 무릎을 봤네."

"무엇을 알아냈는데?"

"바라던 것을 알아냈지."

"도로를 두드린 이유는 뭔가?"

"의사 선생, 지금은 관찰을 할 시간이지, 토론할 시간이 아니라네. 우리는 적국에 들어온 스파이일세. 삭스 코버그 스퀘어에 대해선 어느 정도 알았으니 뒤편의 도로를 탐험해보세."

한적하고 초라한 삭스 코버그 스퀘어의 모퉁이를 돌아 나와 마주한 도로는 그림의 앞면과 뒷면 만큼이나 대조적이었다. 그 길은 시내의 교통을 북쪽과 서쪽으로 잇는 대동맥 중의 하나였다. 차도는 들어오고 나가는 엄청난 교통량으로 꽉 차있었고, 보도는 바쁘게 지나가는 보행자들로 새까맣게 보였다. 멋지고 품위 있는 상점들이 줄지어 서있는 것을 보니 방금 우리가 떠나온 쇠퇴하고 정체된 곳에 바로 인접하여 이런 풍경이 있다는 것이 실감이 나지 않았다.

"자, 이제 볼까."

모퉁이에 서서 줄지어 선 건물을 보며 홈즈가 말했다.

"여기 있는 건물들의 순서를 기억해두고 싶네. 런던에 대한 정확한 지식을 모으는 것이 내 취미거든. 모티머 상점, 담배 가게, 작은 신문 판매점, 시티 앤 서버번 은행 코버그 지점, 채식주의자 레스토랑, 맥팔레인 캐리지 빌딩 창고 등이 있군. 그리고 오른편으로 돌면 다른 구역으로 이어지네. 자 그럼, 의사선생. 일을 다 끝냈으니 좀 놀아볼까. 샌드위치와 커피 한잔을 마시고, 바이올린의 나라로 떠나세. 감미롭고 우아한 화음이 있는 곳, 빨간 머리 의뢰인이 수수께끼로 우릴 괴롭히지 않는 곳 말이야."

내 친구 홈즈는 열성적인 음악가로, 능력 있는 연주자일 뿐 아니라 작곡가로서도 범상치 않은 실력을 가지고 있었다. 오후 내내 그는 관객석에 앉아 완벽한 행복감에 둘러싸여 가늘고 긴 손가락을 음악에 맞춰 흔들고 있었다. 그의 부드럽게 미소 지은 얼굴, 활기 없고 꿈꾸는 듯한 눈은 추적자 홈즈, 무자비한 홈즈, 날카로운 지혜를 가진 타고난 탐정이란 이름과는 전혀 동떨어져 보였다. 그는 두 가지 본성이 서로 번갈아 나타나는 특이한 성격을 갖고 있었다. 내 생각으로는, 극단적으로 정확하고 빈틈없는 모습은 가끔씩 나타나는 시적이고 명상적인 모습의 반작용 같았다. 극도의 무기력한 상태와 넘치는 에너지가 가득한 상태가 번갈아 나타나는 것이다. 며칠이고 안락의자에 앉아 빈둥거리고 즉흥연주를 하며 시간을 보내거나, 고문서에 파묻혀 있을 때는 그에게 무서운 면은 결코 보이지 않는다. 그러다 갑자기 범죄 추적의 욕망이 일어나면 그의 놀라운 추리력이 직관의 수준으로 솟아오른다. 이런 그만의 방식을 모르는 사람들은 인간 이상의 어떤 능력이 그에게 있는 것이 아닌지 의심하게 된다. 그날 오후, 세인트 제임스 홀에서 음악에 둘러싸여 있는 그를 보았을 때, 나는 그가 사냥하려는 사람들에게 곧 불운한 시간이 닥치게 되리라는 것을 느낄 수 있었다.

"자네는 집으로 가야겠군, 왓슨."

홀을 나오자 그가 말했다.

"그래야할 것 같네."

"나는 몇 시간 동안 처리해야할 일이 있군. 이 코버그 스퀘어 사건은 심각한 것이네."

"어째서 심각하지?"

"커다란 범죄가 벌어지고 있어. 우리가 제 시간에 그 범죄를 막을 수 있으리라 믿고 있네. 다만 오늘이 토요일이라서 좀 복잡하군. 오늘 밤 자네 도움이 필요하네."

"몇 시에?"

"열 시면 충분하겠군."

"그럼 베이커가로 열 시에 가겠네."

"좋아. 그리고 의사선생! 위험한 일이 좀 있을 지도 모르니 괜찮다면 군용 권총을 주머니에 넣어오게."

그는 손을 흔들고 돌아서더니 곧 사람들 틈으로 사라졌다.

나는 내가 보통 사람들보다 아둔하다고는 생각하지 않지만, 셜록 홈즈와 함께 지내다보면 항상 내 어리석음을 깨닫고 마음이 답답해진다. 나는 그가 들은 것을 들었고, 그가 본 것을 보았다. 그런데 그의 말을 들어보니 사건이 어떻게 된 것인지 뿐만 아니라 앞으로 어떻게 될 지도 이미 알고 있는 것이 확실했다. 나에겐 여전히 혼란스럽고 기괴한 사건인데도 말이다. 켄싱턴의 집으로 마차를 타고 돌아오면서 나는 백과사전을 베낀 빨간 머리 남자의 이상한 이야기에서부터, 삭스 코버그 스퀘어를 방문했던 일, 헤어지면서 그가 남긴 불길한 이야기까지 모두 곰곰이 생각해 보았다. 야간 원정의 의미는 무엇이고, 왜 무장을 하고 가야하는 걸까? 어디로 가서, 무엇을 하는 걸까? 홈즈의 말을 미루어볼 때 매끈한 얼굴의 전당포 점원은 무언가 큰 흉계를 꾸미고 있는 무서운 악당이었다. 나는 그 퍼즐을 풀어보려 애썼지만 도무지 알 수 없어 포기해버렸다. 밤이 되어 궁제가 풀리기를 기다리며.

9시 15분에 집에서 출발한 나는 공원을 가로질러, 옥스퍼드 가(街)를 지나 베이커 가에 도착했다. 이륜마차 두 대가 문 앞에 서 있었고, 복도로 들어서자 위층에서 여러 사람의 목소리가 들려왔다. 방에 들어가니 홈즈가 두 사람과 활발하게 대화를 나누고 있었다. 그 중 하나는 내가 알고 있는 경찰관으로, 피터 존스였다. 또 다른 사람은 큰 키에 말랐고, 슬픔에 잠긴 듯한 얼굴을 하고 있었는데, 꽤 화려한 모자를 쓰고 위압감을 느낄 만큼 훌륭한 프록코트를 입고 있었다.

"아! 모두 모였군요."

홈즈는 이렇게 말하며, 두꺼운 모직 재킷의 단추를 채운 뒤 선반에서 수렵용 채찍을 집어 들었다.

"왓슨, 런던 경찰청의 존스 씨는 알고 있을 테지? 메리웨더 씨를 소개하지. 오늘 밤 모험을 같이할 분이라네."

"의사 선생님, 또다시 함께 사냥에 나서게 되었습니다."

존스는 거드름 피우듯 말했다.

"우리의 동료이신 분은 추적하는 데에 놀라운 재능이 있으십니다. 필요한 거라곤 단지 마지막에 끝장낼 늙은 개 한 마리뿐이죠."

"잡고 보니 기러기 한 마리뿐이 아니길 바랄 뿐입니다."

메리워더 씨가 침울하게 말했다.

"홈즈 씨를 완전히 믿으셔도 됩니다."

경찰관은 거만하게 이야기했다.

"이 분은 자신만의 독특한 방법을 가지고 있으신데, 이렇게 말하면 실례일지도 모르지만, 약간 좀 이론적이고 공상적인 면이 있긴 해도 훌륭한 탐정인 것은 확실합니다. 여러 얘기할 것도 없이 한두 가지만 봐도, 이를테면 아그라 보물과 솔토 살인사건에서 경찰을 뛰어넘는 활약을 보여주었지요."

"오, 존스 씨. 그렇다니 안심이군요."

처음 보는 그 사람은 경의를 표하며 말했다.

"그런데 러버[01] 게임을 못하게 된 것은 솔직히 유감입니다. 토요일 밤에 러버 게임을 하지 않은 건 37년 동안 처음이군요."

"제 생각에는,"

홈즈가 말했다.

"오늘 밤에는 지금까지 해왔던 것보다 훨씬 큰 판돈이 걸릴 것 같습니다. 아주 흥미진진한 게임이 되겠군요. 메리웨더 씨, 당신에게는 3만 파운드짜리 판돈입니다. 그리고 존스, 자네에겐 체포하길 바라던 그 사내가 걸려있군."

"존 클레이, 살인자이며 도둑이고 위폐범에 사기꾼이지요. 메리웨더 씨, 그가 나이는 젊지만 그 방면에 있어서는 최고라고 할 수 있습니다. 런던의 어떤 범죄자보다도 그 자에게 수갑을 채우고 싶습니다. 존 클레이, 젊지만 대단한 놈이죠. 할아버지는 왕족출신 공작이고 그는 이튼과 옥스퍼드를 나왔습니다. 손재주도 좋은데다 머리도 비상해서, 사건마다 남겨진 흔적만 있을 뿐 그자는 어디서도 찾을 수가 없었어요. 한 주는 스코틀랜드에서 금고 털이를 하고, 다음 주에는 콘월에서 고아원을 짓는 기금을 모집하죠. 몇 년 동안 그를 뒤쫓아 왔지만 아직 얼굴을 마주친 적이 없습니다."

---

01   rubber : 카드 게임의 일종.

"오늘 밤 그 사내를 자네에 소개시켜줄 수 있다면 좋겠군. 나도 존 클레이와 관련된 사건을 한두 번 만난 적이 있는데, 그가 최고라는 것은 인정하네. 그나저나, 시간이 열 시를 넘었으니 떠나야할 시간이군. 두 사람이 첫 번째 마차를 타고, 왓슨과 나는 두 번째 마차를 타고 따라가겠네."

마차를 타고 가는 긴 시간 동안 셜록 홈즈는 그리 말을 하지 않았고, 편안히 기대 앉아 오후에 들었던 곡조를 흥얼거리기만 했다. 우리는 끝없는 가스등의 미로를 덜컹거리며 지나 패렁던 가(街)로 빠져나왔다.

"이제 가까워졌군."

내 친구가 말을 했다.

"메리웨더라는 사람은 은행장인데 이 사건과 관련이 있지. 그리고 존스도 함께 있는 것이 좋으리라 생각했네. 경찰로서는 완전히 아둔하기 짝이 없지만 나쁜 녀석은 아니야. 한 가지 좋은 점은 있네. 불도그와 같이 용감하고 바다가재와 같이 끈질겨서 누구든 한 번 물면 놓아주질 않지. 도착했군. 우리를 기다리고 있을 걸세."

우리가 도착한 곳은 아침에 왔던 교통이 빈번한 큰 길이었다. 마차를 돌려보낸 후, 우리는 메리웨더 씨가 안내하는 대로 좁다란 골목을 지나갔고, 그가 열어준 어느 옆문으로 들어갔다. 안에는 좁은 복도가 있었는데 그 끝에는 아주 단단한 강철문이 나타났다. 그 문을 열고 나선형 돌계단을 따라 내려갔더니 또 다른 엄청난 문이 길을 가로막았다. 메리웨더 씨는 걸음을 멈추고 등불을 켠 다음, 세 번째 문을 열고 우리를 어둡고 흙냄새가 나는 통로로 이끌었다. 그곳은 지하실이나 포도주 저장고 같은 커다란 공간이었는데, 안에는 나무로 만든 육중한 상자들이 사방에 가득 차 있었다.

"위로부터 공격당할 염려는 거의 없군요."

홈즈가 등불을 위로 들어 올려 살펴보며 말했다.

"아래로도 마찬가지입니다."

메리웨더 씨는 이렇게 말하며 지팡이로 바닥의 판석을 쳤다.

"아니, 이런! 속이 빈 소리가 나는데!"

그는 놀라며 얼굴을 들었다.

"좀 조용히 계시길 부탁드려야겠습니다."

홈즈가 엄격한 말투로 얘기했다.

"벌써 우리 일에 중대한 위험을 끼치고 있습니다. 방해가 되지 않도록 저 상자 위에 앉아계시는 것이 어떻겠습니까?"

근엄하던 메리웨더 씨는 나무상자에 자리 잡고 앉아, 자존심에 상처 받은 듯 기분 나쁜 표정을 지었다. 홈즈는 바닥에 무릎을 꿇은 채, 등불과 확대경을 들고 판석과 판석 사이의 균열을 살펴보기 시작했다. 얼마 지나지 않아 만족스런 표정으로 일어난 그는 확대경을 주머니에 집어넣었다.

"적어도 한 시간은 있군요."

그는 말했다.

"사람 좋은 전당포주인이 잘 때까지 저들은 한 발자국도 움직이지 않을 겁니다. 그리고는 한 순간도 허비하지 않고 시작하겠지요. 빨리 할수록 도망갈 시간이 많아질 테니 말입니다. 의사선생, 자네도 이미 알겠지만 우리는 런던의 주요한 은행 지점, 지하창고에 와있네.

메리웨더 씨는 그 은행의 사장이라네. 현재, 대담무쌍한 런던의 범죄자들이 왜 이 지하창고에 지대한 관심을 가지게 됐는지 메리웨더 씨가 설명해주실 걸세."

"우리가 보유한 프랑스 금괴 때문이죠."

은행장은 낮은 목소리로 말했다.

"탈취 시도가 있을 거라는 경고를 몇 번 받았습니다."

"프랑스 금괴를요?"

"예. 자금력을 강화할 목적으로 몇 달 전에 3만 나폴레옹[01]을 프랑스 은행에서 빌려왔습니다. 포장한 상자를 열어볼 틈도 없이 소문이 새어나가, 지하창고에 그대로 보관하고 있는 중이지요. 내가 앉아있는 이 나무상자 안에는 2천 나폴레옹이 납으로 싸여 차곡차곡 담겨져 있습니다. 현재 보유한 금괴의 양은 보통 지점이 가지고 있는 양보다 엄청나게 많은 까닭에 이사들도 불안에 빠져 있습니다."

"그게 당연한 일이겠지요."

홈즈가 말했다.

"그럼 이제 계획을 세워야할 시간입니다. 한 시간 안에는 일이 벌어질 것 같군요. 메리웨더 씨, 그동안은 등불을 덮어놓아야만 합니다."

"어둠 속에 앉아 있으라구요?"

"그래야할 것 같군요. 마침 우리가 4인조이니 당신이 바라는 러버게임도 할 수 있으리라 생각하고, 카드 한 벌을 주머니에 넣어가지고 왔습니다. 그런데 적들의 준비상황이 많이 진척되어 있는 터라 불을

---

01 Napoleons : 1 나폴레옹은 금화 20프랑.

켜놓기엔 위험할 것 같군요. 그리고 가장 먼저, 위치를 정해야 합니다. 대담한 자들이라 우리가 급습을 한다고 해도, 조심하지 않으면 오히려 당할 염려가 있습니다. 저는 이 나무상자 뒤에 서있을 테니, 여러분들도 각자 상자 뒤에 몸을 숨기십시오. 제가 그 녀석들에게 빛을 비추면 곧장 나와서 잡으면 됩니다. 왓슨, 만약 저들이 총을 쏘면 주저하지 말고 쏴서 쓰러뜨리게."

권총을 장전해서 나무 상자 위에 올려놓은 다음, 나는 그 상자 뒤에 웅크리고 몸을 숨겼다. 홈즈는 등불 앞에 덮개를 씌워 우리 모두를 어둠 속으로 밀어 넣었다. 그런 완벽한 어둠은 이제껏 경험하지 못한 것이었다. 뜨겁게 달궈진 쇠 냄새가 아직 빛이 거기에 있다는 것을, 범인이 나타나면 비출 준비를 하고 있다는 것을 알려줬다. 나는 기대감이 극도로 달해 신경이 곤두섰다. 갑작스런 어둠 속에는 짓누르는 듯한 위압감이 있었고, 지하창고 안에는 차갑고 습한 공기가 맴돌았다.

"저들이 도망갈 길은 한 곳 밖에 없네."

홈즈가 속삭였다.

"그 집을 통해 삭스 코버그 스퀘어로 빠져나가는 길 뿐이지. 존스, 내가 요청한 대로 다 했겠지?"

"경감 한 명과 경찰관 두 명을 문 앞에 배치시켰습니다."

"그럼 모든 퇴로를 막은 셈이군. 이젠 조용히 기다리는 일만 남았네."

얼마나 시간이 흘렀을까. 나중에 알아본 결과 한 시간 십오 분 정도 지났을 뿐이지만, 그때는 밤이 다 지나가고 새벽이 밝아올 정도의 시간으로 느껴졌다. 자세를 바꾸지 않고 그대로 있다 보니 내 손발이 모두 저리그 경직되어갔다. 그런데 신경은 극도로 예민해져서 내 동료의 조용한 숨소리를 들을 수 있을 뿐 아니라, 큰 체구의 존스가 내뱉는 깊고 거친 숨소리와 은행장의 옅은 한숨소리도 구별할 수 있었다. 내가 앉아 있는 위치에서는 상자 너머로 바닥이 바로 보였다. 갑자기 그곳에서 불빛이 번쩍였다.

처음에는, 판석 위로 빛이 반짝인 것에 지나지 않았다. 그런데 점점 커지더니 노란 선이 되었고, 그다음엔 아무런 예고도, 소리도 없이 판석의 틈이 갈라져 열리더니 손이 하나 튀어나왔다. 하얗고, 여성스런 손이었는데, 빛이 나오는 좁은 부분의 둘레를 더듬었다. 일 분 또는 이 분여 시간 동안, 바닥 위로 나와 꿈틀거리던 손가락은 갑자기 사라졌다. 다시 사방은 어두워졌고, 희미한 불빛만이 남아 판석 사이로 갈라진 틈이 생겼음을 알려주고 있었다.

하지만 손이 사라진 것은 잠깐 뿐이었다. 부서지고 뜯는 소리가 나더니 크고 하얀 판석이 뒤집어지며 사각형의 구멍이 생겼고, 그 사이로 등불의 빛이 쏟아져 나왔다. 그 구멍 안에서 말쑥하고 소년 같은 얼굴이 올라와 주변을 살펴보고는 양손으로 구멍의 둘레를 짚고 자신의 몸을 들어올렸다. 어깨가 빠져나오고, 그 다음엔 허리, 그리고 한 쪽 무릎이 구멍 위로 올라왔다. 그는 구멍의 옆에 서더니 뒤에 올라오는 동료를 끌어당겼다. 그와 비슷하게 작고 유연한 몸매였는데 창백한 얼굴이었고 새빨간 머리는 헝클어져 있었다.

"됐어."

그가 낮게 말했다.

"끌과 가방은 가지고 왔어? 이런 세상에! 빨리 가, 아치! 어서! 제

대로 못하면 목을 매달아 버릴 거야!"

셜록 홈즈는 재빨리 뛰어나가 그 침입자의 목덜미를 붙들었다. 다른 한 명은 구멍으로 뛰어들었는데 존스가 옷자락을 잡아당겨 찢어지는 소리가 들렸다. 권총의 총신이 번뜩였지만 홈즈가 사냥용 채찍으로 손목을 내리치자, 권총은 금속성 소리를 내며 돌로 된 바닥으로 떨어졌다.

"소용없네, 존 클레이."

홈즈가 침착하게 말했다.

"이젠 빠져나갈 수가 없어."

"그런 것 같군."

그 남자는 극도로 냉정한 목소리였다.

"내 동료는 무사할 것 같은 걸. 너희들이 가진 건 찢어진 옷자락 뿐이야."

"문 앞에서 세 명이 기다리고 있네."

홈즈가 말했다.

"오, 이런. 일을 꽤 완벽하게 처리했구먼. 내가 칭찬해주지."

"그렇다면 나도,"

홈즈는 대답했다.

"네 빨간 머리 연맹 아이디어는 꽤 새롭고 효과적이었다고 칭찬해야겠군."

"네 친구는 곧 만나게 될 거야."

존스가 말했다.

"구멍을 뛰어 내려가는 건 나보다 빠르더군. 은팔찌를 채우게 손을 내밀어."

"네 불결한 손으로 내 몸을 만지지 마라."

수갑이 덜컥 소리를 내며 손목에 채워지자, 붙잡힌 범인이 말했다.

"내 핏줄에는 왕족의 피가 흐르고 있음을 모르느냐. 나에게 말할 때는 항상 존댓말을 하고 경칭을 붙여라."

"좋아."

존스는 빤히 쳐다보고 킬킬 웃더니, 말을 했다.

"자, 각하. 위층으로 올라가셔서, 고귀하신 분을 경찰서로 모실 마차에 오르시길 바라옵나이다."

"좀 낫군."

존 클레이는 차분한 어투로 말했다. 그는 우리 세 사람에게 가볍게 머리를 숙여 인사하더니 조용히 형사들에게 이끌려 걸어 나갔다.

"홈즈 씨. 정말이지,"

지하창고를 빠져나오며 메리웨더 씨가 말했다.

"우리 은행으로서는 어떻게 감사의 말을 전하고, 또 어떻게 보답을 드려야할 지 모르겠군요. 지금껏 들어보지도 못한 이런 대담한 은행털이를 미리 감지하고 막아내는 완벽한 솜씨를 보여주셨습니다."

"존 클레이에게 갚아 줘야할 빚이 한두 가지 있었습니다."

홈즈가 말했다.

"이 사건 때문에 비용을 약간 썼으니 은행에서 지불해주시길 바랍니다. 하지만 나머지는, 이 독특한 사건을 통해 많은 경험을 얻었고, 빨간 머리 연맹에 대한 아주 재미있는 이야기도 들었으니 충분한 보답이 되었군요."

"왓슨,"

이른 아침, 베이커 가에서 위스키소다 한 잔을 마시며 홈즈가 설명을 시작했다.

"그건 처음부터 분명했다네. 그 연맹에 대한 기상천외한 광고와 백과사전을 베끼는 일은, 어수룩한 전당포 주인을 매일 몇 시간 동안 나와 있게 하는 것이 목적이라고 밖엔 볼 수 없었지. 참으로 독특한 방법이었는데, 그런 생각을 해낸다는 것은 정말 쉽지 않은 일이라네. 틀림없이 머리가 좋은 클레이가 동료의 머리카락을 보고서 만들어낸 방법이었을 거야. 일주일에 4파운드는 꾀어내기에 좋은 미끼였지. 물론, 몇 만을 노리는 그들에겐 그게 큰돈이었겠나? 광고를 낸 다음, 일당 한 명이 임시 사무실을 얻고, 다른 한 명은 전당포 주인이 신청하도록 부추겼고, 매일 아침 그가 없는 동안 안전하게 작업을 해왔던 것이네. 점원이 급료의 반만 받고 왔다는 말을 들었을 때부터, 무언가를 하려는 강력한 목적이 있다는 것이 명백해졌지."

"그런데 그 목적이 무엇인지 어떻게 알아낸 건가?"

"그 집에 여자가 있었다면, 통속적인 연애문제로 생각했을 거네. 하지만 그건 있을 수 없었지. 전당포 주인의 사업이라는 게 작은 거였고, 집안에는 그런 정성스런 준비를 하고, 그런 경비를 들일만한 것이 없었어. 그건 분명 집 밖에 있는 무엇인거야. 그렇다면 무엇일까? 점원이 사진을 좋아해서 지하실로 내려간다는 이야기를 생각해봤네. 지하실! 거기에 이 복잡한 사건의 열쇠가 있던 거야. 그래서 이 이상한 점원에 대해서 물어봤고, 그가 바로 런던에서 가장 냉정하고 대담한 범죄자라는 걸 알아냈다네. 그는 지하실에서 무언가 하고 있다, 그 일을 끝내려면 매일 몇 시간 씩 몇 달이 걸린다. 그게 무엇이겠나? 다른 건물로 이어지는 터널을 파고 있다고 밖에는 생각할 수가 없었네.

여기까지 추리한 다음 사건 현장에 갔다네. 지팡이로 도로 바닥을 두들겨 자네를 놀라게 했지. 지하실이 앞쪽으로 나있는지 뒤쪽으로 나있는지 확인하고 싶었네. 앞쪽은 아니더군. 그 다음에 벨을 울렸더니 바라던 대로 점원이 나왔네. 예전에 작은 사건을 몇 번 겪었지만 직접 눈을 맞대고 만난 적은 없었지. 그의 얼굴은 거의 보지 않았어. 내가 보고 싶던 건 그의 바지 무릎이었네. 그 무릎 부분이 얼마나 낡고, 구겨지고 더러웠는지 자네도 분명 봤을 거야. 그건 굴 파는 데 얼마나 시간을 들였는지 말해 준다네. 한 가지 남은 문제는 어디를 향해 굴을 파느냐 하는 것이지. 코너를 돌아 걸어가서, 시티 앤 서버번 은행이 전당포에 인접해서 붙어있는 걸 보았네. 그때 문제를 풀었다는 걸 직감했지. 연주회가 끝나고 자네가 집으로 돌아간 후에, 나는 런던 경찰청을 방문했고, 그 은행의 사장도 만났네. 그 결과는 자네가 본 그대로이지."

"그러면 범인들이 그날 밤 침입을 감행하리라는 것은 어떻게 알았나?"

내가 물었다.

"그러니까, 그들이 연맹 사무실을 닫았다는 것은 자베즈 윌슨 씨가 있든 없든 더 이상 상관할 필요가 없다는 걸 의미하지. 다시 말하면, 터널을 완성했다는 거야. 하지만 발각될 염려도 있고 금괴가 다른 곳으로 옮겨질 염려도 있으니 한시바삐 실행에 옮겨야 했네. 다른 날들보다 토요일이 적당하지. 도망가는 데 이틀을 벌 수 있으니까. 이러한 이유로 그날 밤 감행하리라는 것을 예상했다네."

"자네 추리는 정말 훌륭하네."

나는 감탄을 하지 않을 수 없었다.

"논리의 사슬이 길고 길지만, 그 연결고리 하나하나가 모두 틀림 없는 사실이야."

"덕분에 권태로움을 벗어날 수 있었지."

그는 하품하며 말했다.

"아, 또다시 지루함이 다가오고 있는 걸. 내 인생이란, 진부한 삶 에서 탈출하려는 길고 긴 노력이라 할 수 있지. 이런 작은 사건들이 나를 도와준다네."

"그리고 자네는 모든 사람들의 은인이기도 하지."

내가 말했다. 그는 어깨를 으쓱여보였다.

"글쎄, 아마도, 결과적으론 조금 도움이 되긴 하겠군."

그는 말했다.

"귀스타브 플로베르가 조르주 상드에게 보낸 편지에서 이렇게 말 했지. 〈사람은 아무 것도 아니다. 그가 한 일이 전부다.[01]〉"

---

01 〈L'homme c'est rien - l'œuvre c'est tout〉, 구스타브 플르베르(Gustave Flaubert)는 프랑 스의 소설가. 〈보바리 부인〉등의 작품이 있다.

보스콤 계곡 살인사건

어느 날 아침, 아내와 내가 아침식사를 하느라 앉아 있을 때 하녀가 전보를 가지고 들어왔다. 셜록 홈즈에게서 온 것이었고, 내용은 이러했다.

이틀 정도 시간을 낼 수 있나? 서부 잉글랜드에서 보스콤 계곡 참극에 대한 전보를 받았음. 자네가 같이 간다면 좋겠음. 풍광이 좋은 곳. 패딩턴[01]에서 11시 15분 차로 떠남.

"어떻게 하실 건가요, 여보?"

아내가 맞은편에서 바라보며 말했다.

"가실 건가요?"

"어찌 해야 될지 모르겠군. 오늘 봐야할 환자들이 꽤 많은데."

"오, 앤스트루더가 대신 봐줄 거예요. 당신 요즘 혈색이 좀 나빠 보여요. 변화를 주는 것도 좋을 것 같고, 또 셜록 홈즈 씨의 사건이라면 항상 관심이 있었잖아요."

---

01 Paddington : 런던 서부에 있는 기차역. 대서부 철도의 종착역이다.

"그렇지 않다면 은혜를 모르는 거겠지. 그 사건들 중 하나 때문에 얻은 걸 생각하면 말이야[02]."

내가 대답했다.

"그런데 가려면 당장 가방을 꾸려야겠는 걸. 30분밖에 남지 않았군."

아프가니스탄의 병영 생활을 통해, 나는 적어도 여행을 쉽고 빠르게 떠날 수 있는 법은 배웠다. 내 짐은 작고 간단했으므로 얼마 지나지 않아 손가방을 하나 들고 마차에 올라 패딩턴역으로 덜컹거리며 달려갔다. 셜록 홈즈는 플랫폼에서 서성대고 있었는데, 회색의 긴 여행용 코트와 꼭 맞는 모자를 쓰고 있어서 그의 키 크고 마른 모습이 더욱 길고 말라보였다.

"와줘서 정말 잘됐네, 왓슨."

그가 말했다.

"내가 전적으로 의지할 수 있는 사람이 있는 것과 없는 것은 천지 차이일세. 지방경찰의 도움이란 언제나 쓸모없거나, 한 쪽으로 치우치게 하거든. 구석으로 자리를 두 개 잡아주게. 내가 차표를 사오겠네."

객차 안에는 우리 두 명과 홈즈가 가져온 많은 양의 신문 더미 외엔 없었다. 그는 신문을 샅샅이 살펴보고 읽다가는 가끔씩 노트에 필기를 하거나 생각에 잠기기도 했다. 기차가 레딩[03]을 지나자, 그는 신문들을 모두 뭉쳐 커다란 공으로 만든 다음, 선반으로 던져버렸다.

"그 사건에 대해서 들어본 적이 있나?"

---

02 왓슨은 셜록 홈즈의 예전 사건〈네 사람의 서명〉을 통해 부인을 만나게 되었음.

03 Reading : 잉글랜드 남부 버크셔주(州)에 있는 도시.

그가 물었다.

"전혀. 며칠 동안 신문을 보지 못했다네."

"런던의 신문들은 그다지 자세하게 다루지 않았더군. 세세한 부분까지 다 알아보려고 최근 신문들을 모두 살펴본 참이야. 지금까지 모아본 자료에 의하면, 간단한 사건에 속하면서도 아주 어려운 사건이 될 것 같군."

"그건 좀 역설적으로 들리는데."

"하지만 부인할 수 없는 사실이야. 특이함은 반드시 해결의 열쇠가 되지. 개성이 없고 평범한 범죄일수록 더 어려워지는 법이네. 어쨌든, 이 사건에선 살해된 사람의 아들을 아주 중요한 용의자로 지목했어."

"그럼 살인 사건인가?"

"음, 그렇게 추정하고 있군. 나는 내가 직접 조사해볼 때까지 아무런 판단을 내리지 않을 생각이야. 이 사건의 현재 상황을 내가 알고 있는 바대로 간략하게 설명해주겠네.

보스콤 계곡은 헤리퍼드셔 주(州)[01], 로스에서 멀지 않은 곳에 있는 시골 마을에 있지. 그 곳에 가장 큰 토지를 소유한 존 터너라는 지주가 있는데, 오스트레일리아에서 돈을 많이 벌고 몇 년 전에 고향으로 돌아왔다는군. 그가 소유한 농지 중에서 해서리라는 땅은 역시 오스트레일리아에서 돌아온 찰스 맥카시라는 사람에게 임대했어. 두 사람은 식민지[02]에서부터 아는 사이였기 때문에 돌아와 정착을 했을

---

01 잉글랜드 서부의 주. 현재는 다른 주로 편입됨.
02 오스트레일리아가 연방정부로 독립한 것은 1900년대.

때 서로 가까운 곳에 자리 잡은 것은 당연한 일이었지. 터너는 훨씬 부자였고 맥카시는 소작인이었지만, 예전에 그랬던 것처럼 아주 대등한 사이로 지냈던 모양이야. 맥카시는 열여덟 살 난 아들이 하나 있고, 터너는 그와 동갑인 딸이 하나 있는데 둘 다 부인은 없네. 그들은 같은 마을 사람들과 교제를 꺼리고 눈에 띄지 않는 생활을 해왔는데, 맥카시 부자만은 스포츠를 좋아해서 이웃의 경마 모임에 자주 모습을 보였다 하는군. 맥카시 집안은 하인이 둘 있는데, 남자 한 명 하녀 한명이네. 터너 집안은 그보다 많아서 적어도 여섯 명은 되지. 여기까지가 그 사람들에 대해서 내가 수집할 수 있었던 내용이야. 이제는 사건으로 들어가겠네.

6월 3일, 그러니까 지난 월요일이지. 맥카시는 오후 세 시 해서리에 있는 자신의 집을 떠나 보스콤 저수지로 걸어 내려갔네. 보스콤 계곡에서 내려오는 물줄기가 모여 작은 호수를 이룬 곳이지. 그는 오전에 하인과 함께 로스에 갔었는데 3시에 중요한 약속이 있기 때문에 서둘러야한다고 말했다는군. 그 약속 때문에 다신 살아 돌아오지 못한 거야.

해서리 농장에서 보스콤 저수지까지는 4분의 1마일이고, 그가 지나가는 것을 두 사람이 보았어. 한 명은 나이든 부인인데, 이름은 쓰여 있지 않더군. 다른 사람은 윌리엄 크로더라는, 터너가 고용한 사냥터지기라네. 이 두 목격자는 맥카시가 혼자 걷고 있더라고 증언했어. 사냥터지기는 덧붙여 말하기를, 맥카시가 지나간 몇 분 후에 아들인 제임스 맥카시가 총을 옆구리에 끼고 같은 길을 가는 걸 봤다고 했지. 그때 아버지를 분명 보았고, 그 뒤를 아들이 따라가는 것이 틀림없다고 말했네. 그리고는 잊어버렸다가 그날 저녁에 일어난 비극적인 사건에 대해 듣고 기억을 하게 된거지.

사냥터지기인 윌리엄 크로더의 시야에서 맥카시 부자가 사라진 후 그들을 본 사람이 또 있네. 보스콤 저수지는 빽빽한 숲으로 둘러싸여 있고 둘레는 목초와 갈대가 자라고 있지. 보스콤 계곡 토지 관리인의 딸인 열네 살짜리 소녀, 페이션스 모런은 숲에서 꽃을 따고 있었네. 그러다가 숲의 바깥부분, 호수 가까운 쪽에서 맥카시와 아들이 심하게 다투고 있는 것을 보았어. 아버지 맥카시가 아들에게 심하게 꾸중하는 말이 들렸고, 아들이 아버지를 때리려는 듯 손을 치켜올리는 것을 보았다는 거야. 싸우는 모습을 보고 겁이 난 그 아이는 집으로 도망가서 엄마에게 얘기하기를, 맥카시 부자가 보스콤 저수지 근처에서 다투고 있었고 둘이 주먹다짐을 하며 싸울 것 같아 무서웠다고 한 거지. 그 아이가 말을 채 끝내기도 전에 아들 맥카시가 달려왔어. 그는 아버지가 숲에서 죽어있는 걸 발견했다며 관리인에게 도와주길 부탁했다네. 그는 매우 흥분해있었고 총도 모자도 가지고 있지 않았는데 오른 손과 소맷자락에는 방금 흘린 듯한 피가 묻어 있었지. 즉시 그를 따라간 관리인은 저수지 근처 풀밭에 누워있는 맥카시의 시체를 발견했어. 어떤 무겁고 둔탁한 무기로 머리를 여러 번 맞은 것 같았네. 그 상처 자국은 시체로부터 몇 걸음 떨어진 풀밭에서 발견된 아들 총의 개머리판과 거의 맞아떨어진다고 하더군. 이런 정황 때문에 아들은 즉시 체포되었고 화요일에 심리에 붙여져 〈고의적 살인〉이란 평결이 내려졌어. 수요일에 로스의 치안판사에게 심문 받은 뒤, 이 사건은 다음 순회재판에 회부되었네. 여기까지가 검시관과 즉결재판소가 밝힌 이 사건의 주요 사실일세."

"그보다 확실한 사건은 없겠는걸."

내가 말했다.

"정황 증거가 범인을 지목하는 사건이 있다면, 바로 이것이네."

"정황 증거란 아주 속기 쉬운 것이야."

홈즈가 신중하게 대답했다.

"어느 한 가지만을 똑바로 가리키는 것으로 보인다면 말일세. 관점을 약간만 옮겨주면 그와 똑같이 정확하게, 완전히 다른 점을 가리키고 있을 수도 있다는 것이지. 하지만 이 사건은 아들이 확실히 불리한 상황에 빠져있고 실제로 범인일 가능성이 많다는 걸 인정해야겠네. 하지만 그가 범인이 아니라고 생각하는 사람이 몇 있는데, 그중에 지주의 딸인 터너 양이 있어. 그녀는 레스트레이드[01]에게 관심을 가지고 이 사건을 조사해주길 부탁을 했지. 자네도 〈주홍색 연구〉에 관련된 레스트레이드를 기억하겠지? 그가 이 사건 때문에 골치를 썩이다가 나에게 의뢰한 것이라네. 그렇게 되어서, 중년의 신사 두 명이 50마일의 속도로 서부를 향해 달려가게 된 것이지. 집에서 조용히 앉아 아침을 소화시킬 시간에 말이야."

"내 생각에는,"

내가 말했다.

"진상이 워낙 명백하니, 이 사건은 자네 명성에 별 도움이 안될 것 같네."

---

01 런던 경찰청의 형사.

"명백한 사실처럼 믿기 힘든 것은 또 없다네."

그는 웃으며 대답했다.

"게다가, 우리가 우연히 다른 명백한 사실을 발견할 수도 있으니까. 레스트레이드한테는 별로 명백해 보이지 않았던 것을 말이야. 자네는 나를 잘 알고 있으니까 내가 이런 말을 해도 오만하다고 생각하진 않겠지. 나는 그가 생각지도 못할 뿐 아니라 이해도 못하는 방법으로 그의 이론을 확고히 해줄 수도, 무너뜨릴 수도 있다네. 생각나는 대로 한 가지 간단한 예를 들자면, 나는 자네 침실의 창문이 오른손 쪽으로 나있다는 것을 확신하지. 하지만 레스트레이드가 그처럼 자명한 사실을 알아차릴 수 있을 지는 의심스러워."

"그걸 어떻게.....?"

"이보게, 친구. 나는 자네를 잘 안다네. 자네 성격은 군인처럼 단정하지. 매일 아침 면도를 할 때, 요즘 같은 계절에는 햇볕에 비추어 하게 되겠지. 그런데 자네 얼굴은 왼쪽으로 갈수록 점점 더 면도가 엉성해지고, 턱 밑 부분은 더욱더 단정치 못하네. 이것은 그쪽 편이 다른 쪽보다 어둡다는 것을 확실히 보여주고 있지. 자네 같은 성격이 양쪽 모두 환하게 비추는 곳이라면, 면도를 그렇게 했을 리가 없어. 이건 관찰과 추리에 대한 간단한 예로 들어봤을 뿐이네. 이것이 내 장점이지. 이 사건을 조사하는 데도 이러한 장점이 도움이 될 걸세. 배심원의 심리 중에 한두 가지, 사소하지만 고려해 봐야할 점이 있더군."

"그게 뭔데?"

"그를 체포한 것은 현장에서가 아니라 해서리 농장으로 돌아온 이후라네. 경감이 체포하려고 갔을 때 그는 놀라지도 않으면서 당연한 대가라고 말한 거야. 이 발언 때문에 검사 배심원의 마음 속에 남아 있던 의심도 자연스럽게 사라지게 된 거지."

"자백이었군."

나는 소리쳤다.

"아냐, 곧바로 무죄를 주장했다네."

"피할 수 없는 증거들이 차례차례 나타난 것으로 볼 때, 그건 아주 의심스런 주장인걸."

"그와 반대로,"

홈즈는 말했다.

"지금 나한테는 먹구름 사이로 나타난 밝은 빛으로 보이네. 그가 아무리 순진하다 해도, 상황이 그에게 좋지 않게 돌아간다는 것을 모를 바보천치는 아닐 거야. 체포되는 걸 알고 놀라거나, 화를 내는 척 했다면 나는 그걸 더욱 의심했을 것이네. 왜냐하면 놀라거나 분노를 표출하는 것은 그런 상황에서 자연스럽지 못하지만, 교활한 음모가 있는 사람에겐 최선의 방법이거든. 상황을 솔직하게 받아들였다는 것은 그가 결백하고, 또한 자제력이 강하며 굳건한 마음을 가졌다는 뜻이겠지. 그가 죽은 아버지의 시체 옆에 서 있었다는 걸 고려하면, 당연한 대가라고 말한 것도 부자연스런 것은 아니야. 그는 아버지가 죽은 바로 그날에 자식의 본분을 잊어버리고 말다툼을 했었네. 여자아이의 중요한 증언에 따르면 아버지를 때리려고 손을 들어올리기도 했지. 그 말을 통해 드러난 후회하고 자책하는 마음은, 죄가 있다는 표시가 아니라 건전한 정신을 가진 표시라고 생각되는군."

"많은 사람들이 그보다 적은 증거로도 교수형을 당한다네."

나는 고개를 저으며 말했다.

"그렇지. 그리고 많은 사람들이 죄 없이 교수형을 당하기도 하지."

"그 청년은 사건에 대해 어떻게 설명하고 있나?"

"그가 죄가 없다고 생각하는 사람들에게 희망적인 이야긴 없었네. 단지 한두 가지 점은 유의해볼만 하지만 말이야. 여길 보면 알 수 있지. 직접 읽어보게."

그는 신문다발에서 헤리퍼드서 지역신문 한 부를 꺼내 펼친 다음 그 불운한 청년이 사건의 경위를 진술하는 부분을 가리켰다. 나는 객차의 구석에 자리를 잡고 신중하게 읽어 내리기 시작했다. 내용은 다음과 같다.

고인의 외아들, 제임스 매카시 씨는 불려나와 아래와 같이 증언했다.

〈저는 3일 동안 집을 떠나 브리스틀에 있다가, 지난 월요일, 3일 오전에 돌아왔습니다. 도착했을 때 아버지는 집에 안계셨고, 하녀한테서 마부 존 콥과 함께 마차를 타고 로스로 가셨다는 말을 들었습니다. 그리고 잠시 후, 안마당에서 아버지의 마차 바퀴 소리가 들려 창문으로 내다보았더니 마차에서 내려 황급히 바깥으로 나가시더군요. 하지만 어디로 향하는 지는 보지 못했습니다. 그 다음엔 총을 메고 보스콤 저수지 방향으로 산책을 나갔지요. 저수지 한쪽 편에 있는 토끼 서식지에 갈 생각이었습니다. 가는 길에, 그가 증언한 바와 같이 사냥터지기 윌리엄 크로더를 보았습니다. 하지만 그가 잘못 생각한 것입니다. 저는 아버지를 따라 간 것이 아니었고, 아버지가 앞에 갔다는 것도 몰랐습니다. 저수지에서 백 야드[01]쯤 떨어진 곳에 도

---

01 1 야드(yd)는 약 0.91미터(m).

착했을 때 아버지와 제가 신호를 보낼 때 쓰는 '쿠이!' 소리를 들었지요. 앞으로 급하게 뛰어갔더니 저수지 근처에 아버지가 서계시더군요. 저를 보고 매우 놀라시더니, 여기서 무엇을 하느냐고 거칠게 추궁하셨습니다. 아버지는 성격이 불같으신 분이라, 몇 마디 계속하다보니 언성이 높아졌고 거의 말다툼으로 이어졌지요. 화가 나서 폭발할 지경이셨기 때문에 저는 그 자리를 떠나 해서리 농장으로 갔습니다. 그런데 150야드도 채 못 갔을 때, 뒤편에서 끔찍한 비명 소리가 들려, 곧바로 들어서 달려갔습니다. 아버지는 머리에 심각한 상처를 입고 풀밭 위에 쓰러져 생명이 위태로운 상태였어요. 저는 총을 내려놓고 아버지를 안아 올렸지만 곧 숨을 거두실 것 같았죠. 아버지 곁에 무릎 꿇고 앉은 채 잠시 있다가, 그곳에서 가장 가까운 터너 씨의 토지 관리인 집으로 도움을 청하러 갔습니다. 돌아갔을 때 아버지 근처에 아무도 없었기 때문에 누가 그런 짓을 했는지는 알 수 없습니다. 아버지는 사람들에게 인기 있는 편도 아니고, 냉정하며 가까이하기 어려운 성격이었기 때문에 제가 아는 바로는 적이라곤 없지요. 이것이 제가 아는 전부입니다.〉

검시관 : 아버지가 죽기 전에 자네에게 남긴 말은 없나?

증인 : 몇 마디 중얼거리긴 했지만 제가 알아들은 것은 〈쥐[02]〉라는 말뿐입니다.

검시관 : 그게 무슨 뜻이라 생각하나?

증인 : 전혀 뜻을 모르겠습니다. 정신이 혼미한 상태이셨던 것 같습니다.

검시관 : 당신과 아버지가 다툰 이유는 무엇이지?

증인 : 그건 대답하고 싶지 않습니다.

---

02   a rat

검시관 : 확실히 대답하는 게 좋을 텐데.

증인 : 정말 말씀드릴 수가 없습니다. 뒤이어 일어난 비극적인 사건과 무관하다는 건 분명히 얘기할 수 있습니다.

검시관 : 그건 법정이 판단할 일이지. 군이 지적할 필요도 없지만, 진술을 거부하면 앞으로 진행되는 재판이 자네에게 불리하게 돌아갈 거야.

증인 : 그래도 대답할 수 없습니다.

검시관 : '쿠이'라는 말이 자네와 아버지 사이에서 보통 쓰이는 신호라고 했는데 맞는가?

증인 : 그렇습니다.

검시관 : 그렇다면, 자네를 보기도 전에 어떻게 그 소리를 낼 수가 있지? 자네가 브리스틀에서 돌아왔다는 것을 알기도 전에 말이야.

증인 : (많이 당황하여) 저는 모르겠습니다.

배심원 : 비명을 듣고 돌아가 아버지가 치명적인 중상을 입은 걸 발견했을 때, 의심이 갈 만한 것을 보지 못했습니까?

증인 : 확실한 것은 없었습니다.

검시관 : 무슨 뜻이지?

증인 : 그 공터로 달려갔을 때는 다급하고 정신없는 상황이어서 아버지 외에는 생각할 겨를이 없었습니다. 그런데 뛰어갈 때에 제 왼쪽 편 풀밭에서 어떤 물체를 본 듯한 희미한 인상이 남아있습니다. 어떤 건지 확실히 모르겠는데 색은 회색으로, 코트 종류나 플래드[01] 같았습니다. 아버지 옆에 있다 일어나서, 주위를 돌아보니 없어졌더군요.

검시관 : 도움을 청하러 가기 전에 이미 사라졌다는 건가?

---

01   plaid : 스코틀랜드 사람들이 외투 대신 어깨에 두르는 격자무늬 모직 천.

증인 : 네. 없어졌습니다.

검시관 : 그게 뭔지 얘기할 수 없나?

증인 : 네. 무언가가 거기 있었다는 느낌뿐입니다.

검시관 : 시체에서 얼마나 떨어져 있었지?

증인 : 12야드 정도입니다.

검시관 : 숲가에서는 얼마나 떨어져 있었나?

증인 : 그것도 비슷합니다.

검시관 : 그렇다면 자네와 12야드 거리에 있는 것을 누군가 치웠다는 것이겠군.

증인 : 네. 그런데 저는 등을 돌리고 있었습니다.

증인에 대한 심문은 이상과 같다.

"그렇군,"

나는 기사를 대강 살펴보며 말했다.

"검시관은 신랄한 태도로 아들 매카시의 심문을 끝냈네. 아들을 보지도 않았는데 아버지가 신호를 보냈다는 불합리한 얘기라든가, 아버지와의 대화 내용을 진술하길 거부한 것, 아버지가 죽으면서 남겼다는 이상한 단어 등을 잘 지적해주었군. 검시관이 말했듯이 이것은 모두 아들에게 불리한 이야기일 뿐이지."

홈즈는 혼자 가볍게 웃더니 푹신한 의자에서 몸을 쭉 폈다.

"검시관이나 자네나 모두,"

그는 말했다.

"그 청년에게 아주 유리한 증거를 골라내느라 노력하고 있는 셈일세. 자네는 그 청년이 상상력이 대단하다고 말하면서도 또 상상력이 아주 모자란다고 말하고 있다네. 배심원의 동정을 살만한 싸움의 이유를 대지 못했으니 상상력이 모자란 것이고, 아버지가 죽을 때 〈쥐〉라는 이상한 말을 했다는 등, 사라져버린 옷 따위를 지어내서 얘기했으니 상상력이 넘쳐난다는 것이지. 그건 아닐세. 나는 이 청년의 말이 사실이라는 관점에서 사건에 접근할 생각이네. 그리고 그 가설이 우리를 어디로 이끌어 가는 지 봐야지. 지금은 페트라르카[01]의 시집을 볼 시간이야. 이 사건에 대해서는 현장에 도착할 때까지 더 이상 이야기하지 않겠네. 스윈든에서 점심을 먹을 건데, 20분 정도면 도착할 것 같군."

아름다운 스트라우드 계곡을 지나고 햇볕에 반짝이는 넓은 세번 강을 건너, 로스의 작은 시골 마을에 도착했을 때는 네 시가 가까운 시간이었다. 여윈 몸매에 족제비를 닮은, 교활하고 음흉해 보이는 남자가 플랫폼에서 우리를 기다리고 있었다. 시골 풍경에 어울리는 가벼운 갈색 더스트 코트를 입고 가죽각반을 하고 있었지만 런던 경찰청의 레스트레이드라는 것은 쉽게 알 수 있었다. 그와 함께 우리는 방이 예약되어 있는 헤리퍼드 암즈 호텔로 갔다.

"마차를 준비해 놨습니다."

차 한 잔을 마시느라 앉아있을 때 레스트레이드가 말했다.

"에너지가 넘치는 분이시니, 사건 현장을 빨리 보고 싶어 하시리라 생각했습니다."

"그렇게 신경을 써주시니 고맙군요."

---

01 Petrarch : 이탈리아의 시인(1304-1374).

홈즈가 대답했다.

"현장에 가는 것은 기압에 달려 있습니다."

레스트레이드는 놀라며 쳐다봤다.

"무슨 말씀인지 모르겠군요."

그가 말했다.

"기압계[02]는 어떤가? 29도? 알았네. 바람도 없고 하늘엔 구름 한 점 없군. 피울 담배는 한 통 가득 가져왔고, 이런 시골 호텔 물건치고 는 소파도 꽤 훌륭하군요. 아무래도 오늘밤엔 마차를 쓸 일이 없을 것 같습니다."

레스트레이드는 너그럽게 웃으며 말했다.

"신문을 보고 벌써 결론을 내리신 것이 틀림없군요. 이 사건은 불 보듯 뻔해서 조사하면 할수록 더욱 명백해지지요. 그런데 여자가 부 탁을 하면 거절할 수가 없군요. 특히 아주 적극적인 여자라면 말입니 다. 당신에 대한 이야기를 듣고, 꼭 의견을 묻기를 바랐습니다. 제가 다 조사를 끝냈기 때문에, 당신이 오셔도 더 이상 할 것이 없다고 몇 번을 계속 얘기했는데도 말이죠. 아, 이런! 문 앞에 그 아가씨의 마차 가 있군요."

그의 말이 채 끝나기도 전에, 지금까지 살아오면서 만났던 중 가 장 사랑스럽고 예쁜 아가씨가 방으로 뛰어 들어왔다. 빛나는 보라색 눈동자, 다물지 않은 입술, 분홍빛을 띤 양쪽 볼, 그녀는 지나친 걱정 과 흥분으로 본래의 자제력은 모두 잊어버린 것 같았다.

---

02 the glass : Barometer를 뜻함. 유리관에 들어있는 수은주의 높이로 기압을 측정한다.

"오, 셜록 홈즈 씨!"

그녀는 소리치고는, 우리를 한 사람씩 쳐다보더니 여성의 빠른 직감으로 홈즈를 찾아내 그 앞으로 다가갔다.

"여기까지 오셔서 정말 기뻐요. 당신께 말씀 드리려고 마차를 타고 달려왔답니다. 제임스가 그런 일을 하지 않았다는 것을 저는 알고 있어요. 분명히 알아요. 거기서부터 다시 사건을 조사해주세요. 절대 그를 의심해서는 안 됩니다. 저는 어릴 때부터 알고 지냈기 때문에 누구보다도 그의 단점을 잘 알아요. 파리 한 마리 죽이지 못할 만큼 연약한 마음을 지녔지요. 누구라도 그를 제대로 아는 사람이라면 그런 혐의가 터무니없다는 걸 알거에요."

"터너 양, 우리는 그의 혐의를 풀어주고 싶습니다."

셜록 홈즈가 말했다.

"최선을 다할 테니 믿으셔도 됩니다."

"그래도 그 증거 내용을 읽으셨겠지요. 무슨 결론을 내리셨는지요? 혹시 빠져나갈 구멍이나 결함을 찾지 못하셨나요? 그가 결백하지 않다고 생각하시나요?"

"결백할 가능성이 많다고 생각합니다."

"맞아요!"

그녀는 소리치더니, 고개를 뒤로 젖히고 레스트레이드를 이거 보라는 듯 쳐다봤다.

"들으셨죠? 희망이 있잖아요."

레스트레이드는 어깨를 으쓱해 보였다.

"여기 동업자분께서 조금 일찍 결론을 내리신 게 아닐까 합니다만"

그는 말했다.

"하지만 이분이 옳아요. 이 분이 옳다는 걸 알아요! 제임스는 절대 그러지 않았어요. 그리고, 제임스가 아버지와 다툰 이유에 대해 말씀드리자면, 검시관에게 이유를 말하지 않은 것은 제가 관련이 되어 있기 때문이에요."

"어떤 관련이 있지요?"

홈즈가 물었다.

"지금은 어떤 것도 숨길 여유가 없어요. 제임스와 그의 아버지는 저와 관련해서는 의견이 맞질 않았지요. 맥카시 씨는 우리 둘을 결혼시키려고 열성적이었어요. 제임스와 저는 항상 남매처럼 사랑하긴 했습니다만, 그는 아직 젊고 많은 경험도 해보지 못했으니……. 음, 그러니까, 어쨌든 그가 아직 그런 마음이 들지 않는 건 당연한 일이겠지요. 그래서 다툼이 많았는데, 이번에도 틀림없이 저 때문일 거예요."

"그러면 아가씨 아버지는?"

홈즈가 물었다.

"그 결합을 찬성하셨나요?"

"아뇨. 아버지 역시 반대했어요. 맥카시 씨 외에는 찬성하는 사람이 없었죠."

홈즈가 날카롭고 의심스런 눈길을 던지자 그녀의 싱그러운 얼굴이 금방 붉게 물들었다.

"알려주셔서 고맙습니다. 내일 방문하면 아버지를 뵐 수 있을까요?"

그가 말했다.

"의사 선생님이 허락해주실 지 모르겠어요."

"의사?"

"예. 모르고 계셨나요? 아버지는 지난 몇 년간 건강이 좋지 않으셨는데, 이번 일로 충격을 받고 쓰러지셨어요. 병석에 누워계시는데, 의사이신 윌로우 선생님이 얘기하기를, 몸이 많이 쇠약해진데다가 신경 계통이 엉망이 된 상태라 하시더군요. 맥카시 씨는 빅토리아[01]에서 같이 지냈던 분들 중에 살아계신 단 한 분이었거든요."

"아, 빅토리아에서! 그건 중요한 일이군요."

"예. 광산에 계셨어요."

"그렇지, 광산에서. 제가 알기로는, 터너 씨는 그곳에서 돈을 많이 버셨지요?"

"맞아요."

"고맙습니다. 터너 양. 제게 중요한 도움을 주셨습니다."

"내일 새로운 소식이 있으면 알려주시길 바래요. 제임스를 만나러 구치소에 가시겠지요? 홈즈 씨, 만약 가신다면 그가 결백하다는 걸 저는 알고 있다고 전해주세요."

"그러지요. 터너 양."

"아버지가 많이 편찮으시니 이제 집으로 가봐야겠군요. 제가 없으면 서운해 하시거든요. 안녕히 계세요. 하시는 일에 신의 가호가 있기를 빌어요."

그녀는 왔던 것만큼 빠르게 방을 빠져나갔다. 그리고 덜컹거리며 도로를 달려가는 마차 바퀴 소리가 들려왔다.

---

01 Victoria : 오스트레일리아 남동부에 있는 주(州)

"부끄럽군요, 홈즈 씨."

몇 분간의 침묵 끝에 레스트레이드가 근엄하게 말했다.

"실망 시킬 줄 알면서도 왜 그런 희망을 갖게 했습니까? 저도 부드러운 사람은 아닙니다만 그건 좀 잔인하군요."

"저는 제임스 맥카시의 혐의를 벗길 수 있다고 생각합니다."

홈즈가 말했다.

"구치소에서 그를 만날 수 있는 허가증이 있나요?"

"네. 하지만 당신과 저 뿐입니다."

"그러면 나가지 않으려던 계획을 재고해야겠군요. 기차를 타고 헤리퍼드로 가서, 오늘밤 그 청년을 면회할 시간이 있을까요?"

"넉넉합니다."

"그럼 그렇게 합시다. 왓슨, 자네는 좀 지루한 시간이겠지만, 두 시간 정도 나갔다 와야겠네."

나는 역까지 함께 갔다가, 작은 마을의 길을 따라 어슬렁거리며 걸어 다녔다. 그리고는 호텔로 돌아와 소파에 누워, 통속 소설을 읽으며 흥밋거리를 찾으려고 해봤다. 하지만 형편없는 소설의 구성은 우리가 파헤치고 있는 수수께끼 같은 사건과 비교할 때 너무도 빈약하기만 했기 때문에, 내 관심은 소설에서 실제 사건으로 자꾸만 넘어갔다. 결국은 책을 방 한 편으로 던져버리고 사건에 대한 생각에 완전히 빠져들고 말았다. 그 불운한 청년의 이야기가 모두 사실이라고 가정한다면, 그가 아버지와 헤어지고 난 뒤 비명을 듣고 다시 숲 사이 공터로 뛰어갈 때까지, 그 사이에 어떤 무서운 일이, 무슨 생각지도 못한 참혹한 일이 벌어진 것일까. 그건 끔찍하고 치명적인 것이었다.

그게 무엇이었을까? 상처의 상태를 보면 의사인 내가 무언가 알아낼 수 있을까? 나는 벨을 울려 주간으로 발행되는 지방 신문을 가져오라고 했다. 거기에는 검시관의 보고서가 그대로 쓰여 있었다. 외과의사의 증언을 보면, 좌측 두정골 후부 삼분의 일과 후두골 좌측 반이 둔기에 강타 당해 부서졌다고 했다. 나는 내 머리를 잡고 위치를 가늠해 보았다. 뒤에서 공격한 것이 틀림없었다. 아버지와 다툴 때에 서로 마주보고 있었다고 하니 이것은 피고에게 유리한 점이다. 그렇긴 해도, 아버지가 돌아섰을 때 가격을 했을 수도 있으니 그다지 큰 도움은 되진 않을 것이다. 하지만 홈즈의 주의를 끌만은 하다. 그러면 죽으면서 말했다는 〈쥐〉라는 이상한 말은 뭘까. 정신착란에서 나오는 헛소리일 수는 없다. 일반적으로 갑작스런 타격을 당해 죽어가는 사람에겐 정신착란이 오지 않는다. 그건 아마도 자신이 당한 것에 대해 설명하려고 했던 것 같다. 그런데 무얼 뜻하는 걸까? 적절한 설명을 찾으려고 나는 머리를 쥐어짰다. 그리고 아들 맥카시가 봤다는 회색 옷이 있다. 그게 사실이라면, 살인자가 도망가면서 자신의 옷을, 그러니까 오버코트 같은 것을 떨어뜨렸고, 대담하게도 다시 돌아와 아들이 무릎을 꿇고 돌아앉아 있을 때, 그것도 열 두 걸음 정도 밖의 거리에서 가져갔다는 것이다. 모든 것이 있을 수 없는 일이고, 수수께끼 투성이 아닌가! 나는 레스트레이드의 의견이 틀렸다고 생각하지 않는다. 하지만 셜록 홈즈의 통찰력에 대한 믿음이 있으므로, 새로운 사실들이 아들 맥카시가 결백하다는 홈즈의 확신을 뒷받침하는 한 그가 범인이 아니라는 희망을 버리고 싶지 않다.

　홈즈가 돌아온 것은 늦은 시각이었다. 레스트레이드는 마을의 숙소에 머물고 있기 때문에, 그는 혼자 돌아왔다.

"기압은 여전히 높군."

그는 앉으며 말했다.

"우리가 현장의 땅을 조사할 수 있을 때까지 비가 내리지 않는 것이 중요하네. 중요한 일이지. 그뿐 아니라, 일을 제대로 하려면 자신을 가장 예민한 최상의 상태로 만들어야 하는 법이지. 오랜 여행으로 지친 상태에서 일을 하고 싶진 않군. 아들 맥카시를 만났네."

"무슨 소득이 있었나?"

"없었네."

"아무런 단서도 주지 않았어?"

"전혀. 처음엔 그가 범인을 알면서도 감싸주기 위해서 그런다고 생각했었지. 범인이 남자든 여자든 말이야. 그런데 지금은 다른 사람과 마찬가지로 범인의 정체를 모른다고 확신하네. 그는 잘 생기긴 했지만 약삭빠른 청년은 아니더군. 내가 보기엔 심성이 착한 것 같았네."

"그 친구의 취향을 존중해줄 수는 없겠는 걸."

내가 말했다.

"터너 양 같이 매력적인 아가씨와 결혼하기를 싫어하는 것이 사실이라면 말이지."

"아, 거기엔 가슴 아픈 이야기가 숨어 있다네. 이 친구는 그녀를 미친 듯이, 열광적으로 사랑하고 있어. 그런데 약 2년 전 철없을 때에, 그러니까 그녀가 기숙학교에서 5년 동안 지내느라 서로 잘 알지 못할 때, 이 바보 같은 녀석은 브리스틀의 술집 여자에게 빠져 식도 안올리고 등기소에 결혼 신고를 해버리고 말았네. 아무도 이 사실을 아는 사람은 없지만, 정말 사랑하는 사람이 바로 눈앞에 있어도 그 일 때문에 결혼은 불가능하다는 것을 잘 알고 있지. 그런 상황에서 아버지는 결혼하지 않는다고 화를 내며 비난하니 얼마나 미칠 일인지 상상이 가는가? 그래서 아버지와 마지막으로 대화를 했던 그날, 터너 양에게 청혼을 빨리 하라고 윽박지르는 아버지에게 화가 나 때릴 듯이 손을 치켜들었던 것일세. 게다가 그는 아직 자립할 능력이 없었고, 아버지는 완고한 사람이어서 그가 결혼한 사실을 알게 된다면 내팽겨치듯이 쫓겨날 것이 틀림없었어. 지난 삼 일간 브리스틀에 갔던 이유도 그 술집여자를 만나기 위해서였네. 아버지는 그가 어디에 갔는지 몰랐어. 이 걸 기억해 두게. 아주 중요한 점이야. 어쨌든, 전화위복이랄까, 그 청년이 교수형을 당할 심각한 상황에 빠졌다는 걸 술집여자가 신문을 통해 알고서는 그를 완전히 차버렸네. 그에게 보낸 편지에서 말하기를, 자긴 이미 버뮤다 조선소에 남편이 있으니 그와의 사이는 아무 것도 아니라고 했다는군. 모두가 고통스런 일 뿐이지만 이 작은 소식 하나는 아들 맥카시에게 위로가 될 것 같네."

"그가 결백하다면 누가 그런 일을 했을까?"

"아! 누구? 아주 중요한 두 가지가 있으니 주의해서 들어보게나. 첫째, 살해당한 사람은 누군가와 저수지에서 만날 약속을 했네. 그 누군가는 아들이 아니야. 아들은 멀리 떠나가 있었고, 돌아왔다는 것도 모르고 있었지. 둘째, 살해당한 사람이 〈쿠이!〉라고 소리친 것은 아들이 돌아온 것을 알기 전일세. 여기에 이 사건을 해결할 결정적인 힌트가 있다네. 자, 이제 조지 메러디스[01]에 대한 이야기를 해볼까. 자

---

01 George Meredith : 영국의 소설가, 시인. (1828-1909)

네만 괜찮다면, 나머지 얘기는 내일로 미루세."

홈즈가 예상한 대로 비는 오지 않았고, 구름 한 점 없이 맑은 아침이었다. 아홉 시에 레스트레이드가 마차를 타고 찾아왔고, 우리는 해서리 농장과 보스콤 저수지를 향해 떠났다.

"오늘 아침 중요한 소식이 있습니다."

레스트레이드가 말했다.

"지주 저택에 있는 터너 씨의 병세가 위중해서 살아날 가망성이 없다는 군요."

"아마 나이가 꽤 들었겠지요?"

홈즈가 말했다.

"육십 세 쯤 되었긴 한데, 해외에서 살 때 건강을 많이 해친데다 근래 들어 많이 아팠습니다. 이 사건도 아즈 나쁜 영향을 끼쳤을 겁니다. 맥카시는 오랜 친구이고, 꽤 많이 베풀어줬어요. 내가 알기로는, 해서리 농장도 무상으로 빌려줬습니다."

"그래요? 흥미로운 일이군요."

홈즈가 말했다.

"맞아요. 그뿐 아니라 도와준 게 수백 가지는 됩니다. 여기 사는 사람들은 모두 그를 인정 많은 사람이라 얘기하더군요."

"그렇군요. 이 맥카시라는 사람은 좀 이상하다는 생각이 들지 않습니까? 자기 자신의 재산은 얼마 되지도 않고 터너에게 신세지면서 살고 있는데, 장차 상속인이 될 터너의 딸까지 자기 아들과 결혼 시키겠다고 계속 말을 했지요. 그것도 단지 청혼을 하기만 하면 다른 문제는 다 해결된다는 듯이 독단적으로 얘기를 했습니다. 터너 자신은 그 생각에 반대했다는 걸 알고 나니 더욱더 의심이 가는군요. 그 딸이 많은 얘기를 해주었지요. 거기서 무엇인가 추론한 것은 없습니까?"

"추론과 추리가 드디어 나왔습니다."

레스트레이드가 내게 눈을 찡긋해 보이며 말했다.

"홈즈 씨. 저는 사실과 붙어 싸우는 것만 해도 벅찹니다. 이론과 공상을 뒤쫓을 시간이 없어요."

"맞습니다."

홈즈는 태연하게 말했다.

"사실과 붙어 싸우는 것도 힘든 일이지요."

"어찌 됐건, 나는 한 가지 사실 만은 확실히 파악하고 있습니다. 당신은 알 수 없다고 하는 것이죠."

레스트레이드는 약간 흥분해서 말했다.

"그게 뭡니까?"

"그 맥카시, 아버지 맥카시는 아들 맥카시가 살해했다는 겁니다. 그에 반대되는 이론은 모두 달빛처럼 공상에 불과한 것입니다."

"글쎄요, 달빛은 안개보다는 밝은 법이지요."

홈즈는 웃으며 말했다.

"그런데 저 왼쪽에 보이는 것이 해서리 농장이 틀림없겠죠?"

"네. 맞습니다."

그 곳은 널찍하고 편안해 보이는 이층 건물로, 슬레이트 지붕이었고 회색 벽에는 노란 이끼의 얼룩이 커다랗게 나있었다. 하지만 블라인드는 내려져 있고 굴뚝에는 연기가 나질 않아, 이번 참극이 여전히 무겁게 내려앉아 짓누르고 있는 것을 실감나게 했다. 문을 두드리자 하녀가 나왔다. 홈즈의 요청으로 하녀는 집주인이 죽던 날 신었던 구두를 가져다 보여줬다. 아들의 구두도 역시 가져왔지만 그때 신었던 것은 아니었다. 홈즈는 그 구두를 서로 다른 각도에서 일곱 여덟 번을 신중하게 잰 다음, 안마당으로 안내해주길 부탁했다. 거기서부터 우리는 보스콤 저수지로 이어지는 구불구불한 길을 따라 걸어갔다.

셜록 홈즈는 이처럼 단서를 찾아 열중했을 때는 완전히 다른 모습으로 바뀌었다. 베이커 가의 조용한 사색가이며 이론가로만 알고 있던 사람은 그를 알아보지 못할 것이다. 얼굴은 붉어지고 어두워졌다. 눈썹은 두 개의 굵고 검은 줄로 변하고 눈은 그 밑에서 강철처럼 빛났다. 얼굴은 아래를 향하고 어깨는 활처럼 구부렸고 입술은 굳게 다물었으며, 길고 억센 목에는 채찍줄 같은 정맥이 드러나 보였다. 콧구멍은 사냥감을 추적하는 야생동물처럼 확장되었고 마음은 바로 앞의 일에 완전히 집중해서 질문이나 말을 해도 그의 귀엔 들리지 않거나, 급하고 신경질적으로 호통 치며 대꾸할 뿐이었다. 그는 말없이 빠른 걸음으로 목초지를 따라 이어진 길을 걸어갔고, 숲을 지나 보스콤 저수지로 향했다. 이 지방에선 다 그렇듯이 습기 차고 축축한 땅이었으며 좁은 길과 양 쪽의 짧은 잔디가 있는 곳 모두에 많은 발자국이 남아 있었다. 홈즈는 바쁘게 움직이기도 하고, 죽은 듯 서있기도 하고, 목초지로 들어가 적지 않은 거리를 한 번 갔다 돌아오기도 했다. 레스트레이드와 나는 그의 뒤에서 걷고 있었는데, 그 형사는 무관심하고 경멸하는 듯한 태도였지만 나는 그의 행동 하나하나가 명확한 목표를 가지고 있다는 것을 확신했기 때문에 주의 깊게 지켜보았다.

지름이 50야드 정도인 보스콤 저수지는 사방이 갈대로 둘러싸여 있으며, 해서리 농장과 부유한 터너 씨의 사유지 경계에 자리 잡고 있었다. 저수지 건너편에 줄지어선 나무 위로는 빨간 첨탑이 솟아올라 있어, 그곳이 부유한 지주의 저택임을 알려주었다. 해서리 쪽 저수지는 나무들이 아주 빽빽하게 자라있었고, 숲과 물가 쪽의 갈대 사이에는 축축한 잔디가 깔린 스무 걸음 정도 넓이의 좁은 길이 있었다. 레스트레이드는 시체가 발견된 정확한 장소를 알려주었다. 그 곳의 땅은 정말 습기가 높아서 피살자가 공격을 받고 쓰러진 자리를 나도 분명히 알아볼 수 있었다. 홈즈의 열성적인 얼굴과 뚫어져라 쳐다보는 눈매를 보니, 나는 알지 못하는 많은 일들을, 쓰러진 잔디 하나에서도 읽어내고 있는 것 같았다. 그는 냄새를 찾는 개처럼 뛰어 다니다가 돌아서더니 내 옆에 있는 레스트레이드에게 다가왔다.

"저수지 안에는 뭐 하러 들어갔습니까?"

그가 물었다.

"갈퀴를 가지고 뒤졌습니다. 살인 무기라던가 다른 흔적이 나올까 해서요. 그런데 어떻게 그걸 아셨는지?"

"이런, 쯧쯧. 설명하고 있을 시간이 없습니다. 안쪽으로 휜 당신의 왼쪽 발자국이 온 사방에 천지이군요. 이건 두더지라도 찾아낼 수 있지요. 여기서 갈대 사이로 사라졌군. 아, 사람들이 들소떼처럼 밟고 다녀 엉망이 되기 전에 왔더라면 간단했을 텐데. 여기는 토지 관리인과 함께 온 사람들이군. 시체 주변 6, 8피트 안에 있던 자국들을 모두 지워버렸어. 그런데 같은 발자국이 세 번 지나간 흔적이 있군."

홈즈의 말은 레스트레이드나 나에게 하는 말이라기 보단 혼잣말에 가까웠다. 그는 확대경을 꺼냈고, 좀 더 자세히 보기 위해서 방수 외투를 깔고 그 위에 엎드렸다.

"이건 아들 맥카시의 발자국이야. 두 번은 걸었고, 한 번은 빠르게 달렸어. 그래서 구두바닥 자국은 깊게 남았는데 뒤꿈치는 거의 보이지 않지. 그의 이야기와 맞아 떨어지는군. 아버지가 땅에 쓰러져 있는 걸 보고 뛰어갔어. 여기에 아버지가 왔다갔다한 발자국이 있군. 그럼 이건 뭐지? 아들이 서서 아버지의 말을 듣고 있을 때 난 개머리판 자국이군. 그리고 이건? 하하! 이게 뭔지 알아? 발끝으로 걸은 거야! 발끝으로! 사각형, 분명 평범하지 않은 신발이군. 여기서 오고, 저리 가고, 또 다시 오고. 물론 외투 때문이겠지. 자, 그럼 어디서 온 걸까?"

그는 왔다 갔다 하며, 어떤 때는 흔적을 놓치기도 하고 어떤 때는 다시 찾기도 했다. 그러다 숲의 가장자리에 이르렀고, 근방에서 가장 큰 너도밤나무의 그늘 아래로 들어서게 되었다. 홈즈는 흔적을 따라서 나무 뒤편으로 갔다. 만족스러운 듯 가볍게 환성을 지르며, 다시 엎드려 얼굴을 대고 살펴보았다. 한참 동안을 그 곳에서 나뭇잎과 마른 가지들을 뒤집어 보더니, 내게는 쓰레기로 밖에 보이지 않는 그것들을 모아 봉투에 담았다. 그리고는 확대경을 들고 땅 뿐만 아니라 근처 손에 닿는 곳에 있는 나무껍질까지 자세히 살폈다. 이끼 사이에 톱니 같은 모양의 돌이 있었는데, 이것 역시 조심스럽게 살펴보고 집어 들었다. 그 다음엔 숲을 통과하는 길을 따라 큰 길이 나올 때까지 걸어갔다. 모든 흔적은 거기서 사라졌다.

"아주 흥미로운 사건이군."

그는 평소의 모습으로 돌아와서 말했다.

"오른 편의 회색 집이 아마도 관리인이 사는 곳 같군. 저 안에 들어가서 모런과 몇 마디하고 편지를 하나 써야할 것 같네. 끝난 다음에 마차를 타고 돌아가서 점심식사를 하세. 먼저 마차로 가면 내가 곧 따라가겠네."

십 분후에 우리는 마차가 있는 곳에 도착했고, 로스로 돌아갔다. 홈즈는 숲에서 주웠던 돌을 여전히 가지고 있었다.

"레스트레이드, 여기 관심을 끌만한 물건이 있습니다."

그는 돌을 들고 말했다.

"살인은 이걸로 한 것입니다."

"아무런 흔적이 없는데요."

"없지요."

"그럼 어떻게 압니까?"

"이 돌 밑에서 풀이 자라고 있었습니다. 그건 돌이 놓여진지 며칠밖에 지나지 않았단 뜻이지요. 거기에선 돌이 원래 있었던 자리를 찾을 수가 없었습니다. 상처와도 일치하지요. 그 외 다른 흉기의 흔적은 없었습니다."

"살인자는 누굽니까?"

"큰 키에 왼손잡이, 오른쪽 다리는 절고, 구두창이 두꺼운 사냥 부츠를 신었고, 회색 외투를 입고, 인도산 시가를 피우는데 물부리를 사용하며, 날이 무딘 주머니칼을 가지고 다니지요. 몇 가지 다른 특징도 있지만, 이 정도면 찾는데 충분한 도움이 될 겁니다."

레스트레이드는 웃었다.

"나는 아무래도 회의론자인 모양입니다."

그는 말했다.

"이론은 모두 훌륭하긴 합니다만, 우리는 완고한 영국 배심원을 상대하는 입장이니까요."

"알게 되겠지요."

홈즈는 침착하게 대답했다.

"당신은 당신 방식대로 일을 하고, 나는 내 방식대로 하지요. 오늘 오후는 바쁘게 보낼 듯 하군요. 그리고 저녁 기차로 런던에 돌아가게 될 것 같습니다."

"사건을 끝마치지 않고 가신다구요?"

"아뇨. 끝내고 갑니다."

"하지만 이 사건의 수수께끼는?"

"풀었습니다."

"그럼 누가 범인입니까?"

"내가 말한 그 남자이지요."

"그게 누굽니까?"

"찾아내는 데 어렵지 않을 겁니다. 흔히 볼 수 있는 이웃은 아니니까요."

레스트레이드는 어깨를 들썩였다.

"저는 현실적인 사람인지라,"

그는 말했다.

"한쪽 다리가 불구인 왼손잡이 신사 분을 찾아 시골 여기저기

다니는 일은 절대 못할 것 같습니다. 런던 경찰청의 비웃음거리가 되고 말걸요."

"좋습니다."

홈즈가 조용히 말했다.

"저는 기회를 드렸으니까요. 숙소에 도착했군요. 안녕히 가십시오. 떠나기 전에 연락을 드리지요."

레스트레이드를 그의 숙소에 내려주고 우리는 호텔로 돌아왔다. 점심은 식탁에 준비되어 있었다. 홈즈는 아무 말 없이 생각에 파묻혔는데, 난처한 처지에 빠져버린 사람처럼 그의 얼굴에는 괴로운 표정이 떠올랐다.

"이보게, 왓슨."

점심 식사를 끝낸 후에 홈즈가 말했다.

"여기 의자에 앉아서 잠시 내 이야기를 들어주게. 나는 어찌해야 할 지 전혀 모르겠으니 자네 조언이 필요할 것 같군. 담뱃불을 붙이게. 설명을 시작하지."

"이야기 하게나."

"음, 이 사건을 생각해보자면 아들 맥카시의 증언 중에서 즉각적으로 우리의 마음을 끈 것이 두 가지가 있다네. 나는 그에게 유리하다고 생각했고 자네는 그 반대이긴 했지만 말이야. 그 하나는, 아들의 증언에 따르면 아버지가 그를 만나기 전에 〈쿠이!〉라고 소리쳤다는 사실이지. 다른 하나는, 죽을 때 〈쥐〉라는 이상한 말을 했다는 것이네. 자네도 알다시피, 그는 몇 마디를 중얼거렸는데 아들이 알아들은 것은 그것뿐이지. 이 두 가지 점에서부터 우리는 조사를 시작해야

140

하네. 그리고 그 청년이 한 말이 절대적으로 진실이라 추정하고 출발하네."

"그러면 〈쿠이!〉는 무엇이지?"

"그건 분명 아들을 향해 소리친 것이 아니야. 그가 아는 한, 아들은 브리스틀에 있었어. 그가 불러서 들릴 거리에 있던 것은 우연에 불과하네. 〈쿠이!〉라고 소리친 것은 만나기로 한 누군가를 부르려 했던 것이지. 〈쿠이!〉는 오스트레일리아 원주민의 독특한 소리인데, 오스트레일리아인들 사이에서 사용되어 왔다더군. 이것으로 맥카시가 보스콤 저수지에서 만나려던 누군가는 오스트레일리아에서 살았던 사람이라는 것을 확실하게 추정할 수 있지."

"그렇다면 쥐는 뭐지?"

셜록 홈즈는 주머니에서 접힌 종이를 꺼내서 펼친 다음 테이블 위에 올려놓았다.

"이건 식민지 오스트레일리아의 빅토리아주 지도라네."

그가 말했다.

"지난 밤에 이걸 구하려고 브리스틀에 전보를 쳤지."

그는 지도 위 한 쪽에 손을 올렸다.

"읽어보게."

그가 물었다.

"어랫(ARAT)."

나는 읽었다.

"지금은?"

그는 손을 올렸다.

"밸러랫[01](BALLARAT)."

"바로 그거야. 아들이 들은 것은 끝의 두 음절 뿐이었지만 아버지 맥카시가 말한 것은 바로 이 단어라네. 그는 범인의 이름을 말하려고 했었지. 밸러랫에서 온 누구라고 말이야."

"대단하군!"

나는 감탄하며 소리쳤다.

"명백한 사실이야. 자, 그럼 자네도 알겠지만 수사 범위가 상당히 좁혀졌네. 아들의 증언이 정확하다고 본다면 회색 외투의 주인이 세 번째 인물, 즉 범인이 확실한 거지. 우리는 흐릿하기만 했던 안개 속을 벗어나, 밸러랫에서 온 회색 외투를 입은 오스트레일리아 사람이 범인이라는 것을 명백하게 파악했네."

"그렇지."

"범인은 이쪽 지역을 잘 알고 있는 사람이야. 저수지는 농장이나 사유지를 통해서만 접근할 수 있으니 외부인이라고는 생각할 수 없네."

"정말 그렇군."

"그리고 오늘 탐사에서 알아낸 것이 있지. 땅을 조사해본 결과 몇 가지 세세한 사항을 알아냈네. 아둔한 레스트레이드에게 설명해 준 범인의 특징 말이야."

"그건 대체 어떻게 알아낸 건가?"

"내 방법을 알잖나. 사소한 것들을 관찰해서 찾아내는 거지."

"키는 아마도 보폭의 길이를 보고 판단했겠군. 부츠도 역시 흔적

---

01   오스트레일리아 중남부 빅토리아주에 있는 도시.

을 보고 알아낸 것이겠지?"

"맞네. 독특한 부츠였어."

"하지만 다리를 절룩이는 건?"

"오른쪽 발자국 모양이 항상 왼쪽 보다 뚜렷하지 않았지. 그쪽에 체중을 덜 싣는다는 거야. 왜냐? 절룩이며 걷기 때문이지. 그는 절름발이야."

"왼손잡이인 것은?"

"검시한 외과의사의 보고서를 자네도 읽고 파악했겠지. 타격은 뒤편에서 순식간에 일어났고, 왼쪽 편을 맞았네. 왼손잡이가 어떻게 아닐 수 있겠는가? 아버지와 아들이 대화를 나누는 동안 그는 나무 뒤에 서있었네. 거기서 담배도 피웠지. 담뱃재도 발견했는데, 내 담배에 관한 지식은 남다른 것이라, 인도산 시가라는 걸 알 수 있었네. 자네도 알듯이, 내가 이 분야에 대해 연구를 해서 140여 종에 이르는 파이프, 시가, 담배 궐련의 재에 관한 작은 논문을 쓴 적도 있잖나. 재를 찾고 난 다음, 주변을 잘 살폈더니 이끼 사이로 던져진 꽁초를 발견할 수 있었어. 인도산 시가로, 로테르담에서 가공한 것이라네."

"그럼 물부리는?"

"끝을 입으로 물지 않았다는 걸 발견했지. 그건 물부리를 사용했다는 거야. 위쪽이 잘려져 있었는데 잘린 모양이 깔끔하지 않았어. 이로 자른 것은 아니야. 그래서 날이 무딘 주머니칼을 추리해낸 것이지."

"홈즈."

나는 말했다.

"범인이 빠져나갈 수 없는 그물을 던졌군. 그리고 죄 없는 목숨

하나를 건져냈네. 교수대에 매달린 사람의 밧줄을 잘라 낸 것과 마찬 가지일세. 이 모든 사실이 가리키는 방향이 어디인지 알겠네. 범인은,"

"존 터너 씨가 오셨습니다."

호텔 웨이터가 소리치더니, 우리가 있는 거실 문을 열고 방문객을 안내했다.

들어온 사람은 독특하고 인상적인 모습이었다. 느리고 절룩이는 발걸음과 굽은 어깨는 노쇠한 기색을 보여주었지만, 깊은 주름이 팬 거칠고 험한 얼굴, 거대한 손과 발은 그가 보통 아닌 힘과 성격을 지닌 사람이란 것을 알 수 있게 했다. 엉킨 턱수염, 반백의 머리카락, 눈에 띄게 처진 눈썹 등은 그의 인상에 힘과 위엄을 더해주었다. 하지만 얼굴빛은 재처럼 희고, 입술과 콧구멍 주위에는 푸른 그림자가 번져있었다. 한 눈에 봐도 만성적이고 위중한 병에 시달리고 있음을 알수 있었다.

"소파에 앉으시지요."

홈즈는 부드럽게 말했다.

"제 편지를 받으셨습니까?"

"그렇소. 토지 관리인이 가져다주더군. 사람들 눈을 피해 이곳에서 나를 만나길 바란다고 하셨구려."

"제가 저택으로 가면 사람들 입에 오르내릴 것 같았습니다."

"왜 나를 보자고 하셨소?"

그는 마치 질문에 대한 대답을 벌써 들은 것처럼 절망스럽고 피로한 눈으로 내 동료를 건너다보았다.

"네."

홈즈는 그의 말이 아니라, 그 표정에 대답하는 듯 했다.

"그렇습니다. 저는 맥카시와 관련된 모든 일을 알고 있습니다."

노인은 그의 손바닥 안으로 얼굴을 묻었다.

"오, 이럴 수가!"

그가 소리쳤다.

"하지만 그 청년에게 해를 입힐 생각은 아니었소. 맹세컨대, 그가 순회재판에 가서 유죄 판결을 받는다면 사실을 모두 자백할 생각이었다오."

"그렇게 말씀하시니 기쁘군요."

홈즈가 진지하게 말했다.

"사랑스런 내 딸만 없었으면 이미 실토했을 거요. 그 아이의 마음을 아프게 할 수 없었소. 내가 체포된다는 것을 알면 그 아이의 마음은 찢어질 듯 아플 터이니……."

"그런 일은 일어나지 않을 겁니다."

홈즈가 말했다.

"뭐요?"

"저는 경찰이 아닙니다. 저한테 이곳에 오기를 부탁한 사람은 따님이지요. 그녀가 바라지 않는 일을 하고 싶진 않군요. 하지만 청년 맥카시는 풀려나야만 합니다."

"나는 죽어가는 몸이오."

터너 노인이 말했다.

"오랫동안 당뇨병을 앓고 있다오. 의사가 말하기를, 앞으로 한 달을 넘길 지조차 모르겠다하더이다. 하지만 감옥에서보단 내 집 지붕

아래서 죽고 싶소."

홈즈는 일어났다가 한 묶음의 종이와 펜을 들고 테이블 앞에 앉았다.

"진실을 말해주시면 됩니다."

그가 말했다.

"제가 그 사실을 간략히 적지요. 다 쓰면 서명을 하십시오. 여기 왓슨이 증인이 될 겁니다. 그런 다음 청년 맥카시가 결국 위험한 상황에 처하게 되면 이걸 제출하지요. 정말 필요할 때가 아니면 사용하지 않을 것을 약속드립니다."

"잘 됐군요."

노인은 말했다.

"순회 재판 때까지 살아 있을 지도 알 수 없으니, 나야 상관이 없소. 다만 앨리스가 충격을 받지 않길 바랄 뿐이오. 그럼 이제 남김없이 이야기 하리다. 아주 오래전부터 시작된 일이라오. 하지만 얘기하는 데 오래 걸리진 않을 거요.

당신은 죽은 그 남자, 맥카시를 모르오. 그는 악마의 화신이었지. 분명한 사실이오. 당신도 그와 같은 자에게 붙들리지 말기를 신께 빌겠소. 지난 20년간 그는 나를 자신의 손아귀에 쥐고 내 인생을 망가뜨렸지. 내가 어떻게 걸려들게 된 건지 처음부터 얘기하리다.

1860년대 초반, 나는 광산에 있었소. 그때 나는 피가 끓는 분별없는 녀석이었고, 겁도 없이 어떤 일이든 달려들었지. 나쁜 녀석들과 한 패거리가 되었고, 술이나 마셔댔소. 게다가 불하받은 광산에선 운도 없이 금이 나오질 않았소. 결국 나쁜 길에 들어서게 된 거요. 한 마디로 하자면 노상강도가 된 거지. 우리는 여섯 명이었는데, 이따금 목장을 강탈하고 광산으로 가는 도로에서 마차를 습격하기도 하며, 거칠고 멋대로 살았다오. 나는 밸러랫의 블랙잭이란 이름으로 불리었고, 식민지에서는 아직도 우리 일당을 밸러랫 갱단으로 기억하고 있소.

어느 날, 밸러랫에서 멜버른으로 향하는 금괴수송대가 지나가는데 우리가 숨어 있다가 공격을 했지요. 기마대도 여섯 명이고 우리도 여섯이었기 때문에 막상막하였지만, 첫 번째 일제 사격으로 네 명이 떨어져 나갔소. 하지만 우리 쪽도 약탈을 끝내기까지 세 명이 죽고 말았다오. 나는 마부의 머리에 권총을 겨누었는데, 그가 바로 맥카시였소. 그때 쏴버렸으면 좋았을 것을 나는 살려주고 말았지. 그의 사악한 작은 눈이 마치 언제까지라도 기억해두겠다는 듯 내 얼굴을 빤히 보았는데도 말이오. 우리는 그 금을 가지고 달아나 부자가 되었고, 아무런 의심도 받지 않고 영국으로 돌아왔소. 오랜 친구들과도 헤어지고 정착을 하여 조용하고 건실한 생활을 하리라 결심을 하였다오. 마침 매물로 나와 있던 이 땅을 샀소. 그리고 내가 죄지은 것을 보상하기 위해, 내가 가진 돈으로 선행도 좀 했소. 결혼도 했는데, 아내는 일찍 죽고 말았지만 사랑스런 아기 앨리스를 남겨주었다오. 그 애는 아주 어린 아기였지만 그 작은 손으로 나에게 이제껏 아무도 알려주지 않았던 올바른 길을 가르쳐주는 것 같았소. 한 마디로 하자면, 나는 새로운 삶을 찾았고 지나간 일을 보상하기 위해 노력을 다했던 거요. 모든 일이 잘되어가고 있었소. 맥카시의 손아귀에 잡히기 전까지는 말이오.

투자와 관련된 일이 있어 런던으로 갔을 때, 리젠트 가(街)에서 완전히 거지꼴을 하고 있는 그와 마주치게 되었소.

〈결국 이렇게 됐군, 잭.〉

내 팔을 치며 그가 말했다오.

〈우리는 가족이나 다름없지. 나하고 내 아들 둘이 살고 있는데, 자네가 돌봐줄 수 있겠군. 자네가 싫다면……. 좋아. 영국은 법이 살아있는 나라니까, 부르면 언제든지 경찰이 달려올 테니 말이야.〉

그래서 그들과 함께 이곳 서부 지방으로 오게 되었소. 떼어버릴 수도 없었지. 내가 가진 땅 중에서 제일 좋은 곳을 공짜로 차지하고 이제껏 지내온 것이오. 그때부터 내겐 평안함도, 평화도 없고, 예전 기억을 잊을 수도 없었소. 내가 눈을 돌리기만 하면 바로 앞에 그 녀석의 교활하고 능글맞은 웃음이 있었지. 앨리스가 자라남에 따라, 내 과거에 대해서 경찰보다도 앨리스에게 발각될까봐 두려워한다는 것을 그가 알게 되었기에, 상황은 더욱 나빠져만 갔소. 그는 가지고 싶은 것은 뭐든 손에 넣었소. 무엇이든 간에 그가 원하는 건 돈이건 땅이건 집이건 뭐든 줄 수 밖에 없었다오. 그러다 결국은 내가 줄 수 없는 것도 요구하게 되었지. 바로 앨리스를 요구한 것이오.

아시다시피, 그의 아들은 성인이 되었고 내 딸도 성인이 되었소. 내가 건강이 좋지 않다는 것을 알고 있기 때문에, 결혼만 시키면 그 아들이 모든 재산을 차지할 수 있다는 생각을 해낸 것이오. 하지만 나는 그 점에선 확고했소. 그 저주받은 인종과 합칠 수는 없던 거요. 그 청년이 싫은 것은 아니지만, 그 핏줄이니 받아들일 수가 없었다오. 나는 확고부동했지. 맥카시는 나를 위협했고 나는 그가 어떤 나쁜 짓을 하더라도 맞섰소. 그래서 서로의 집에서 중간쯤인 저수지에서 만나 얘기해보기로 한 것이오.

　그 곳에 갔더니 아들과 얘기하고 있어서, 나무 뒤에서 담배를 피우며 그가 혼자 남기를 기다렸소. 그런데 대화를 듣다보니 암담하고 괴로운 마음이 솟구쳐 올라오더구려. 아들한테 내 딸과 결혼하라고 마구 재촉하는 그 녀석은, 내 딸을 그저 거리를 떠도는 매춘부처럼 여기고 그 아이가 어떻게 생각하는 지는 전혀 관심이 없었소. 내가 그토록 소중하게 생각하는 딸이, 그리고 내가 그런 인간에게 휘둘리게 될 것을 떠올리니 미칠 것 같았다오. 이런 속박의 사슬을 끊을 수 없을 런지. 나는 이미 죽어가는 가망 없는 몸이오. 내 정신은 멀쩡하고 팔다리도 튼튼하지만, 내 운명은 이미 정해졌소. 하지만 내가 남겨줄 기억과 내 딸의 장래는! 내가 저 더러운 혓바닥을 잠재울 수만 있다면 두 가지 모두 구할 수 있을 것이오. 홈즈 씨. 나는 하고야 말았소. 다시 하라고 해도 할 것이오. 깊은 죄를 지은 까닭에 나는 속죄하기 위해 순교자의 삶을 살아왔소. 그런데 내 딸도 똑같은 올가미에 빠져야만 한다니 고통스러워서 견딜 수가 없었소. 나는 추잡하고 악독한 짐승을 처치하듯 아무런 양심의 가책도 없이 그를 쓰러뜨렸다오. 그의 비명을 듣고 아들이 돌아오는 바람에 나무 뒤에 몸을 숨겼소. 그런데 자리를 피하면서 외투를 떨어뜨렸기 때문에 다시 가서 가져올 수 밖에 없었소. 신사 여러분, 그때 일어났던 모든 일을 사실 그대로 이야기한 것이오."

　"당신을 심판할 사람은 제가 아닙니다."

　다 쓴 진술서에 노인이 서명을 할 때, 홈즈가 말했다.

　"우리가 그런 시험에 결코 빠지지 않기를 바랄 뿐입니다."

"나도 그러길 바라오. 이제 어찌할 작정이오?"

"당신의 건강 상태를 보니, 아무 것도 하지 않겠습니다. 순회재판보다 더 높은 법정에서 당신의 행실에 대한 응답을 받을 때가 머지않음을 알고 계시겠지요. 당신이 고백한 것을 보관해두었다가 혹시 맥카시가 유죄를 선고 받으면 그때 사용할 것입니다. 유죄가 아니라면, 영원히 어느 누구도 볼 수 없게 되겠지요. 당신의 비밀은, 당신이 살아있든 죽든 우리가 안전하게 보관하겠습니다."

"그럼, 안녕히!"

노인은 엄숙한 목소리로 말했다.

"내게 베풀어준 평안으로 인해, 장래 당신이 죽음의 침대에 누울 때에는 그 자리가 더욱더 안락하고 평화로울 것이오."

그는 부들부들 떨리는 커다란 몸을 이끌고, 비틀거리며 천천히 방을 나갔다.

"신이여, 도와주소서!"

한참 동안의 침묵 끝에 홈즈가 말했다.

"왜 운명은 연약하고 보잘 것 없는 이들에게 그런 장난을 하는 걸까? 이런 사건을 접하게 되면 백스터[01]의 말을 떠올릴 수밖에 없어. 나는 이렇게 말하려네. 〈신의 은총이 없다면 셜록 홈즈도 그와 같이 되리니[02].〉"

---

01 리차드 백스터(Richard Baxter, 1615-1691)는 영국 청교도 교회의 지도자.

02 이 말은 백스터가 한 것이 아니고 존 브래드포드(John Bradford, 1510-1555 : 영국 성바울 교회의 목사, 개신교)가 한 말이다. 존 브래드포드는 런던탑에 갇혀있을 때, 처형을 당하려 끌려가는 사형수를 보고 이렇게 말했다. 〈신의 은총이 없다면 존 브래드포드도 그와 같이 되리니.〉 하지만 브래드포드 역시 처형을 당하고 말았다.

제임스 맥카시는 홈즈가 피고측 변호사에게 보낸 방대한 양의 반론 덕택에 순회재판에서 무죄로 석방되었다. 터너 노인은 우리를 만난 후에도 칠 개월을 더 살았지만 지금은 세상을 떠났다. 그 아들과 딸은 과거로부터 드리워졌던 먹구름은 알지 못한 채, 둘이서 행복하게 살아갈 것 같다.

다섯 개의 오렌지 씨앗

1882년부터 1890년 사이에 셜록 홈즈가 다룬 사건 노트와 기록을 보자면, 기이하고 재미있는 사건이 너무 많아서 어느 것을 고르고 어느 것을 버려야할 지 결정하기가 쉽지 않다. 그 중에는 이미 신문지 상을 통해 명성을 얻은 사건도 있고, 별 기묘한 면이 없었기 때문에 내 친구가 가진 탁월한 능력을 발휘하지 못한 사건도 있다. 그러한 이 야기는 이 책에서 다루기에는 적당하지 않다. 또 다른 어떤 것은 그 의 분석 능력으로도 해결하지 못하여, 이야기로 말한다면 시작만 있 고 끝은 없는 사건도 있고, 부분적으로만 해결되어 홈즈가 너무나 존중하는 완벽한 논리적 증거에 기대서가 아니라 추측과 짐작으로 만 설명해야하는 사건도 있다. 이 사건은 후자에 속하는 것이긴 해도 그 세부사항이 주목할 만하고 그 결말이 놀라운지라 여기에 기술하 고자 한다. 완벽하게 해결하지 못한 부분이 있고, 앞으로도 깨끗하게 해결될 것 같진 않지만 말이다.

내가 가진 기록들에 의하면, 1887년에는 커다란 사건과 별 재미 없는 사건들이 연이어 일어났다. 그 한 해 12개월 동안의 기록 중에 서 제목을 살펴보면, 파라돌 챔버 사건, 가구 창고의 지하에서 호사 스런 클럽을 열었던 아마추어 걸인 협회 사건, 영국 돛배 〈소피 앤더슨)의 실종과 관련된 사건, 그라이스 패터슨이 우파섬에서 겪은 기묘한 사건, 그리고 마지막으로 캠버웰 독살 사건 등이 있다. 아직도 사람들이 기억하듯이, 캠버웰 사건에서 셜록 홈즈는 죽은 사람의 시계 태엽을 감아보고서, 두 시간 전에 태엽이 감겨졌다는 것과 그러므로 죽은 사람이 그 시간이 되기 전에 자러갔다는 것을 증명했다. 이 연역적 추론은 사건 해결에 결정적 역할을 했다. 앞으로 이 모든 이야기를 써볼 생각이지만, 그 어느 사건도 지금 내가 펜을 들고 쓰려하는 일련의 이상한 사건보다 기묘하고 특색 있는 것은 없다.

9월 말, 추분의 태풍이 이례적인 맹위를 떨치던 때였다. 하루 종일 바람은 비명을 질러댔고 비는 창문을 강하게 두들겼다. 그리하여 이곳, 사람이 만든 거대한 도시 런던의 심장부에 앉아 있으면서도 일상적인 생활을 단숨에 벗어나게 만들었고, 우리에 갇힌 야수처럼 문명의 창살 사이로 인류에게 소리를 지르는 거대한 자연의 힘이 존재함을 깨닫게 해주었다. 저녁때가 되자 폭풍우는 더욱 거칠어졌고 바람은 굴뚝 안에서 아이처럼 흐느끼며 울어댔다. 셜록 홈즈는 벽난로의 한 편에 침울한 표정으로 앉아 범죄 기록에 색인을 달고 있었다. 나는 다른 편에서 클락 러셀[01]의 멋진 해양 소설 중 하나에 골두하고 있었는데, 바깥에서 울부짖는 태풍은 어느새 문장 안에 섞여 들어왔고 빗소리는 커다란 파도로 변해서 부딪쳐 왔다. 아내는 친정 이모 댁에 갔기 때문에 나는 며칠 동안 베이커 가의 옛 하숙집에 다시 머물고 있었다.

"음,"

---

01   Clark Russell (1844-1911) : 뉴욕 출생의 소설가. 해양소설을 많이 썼다.

나는 내 동료를 쳐다보며 말했다.

"벨소리가 난 게 틀림없지? 누가 밤에 오기로 했나? 자네 친구인가?"

"자네 외엔 친구가 없네."

그가 대답했다.

"누굴 오라고 하지도 않지."

"그럼, 의뢰인일까?"

"그렇다면 심상치 않은 사건이겠군. 그게 아니라면 이런 날씨에, 이런 시간에 찾아올 리가 없지. 그런데 아마도 하숙집 아주머니 친구가 온 것 같네."

하지만 셜록 홈즈의 추측은 틀렸다. 복도에서 발소리가 들렸고, 이어 문을 두드리는 소리가 났다. 그는 긴 팔을 뻗어 램프 불빛의 방향을 자신이 앉은 쪽에서 방문객이 앉을 빈 의자 쪽으로 돌리며 말했다.

"들어오십시오!"

들어온 남자는 스물두 살 정도의 청년으로 단정한 차림새에 깔끔한 외모였으며, 어딘가 세련되고 기품 있는 태도가 느껴졌다. 손에 든 우산에선 빗방울이 흘러내렸고, 긴 방수코트는 빗물에 반짝이고 있어서 그가 험한 날씨를 뚫고 왔음을 짐작케 했다. 그는 램프 불빛 속에서 주위를 불안하게 둘러봤는데, 얼굴은 창백했고 눈은 커다란 근심에 짓눌려 있는 사람처럼 무거워 보였다.

"죄송하게 되었습니다."

금색 코안경을 눈 쪽으로 밀어 올리며 그가 말했다.

"제가 방해한 것이 아니면 좋겠군요. 비와 태풍의 자취를 이 안락한 방 안까지 데리고 온 것 같습니다."

"코트와 우산을 주시지요."

홈즈가 말했다.

"고리에 걸어두면 곧 마를 겁니다. 남서부 지방에서 오셨군요."

"예. 호샴[01]에서 왔습니다."

"구두코에 묻어있는 진흙과 백토의 혼합물은 흔치 않은 것이지요."

"저는 조언을 구하러 왔습니다."

"그야 쉬운 일이죠."

"그리고 도움도."

"그건 언제나 쉬운 건 아니죠."

"홈즈 씨. 당신의 명성을 듣고 왔습니다. 프렌더거스트 소령이, 탠커빌 클럽 스캔들 사건 때 당신이 도와주셨다고 말했습니다."

"아, 그렇군요. 그는 카드 게임에서 속임수를 썼다는 누명을 쓰고 있었지요."

"그가 말하기를 당신은 어떤 일이든 해결할 수 있다 했습니다."

"꽤 과장했군요."

"한 번도 실패한 적이 없다고 말했습니다."

"네 번 실패 한 적이 있습니다. 남자에게 세 번, 여자에게 한 번."

"그래도 성공한 횟수에 비할 수가 있겠습니까?"

"대부분 성공했다는 건 사실이긴 합니다."

"그러면 제 사건도 가능하시겠지요?"

"의자를 난로 앞으로 끌어당겨 앉으시고, 사건에 대해 자세하게

---

01 Horsham : 영국 웨스트 서식스 지방에 있는 도시. 런던에서 50km 정도 떨어져 있다.

이야기 해주시지요."

"이건 평범한 일이 아닙니다."

"저한테 오는 사건은 그렇지 않은 것이 없습니다. 제가 최후의 항소심이랄까요."

"물론 지금까지 많은 사건을 접해오셨겠지만, 저의 가족에게 일어난 이 일련의 사건보다 더 기괴하고 난해한 사건을 들어보셨을 지는 의문입니다."

"흥미롭군요."

홈즈는 말했다.

"사건의 큰 줄거리를 처음부터 알려주시지요. 그 다음에 제가 가장 중요하다 생각하는 세부 사항을 물어보겠습니다."

그 청년은 의자를 바싹 끌어당기고, 젖은 발을 난롯불 쪽으로 내밀었다.

"제 이름은,"

그가 말했다.

"존 오펜쇼입니다. 하지만 제가 알기로는, 제 자신의 일과 이 끔찍한 사건과는 그리 관련이 없습니다. 저의 가문에 대대로 내려오는 문제로, 이 사건에 대해 이해하시려면 처음으로 거슬러 올라가서 이야기를 시작해야할 것 같습니다.

제 할아버지께서는 아들을 두 분 두셨는데 큰 아버지 엘리아스와 제 아버지 조셉입니다. 아버지는 코번트리[01]에서 작은 공장을 하

01 Coventry : 영국 웨스트 미드랜드에 위치한 중공업 도시. 현재 영국 자동차 공업의 중심지이다.

셨지요. 그때 자전거가 발명됨에 따라 공장을 확장하게 되었습니다. 당신께서는 오펜쇼의 터지지 않는 타이어 특허권으로 큰 성공을 하셨고, 그 권리를 팔아 상당한 재산을 모으신 후 은퇴하셨지요.

큰 아버지 엘리아스는 청년시절에 미국으로 이민을 가셨고 플로리다에서 대농장을 경영하시며 큰 성공을 하신 것으로 알고 있습니다. 전쟁[02]이 터지자 그는 잭슨 장군[03]의 군대에 들어가 싸웠고, 그 후에는 후드 장군[04]의 지휘 아래에서 대령으로 진급했지요. 리 장군[05]이 무기를 버리고 항복하자 큰아버지는 농장으로 돌아가 3, 4년을 머물렀습니다. 1869년이나 1870년경에 그는 유럽으로 돌아오셨고 서식스 지방, 호삼 근처에 작은 땅을 마련하셨습니다. 미국에서 막대한 재산을 모으신 큰아버지가 그곳을 떠난 이유는 흑인에 대한 혐오와 그들의 참정권을 확대해나가는 공화당의 정책을 반대했기 때문이지요. 유별난 사람이었어요. 성미가 급하고 불같은 데다, 화가 나면 욕설을 마구 퍼부었으며 사교성이란 전혀 없는 성격이었습니다. 호삼에 사는 동안 그가 시내에 발을 들여놓는 것은 전혀 보질 못했지요. 집 주위에 정원 하나와 두세 개의 목초지가 있었는데, 그곳에서 가끔 운동을 하기도 했지만 일주일 내내 집을 떠나지 않은 적도 많았습니다. 그는 브랜디를 아주 많이 마셨고 담배도 꽤 피웠지요. 하지만 사교모임엔 전혀 나오지 않았고, 친

02 미국 남북 전쟁. 1861-1865

03 Thomas Jonathan Jackson (1824-1863) : 남북전쟁 당시 남군으로 종전하여 돌장벽(stone wall)이란 호칭을 얻었다. 1862년 셰넌도어협곡에서 대승을 거두었다.

04 John Bell Hood (1831-1879) : 남북전쟁 당시의 장군. 용맹스럽고 저돌적인 성격으로 유명했다.

05 Robert Edward Lee (1807-1870) : 남북전쟁 당시 남군의 총사령관. 남부의 영웅으로 칭송받았으며, 종전 후에는 위싱턴 대학 학장이 되었다.

구도 없었고, 자신의 동생조차 잘 만나지 않았습니다.

저는 싫어하지 않았습니다. 제가 12살이던가, 어린 시절에 처음 만났을 때부터 저를 무척 귀여워했지요. 큰아버지가 영국에 돌아온 지 8, 9년쯤 되던 해, 1878년 정도였을 겁니다. 그는 제 아버지께 저와 같이 살게 해달라고 간청을 했습니다. 저한테 아주 친절하신 편이었어요. 술에 취하지 않았을 때에는 저와 함께 주사위 놀이나 체스도 했습니다. 하인이나 상인들에게 그의 대리인이라고 말씀하셨기 때문에, 16살이 되었을 때 저는 집안의 주인이나 다름없었습니다. 저는 집안의 열쇠를 다 가졌고, 큰아버지의 생활을 방해하지만 않으면 가고 싶은 곳은 어디든 가고, 하고 싶은 건 뭐든 할 수 있었습니다. 그런데 한 가지 특별한 예외는 있었어요. 다락방 중에 창고로 쓰는 방이 하나 있었는데, 언제나 잠겨있었고 저를 포함해서 누구든 들어가지 못하게 했습니다. 호기심이 많은 소년시절이라, 열쇠 구멍을 통해 들여다본 적은 있습니다만 그런 방에 흔히 있음직한 오래된 트렁크나 꾸러미 같은 것 외엔 없었습니다.

어느 날, 1883년 3월이었는데, 외국 우표가 붙은 편지 하나가 식탁 위 대령의 접시 앞에 놓여있었습니다. 그는 청구서를 모두 선불로 냈고 편지를 보낼 친구라곤 하나도 없었기에, 그건 평범한 일이 아니었지요.

〈인도에서 왔군!〉

편지를 집어 들더니 큰아버지는 이렇게 말했습니다.

〈퐁디셰리[01] 소인이 찍혔어. 이게 대체 뭐지?〉

---

01 Pondicherry : 인도 동부 마드라스 남쪽에 위치한 도시.

서둘러 열었더니 작고 마른 오렌지 씨앗 다섯 개가 떨어져 나와 그의 접시 안으로 흩뿌려졌습니다. 저는 그걸 보고 웃었는데 그의 얼굴을 보니 웃음이 싹 달아나더군요. 입은 놀라 벌어져 있고, 눈은 튀어나왔으며, 피부는 회색빛으로 변했습니다. 시선은 편지 봉투에 고정되어 있었는데 잡고 있는 손은 떨리고 있었지요.

〈K.K.K.〉

그는 비명 지르듯 소리쳤습니다.

〈맙소사, 맙소사. 내가 저지른 죄악이 결국 날 찾아왔구나.〉

〈그게 뭐예요? 큰아버지.〉

제가 외쳤습니다.

〈죽음이다.〉

그는 이렇게 말하고, 놀라서 벌벌 떨고 있는 저를 남겨둔 채 식탁에서 일어나 방으로 들어가 버렸습니다. 봉투를 집어 들고 보았더니 안쪽 날개 부분, 풀을 붙이는 곳 바로 위쪽에 세 번 연달아 휘갈겨 쓴 K자가 있었습니다. 안에는 마른 씨앗 밖에 다른 것은 없었어요. 어떤 이유 때문에 그렇게 무서운 공포에 휩싸인 걸까요? 아침식사를 그만두고 계단으로 올라가니, 큰아버지가 한 손에 그 다락방 것이 틀림없을 듯한 오래되고 녹슨 열쇠를 들고 내려왔습니다. 다른 쪽 손에는 작은 놋쇠 상자를 들고 있었는데 금고 같기도 했습니다.

〈그들이 어떤 짓을 할지라도 나는 끄떡없이 막아낼 테다!〉

그는 맹세를 하듯 말했지요.

〈메리한테 가서 오늘 내 방에 불을 피우라고 말해라. 그리고 호삼의 변호사 포담을 데려와라.〉

저는 시키는 대로 했고, 변호사가 도착한 후에는 방으로 오라고 해서 갔습니다. 벽난로의 불길이 환하게 타오르고 있었는데, 그 안에는 불에 탄 종이의 검은 재가 수북하게 쌓여 있었고 그 옆에는 놋쇠 박스가 비어진 채 열려 있었습니다. 저는 그 상자를 홀깃 보다가 아침에 봉투에 보았던 것과 같은 K자 3개가 뚜껑 위에 인쇄되어있는 것을 알고 깜짝 놀랐지요.

〈존.〉

큰아버지가 말했습니다.

〈내 유언장의 증인이 되었으면 좋겠구나. 내 모든 재산을, 그에 따르는 모든 이익과 손해를 나의 동생, 너의 아버지에게 물려주겠다. 그러면 나중에는 틀림없이 너에게 상속될게다. 아무 탈 없이 유산을 받을 수 있다면 다행스럽고 좋은 일이 되겠지. 하지만 만약에 그럴 수 없는 경우가 생기면, 아들아, 내가 시키는 대로 저 악랄한 적들에게 넘겨 주거라. 양날의 칼을 넘겨주게 되어 미안하지만, 일이 어떻게 될지는 나도 잘 모르겠다. 포담 씨가 가리키는 곳에 서명을 하려무나.〉

저는 알려주는 대로 서명을 했고, 변호사는 그 서류를 가지고 나갔습니다. 짐작하시겠지만, 그 특이한 사건은 제 마음 속에 깊은 인상을 남겼지요. 그 일에 대해 많은 생각을 해봤지만 온갖 일들을 고려해 봐도 전혀 해답을 찾을 수 없었습니다. 그 뒤로 남겨진 막연한 두려움은 떨쳐낼 수가 없더군요. 몇 주가 지남에 따라 그 때의 감정은 차츰 누그러졌고 일상의 생활을 방해할 만한 일은 어떤 것도 벌어지지 않았지만 말입니다. 하지만 큰아버지는 변했습니다. 전보다 술을 더 많이 마셨고, 사람들과 만나는 것도 더욱 꺼렸습니다. 대부분의 시간을 방 안에 문을 잠그고 들어앉아 보냈지만, 가끔씩 술에 취해 격양될 때는 집밖으로 뛰어나가기도 했지요. 권총을 손에 들고 정원을 정신없이 다니면서, 나는 누구도 두렵지 않다, 사람이든 악마든 나를 우리 안의 양처럼 가둘 수는 없다고 소리쳤습니다. 그러다 흥분이 가라앉으면 영혼의 뿌리 속까지 공포에 점령당해 더 이상 대항할 힘이 없는 사람처럼, 허겁지겁 문으로 뛰어 들어가 자물쇠를 잠그고 빗장을 채웠습니다. 그럴 때 그의 얼굴을 본 적이 있는데, 추운 날인데도 세면대에서 금방 얼굴을 들어 올린 것처럼 땀에 젖어 번들거렸지요.

홈즈 씨, 지루하시겠지만 이제 이야기가 끝나갑니다. 어느 날 밤, 큰아버지는 술에 취해 뛰어나가서는 다시 돌아오지 않았습니다. 그를 찾아 수색을 한 끝에, 정원의 아래 쪽 녹색 이끼가 가득한 웅덩이에 얼굴을 아래로 한 채 쓰러져있는 것을 발견했습니다. 폭행의 흔적도 없었고 물 깊이는 2피트[01] 밖에 되지 않았기 때문에 배심원단은 평소 괴상하다고 알려진 그의 성격을 고려해서 자살이라는 판단을 내렸습니다. 하지만 그가 얼마나 죽음을 두려워하고 있었는지 알고 있는 저로서는 그런 방식으로 돌아가신 것을 믿을 수가 없었지요. 어쨌든, 그 사건은 지나가고, 토지와 은행에 있던 만 사천 파운드의 유산을 제 아버지가 물려받게 되었습니다."

"잠시만,"

홈즈가 중간에 끼어들었다.

---

01 약 60cm.

"제가 보건대, 이제껏 들은 이야기 중 가장 놀랄 만한 사건이 될 것 같군요. 큰아버지가 그 편지를 받은 날짜와 자살 추정의 날짜를 알려주시겠습니까?"

"편지가 도착한 날은 1883년 3월 10일이고, 돌아가신 날은 7주 후인 5월 2일 밤입니다."

"고맙습니다. 계속 얘기해주시죠."

"아버지는 호삼의 재산을 물려받은 후에 제 요청으로 받아들여, 항상 잠겨있었던 다락방을 신중하게 조사했습니다. 그곳에서 내용물은 이미 파기된 놋쇠 상자를 발견했지요. 뚜껑 안쪽에는 종이로 된 라벨이 붙어있었는데 거기엔 〈K.K.K〉라는 머리글자가 또 있었고, 그 밑에는 〈편지, 메모, 영수증, 목록〉이라고 적혀 있었습니다. 그건 오펜쇼 대령이 파기한 서류들을 의미하는 것이 아닐까 생각합니다. 그 외 방안의 물건은 큰아버지가 미국에서 생활을 할 때 가지고 있던 수첩, 마구 흐트러진 서류 등이 잔뜩 쌓여있을 뿐 중요한 것은 없었습니다. 어떤 서류들에선 전쟁 중에 그가 자신의 임무를 잘 수행했고, 용감한 군인으로 명성을 떨친 것을 볼 수 있었어요. 또 다른 것에선 남부의 주를 재건할 당시의 정치와 관련된 내용이었는데요, 큰아버지는 북부에서 보내온 정치꾼[01]들에 맞서 많은 역할을 했던 것 같습니다.

1884년 초에 아버지는 호삼으로 이사를 했고, 그곳에서 살게 되었습니다. 모든 일이 잘 되어가는 것 같았습니다. 1885년 1월이 오기까지는 말입니다. 새해 네 번째 날, 아침 식사를 하느라 식탁 앞에 앉

---

01 남부 재건 시기(1865-1877)에 남부로 간 북부정치인. 해방된 흑인들, 남부 재건을 지원하는 백인들과 함께 공화당 내에서 연합세력을 결성했다.

아 있을 때였습니다. 아버지가 깜짝 놀라며 날카로운 비명을 질렀습니다. 아버지의 한 손에는 지금 막 개봉한 편지봉투가 들려 있었고, 다른 손의 손바닥 안에는 마른 오렌지 씨앗 다섯 개가 들어 있었습니다. 제가 대령에 관한 이야기를 하면 항상 쓸데없는 소리라며 웃으셨지만, 그와 똑같은 일이 자신에게 닥치자 당혹스럽고 겁이 나는 것 같았습니다.

〈존, 대체 이, 이게 무슨 뜻이지?〉

아버지는 말을 더듬었습니다. 제 심장이 납덩어리로 변해버린 듯했지요.

〈K.K.K입니다.〉

제가 말했습니다.

〈그렇구나.〉

아버지는 봉투 안쪽을 들여다보고는 소리쳤습니다.

〈여기에 바로 그 글자가 있군. 그 위에 쓴 건 도대체 무슨 뜻이냐?〉

〈서류를 해시계 위에 두어라.〉

저는 아버지의 어깨 너머로 읽었습니다.

〈무슨 서류? 무슨 해시계?〉

〈정원에 해시계가 있어요. 그거 하나뿐입니다.〉

제가 대답했습니다.

〈그런데 서류는 큰아버지가 없애버린 것 같은데요.〉

〈흠,〉

아버지는 애써 용기를 내며 말했습니다.

〈우리는 문명 세계에 살고 있다. 이런 바보 같은 장난에 넘어갈 수

가 없어. 이 물건은 어디서 온 거냐?〉

〈던디[01]에서요.〉

저는 우표에 찍힌 소인을 보며 말했습니다.

〈터무니없는 장난일 뿐이다.〉

아버지가 말했습니다.

〈해시계와 서류를 가지고 어쩌라는 말이냐? 이런 말도 안되는 장난은 신경도 쓰지 않겠다.〉

〈경찰에 알려야 합니다.〉

제가 말했습니다.

〈일부러 비웃음거리가 되자는 거냐? 그건 안될 일이다.〉

〈그럼 제가 하겠습니다.〉

〈아니, 안된다. 이런 장난 가지고 쓸데없는 소동을 일으키지 마라.〉

아버지는 고집이 센 분이기 때문에 논쟁은 아무런 소용이 없었습니다. 하지만 저는 불길한 예감이 가슴속 가득 차올랐습니다.

편지가 온지 사흘 째 되는 날, 아버지는 포츠다운 힐 요새에 사령관으로 있는 오랜 친구 프리바디 소령을 만나려고 집을 떠났습니다. 저는 아버지가 집에서 멀리 떠나있으면 위험에서도 멀어질 것 같아 반가웠지요. 그런데 제가 잘못 생각했던 겁니다. 아버지가 떠난 다음 날 소령으로부터 즉시 오기를 바란다는 전보를 받았습니다. 제 아버지는 근처에 많이 있는 석회암 채굴장의 깊은 갱에 빠져, 두개골이 부서진 채 정신을 잃고 누워 있었습니다. 황급히 달려갔지만 의식

---

01 Dundee : 스코틀랜드 동쪽에 있는 도시.

을 회복하지 못하고 돌아가셨습니다. 아버지는 페어럼[02]에서 밤중에 돌아오는 길이었고, 그쪽 지방 지리를 잘 알지 못했으며, 갱에는 펜스가 없었습니다. 그런 상황을 토대로 배심원단은 〈사고에 의한 사망〉이란 판결을 주저 없이 내렸습니다. 저는 아버지의 죽음과 관련된 모든 사실을 신중하게 조사해보았지만 타살이란 증거는 아무 것도 없었지요. 폭행의 흔적도, 발자국도, 강탈당한 것도, 길 가에서 낯선 사람을 봤다는 기록도 없었습니다. 하지만 제 마음이 놓이지 않았다는 건 말씀드리지 않아도 아시겠지요. 저는 아버지 주위에 간악한 흉계가 둘러싸고 있었다는 걸 확신했습니다.

이러한 재난을 거쳐 유산은 제게로 오게 되었습니다. 왜 유산으로 받은 집을 팔지 않았냐고 물으시겠지요? 저는 그 문제가 큰아버지의 삶과 관련된 어떤 사건에서 유래된 것이기 때문에, 집을 옮기더라도 계속해서 위험이 닥치리라 확신했습니다.

1885년 1월, 아버지가 돌아가시고 2년 8개월이 지난 어느 날이었습니다. 그동안 저는 호삼에서 행복하게 지냈습니다. 그래서 우리 가문에 내려졌던 저주도 지난 세대를 마지막으로 다 끝난 것이 아닐까하는 희망을 품기 시작했지요. 너무 성급하게 안이한 생각을 했던 겁니다. 어제 아침, 아버지를 찾아왔던 바로 그 충격이 똑같은 모습으로 저에게도 떨어진 것입니다."

그 청년은 양복조끼에서 구겨진 봉투를 꺼내서 탁자로 가져왔다. 봉투를 흔들었더니, 다섯 개의 마르고 작은 오렌지 씨앗이 떨어졌다.

02 Fareham : 영국 잉글랜드 남부에 있는 도시.

"이게 그 봉투입니다."

그는 말을 이었다.

"소인은 런던 동부이구요. 거기에 쓴 글은 아버지가 마지막으로 받았던 바로 그 메시지와 같습니다. 〈K.K.K〉와 〈서류를 해시계 위에 두어라〉라는 글입니다."

"그래서 어떻게 했나요?"

홈즈가 물었다.

"아무 것도."

"아무 것도?"

"사실대로 말씀 드리자면,"

그는 고개를 숙이며, 희고 여윈 손으로 얼굴을 감쌌다.

"저는 절망에 빠졌습니다. 꿈틀거리며 다가오는 뱀을 보고 어찌할 바를 모르는 불쌍한 토끼가 된 기분이랄까요. 저항할 수 없는 냉혹한 악마에게 사로잡혀서, 앞길도 전혀 알 수 없고, 그에 맞설 대비도 할 수 없는 상태가 된 것 같습니다."

"쯧쯧."

셜록 홈즈가 소리쳤다.

"행동을 해야지! 이 사람. 아니면 죽는 거요. 열성적으로 움직여야지 살 수 있어. 절망에 빠져 있을 시간이 없어요."

"경찰에는 가봤습니다."

"아?"

"제 얘길 듣고 웃기만 했습니다. 제가 보기엔, 경감은 그 편지들이 모두 장난이고 제 가족의 죽음은 배심원단이 판단했듯이 그저 사고

일 뿐 서로 연관성이 없다는 견해이더군요."

"저런 바보천치 같은!"

홈즈는 주먹을 쥐고 허공에 휘두르며 소리쳤다.

"어쨌든 집으로 저와 함께 있을 경관을 한 명 보내줬습니다."

"오늘밤 같이 왔나요?"

"아뇨. 집을 지키라는 명령을 받았기 때문에."

홈즈는 또다시 허공에 대고 화풀이를 했다.

"왜 여기에 온 겁니까?"

그는 말했다.

"그러니까 무엇보다도, 왜 여기로 즉시 오지 않은 겁니까?"

"몰랐습니다. 프렌더거스트 소령한테 이 사건을 얘기한 것이 오늘이었고, 그에게 소개를 받아 이렇게 오게 된 겁니다."

"편지를 받은 지 이틀이 지났군요. 이보다는 빨리 행동을 취했어야 하는 건데. 다른 단서가 될 만한 것은 없나요? 이미 보여준 것 외에, 도움이 될 만한 사소한 것이라도?"

"한 가지 있습니다."

존 오펜쇼는 말했다. 그는 코트 주머니를 뒤지더니 색이 바래고 푸른 빛이 도는 종이를 하나 꺼내 탁자 위에 올려놓았다.

"이 종이엔 사연이 있습니다."

그가 말했다.

"큰아버지가 서류들을 태우던 날에, 잿더미 한 가운데 한쪽 끝이 삐죽이 나와 있는 종이를 보았는데 바로 이런 색깔이었습니다. 이 종이 한 장은 바닥에서 발견한 것으로 그 서류 중의 하나라고 생각합니다. 아마 태우던 중에 떨어져 나와 살아남은 거겠지요. 씨앗에 대해 언급하고 있습니다만, 도움이 될 진 모르겠습니다. 어떤 일기장의 한 쪽이 아닐까 생각하고 있습니다. 글씨체는 틀림없이 큰아버지의 필적입니다."

홈즈는 그쪽으로 램프를 옮겼고, 우리 둘 다 고개를 숙여 종이를 보았다. 가장자리가 찢어진 모양을 보니 노트의 일부분인 것이 확실했다. 윗부분에는 〈1869년, 3월〉이라고 적혀 있었고 그 아래에는 다음과 같이 수수께끼 같은 말이 있었다.

4일. 허드슨 왔다. 예전과 같은 연설.
7일. 세인트 오거스틴[01]의 맥컬리, 패러모어, 존 스웨인에게 씨앗 보냄.
9일. 맥컬리 해결.
10일. 존 스웨인 해결.
12일. 패러모어 방문. 잘 됨.

"알았습니다."

그 종이를 접어 방문객에게 돌려주며 홈즈가 말했다.

"자, 이제는 한 순간도 허비해서는 안됩니다. 당신의 이야기에 대해 토론할 시간도 없어요. 당장 집으로 돌아가 행동을 취해야 합니다."

"무엇을 해야 합니까?"

"할 일은 한 가지 밖에 없어요. 당장 해야 합니다. 우리에게 보여

---

01 St. Augustine : 미국 플로리다주 동북부의 항구 도시. 스페인 사람들이 만들었는데, 미국에서 가장 오래된 도시로 알려져 있다(백인이 만든 도시 중에서).

준 그 종이를 아까 얘기했던 놋쇠 상자에 넣습니다. 다른 모든 서류는 큰아버지가 불태워버렸고 이것이 남아있는 단 한 장이라는 메모도 써서 추가로 넣어요. 그들이 확실히 납득하도록 설명을 해야만 합니다. 그런 다음에 즉시 지시한 대로 놋쇠 상자를 해시계 위에 올려놓으십시오. 알겠지요?"

"알겠습니다."

"현재는 복수라던가 다른 어떤 것도 생각해선 안됩니다. 그런 것은 법을 통해서도 해결할 수 있지요. 저들은 이미 그물을 쳐놓았으니 우리도 이제 시작해야합니다. 먼저 해야 할 일은 당신에게 가까이 있는 절박한 위험을 제거하는 것이지요. 드 번째가 수수께끼를 풀고, 범인을 응징하는 것입니다."

"감사합니다."

이렇게 말하며, 청년은 일어나 코트를 입었다.

"제게 새로운 삶과 희망을 주셨습니다. 갈쓺하신 대로 분명히 하겠습니다."

"조금도 지체하면 안됩니다. 그리고 무엇보다도, 당분간 몸조심을 해야 합니다. 당신이 절박하고 실제적인 위협에 처했다는 건 의심할 수 없는 사실입니다. 어떻게 돌아갈 겁니까?"

"워털루[02]에서 출발하는 기차를 타고 갑니다."

"아직 아홉시가 안됐군요. 거리는 사람들로 붐빌 테니 별 탈은 없으리라 생각합니다. 그래도 혼자서 안전하게 가기는 힘들 겁니다."

---

02 Waterloo : 런던에서 가장 큰 규모의 기차역. 유럽 각지로 드나드는 열차의 시발점이다.

"총을 가지고 있습니다."

"그럼 괜찮겠군요. 내일 이 사건에 대해 조사를 시작하지요."

"그럼 호삼에서 만나 뵐 수 있는 건가요?"

"아니, 이 사건의 비밀은 런던에 있습니다. 내가 조사할 곳은 바로 여기이지요."

"그럼 하루 이틀 뒤에 그 상자와 서류에 대한 소식을 들고 방문하겠습니다. 어떤 일이 있어도 당신이 말씀하신 대로 하겠습니다."

그는 우리에게 손을 흔들고는 떠나갔다. 밖에선 여전히 바람이 비명을 질렀고, 비는 창문에 부딪혀 떨어져 내렸다. 이 괴상하고 종잡을 수 없는 이야기는, 마치 태풍에 해초자락이 날아오는 것처럼, 성난 비바람 속에서 나왔다가 다시 그와 함께 사라진 것 같았다.

셜록 홈즈는 머리를 앞으로 숙이고 벽난로의 불길을 굽어보며, 한참을 침묵 속에 앉아 있었다. 그리고는 파이프에 불을 붙이고 의자에 등을 기대고는 푸른 담배 연기 고리가 천정으로 하나씩 하나씩 올라가는 모양을 바라보았다.

"왓슨, 내 생각으로는,"

마침내 그가 입을 열었다.

"지금까지 사건 중에서는 이보다 놀랍고 괴상한 사건은 없을 것 같아."

"〈네 사람의 서명〉은 빼야할 걸세."

"음. 맞아. 그건 빼야겠군. 그런데 이 존 오펜쇼란 청년은 숄토보다 훨씬 더 위험한 상황 속으로 걸어 들어가고 있는 것 같네."

"그렇다면,"

내가 물었다.

"자네는 그 위험이 어떤 것인지 명확히 알고 있는 건가?"

"위험이 무언인지는 의심할 여지가 없네."

그가 대답했다.

"그럼 그게 뭐지? K.K.K.는 누구고, 왜 그 불행한 가문을 따라다니는 건가?"

셜록 홈즈는 눈을 감고, 의자 팔걸이에 팔꿈치를 올리며 손끝을 모아 붙였다.

"이상적인 추리가란,"

그는 말했다.

"모든 의미를 내포한 한 가지 사실 만을 보여줘도, 그로부터 시작된 일련의 사건뿐만 아니라 파생된 모든 결과 역시 추론해낼 수 있어야 하네. 퀴비에[01]가 뼈 한 개만을 관찰함으로써 그 동물의 전체를 완벽하게 묘사해낸 것처럼, 연속되는 사건 속의 연결고리를 확실하게 이해하고 있는 관찰자는 다른 모든 것, 사건의 앞과 뒤도 정확히 말할 수 있다네. 우리는 아직 결말을 파악해내지 못하고 있는데, 추리력 하나만으로도 알아낼 수 있을 걸세. 서재 안에 앉아서도 많은 난문제를 풀 수가 있지. 사람들이 직관의 도움으로 해결을 찾고자 하다 실패한 것을 말이야. 하지만 이러한 능력을 가장 높은 경지에 올리려면 추리가는 자신이 가지고 있는 지식을 모두 활용할 수 있어야만 하네. 자네도 알겠지만, 모든 지식을 갖추고 있어야 한다는 걸 의미하

---

01 Cuvier : George Cuvier (1769-1832), 프랑스의 동물학자. 비교해부학과 고생물학의 창시자.

지. 요즘 같이 자유롭게 교육을 받을 수 있고 백과사전도 있는 시대라 할지라도 달성하기는 거의 어려운 일이야. 그렇기는 해도 자신의 일에 필요한 모든 지식을 갖추는 건 불가능한 일이 아니지. 나는 그렇게 하려고 노력해 왔네. 내 기억이 맞다면, 우리가 알고 지낸지 얼마 되지 않았을 때 자네가 아주 명확한 방법으로 내 지식의 한계를 정의한 적이 있었지."

"그랬네."

나는 웃으며 대답했다.

"특이한 기록[01]이었지. 내가 기억하기로는, 철학, 천문학, 정치학은 0점이었네. 식물학은 일정하지 않고, 지리학은 런던에서 50마일 이내 지역에 있는 흙을 모두 구별할 정도로 해박하고, 화학은 조예가 깊고, 해부학은 체계적이지 않고, 통속 문학이나 범죄 기록에 대해선 특출 나고, 바이올린 연주가이며, 권투선수이고, 검을 잘 다루고, 법률가이며, 코카인과 담배에 중독되어 있지. 이것이 내가 분석한 기록의 중요 사항이었던 것 같네."

홈즈는 마지막 항목에서 싱긋 웃었다.

"그러니까,"

그가 말했다.

"전에 말했던 것처럼, 작은 뇌 속의 다락방에는 당장 쓸 수 있는 가구만 넣어두고, 나머지는 모두 서재라고 불리는 헛간에 던져두면 되는 거야. 필요할 때는 언제든 꺼낼 수 있게 말이지. 자, 오늘밤 우리

---

01 〈주홍색 연구〉에서 나옴.

한테 온 사건 같은 경우는 모든 지식 지원을 불러 모을 필요가 있네. 자네 옆에 있는 책장에서 미국백과 사전 K항목을 꺼내주겠나. 고맙네. 이제 현재 상황을 연구해보고 어떤 추론이 가능할지 생각해보세. 첫 번째로, 오펜쇼 대령이 미국을 떠난 테에는 분명한 이유가 있다는 가정에서 시작하겠네. 그 나이 정도의 사람들은 습관을 송두리째 바꾸지 않을뿐더러, 플로리다의 아름다운 기후와 영국 시골도시에서의 고독한 생활을 일부러 맞바꾸려할 리가 없지. 영국에서의 칩거생활에 대한 극도의 애착은 미국을 떠나게 한 누군가를, 또는 무엇인가를 두려워하고 있다는 뜻이라 생각하네. 두려워한 것이 무엇인지를 알려면, 그 자신과 상속자들이 받은 위협적인 편지를 조사해서 추론하는 방법 외엔 없어. 그 편지 소인에 관심을 가졌겠지?"

"첫 번째는 퐁디셰리에서 왔고, 두 번째는 던디, 세 번째는 런던이네."

"런던 동부이지. 거기서 어떤 걸 추론랄 수 있겠나?"

"모두 항구로군. 편지를 쓴 사람은 배를 타고 있었네."

"훌륭해. 이제 단서를 하나 얻었네. 틀림없이 배를 타고 있었을 거야. 그럴 확률이 높아. 그러면 다른 점을 생각해보세. 퐁디셰리에서 온 것은 협박하고 실행에 옮기기까지 7주가 걸렸어. 던디에서 온 것은 3, 4일 밖에 걸리지 않았고. 그게 어떤 의미일까."

"그곳까지 가는 거리 때문이 아닐까."

"하지만 편지도 역시 그만한 거리를 가야하는 걸."

"그렇다면 잘 모르겠네."

"범인이, 또는 범인들이 탄 배는 아무리도 범선이라고 추정해볼 수 있지. 그들은 임무를 시작하기에 앞서 경고나 상징의 의미로 편지를 보내는 것 같네. 던디에서 왔을 때에는 그 경고 후에 실행에 이르 기까지 얼마 걸리지 않은 걸 알고 있겠지. 퐁디셰리에서 증기선을 타 고 왔다면 편지가 온 것과 거의 같은 시간에 도착했을 걸세. 그런데 실제로 7주라는 시간이 걸렸거든. 그 7주는 편지를 나르는 우편선과, 편지를 쓴 자들이 탄 범선과의 속도 차이라고 생각하네."

"그럴 수 있겠군."

"그럴 수 있는 정도가 아니라 거의 틀림없을 거야. 그러니 이번 사 건이 얼마나 위급한 상황이고, 왜 내가 오펜쇼 청년에게 주의하라고 몰아쳤는지 이해할걸세. 사건은 항상 편지를 보낸 자들이 그 거리를 갈 만큼의 시간이 지난 다음에 일어났지. 이번엔 런던에서 온 거야. 그러니 우리는 지체할 시간이 없네."

"이런 세상에!"

나는 큰 목소리로 말했다.

"대체 이렇게 잔인하게 괴롭히는 이유가 뭘까?"

"오펜쇼가 가지고 있던 서류는 배를 타고 온 범인들에게 목숨을 걸만큼 중요한 것임이 틀림없어. 그자들은 분명 한 명은 넘을 거라 생 각하네. 혼자라면 검시 배심원을 속일 만큼 교묘한 방법으로 두 명이 나 처리할 수는 없었을 거야. 서너 명은 될 터이고, 결단력 있고 지략 이 뛰어난 자들이지. 그 서류가 누구 손에 있든 간에 차지하려고 할 거야. 이런 점을 미루어 보자면, 〈K.K.K〉는 한 개인의 머리글자가 아 니라 단체의 상징이라는 걸 알 수 있네."

"어떤 단체?"

"자네는,"

셜록 홈즈는 앞으로 몸을 숙이고 목소리를 낮췄다.

"쿠 클럭스 클랜에 대해서 들어본 적이 없나?"

"전혀 들어본 적 없네."

홈즈는 무릎 위에 올려놓은 책을 펼쳐 넘겼다.

"여기 있네."

이내 항목을 찾은 그는 말했다.

"쿠 클럭스 클랜. 단체의 이름은 소총을 장전할 때 나는 소리에서 유래했다. 이 무서운 비밀 단체는 남북 전쟁 후 남부의 전역 군인들에 의해 조직된 것으로, 다른 지역으로 급속하게 퍼져나갔는데 특히 테네시, 루이지애나, 캐롤라이나, 조지아, 플로리다 등에서 많은 활동을 했다. 이들은 자신의 정치적 목적을 달성하기 위해 주로 흑인 유권자에게 테러를 가했고, 자신들과 반대 의견을 가진 사람들을 살해하거나 국외로 추방했다. 범행을 실행하기에 앞서 목표가 된 사람에게 특이하지만 일반적으로 알 수 있는 둘건을 보냈는데, 일부 지방에선 떡갈나무 잎의 잔가지, 다른 곳에선 멜론 씨앗이나 오렌지 씨앗이 쓰였다. 이 물건을 받은 사람은 자신의 견해를 포기한다고 공개적으로 발표하거나 다른 나라로 도망을 가야했다. 만일 이 경고를 무시하는 사람이 있다면 반드시 죽음을 맞이하게 되는데 대개는 기이하고 예측할 수 없는 방법이었다. 이 단체는 완벽한 조직력을 갖추고 체계적인 방식으로 활동했기 때문에 이에 용감하게 맞섰다가 무사히 살아남은 사람이 있다는 기록도, 범행을 저지른 자를 추적하여 가해자를 밝혀냈다는 기록도 거의 찾을 수 없다. 미국 정부와 남부 사회의 의식 있는 사람들이 노력했음에도 불구하고, 이 조직은 상당 기간

번성했다. 그러다 1869년에 갑자기 활동이 중단되었다. 이후 같은 종류의 조직이 산발적으로 생겨나고[01] 있다."

"자네도 알겠지만,"

홈즈는 책을 내려놓으며 말했다.

"이 단체의 갑작스런 활동 중지는 오펜쇼가 서류를 가지고 미국에서 떠나온 때와 시기가 일치하네. 그것이 원인과 결과가 되었다고 볼 수 있겠군. 대령과 그의 가족들이 집요한 추격에 시달리는 것도 이상한 일은 아니지. 그 목록이나 일기에는 남부의 지도자들이 관련되어 있다는 걸 짐작할 수 있어. 그걸 다시 되찾을 때까지는 편하게 잘 수 없는 사람들이 많이 있을 거야."

"그럼 우리가 봤던 종이는……."

"생각하는 그대로 일걸세. 내가 기억이 맞다면, 거기에는 〈씨앗을 A, B, C에게 보냈다〉라고 적혀있었지. 그건 이 단체가 그 사람들에게 경고를 보낸 거야. 이어서 A와 B가 해결되었다는 건 아마 국외로 떠났다는 뜻일 거고, 마지막 줄에 있는 C를 방문했다는 건 불길한 결과가 C에게 닥쳤다는 것이겠지. 의사 선생, 내 생각에는 말이야. 우리가 이 어두운 곳에 불빛을 좀 비추어 봐야겠네. 그리고 오펜쇼 청년이 살아날 단 한 가지 방법은 내가 말한 대로 하는 것 외엔 없는 것 같군. 오늘 밤에는 더 할 말도, 더 할 일도 없으니, 내 바이올린을 좀 건네주게. 반시간 정도는 이 끔찍한 날씨와 그보다 더 끔찍한 인간사를 잊어보자구."

---

01 실제 KKK단이 해산한 것은 1870년대 중반이다. 이후 1915년에 2기 KKK단이 조지아에서 결성되었다.

아침에는 날이 개었고, 대도시 위로 걸쳐있는 옅은 장막을 통해 태양이 차분하게 빛나고 있었다. 내가 내려갔을 때, 셜록 홈즈는 이미 아침 식사를 하고 있었다.

"기다리지 않아서 미안하네."

그가 말했다.

"오펜쇼 청년 사건을 조사하느라 아주 바쁜 날이 될 것 같아서 말이야."

"어떤 일을 할 건가?"

"첫 번째 조사 결과가 어떻게 나오느냐에 달려있지. 결국에는 호삼으로 내려가게 될 것 같군."

"처음부터 그곳에 가는 것이 아니구?"

"아니, 이 곳 런던에서부터 시작할거야. 벨을 울리게. 하녀가 자네에게 커피를 가져다 줄거야."

기다리는 동안, 탁자에 있던 펼쳐보지 않은 신문을 집어 들고 대강 훑어보았다. 제목 하나가 눈에 띄는 순간, 심장이 얼어붙는 것 같았다.

"홈즈."

나는 소리 질렀다.

"너무 늦었네."

"아,"

잔을 내려놓으며 그가 말했다.

"그렇게 될까봐 걱정했었지. 어떻게 당했는가?"

차분한 목소리로 말했지만 그의 마음은 강하게 동요하고 있다는 걸 알 수 있었다.

"오펜쇼라는 이름과 〈워털루 다리[01] 근처에서 참극〉이라는 제목이 눈에 띄었네. 내용을 읽어보겠네. 〈어젯밤 9시에서 10시 사이 H 구역의 쿡 경관은 워털루 다리 근처에서 근무 중, 살려달라는 비명 소리와 물에 빠지는 소리를 들었다. 지나가던 몇 명의 시민이 도와주었지만, 몹시 어둡고 태풍이 불었기 때문에 구출하려는 노력은 실패로 돌아갔다. 하지만 경보를 울렸고, 해양경찰의 협력으로 결국 사체는 찾을 수 있었다. 주머니에서 봉투가 발견되어 죽은 청년의 이름이 존 오펜쇼라는 것과 주소지가 호삼 근처인 것을 알아냈다. 워털루역에서 출발하는 막차를 타기 위해서 서두르다, 칠흑 같은 어둠 속에서 길을 잃고 강가의 증기선 선착장에서 발을 헛디딘 것으로 추정된다. 몸에는 폭행의 흔적이 없어 불행한 사고로 인한 죽음이 확실해 보인다. 이 사고는 강가에 위치한 선착장의 안전에 대해 당국이 주의를 기울여야할 필요성을 일깨워 줬다.〉"

우리는 몇 분 동안 말없이 앉아있었다. 홈즈는 이제껏 내가 보아왔던 중에서 가장 침잠되고 흔들리는 모습이었다.

"왓슨, 내 자존심에 상처를 주는 일이군."

마침내 그가 입을 열었다.

"대단찮은 감정일지라도, 내 자존심에 상처를 입었네. 이젠 내 개인적인 문제가 되었군. 내가 살아있는 한, 내 손으로 이 악당들을 잡고 말거야. 나한테 도움을 바라고 온 사람을, 내가 죽음의 길로 보내다니!"

---

01 Waterloo Bridge : 런던, 템즈 강에 있는 다리. 1810년대에 건립됨. 원래 이름은 스트랜드 다리였으나 워털루 전쟁 이후 개명되었다.

그는 의자에서 튀어 오르듯 일어났다. 창백한 양쪽 뺨을 붉게 물들이고, 길고 마른 손을 움켜쥐었다 놓았다하면서, 주체할 수 없는 흥분에 휩싸여 방안을 왔다 갔다 했다.

"교활한 악마 같으니."

마침내 그는 소리쳤다.

"어떻게 그 청년을 아래로 유인했을까? 강둑은 기차역으로 가는 직선로가 아니네. 그런 밤이었다 해도 다리 위엔 틀림없이 사람이 많았을 거야. 그들이 목적을 달성하기엔 적당하지 않지. 음, 왓슨. 결국은 누가 이기게 될지 두고 보세. 난 지금 나가겠네."

"경찰서로?"

"아니. 내가 경찰 역할을 할 걸세. 내가 거미줄을 쳐놓으면 경찰이 파리를 잡을 순 있겠지. 하지만 아직 그때가 아니야."

하루 종일 나는 본업에 매어있느라 늦은 저녁이 되어서야 베이커가로 돌아갔다. 셜록 홈즈는 아직 오지 않았다. 그는 거의 10시가 가까이 되어서야 핼쑥하고 지친 모습으로 나타났다. 찬장으로 가서는 빵덩어리를 뜯어 게걸스럽게 먹어치운 다음, 벌컥벌컥 물을 들이켰다.

"배고픈 모양이네."

내가 말했다.

"배고파 죽을 지경이야. 완전히 잊어버리고 있었네. 아침 이후로 아무 것도 먹지 못했어."

"아무 것도?"

"빵 한 조각도. 먹는 생각을 할 시간이 없었네."

"일은 잘 되었나?"

"잘 됐지."

"단서를 잡은 건가?"

"내 손바닥 안에 쥐고 있지. 오펜쇼 청년은 곧 복수를 하게 될 걸세. 자, 왓슨. 이번엔 우리가 그 악마 같은 상징을 보내볼까. 괜찮은 생각 아닌가?"

"어쩌려고?"

그는 찬장에서 오렌지 하나를 꺼내 몇 조각으로 자르고는 씨앗을 꺼내 탁자 위에 놓았다. 그 중에서 다섯 개를 집어, 봉투 안으로 밀어 넣었다. 안쪽 날개부분에는 〈J.O.를 대신하여 S.H.가〉[01]라고 썼다. 그리고 봉투를 봉한 다음 주소를 썼다. 〈조지아 주, 서배너 항구, 범선 론스타 호, 제임스 칼훈 선장 앞〉

"항구에 도착하면 이 편지가 기다리고 있을 걸세."

그는 신이 난 듯 웃으며 말했다.

"밤에 잠을 잘 수가 없을 걸. 이걸 받으면 운명의 계시라고 생각할 거야. 오펜쇼가 그랬던 것처럼 말이지."

"칼훈 선장이 누군데?"

"일당의 두목이네. 다른 녀석들도 처리할 건데, 먼저 이 녀석부터 해야지."

"어떻게 알아낸 건가?"

그는 주머니에서 커다란 종이를 한 장 꺼냈다. 그 안에는 날짜와 이름이 가득 차 있었다.

01 〈존 오펜쇼를 대신해서 셜록 홈즈가〉

"오늘 하루 종일,"

홈즈가 말했다.

"로이드 선급협회[02]에서 지난 서류 파일을 조사했네. 1883년 1월부터 3월까지 퐁디셰리에 기항한 모든 범선과 그 후의 일정을 알아보았지. 그 기간 동안 기록된 큰 배는 36척이더군. 그 중에 론스타[03] 호가 곧 눈에 띄었어. 런던에서 떠났다고 기록되어 있지만, 그 이름은 미국의 어느 한 주에서 따온 것이거든."

"내 생각엔 텍사스일 걸세."

"어딘지는 확실히 몰랐지만, 그 배가 미국 국적이 틀림없다는 건 알았네. 나는 던디의 기록부를 뒤져, 범선 론스타 호가 1885년 1월에 거기 있었다는 걸 알아냈지. 의심은 확신으로 바뀌었네. 그리고 현재 런던에 기항 중인 범선을 찾아봤어."

"그랬더니?"

"론스타 호가 지난주에 여기에 왔더군. 앨버트 부두에 가서 찾아보니, 오늘 아침 일찍 강을 떠나 서배너를 향해 출항했다는 걸 알아냈네. 그레이브젠드[04]로 전보를 쳐서 알아봤더니 얼마 전에 그 배가 지나갔다고 하더군. 동풍이 불고 있으니까 지금쯤은 틀림없이 굿윈스를 지나고 있겠지. 와이트 섬에서 그리 멀지 않은 곳일 거야."

"그럼 이제 어떻게 하려는가?"

"아, 이미 잡은 거나 다름없지. 알아본 결과 그 배에서 미국 태생인 사람은 선장과 다른 두 명 밖에 없더군. 다른 선원은 핀란드와 독

---

02 영국 런던에 있는 세계적 권위의 선박 검사, 감정, 등록 기관. 1760년에 설립.

03 미국 텍사스주의 별칭. 주기(州旗)에 별이 하나만 있기 때문에 이 같은 별명이 붙었다.

04 Gravesend : 런던 동남쪽, 템즈강 하구에 있는 항구.

일 사람이었네. 그 세 명이 어젯밤 배에서 내렸다는 것도 알아냈어. 배에 짐을 실었던 하역인부를 통해서였지. 그들이 탄 배가 서배너에 닿을 즈음에 이 편지를 실은 우편선이 갈 것이고, 전신을 통해 서배너 경찰에게 수배를 받고 있는 살인 용의자 세 명을 체포해달라고 요청할 걸세."

아무리 완벽하게 준비했다 하더라도 인간의 계획에는 결점이 있는 법이다. 존 오펜쇼 살해범들은 오렌지 씨앗을 결코 받지 못했고, 그들만큼 교묘하고 단호한 사람이 뒤를 쫓고 있다는 사실도 알지 못했다. 그해의 추분 태풍은 유난히 길고 격렬했다. 우리는 서배너로 간 론스타 호의 소식을 고대하며 기다렸지만, 어떤 소식도 오질 않았다. 마침내 우리가 들은 소식에 의하면, 대서양의 저 먼 어디에선가 부서진 배의 선미재가 파도 사이로 떠다니는 것을 발견했는데 거기엔 〈L.S.〉라는 글자가 새겨있었다고 한다. 우리가 론스타 호의 운명에 대해서 아는 건 그것이 전부이다.

입술이 비뚤어진 남자

세인트 조지 신학교의 교장이었던 그(故) 엘리아스 위트니의 동생 아이사 위트니는 심각한 아편 중독자였다. 내가 알기로는, 그건 대학생 시절 바보 같은 장난으로부터 시작되었다. 드퀸시[01]의 몽환과 감각적 흥분에 대한 묘사를 읽고 나서 그와 같은 효과를 경험하고자 담배를 아편에 푹 담갔다 피운 것이다. 그는 많은 사람들이 그렇듯이, 습관을 들이기는 쉬우나 없애기는 어렵다는 걸 깨닫게 되었고, 오랜 시간 동안 아편의 노예 생활을 계속하면서 친구들과 친척들에게 혐오와 동정의 대상이 되고 말았다. 현재의 그는, 노랗고 창백한 얼굴에 늘어진 눈꺼풀, 바늘 끝처럼 줄어든 눈동자를 하고 항상 구부정하게 의자에 파묻혀 있어서, 망가지고 쇠락한 귀족의 모습을 그대로 보여주고 있었다.

1889년 6월 어느 날 밤, 시계를 쳐다보며 하품을 하게 될 시간 즈음에 벨이 울렸다. 나는 의자에서 일어났고, 아내는 바느질거리를 무릎에 내려놓았는데 조금은 실망스런 표정이 얼굴에 나타났다.

"환자이군요!"

---

01 Thomas De Quincey : (1785-1859), 영국의 비평가, 소설가. 〈어느 아편중독자의 고백〉으로 유명하다.

그녀가 말했다.

"당신 나가봐야겠어요."

피곤한 하루를 마치고 돌아온 참이었기 때문에 나는 절로 앓는 소리가 났다.

문이 열리는 소리, 몇 마디 급한 대화, 리놀륨[01] 위를 빠르게 뛰어오는 발소리가 들려왔다. 우리가 있는 방의 문이 열리자, 어두운 색의 옷을 입고 검은 베일을 한 여인이 들어왔다.

"늦은 시간에 와서 죄송합니다."

그녀는 이렇게 말하며 자제력을 잃는가 싶더니 앞으로 뛰어가 아내의 목에 팔을 두르고 어깨에 기대어 흐느끼기 시작했다.

"아! 걱정이 되어 견딜 수가 없어."

그녀는 울며 말했다.

"제발 날 좀 도와줘."

"세상에,"

아내는 그녀의 베일을 위로 올리며 말했다.

"케이트 위트니! 얼마나 놀랐는지. 케이트! 들어올 때는 누군지 전혀 몰랐어."

"어찌할 바를 몰라, 여기로 곧장 달려온 거야."

항상 그런 식이었다. 슬픔에 빠진 사람이라면 누구든, 새가 등대를 찾아가듯 내 아내를 찾아왔다.

"오기를 정말 잘했어. 이제 포도주를 탄 물을 좀 마시고, 여기 편

---

01 linoleum : 실내 바닥에 까는 재료. 보통 2-3mm두께의 두루마기 모양으로 생산되는데, 1863년 영국에서 발명되었다.

안히 앉아 모든 걸 우리한테 털어놔 봐. 아니, 제임스[02]는 자러 가라고 할까?"

"오, 아니, 아니야. 의사 선생님의 조언과 도움도 필요해. 아이사에 관한 일이야. 그이가 이틀 동안 집에 들어오지 않았어. 무슨 일이라도 생긴 건 아닌지 너무 무서워!"

그녀가 남편 문제를 이야기한 건 이번이 처음이 아니었다. 나에게는 의사로서, 아내에게는 오랜 친구이자 학교 동창으로서 얘기를 했다. 우리는 남편을 찾을 수 있을 거란 말로 그녀를 달래며 위로했다. 그녀는 남편이 어디에 있는지 아는 걸까? 그를 찾아서 데려오는 것이 가능할까?

그럴 것 같았다. 그녀는 남편이 요즘 발작이 일어났을 때 찾아가는 런던 동쪽 끝의 아편굴에 대한 정보를 확실히 알고 있었다. 지금까지는 남편의 아편 탐닉이 하루로 끝나고, 저녁이 되면 경련을 일으키며 엉망이 되어서 돌아오곤 했다. 그런데 지금은 아편의 마력이 48시간 동안 계속되고 있다. 그는 틀림없이 선착장의 인간쓰레기들 사이에 누워, 마약을 흡입하고 있거나, 그 효력에 취한 채로 잠을 자고 있을 것이 뻔했다. 그녀는 어퍼 스완댐 길에 있는 골드 바에 가면 남편을 찾을 수 있으리라 확신하고 있었다. 하지만 그녀가 어떻게 하겠는가? 어리고 겁이 많은 그녀가 그런 곳에 어찌 갈 수 있으며, 불량배들 사이에서 남편을 어떻게 끌어내올 것인가?

이런 상황에서는 물론, 방법은 하나 밖에 없었다. 내가 그녀를 호

위해서 그곳에 가면 되지 않겠는가? 아니, 다시 생각해보니, 왜 꼭 그녀가 가야겠는가? 나는 아이사 위트니의 주치의로서 그에게 어느 정도 영향력을 갖고 있다. 내가 혼자 가는 편이 일을 처리하기에 오히려 쉬울 것이다. 나는 그녀가 말한 곳에 정말 아이사가 있다면 두 시간 내로 마차에 태워서 집으로 보내리라 약속했다. 그리고 10분 뒤, 안락의자와 쾌적한 응접실을 뒤로 하고 2륜 마차에 올라 동쪽으로 달려갔다. 그 당시 나는 이상한 일을 하고 있다고 생각하긴 했지만, 그건 앞으로 일어날 일에 비하면 아무 것도 아니었다.

하지만 모험의 첫 번째 장은 크게 어려운 일이 없었다. 어퍼 스완댐 길은 강의 북쪽 기슭에서 런던 다리의 동쪽까지 이어진 높은 부두 뒤쪽에 숨겨져 있는 지저분한 골목이었다. 싸구려 옷가게와 술집 사이의 가파른 계단을 따라가면 동굴 입구처럼 어두운 틈새가 있었고, 그곳에 내가 찾는 아편굴이 있었다. 나는 마부에게 기다리라고 말하고, 술주정꾼들의 발에 무수히 밟혀서 가운데가 닳고 움푹 꺼진 계단을 내려갔다. 문 위에 걸린 깜박거리는 램프 불빛에 의지해 문고리를 찾아내고 들어가니, 낮은 지붕의 긴 방이 나타났는데 갈색 아편 연기가 짙게 가득 차 있었고, 마치 이민선의 갑판처럼 나무 침대가 계단식으로 이어져 있었다.

어둠 속에서 이상하고 기괴한 자세로 누워있는 사람들의 모습이 희미하게 보였다. 웅크리고 있는 사람, 무릎을 구부리고 있는 사람, 머리는 뒤로 하고 턱은 위를 향하고 있는 사람 등이 있었는데, 어둠 속의 여기저기에서 흐리멍덩한 눈빛이 새로운 방문객을 올려다 보기도 했다. 검은 그림자들 사이로 동그랗고 빨간, 작은 불빛이 희미하게 밝아졌다가, 어두워졌다 하고 있었다. 금속제 파이프 끝에 담긴 아편이 타들어갔다가 약해졌다 하는 까닭이었다. 대부분은 조용히 누워 있었지만 어떤 이는 혼자서 중얼거렸고, 어떤 이는 기괴하고, 단조로우며 낮은 목소리로 얘기하기도 했는데, 그 대화는 떠들썩하다가는 갑자기 침묵 속으로 들어갔다. 서로 자신의 생각만을 중얼거릴 뿐, 다른 사람의 말에는 전혀 귀 기울이지 않았다. 저쪽 끝에는 숯이 타고 있는 화로가 있었다. 그 옆에는 나무로 만든 삼발이 의자에 키 크고 여윈 노인이 두 주먹으로 턱을 괴고, 팔꿈치를 무릎에 댄 채 불을 바라보며 앉아있었다.

내가 들어가자, 얼굴이 창백한 말레이시아 점원이 파이프와 아편일 회분을 가지고 달려와 빈 침대로 나를 안내하려고 했다.

"고맙지만, 여기 머무르려고 하는 것이 아닐세."

내가 말했다.

"아이사 위트니라고 내 친구가 여기 있는데, 그 친구와 얘기하려 왔네."

내 오른쪽에서 무언가 움직이며 외치는 소리가 들려왔다. 어둠 속을 자세히 살펴보자, 위트니가 창백하고 수척한 얼굴에 덥수룩한 모습으로 나를 바라보고 있었다.

"아니! 왓슨 아닌가?"

그가 말했다. 그는 아편의 반작용으로 온 몸의 신경이 모두 떨리는 비참한 상황에 빠져 있었다.

"그러니까, 왓슨, 지금 몇 시지?"

"열한 시 가까이 됐네."

"무슨 요일인데?"

"금요일이네. 6월 19일."

"맙소사! 수요일이라 생각했는데. 수요일이 맞아. 왜 나를 놀라게 하나?"

그는 양 팔에 얼굴을 묻고, 가늘고 높은 목소리로 흐느끼기 시작했다.

"금요일이라 하지 않았는가, 이 사람아. 자네 아내가 이틀이나 기다리고 있네. 부끄러운 줄 알아야지!"

"그렇군. 하지만 자네가 헷갈린 것 같네, 왓슨. 여기 온지 몇 시간밖에 지나지 않았어. 파이프 세 대인가, 네 대인가……. 얼마나 피웠는지 잊어버렸군. 이제 자네와 같이 집으로 가겠네. 케이트, 불쌍한 케이트를 걱정시키고 싶지 않아. 날 좀 잡아줘. 마차가 있는가?"

"있지. 대기시켜 놓았네."

"그러면 그걸 타고 가야지. 그런데 돈을 내야하네. 왓슨, 얼마인지 알아봐 주게. 온 몸에 기운이 하나도 없어. 혼자서는 아무 것도 못하겠군."

감각을 마비시키는 지독한 아편 냄새에 숨을 참으며, 이중으로 늘어선 침대 사이의 좁은 통로를 지나 관리인을 찾으러 갔다. 화롯가에 앉아있는 키 큰 노인 옆을 지날 때, 갑자기 누군가 내 옷자락을 잡아당겼고, 낮은 목소리로 속삭였다.

"지나쳐 간 다음에 돌아봐 주게나."

그 말은 내 귀에 뚜렷하게 들려왔다. 나는 아래를 내려다 봤다. 내 옆에는 그 노인 외에는 없었다. 무척이나 마르고 주름투성이인데다 나이가 들어 구부정한 그 노인은 여전히 약에 흠뻑 절은 채로 앉아 있었고, 손에 든 아편 파이프는 양 무릎 사이에 매달려 흔들리고 있었다. 마치 손가락에서 더없는 나른함이 떨어지기라도 하는 듯. 나는 두 걸음 앞으로 걸어간 다음 돌아봤다. 깜짝 놀라 소리 지르고 싶은 것을 간신히 참아낼 수 있었다. 그는 나 외엔 아무도 볼 수 없게 몸을 돌렸는데, 온 몸에는 생기가 넘쳤고 주름살은 사라졌으며 흐리던 눈에는 불꽃이 반짝였다. 거기에, 화롯불 옆에는, 다른 사람도 아닌 셜록 홈즈가 놀라는 나를 보며 씩 웃고 있었다. 그는 나에게 가까이 오라고 슬쩍 신호를 했다. 그러고 나서 다른 사람 쪽으로 얼굴을 반쯤 돌렸는데, 이미 입술은 늘어지고, 경련을 일으키는 노쇠한 모습으로 돌아가 있었다.

"홈즈!"

나는 속삭였다.

"대체 이 아편굴에서 뭐하는 건가?"

"최대한 목소리를 낮추게."

그가 대답했다.

"내 귀는 아주 좋거든. 그런데 괜찮다면 저 바보 같은 친구를 떼어버려 줄 수 있겠나. 자네와 잠시 얘기할 수 있다면 정말 좋겠는데 말이야."

"밖에 마차가 있네."

"그럼 저 친구를 태워서 집으로 보내주게. 무기력한 상태여서 다른 말썽은 피우지 못할 테니 걱정할 건 없네. 자네 아내에게 메모를 써서, 마부 편에 보내는 게 좋겠어. 나와 같이 일을 할 거라고 말이야.

밖에서 기다리면 내가 오 분 안에 나가겠네."

셜록 홈즈의 요청은 어떤 것이든 거절하기가 어려웠다. 그의 말에는 항상 단호함이 있었고, 사람을 앞으로 나아가게 하는 지배력과 같은 분위기가 있었다. 어쨌든 위트니를 마차에 태우기만 하면 내 임무는 달성된다는 생각이 들었다. 그러고 나서 내 친구의 특이한 모험에 참가하는 것은 더없이 즐거운 일이었다. 물론 홈즈로서는 평상적인 일이었지만 말이다. 잠깐 동안 메모를 쓰고, 위트니의 비용을 지불한 다음, 그를 마차에 태워 어둠 속으로 사라질 때까지 지켜보았다. 잠시 뒤에 노인 분장의 셜록 홈즈가 아편굴에서 나왔고, 우리는 같이 거리를 걸어갔다. 두 블록을 지날 때까지 그는 등을 굽히고 비틀비틀 발을 끌면서 걸었다. 그리고는 주위를 빠르게 둘러보고, 허리를 곧게 펴더니 숨이 넘어갈 듯 웃기 시작했다.

"왓슨,"

그가 말했다.

"내가 이제 아편 흡입까지 시작했다고 생각하겠군. 코카인 주사에다가, 자네 의학적 견해로 볼 때 봐줄만한 모든 악습관들도 모자라서 말일세."

"자네가 거기 있는 것을 보고 정말 놀랐다네."

"내가 더 놀랐을걸."

"난 친구를 찾으러 간 걸세."

"나는 적군을 찾으러 갔지."

"적군?"

"음. 내 숙명의 적수랄까. 아니, 숙명의 먹이감이랄까. 왓슨, 간단하게 말하자면, 나는 아주 놀라운 사건을 조사하는 중이라네. 전에도 그랬던 것처럼, 아편쟁이들이 뒤죽박죽 쏟아내는 두서없는 대화 속에서 단서를 얻을 수 있을까하는 생각으로 온 거야. 저 아편굴 안에서 내 정체가 발각 났더라면 한 시간 안에 저 세상으로 갔을 걸. 전에도 이런 목적으로 온 적이 있어서, 그곳을 운영하는 교활한 인도 선원이 나에게 복수하려고 벼르고 있거든. 그 집 뒤편, 폴 부두 모퉁이 가까운 쪽에 숨겨진 문이 하나 있는데 그 문이 말을 할 수 있다면 달빛 없는 밤에 무엇이 그리로 지나갔는지, 기묘한 이야기를 들려줄 걸세."

"뭐? 시체 말하는 건가?"

"그렇지. 시체. 왓슨, 저 아편굴에서 죽어나간 불쌍한 녀석들 한 명마다 천 파운드씩 받는다면 우린 부자가 될 거야. 강가에 늘어서 있는 곳 중에서도 가장 지독한 죽음의 덫이지. 그래서 네빌 세인트 클레어가 그 곳에 들어갔다가 다신 나오지 못한 것이 아닐까 걱정이네. 여기 우리가 탈 마차가 있네."

그는 손가락 두 개를 입에 물고 날카롭게 휘파람을 불었다. 먼 거리에서 비슷한 휘파람 소리가 답을 보냈고, 이어서 말발굽 소리와 마차 바퀴가 덜컹거리는 소리가 들려왔다.

"자, 왓슨."

마차 양 옆의 노란 등을 두 줄의 금빛 터널처럼 밝히며, 높은 이륜마차가 어둠을 뚫고 다가오자 홈즈는 말했다.

"나랑 같이 가주겠지?"

"내가 필요하다면 가겠네."

"믿을 만한 친구는 언제나 필요한 법이지. 연대기 기록자라면 더더욱 그렇고. 시더스 저택에 있는 내가 묵을 방엔 침대가 두 개 있다네."

"시더스?"

"그 곳이 세인트 클레어 씨의 집이지. 조사를 진행하는 동안 머물 예정이네."

"거긴 어딘데?"

"켄트에 있어. 리와 가까운 곳이지. 여기서 7마일을 달려가야 하네."

"그런데 난 아직 아무 것도 모르는데."

"물론 그렇겠지. 이제 곧 모두 알게 될 거야. 자, 올라타게. 존, 수고했네. 이제 돌아가도 될 것 같군. 여기 반 크라운 받게나. 내일 11시 정도에 와주면 좋겠네. 말고삐를 주게. 그럼 잘 가게!"

그가 말을 향해 채찍을 가볍게 휘두르자 마차는 끝없이 이어지는 어둡고 황량한 거리로 달려 나갔다. 점점 넓어지는 길을 따라 우리는 난간이 있는 넓은 다리 위를 건넜는데, 그 아래로는 탁한 강물이 느리게 흐르고 있었다. 다리를 건너니, 모르타르와 벽돌로 이루어진 넓고 황량한 거리가 다시 나타났다. 그 곳엔 경찰관의 무겁고 규칙적인 발소리나 밤늦은 파티에서 주정뱅이가 노래를 부르고 고함을 치는 소리만이 정적을 깨뜨리고 있었다. 하늘에는 난파선 같은 구름이 천천히 가로질러 갔고, 여기저기 구름의 틈 사이로 별 한 두 개가 흐리게 빛을 발하고 있었다. 홈즈는 고개를 푹 숙이고 깊은 생각에 빠진 채, 아무 말 없이 마차를 몰았다. 옆에 앉아있던 나는, 그가 이토록 힘을 쏟는 새로운 사건이 무엇인지 궁금했지만 생각의 흐름을 끊을 것 같아 물어보지 않았다. 몇 마일을 달리고 나서 교외의 별장 지대 근처에 다다르게 되었을 때, 그는 몸을 움직이며 어깨를 으쓱하

192

더니 파이프에 불을 붙였다. 자신이 잘하고 있다는 확신에 찬 표정이었다.

"왓슨, 자네에겐 침묵이라는 큰 재능이 있어."

그가 말했다.

"그건 친구로서 아주 귀중한 재능이지. 정말이지 나에게는 대화할 친구가 있다는 게 고마운 일이야. 내 생각이라는 것이 그다지 유쾌한 것은 아니니까 말이지. 난 오늘밤 대문 앞에서 만나게 될 작고 귀여운 부인한테 무슨 말을 해야 할지 고민하고 있었네."

"내가 아무 것도 모른다는 걸 잊어버린 모양일세."

"리에 도착하기 전에 사건에 대한 이야기를 할 시간이 있을 거야. 보기엔 터무니없이 간단해보이지만, 아직까지 갈피를 잡지 못하고 있다네. 실마리는 꽤 많은데 매듭을 풀어나가기가 쉽지가 않아. 이제 사건에 대해 간단명료하게 설명해보겠네. 왓슨, 나한테는 사방이 암흑인데 자네라도 한 줄기 빛을 찾는다면 좋겠군."

"그럼 얘기해 보게."

"몇 년 전, 정확히 말하자면 1884년 5월, 네빌 세인트 클레어라는 이름의 신사 한 명이 상당한 양의 재산을 가지고 리에 왔네. 그는 커다란 저택을 사서 정원을 멋지게 꾸미고 여유로운 생활을 했지. 시간이 지남에 따라 이웃사람들과 친하게 되었고, 1887년에는 그 지방에서 양조업을 하는 사람의 딸과 결혼을 해서 자녀를 둘 두었네. 그는 직업은 없었지만, 여러 회사의 일을 도와주고 있어서 규칙적으로 아침에 시내로 출근을 하고 매일 밤 캐넌 가(街)에서 출발하는 5시 14분 기차로 돌아왔지. 세인트 클레어 씨는 현재 서른일곱 살인데, 성격

좋고, 훌륭한 남편이며, 다정한 아버지이고, 누구에게나 인기 있는 그런 사람이었어. 한 가지 덧붙이자면, 현재 조사한 바로는 채무가 88파운드 10실링이 있고, 캐피탈 앤 카운티스 은행에 220파운드의 잔고가 있지. 그러니까 돈 문제로 고민했던 건 아니라는 거야.

지난 월요일에 네빌 세인트 클레어 씨는 평소보다 조금 일찍 시내로 떠났네. 떠나기 전에 말하기를, 중요한 할 일이 두 가지가 있으며, 돌아오는 길에 어린 아들에게 줄 나무블록 한 상자를 사오겠다고 했다는군. 그런데 정말 우연히도 같은 날, 그가 떠나고 잠시 뒤에 그의 아내는 기다리고 있던 귀중한 소포가 애버딘 선박 회사 사무실에 도착했으니 가져가라는 내용의 전보를 받았다네. 런던 지리에 밝다면 잘 알겠지만 그 회사의 사무실은 프레스노 가(街)에 있는데, 오늘밤 자네가 나를 만난 스완댐 거리 위편으로 갈라져 나온 길에 있지. 세인트 클레어 부인은 점심을 먹고 시내로 출발해서 쇼핑을 좀 한 다음, 그 회사의 사무실에 가서 물건을 찾아 역으로 돌아가던 중, 정확히 4시 35분에 스완댐 거리를 통과해 걷고 있었네. 지금까지 잘 이해하겠지?"

"잘 알겠네."

"자네도 기억하겠지만, 월요일은 몹시 더운 날이었네. 세인트 클레어 부인은 근처 동네도 마음에 들지 않고 해서 마차를 찾아볼 생각으로 주위를 둘러보며 천천히 걷고 있었어. 스완댐 거리를 따라 걷던 그녀는 갑작스럽게 외치는 소리, 어쩌면 비명 같은 것을 듣고 올려다보았다가 그만 놀라 얼어붙고 말았네. 한 건물의 3층 창문에서 남편이 내려다보고 있었는데, 그녀가 보기엔, 마치 손짓하며 자신을 부르는 것 같았어. 창문이 열려있었기 때문에 얼굴을 확실히 볼 수 있었네. 굉장히 놀라고 불안한 표정이었지. 그는 미친 듯이 그녀를 향해 손을 흔들었지만, 누군가 뒤에서 강력한 힘으로 잡아당긴 것처럼 창문에서 사라지고 말았네. 예민한 여성의 눈으로 알아낸 한 가지 특이한 점은, 시내로 갈 때 입었던 검은 코트는 걸치고 있었는데 넥타이도 칼라도 안하고 있었다는 거야.

무언가가 좋지 않은 일이 일어났다고 확신한 그녀는 뛰어 내려가 그 집으로 들어갔지. 그곳이 바로 오늘밤 자네가 나를 만난 아편굴이라네. 첫 번째 방을 지나서 이층으로 향하는 계단을 올라가려는데 내가 말했던 그 인도선원 녀석이 길을 막아섰고, 조수로 일하는 덴마크인도 합세해서 그녀를 길가로 쫓아내 버렸지. 미칠 듯한 의혹과, 걱정에 사로잡힌 그녀는 거리를 뛰어 내려가다 운 좋게도 프레스노 가에서 순찰을 하던 경감과 경찰관 몇 명을 마주치게 되었네. 경감과 경찰관 두 명이 그녀 뒤를 따라가, 계속 저항하는 집주인을 물리치고 세인트 클레어 씨를 마지막으로 봤던 그 방에 들어갈 수 있었지. 거기엔 아무런 흔적이 없었어. 3층 전체를 봐도 다른 사람은 아무도 없었고, 원래 거기서 사는 것 같은 불구자 한 명만이 섬뜩한 모습을 하고 있을 뿐이었네. 인도선원도 그 불구자도 오후 내내 방에는 아무도 없었다고 완강하게 진술을 했지. 그들의 주장이 확고했기 때문에 경감은 주춤 물러섰고, 세인트 클레어 부인이 착각 했을 거라고 생각할 때쯤이었어. 부인이 탁자 위에 놓인 작은 소나무 상자를 보고 놀라 소리치더니 뚜껑을 잡아챘네. 그 안에서는 아이들 장난감 블록이 작은 폭포처럼 쏟아져 나왔지. 세인트 클레어 씨가 집에 돌아올 때 사온다고 약속했던 장난감이었네.

발견한 물건과 그 불구자의 얼굴에 분명히 나타난 당황스런 표정을 보고, 경감은 이 사건이 심각하다는 걸 깨달았지. 그 방을 주의 깊게 조사해본 결과, 모든 점이 끔찍한 범죄가 일어났다는 걸 가리키고 있었네. 앞에 있는 방은 응접실로, 평범한 가구들이 있었고 안쪽으로는 부두 뒤편이 내려다보이는 작은 침실이 있었어. 그 침실 창문과 부두 사이에는 좁다란 땅이 있는데, 썰물 때는 마르고 밀물 때는 적어도 4피트 반은 바닷물이 차는 곳이지. 침실 창문은 넓고 아래에서 위로 여는 방식이네. 조사해보니 창틀에서 피의 흔적이 발견되었고, 침실 마루 바닥에도 피가 몇 방울 떨어진 것을 찾아냈지. 앞쪽 방의 커튼을 제치고 살펴보자 네빌 세인트 클레어 씨의 코트를 제외한 다른 모든 옷가지가 나왔어. 구두, 양말, 모자, 시계 등, 모두가 거기에 있었지. 어떤 옷에서도 폭행의 흔적은 없었네. 네빌 세인트 클레이 씨의 다른 흔적도 없었고 말이야. 다른 출구는 찾아내지 못했으니 그가 창문을 통해서 밖으로 나간 것이 분명했네. 하지만 창틀에 피가 묻어있는 것은 그가 무사히 헤엄쳐서 빠져나가지 못했으리라는 불길한 징조였어. 게다가 그 참극이 벌어질 당시는 파도가 제일 높을 때였으니까.

그러면 이제 현재 사건에 관련된 것으로 보이는 악당들을 살펴보세. 악랄한 전력으로 유명한 인도선원은, 세인트 클레어 부인의 얘기에 따르면 남편이 창문에 나타난 지 몇 초만에 계단 끝에 서있었다는 걸로 볼 때 이 범죄 사건의 부수적인 인물일 가능성이 높아. 그는 전혀 아는 것이 없다고 주장했고, 3층에 세 들어있는 휴 분이 무슨 일을 했는지 역시 모른다고 했지. 사라진 세인트 클레어 씨의 옷에 대해선 어떻게도 설명을 하지 못했네.

집주인 인도선원 얘기는 그 정도면 됐고. 다음으로 아편굴 3층에 사는 인상이 좋지 않은 불구자가 있지. 분명 네빌 세인트 클레어를 마지막으로 본 사람일 걸세. 이름은 휴 분으로, 그의 섬뜩한 얼굴은 시내를 많이 다니는 사람에겐 잘 알려져 있다네. 경찰의 단속을 피하기 위해 성냥을 파는 척 하지만, 직업적인 걸인이야. 스레드니들 가(街)를 따라 좀 걸어 내려가면, 자네도 알고 있듯이 왼쪽으로 작은 모퉁이가 있네. 그곳에 매일 같이 책상다리를 하고 앉아서, 무릎 위에 성냥을 조금 올려놓고 있지. 그 모습이 불쌍하기 짝이 없어서, 도로 앞에 놓인 때에 절어 번들거리는 가죽 모자 안으로 자선의 비가 내리는 걸세. 이렇게 내 직업 때문에 만나게 되리라는 것을 생각도 못 했던 때에, 한 두 번 이 친구를 본 적이 있는데 짧은 시간에도 얼마나 많은 돈을 거두어들이는지 놀랐던 적이 있었네. 그리도 눈에 띄는 행색을 하고 있으니 누구도 한 번 쳐다보지 않고는 지나갈 수가 없지. 오렌지빛 머리는 부스스 헝클어져 있고, 창백한 얼굴에는 끔찍한 상처가 나있는데 피부가 수축되어 윗입술 가장자리가 위로 말려 올라가 있네. 턱은 불도그 같이 생겼고, 날카롭고 검은 두 눈은 머리 색깔과 대조를 이루어 특이한 느낌이 든다네. 많은 걸인들 중에서 유독 눈에 띄는 생김새일 뿐아니라 재치도 있어서 지나가는 행인들이 내뱉는 희롱에도 곧잘 대답을 하지. 아편굴에 세 들어 사는 그 남자에 대해서 아는 건 여기까지야. 우리가 조사하는 사건에서 세인트 클레어 씨를 마지막으로 본 사람이기도 하고."

"하지만 불구잖아."

내가 말했다.

"한창 때인 사람을 상대로 한 팔만 가지고 무엇을 할 수 있겠나?"

"불구라고 하지만 걸을 때 다리를 절을 뿐이야. 그 것만 빼면 힘도 세고 건강한 것 같더군. 왓슨, 자네 의학적 경험으로도 잘 알겠지만 다리 하나가 불편한 사람은 그 부족함을 메우기 위해 다른 팔 다리가 강해지는 경우가 있지."

"계속 얘기해 주게나."

"세인트 클레어 부인은 창에 있는 피를 보고 기절했기 때문에 경찰이 마차에 태우고 집까지 데려다줬지. 그녀가 있어봐야 조사에 도움이 되지 않으니까 말이지. 이 사건을 맡은 바튼 경감은 아주 신중하게 조사를 진행했지만 어떤 단서도 찾지 못했어. 분을 그 자리에서 체포하지 않고 몇 분 동안 그의 친구인 인도선원과 얘기할 수 있도록 놔둔 건 실수였지. 하지만 실수를 깨닫고 그를 붙잡아 몸수색을 했는데 의심이 갈 만한 것은 발견되지 않았네. 오른쪽 셔츠 소매에 핏자국이 있었지만, 그가 약손가락을 가리키며 손톱 근처를 베였고 피는 거기서 묻은 것이라 설명했네. 더욱이 조금 전 창 쪽에 있었기 때문에 그 곳의 핏자국도 자신의 것이라 주장 했지. 그는 네빌 세인트 클레어 씨를 본적이 없다고 강하게 부인했고 그의 옷이 발견된 것 역시, 경찰과 마찬가지로 자신도 수수께끼 같은 일이라 생각한다더군. 창문을 통해 남편을 보았다는 세인트 클레어 부인의 주장에 대해선, 그녀가 미쳤거나 꿈을 꾼 것이라고 딱 잘라 말했네. 그는 거세게 저항을 했지만 경찰서로 연행되었고, 경감은 썰물이 되면 어떤 새로운

198

단서가 나타날지도 모른다는 생각에 닿아있었지.

결국 그 생각대로였네. 진흙탕 위에서 찾아낸 건 염려하던 것이 아니었지만 말일세. 파도가 물러가고 그 아래 누워있던 건 네빌 세인트 클레어가 아니라 네빌 세인트 클레어의 코트였어. 그 주머니 안에서 무엇을 발견했는지 알겠나?"

"상상이 안되는 걸."

"그럴거야. 자네는 짐작도 못할 걸세. 모든 주머니에 일 페니짜리와 반 페니짜리 동전이 가득차 있었네. 일 페니 짜리가 421개, 반 페니 짜리는 270개였어. 파도에 휩쓸려 가지 않은 것은 당연한 일이었지. 하지만 사람의 시체라면 다르네. 부두와 그 집 사이에는 거센 소용돌이가 일어나거든. 무거운 코트만 남고 벌거벗은 시체는 강 속으로 빨려 들어간다는 건 충분히 있을 수 있는 일이야."

"하지만 다른 옷은 모두 방에서 발견되었잖아. 시체에 코트 하나만 입혔다는 건가?"

"아니지. 그 사실은 그럴 듯하게 설명할 수 있네. 이 분이라는 남자가 네빌 세인트 클레어를 창문 너머로 던졌다고 가정해보세. 그 소행을 본 사람은 아무도 없었지. 그다음엔 어떻게 할까? 범행증거가 되는 옷가지를 없애야한다는 생각이 번득 떠올랐을 거야. 그래서 코트를 움켜쥐고 던지려는 순간 혹시 가라앉지 않고 떠있으면 어쩌나 하는 생각이 든거지. 아래층에서 부인이 올라오는 걸 막는 다툼소리가 들려왔기 때문에 시간이 별로 없었어. 아마도 경찰이 거리에서 뛰어오는 중이라는 것도 한 패거리인 인도선원에게 먼저 들었을 거야. 한 순간도 지체할 수가 없었지. 황급히 비밀 보관 장소로 뛰어가서 구걸로 모은 돈을 가져온 다음, 코트가 확실히 가라앉도록 동전을 손에 잡히는 대로 집어 주머니에 채운 것이네. 그리고 바깥으로 던졌고, 나머지 옷가지도 똑같이 하려고 했는데 아래층에서 올라오는 소리를 들렸어. 경찰이 나타날 때까지는 창문을 닫을 시간 밖에 없었던 거야."

"확실히 그럴 듯한 얘기군."

"음, 더 나은 설명이 나올 때까지 이걸 가설로 세우기로 하세. 자네에게 말했듯이, 분은 체포되어 경찰서로 갔지만 과거전력을 살펴보니 그에게 불리한 점은 나타나지 않았네. 오랫동안 직업적인 걸인으로 살아왔지만 죄를 짓지 않고 얌전히 지내온 모양이야. 사건에 대해서는 여기까지하고, 이제 풀어야할 문제들이 있네. 네빌 세인트 클레어는 아편굴에서 무엇을 하고 있었으며, 거기서 무슨 일이 생긴 것일까. 그는 지금 어디에 있나. 휴 분은 그의 실종과 어떤 관계가 있는가. 이런 것들이 해결되지 않은 문제들일세. 내가 고백하는데, 지금까지 경험한 어떤 사건과 비교해 봐도, 처음 봤을 땐 단순한 것 같다가 이렇게 어려운 문제로 밝혀지는 건 없었던 것 같네."

셜록 홈즈가 이 특이한 사건의 일련 상황을 상세히 얘기하는 동안, 마차는 거대한 도시의 바깥쪽을 돌아갔고 드문드문 집들이 떨어져 있는 곳을 뒤로하며, 양쪽으로 울타리가 쳐져 있는 시골길로 덜컹거리며 들어섰다. 얘기를 끝마쳤을 때에는 띄엄띄엄 흩어진 마을 사이를 지나가고 있었는데, 아직 창가에 불빛이 희미하게 보이는 집도 가끔 보였다.

"리의 변두리에 왔군."

내 동료가 말했다.

"짧은 거리를 달렸는데 영국의 세 주를 지나온 셈이야. 미들섹스에서 출발해서, 서리의 앵글을 지나고, 켄트에 도착했군. 나무 사이로 불빛이 보이나? 저기가 시다스일세. 벌써 램프 옆에 부인이 앉아서 소식을 듣길 고대하고 있군. 말발굽 소리를 들었음이 틀림없네."

"그런데 왜 베이커 가에서 사건을 처리하지 않는 건가?"

내가 물었다.

"여기서 조사해야할 것이 많기 때문이지. 세인트 클레어부인은 친절하게도 자유롭게 쓸 수 있는 방을 두 개나 내줬네. 자네는 내 친구이자 동료이니 부인이 환영하리란 것을 내가 보증하지. 왓슨, 남편에 대한 소식이 없으니 그녀를 만나기가 싫군. 도착했네. 워, 워, 워!"

우리는 뜰 안쪽에 있는 커다란 저택 앞에 마차를 세웠다. 마부가 달려와서 말고삐를 잡았다. 나는 마차에서 내린 뒤, 홈즈를 따라 집으로 향하는 좁고 구부러진 자갈길을 걸어 올라갔다. 집 앞에 도착하자 문이 급하게 열리더니 키가 작고 머리는 금발인 부인이 나와 섰다. 가벼운 실크 모슬린[01] 종류의 옷을 입었고 목과 손목에는 솜털 같은 분홍색 시폰 장식이 달려있었다. 밝은 불빛을 뒤로 하고 그녀의 윤곽이 보였는데, 한 손은 문에 얹고 다른 손은 열망하는 듯 반쯤 들어 올렸으며, 몸은 살짝 굽히고 머리와 얼굴은 앞으로 내밀고 있었다. 두 눈에는 간절함이 보였고, 입술은 벌리고 있어서 그야말로 서있는 물음표 같았다.

"세상에!"

---

01 가볍고 보온성이 좋은 모직물로, 주로 여성의 블라우스나 드레스에 많이 쓰인다.

그녀가 소리쳤다.

"아!"

그녀는 우리 두 사람이 오는 것을 보고 기뻐 소리를 쳤다가, 내 동료가 머리를 흔들며 어깨를 움츠려 보이자 실망하며 탄식하는 소리를 냈다.

"좋은 소식이 없나요?"

"그렇습니다."

"나쁜 소식은요?"

"없습니다."

"그것만으로도 감사합니다. 들어오세요. 피곤해 보이시는 걸 보니 하루 종일 힘드셨던 모양입니다."

"이쪽은 제 친구이자 의사인, 왓슨 선생입니다. 제가 다룬 몇 가지 사건에서 아주 중요한 도움을 받았습니다. 운 좋게도 우연히 이 친구를 만나, 저와 같이 사건을 조사하려고 이곳에 왔습니다."

"만나 뵙게 되어 반갑습니다."

이렇게 말하며 그녀는 친절하게 내 손을 잡았다.

"집안이 엉망이라도 용서해주길 바랍니다. 아시다시피 갑작스런 일을 당해서요."

"부인,"

내가 말했다.

"저는 종군한 경험도 있고, 설혹 그렇지 않더라도 이렇게 사과할 필요는 없습니다. 저는 부인이나 제 친구에게 어떤 도움이라도 되기를 바랄 뿐입니다."

"그러면, 셜록 홈즈 씨,"

불이 환하게 켜진 식당에 들어섰을 때 그녀가 물었다. 식탁에는 저녁 식사가 차갑게 식어 있었다.

"한두 가지 간단한 질문을 해도 될까요? 솔직하게 대답해주시길 꼭 부탁드립니다."

"물론이죠, 부인."

"제 감정에 대해선 신경 쓰지 마세요. 저는 히스테리도 없고 기절하지도 않아요. 그저 진짜, 정직한 의견을 듣고 싶은 거예요."

"어떤 질문이지요?"

"정말 본심을 말씀해 주세요. 네빌이 살아있다고 생각하시나요?"

셜록 홈즈는 그 질문에 당황하는 것 같았다.

"솔직히 말해주세요."

그녀는 양탄자 위에 서서, 등나무 의자에 기대앉은 홈즈를 날카롭게 내려다보며 되물었다.

"부인, 솔직하게 말하자면, 그렇지 않다고 생각합니다."

"그이가 죽었다고 생각하시나요?"

"그렇습니다."

"살해당했나요?"

"그렇게 말씀드리진 않았지만, 아마도."

"그럼 언제 죽은 걸까요?"

"월요일이지요."

"그러면 홈즈 씨, 오늘 그이로부터 받은 이 편지에 대해서 설명하실 수 있으신지요?"

셜록 홈즈는 감전된 것처럼 의자에서 벌떡 일어났다.

"뭐라구요?"

그는 고함을 질렀다.

"네, 오늘 받았어요."

그녀는 작은 종이 쪽지를 손에 들고 웃고 있었다.

"제가 봐도 될까요?"

"물론이죠."

홈즈는 성급하게 그녀가 들고 있는 종이를 낚아채서 식탁 위에 놓고 평평하게 펴더니, 램프를 당겨서 열심히 살펴보았다. 나는 의자에서 일어나 그의 어깨 너머로 지켜보았다. 봉투는 싸구려였고, 그레이브젠드 소인이 찍혀 있었는데 날짜는 오늘이었다. 아니, 자정이 훨씬 지났으니 어제 날짜였다.

"형편없는 글씨군."

홈즈는 중얼거렸다.

"부인, 이건 분명 남편의 글씨가 아니군요."

"네. 하지만 안에 들은 건 남편의 글씨가 맞아요."

"누가 봉투에 주소를 썼던 간에, 쓰던 도중에 주소를 물어보러 가야했군요."

"어떻게 그걸 아시죠?"

"여기 보이듯이, 이름은 진한 검은 잉크로 썼고, 저절로 말랐습니다. 나머지 글씨는 회색빛이 도는데 쓰고 난 다음 압지를 사용했기 때문입니다. 한 번에 다 쓰고 압지를 사용했다면, 진한 검은 글씨가 남아있을 리 없지요. 이름을 쓰고 난 다음 주소를 쓰기까지 잠시

쉬는 시간이 있었다는 건데, 익숙하지 않은 주소라서 그랬다고 볼 수 있습니다. 물론, 하찮은 일입니다만, 하찮은 일만큼 중요한 것은 없지요. 이제 편지를 볼까요. 하! 여기 동봉된 물건이 있었군요."

"네. 거기에 반지가 있었어요. 그이의 도장반지죠."

"이것이 남편의 필체라고 확신하십니까?"

"필체 중 하나예요."

"하나?"

"서둘러 쓸 때의 필체예요. 평상시 필체와는 많이 다르지만, 저는 잘 알고 있어요."

"〈내 사랑, 겁내지 마시오. 모든 일이 잘될 거라오. 엄청난 문제가 생겨서 바로잡으려면 시간이 꽤 걸릴 것 같구려. 안내를 가지고 기다려 주시오 - 네빌.〉책에서 떼어낸 면지[01]에 연필로 썼고, 8절판 크기에다 워터마크[02]는 없군요. 엄지손가락이 더러운 남자가 그레이브젠드에서 오늘 발송했습니다. 하! 제가 잘못 본 게 아니라면, 씹는 담배를 하는 사람이 봉투 날개를 붙였군요. 부인께서는 이것이 남편의 필체라는데 조금도 의심이 없으신가요?"

"틀림없어요. 네빌이 쓴 글이에요."

"그리고, 오늘 그레이브젠드에서 발송했다. 음, 세인트 클레어 부인, 먹구름이 걷히는 것 같군요. 위험한 상황은 사라졌다고 말씀드릴 순 없지만 말입니다."

"홈즈 씨. 하지만 그이는 분명 살아있어요."

---

01 면지(面紙) : 책의 앞뒤, 겉표지 안쪽에 붙어있는 백지.

02 watermark : 빛을 비추면 잘 보이는 종이의 무늬나 글자를 말한다. 상표나 종이 품질 등을 식별하는 데 쓰임.

"우리를 잘못된 방향으로 가게하려는 교묘한 속임수가 아니라면 그렇겠지요. 사실, 그 반지는 아무 것도 증명할 수 없습니다. 빼앗은 걸 수도 있으니까요."

"아니, 아니에요. 이, 이건, 그이가 쓴 것이 맞아요!"

"그렇습니다. 하지만, 월요일에 쓴 것을 오늘 발송했을 가능성도 있지요."

"그럴 수도 있겠네요."

"만약 그렇다면, 그 사이에 많은 일이 일어났을 겁니다."

"오, 홈즈 씨. 실망스런 말씀은 하지 말아주세요. 저는 그이가 무사하다는 걸 알고 있어요. 우리 둘 사이에는 예민한 공감대가 있어서, 그이에게 나쁜 일이 생겼다면 저도 알았을 거예요. 그이를 마지막 봤던 바로 그날이었어요. 그이가 침실에서 상처를 입었는데, 저는 식당에 있다가 어떤 일이 일어났구나 하는 절대적인 확신이 들어 이층으로 즉시 뛰어올라갔지요. 그런 사소한 일에도 제 마음이 반응하는데 그이가 죽었다면 어찌 모를 수가 있겠어요?"

"여성의 느낌이 분석적인 추리로 내린 결론보다 더 중요할 수 있다는 것을 경험을 통해 잘 알고 있습니다. 그러니까 이 편지가 부인의 의견을 확실하게 하는 매우 강력한 증거라고 생각하시는군요. 그런데 남편분이 살아있어서 편지를 쓸 수 있다면, 왜 아직까지 부인에게로 돌아오지 않는 걸까요?"

"모르겠어요. 생각조차 할 수 없는 일이예요."

"월요일에, 그가 떠나기 전에 아무런 말도 없었나요?"

"네."

"그리고, 스완댐 길에서 그를 보고 놀랐다고 하셨지요?"

"정말 많이 놀랐어요."

"창문이 열려있었나요?"

"네."

"그러면 부인을 부를 수도 있었겠죠?"

"그랬을 거예요."

"하지만, 제가 아는 바로는, 그저 분명치 않은 고함만 질렀던 거지요?"

"네."

"도움을 청하는 거라고 생각하셨던 건가요?"

"네. 그이는 손을 흔들었어요."

"하지만 놀라서 고함을 지른 것일 수도 있겠군요. 뜻하지 않게 부인을 보고서 당황한 나머지 손을 들어 올린 것이지요."

"그럴 수도 있군요."

"누군가 그를 뒤로 잡아당겼다고 생각하셨지요?"

"갑자기 사라졌어요."

"뒷걸음쳤을 수도 있습니다. 그 방에서 다른 사람은 보지 못했나요?"

"네. 하지만 그 끔찍하게 생긴 남자가 거기 있었다고 자백했고, 인도선원이 계단 밑에 있었어요."

"그렇지요. 부인이 보았을 때 남편분의 옷은 평소와 같았나요?"

"칼라도 타이도 없었어요. 그이의 목이 그대로 드러나 있는 걸 분명히 봤어요."

"그가 스완댐 길에 대해서 얘기한 적은 없습니까?"

"전혀요."

"아편을 하는 듯한 증상은 보이지 않았나요?"

"전혀요."

"고맙습니다. 세인트 클레어 부인. 확실히 해두어야 할 기본적인 문제가 몇 가지 있었습니다. 이제 저녁을 간단히 먹고 쉬어야겠군요. 내일은 아주 바쁜 날이 될 것 같으니까요."

우리가 머물 방에는 커다랗고 편안한 침대가 두 개 있었다. 나는 오늘 밤의 모험으로 피곤했기에 곧 시트 사이로 들어갔다. 하지만 셜록 홈즈는 마음속에 풀리지 않은 문제가 있을 때엔 며칠이든, 몇 주이든 쉬지 않고 생각을 거듭해서 결론을 내리거나 자료가 부족하다는 것을 자신에게 납득시킬 때까지, 일어난 사실들을 재조합하고, 여러 가지 관점에서 살펴보는 사람이었다. 그는 밤새도록 앉아 있으려고 준비하는 것이 분명했다. 코트와 조끼를 벗고 커다란 푸른색 가운으로 갈아입은 다음, 방 안을 돌아다니며 침대에서 베개를 가져오고 소파와 안락의자에서 방석을 모아왔다. 그걸 가지고 동양식 긴 의자를 만들어 책상다리를 하고 자리 잡았다. 앞에는 1온스[01]의 살담배[02]와 성냥 한 박스를 놓았다. 램프의 희미한 불빛 속에서 나는 그가 오래된 브라이어[03] 파이프를 입에 물고 앉아있는 것을 보았다. 그의 시선은 천정 한 구석의 빈 곳에 머물러 있었고, 푸른 담배 연기는 소용돌이치며 올라갔다. 아무 말도, 어떤 움직임도 없는, 독수리처럼 강인한 그의 모습 위로 불빛이 비추고 있었다. 내가 잠에 빠져들 무렵에도 그렇게 앉아있었고, 갑작스런 외침에 놀라 깨어나 여름의 아침햇살이

---

01 약 28그램.

02 살담배 : 곰방대, 파이프에 넣어 피울 수 있도록 잘게 썬 담배.

03 brier : 찔레나무. 뿌리를 이용해 담배 파이프를 만든다.

방 안에 내리쬐고 있음을 알았을 때도 그렇게 앉아있었다. 여전히 그는 파이프를 입에 물고 있었고, 담배 연기 역시 소용돌이치며 올라갔고, 방 안은 진한 담배 연기로 가득 차있었다. 다만 지난 밤 내가 보았던 살담배 더미는 하나도 남아있지 않았다.

"왓슨, 깨어났나?"

그가 물었다.

"깼네."

"아침 드라이브를 나갈까?"

"좋지."

"그럼 옷을 입게. 아직 아무도 일어나지 않았지만 마부가 자는 곳을 알고 있으니, 곧 타고 나갈 수 있을 걸세."

그는 말하며 혼자 빙긋 웃었다. 그의 눈은 반짝였으며, 지난 밤의 우울한 사색가와는 다른 사람처럼 보였다.

옷을 입으며 내 시계를 보았다. 아무도 일어나지 않았다는 건 확실했다. 4시 25분이었다. 홈즈가 돌아와 마부가 말을 준비하고 있다고 했을 때도 난 준비를 채 끝내지 못했다.

"내 사소한 이론을 실험해보고 싶다네."

부츠를 신으며 그가 말했다.

"내 생각엔 말이야, 왓슨. 자네 앞에 서있는 나야말로 유럽 최고의 바보라네. 여기서 발에 차여서 채링 크로스[04]까지 날아간다 해도 할 말이 없지. 하지만 지금은 사건의 열쇠를 찾은 것 같군."

---

04 Charing Cross : 런던 중심부에 있는 광장.

"그 열쇠는 어디에 있는데?"

나는 웃으며 물었다.

"화장실에."

그가 대답했다.

"오, 농담하고 있는 건 아닐세."

의심스런 표정의 나를 보며 그가 말을 이었다.

"조금 전에 화장실에 가서, 가지고 나왔지. 여기 글래드스턴 백[01]
에 넣어뒀네. 자, 출발하세. 친구. 자물쇠에 들어맞는지 아닌지 알아보
자구."

우리는 최대한 조용하게 아래층으로 내려와, 밝은 아침 햇살이
비추는 바깥으로 나갔다. 길에는 말과 마차가 있었는데, 옷도 제대로
걸치지 못한 마부가 고삐를 잡고 있었다. 우리 두 사람은 마차에 뛰
어올라 런던 로를 달려 나갔다. 대도시로 채소를 실어 나르는 농가의
짐마차만이 깨어나 움직이고 있을 뿐, 길 양쪽의 마을은 꿈속에 빠
진 도시마냥 조용해서 생명의 기운이 느껴지지 않았다.

"이 특이한 사건에는 여러 가지 면이 있네."

홈즈는 채찍을 살짝 휘둘러 말을 재촉하며 이야기했다.

"고백하건데, 나는 두더지처럼 장님이었어. 그래도 아예 모르는
것보단 나중에라도 알게 되는 게 나은 일이지."

시내에 들어서 서리의 거리를 지날 때에야, 일찍 일어나는 사람들
이 졸린 눈으로 창문 밖을 내다보기 시작하는 시간이 되었다. 워털루

---

01 Gladstone bag : 양쪽으로 넓게 열리는 직사각형 형태의 여행용 가죽가방.

다리 도로를 지나 강을 건넜고, 웰링턴 가(街)를 달리다 오른쪽으로 방향을 바꿔 보우 가(街)에 도착했다. 셜록 홈즈는 경찰에서도 유명한 사람인지라, 문 앞에 있던 두 명의 순경이 깍듯이 경례했다. 그 중 한 명이 말고삐를 잡았고 다른 한 명은 우리를 안내했다.

"누가 오늘 근무인가요?"

홈즈가 물었다.

"브래드스트릿 경감입니다."

"아, 브래드스트릿. 잘 지내십니까?"

키가 크고 뚱뚱한 경감이 챙 달린 모자를 쓰고 장식단추로 채운 재킷을 입고, 판석이 깔린 통로를 걸어왔다.

"브래드스트릿, 같이 이야기를 좀 했으면 좋겠는데요."

"그럽시다. 홈즈 씨. 내방으로 들어가시죠."

그곳은 작은 사무실 같은 방이었다. 커다란 장부가 탁자 위에 놓여 있고, 전화기가 벽에 걸려있었다. 경감은 자신의 책상 앞에 앉았다.

"무얼 도와드릴까요? 홈즈 씨."

"그 걸인을 만나러 왔습니다. 리에 사는 네빌 세인트 클레어 씨의 실종에 관련되어 혐의를 받고 있는 분 말입니다."

"예, 그는 기소중인데 조사할 게 더 있어서 재유치했습니다."

"그렇게 들었습니다. 여기 있나요?"

"유치장에요."

"얌전한가요?"

"아무런 말썽이 없습니다. 그런데 더러운 놈이죠."

"더럽다구요?"

"예. 간신히 손은 씻겼습니다만 얼굴은 부랑자처럼 까매요. 사건이 종료되고 나면 일반 형무소 목욕탕에서 씻길 수 있겠지만 말이죠. 왜 씻어야하는지 한 번 보시면 알겁니다."

"꼭 보고 싶군요."

"그러시겠어요? 그야 쉽지요. 이리 오십시오. 가방은 두고 가셔도 됩니다."

"아뇨, 가져가겠습니다."

"좋습니다. 그러면 이리 오시지요."

그는 통로를 따라 우리를 인도했다. 빗장이 걸린 문을 열고 나선식 계단을 내려가, 회반죽이 칠해진 복도에 도착했는데, 양 쪽에는 문이 줄지어 있었다.

"오른쪽 세 번째 방에 있습니다."

경감이 말했다.

"여기 있군요."

그는 문 위에 있는 판자를 조용히 밀고 들여다봤다.

"자고 있습니다."

그가 말했다.

"잘 보일 겁니다."

우리는 틈 사이로 눈을 가까이 댔다. 죄수는 얼굴을 우리 쪽으로 향하고 누워있었는데, 깊고 천천히 숨을 쉬고 있었다. 중간 체격의 남자로 직업에 맞게 남루한 옷을 입었고, 누더기 코트의 찢어진 구멍으로 변색된 셔츠가 삐져나와 있었다. 그는 경감이 말한 것처럼 몹시 더러웠다. 하지만 얼굴을 덮고 있는 검은 때도 혐오스런 몰골을 감추지 못했다. 오래된 흉터가 넓은 채찍 자국처럼 눈에서 턱까지 가로지르고, 그로 인해 수축된 피부가 윗입술 한 쪽 부분을 말아 올려서 치아가 세 개 드러나 보였기 때문에, 마치 언제나 으르렁 대는 것 같았다. 붉은 빛이 선명한 머리카락은 산발이 되어 눈과 앞이마를 가리고 있었다.

"정말 미남이지 않습니까?"

경감이 말했다.

"확실히 씻겨야겠군요."

홈즈가 대답했다.

"저럴 줄 알고 제 맘대로 도구를 가져왔지요."

이렇게 말하면서 글래드스턴 백을 열었다. 그 안에서 꺼낸 것은 놀랍게도 아주 큰 목욕 스펀지였다.

"헤헤. 재미있는 분이시군요."

경감은 웃으며 말했다.

"이제 저 문을 조용히 열어주신다면 저 사람을 좀 더 멋진 모습으로 꾸며보도록 하지요."

"뭐, 안될 거야 있겠습니까."

경감이 말했다.

"저 녀석이 보우 경찰서 유치장의 자랑거리는 아니니까요."

그는 자물쇠에 키를 밀어 넣었고, 우리 모두는 최대한 조용히 감방 안으로 들어갔다. 잠들어 있던 걸인은 반쯤 몸을 돌렸다가 다시 깊은 잠으로 빠져들었다. 홈즈는 물항아리 앞에 서서 스펀지를 적셨다. 그리고는 그 죄수의 얼굴을 가로 세로 두 번 강하게 문질렀다.

"자, 여러분께 소개합니다."

그는 크게 소리쳤다.

"켄트 주의 리에 사는 네빌 세인트 클레어 씨입니다."

살아오는 동안 그런 광경은 처음 보았다. 그 남자의 얼굴을 스펀지로 문지르자 흡사 나무껍질처럼 벗겨져 내렸다. 더러운 갈색은 사라졌다. 얼굴을 가로지르는 끔찍한 상처도, 불쾌하게 비웃는 듯한 비뚤어진 입술도 역시 사라졌다. 엉켜버린 빨간 머리도 잡아채자 떨어져 나갔고, 거기에, 침대 위에 앉아있는 사람은 창백하고 슬픈 얼굴에 세련되어 보이는 남자였다. 머리는 검은 색이고 피부는 매끈했다. 그는 잠결에 당황한 듯 눈을 비비며 자신을 살펴보았다. 그리고 갑자기 정체가 탄로난 것을 깨닫자, 비명을 지르며 얼굴을 베개에 파묻었다.

"이런 세상에!"

경감이 소리쳤다.

"이 사람은, 그 실종된 사람입니다. 사진을 봐서 알고 있어요."

"맞습니다."

자신의 숙명에 대항하다 포기하고만 사람처럼 죄수는 도발적인 태도로 말했다.

"그러면 제게 씌워진 혐의는 무엇입니까?"

"살인이오. 네빌 세인트 클레어 씨를……. 아, 이런. 자살 시도라면 몰라도 혐의가 없군요."

경감은 이를 악물고 말했다.

"내가 경찰에 27년간 몸담았지만, 이건 정말 대단한 일이로군."

"내가 네빌 세인트 클레어라면, 살인 사건이 일어나지 않았다는 건 분명해지는군요. 그렇다면 나는 불법 구금되어 있는 겁니다."

"범죄는 아닐지라도, 크디큰 실수를 저지른 것이지."

홈즈가 말했다.

"당신은 아내를 신뢰하지 못해 이런 일이 생긴 겁니다."

"아내 때문이 아닙니다. 아이들 때문이지요."

죄수는 신음하듯 말했다.

"아이들의 아버지로서 부끄러운 일을 하고 싶지 않았던 겁니다. 맙소사! 이렇게 탄로 나버렸으니! 어찌하면 좋은가?"

셜록 홈즈는 침상 위의 그의 옆에 앉아서 부드럽게 어깨를 두드렸다.

"이 사건이 법정으로 가 명백히 밝혀진다면,"

그가 말했다.

"널리 알려지는 것은 물론 피할 수 없겠지요. 하지만 경찰 당국에 이 사건이 범죄구성 요건을 갖추지 않았음을 납득시킬 수 있다면, 상세한 내용이 신문에 발표되어야할 이유는 없을 것 같군요. 내가 확신하는데, 당신이 우리에게 사실을 말해주면 브래드스트릿 경감이 그걸 적어 정식으로 관계당국에 제출할 것입니다 그렇게 되면 이 사건은 법정으로 가지 않겠지요."

"정말 고맙습니다!"

죄수는 열에 들떠 소리쳤다.

"제 비참한 비밀이 밝혀져서 아이들에게 오명을 남기느니 차라리 감옥에 가거나 처형을 당하는 편이 낫습니다.

제 이야기를 하는 것은 이번이 처음입니다. 저 아버지는 체스터

필드 학교의 교장이셨고, 그 곳에서 저는 훌륭한 교육을 받았습니다. 젊은 시절엔 여행을 많이 다녔고, 연극 무대에도 섰으며, 나중에는 런던의 석간신문사에서 기자가 되었습니다. 어느 날 편집장이 도시에 있는 걸인에 대한 연재 기사를 원하기에 제가 하겠다고 자원했지요. 그때가 바로 제 모든 모험의 시작이었습니다. 기사의 재료가 될 사실을 얻기 위해선 직접 아마추어 걸인이 되는 수밖엔 없었지요. 물론, 배우생활을 할 적에 분장 비법을 모두 배웠었고, 분장실에서 제 실력은 꽤 알아줬습니다. 제 재능을 발휘할 기회였지요. 얼굴에 칠을 하고, 되도록 불쌍하게 보이려고 큰 상처를 만들고, 살색 반창고의 작은 조각을 이용해서 입술을 한 쪽으로 비뚤어지게 고정했습니다. 그리고 빨간 머리 가발을 쓰고 그에 맞는 옷을 입은 다음, 표면상으로는 성냥팔이지만 실질적으로는 걸인으로서 시내의 가장 붐비는 곳에 자리 잡았습니다. 일곱 시간 동안 열심히 일하고 저녁에 집에 돌아오니, 놀랍게도 26실링 4펜스나 벌었던 것입니다.

기사를 쓰고 나서 그 일은 거의 생각하지 않았습니다만, 얼마 지나지 않아 친구의 보증을 섰다가 25파운드를 내라는 명령서를 받고 말았지요. 저는 돈을 구할 데가 없어 어쩔 줄 몰라 하고 있었는데, 갑자기 아이디어가 떠올랐습니다. 채권자에게 2주의 유예 기간을 간청하고, 직장에는 휴가를 요청한 뒤 변장을 하고 시내에서 구걸을 했습니다. 열흘 만에 돈을 마련해서 빚을 갚을 수 있었지요.

짐작하시겠지만, 일주일에 2파운드를 받으며 힘든 일을 하기가 어려워졌습니다. 얼굴에 칠을 조금하고 땅바닥에 모자를 내려놓은 뒤 앉아있기만 하면 그만한 돈을 하루에 벌 수 있다는 것을 알고 나서는 말입니다. 내 자존심과 돈 사이에 오랜 싸움이 지속되었습니다만 결국 돈이 이기고 말았지요. 기자직을 내던지고 나서, 동정을 불러일으키는 끔찍한 얼굴로 매일 매일 제가 같아놓은 구석자리에 앉아 제 주머니에 동전을 채웠습니다. 오직 단 한 사람만이 제 비밀을 알았습니다. 제가 숙소로 쓰고 있는 스완댐 길의 아편굴 주인이지요. 그곳에서 저는 매일 아침 지저분한 걸인이 되어서 나오고, 매일 저녁 잘 차려입은 신사의 모습으로 변했습니다. 인도선원 친구는 방값을 후하게 받고 있기 때문에 제 비밀을 잘 지켜주었습니다.

얼마 지나지 않아 모은 돈이 꽤 많아졌습니다. 런던 거리의 어떤 거지도 제 평균 수입인 일 년에 7백 파운드를 벌수는 없지요. 저에게는 분장 실력이 굉장한 이점이 되었을 뿐 아니라 재치 있게 대답하는 재능도 도움이 되었습니다. 말솜씨는 하면 할수록 늘어가서, 시내에서는 누구나 알아보는 인물이 되었지요. 은화도 가끔 섞인 동전의 비가 하루 종일 제 앞으로 쏟아졌고, 2파운드도 벌지 못한 날은 아주 운수 나쁜 날이었습니다.

점점 부자가 되어감에 따라 욕심도 커졌습니다. 시골에 집도 사고, 드디어 결혼도 하게 되었지요. 누구도 제 진짜 직업에 대해 의심하지 않았습니다. 사랑스런 제 아내는 제가 시내에서 사업을 하는 걸로 알고 있습니다. 어떤 일인지는 잘 모릅니다.

지난 월요일 하루 일과를 끝내고 아편굴 위에 있는 방에서 옷을 갈아입고 있을 때였습니다. 창문 밖을 내다보았더니 놀랍고도 당혹스럽게, 제 아내가 거리에 서서 저를 지켜보고 있는 것이 아니겠습니까. 놀라서 비명을 지르며 손을 올려서 얼굴을 가렸지요. 친구인 인도선원에게 달려가 누구도 저한테로 올라오지 않게 막아달라고 부탁했습니다. 아내의 목소리가 계단 아래서 들렸지만, 올라올 수 없으리란 걸 알고 있었습니다. 재빠르게 제 옷을 벗어던지고 걸인의 옷으로 갈아입었지요. 칠도 하고 가발도 썼어요. 아내의 눈썰미로도 그런 완벽한 분장은 꿰뚫지 못할 겁니다. 하지만 방 안을 수색한다면 옷이 나와서 발각될 것이 틀림없었지요. 창문을 급히 열었는데, 격한 동작으로 인해 그날 아침에 침실에서 다친 상처가 덧나고 말았습니다. 그 다음엔 코트를 손에 쥐었지요. 돈을 모아두는 가죽 가방에서 동전을 코트 주머니로 옮겨 넣었기 때문에 묵직했어요. 그걸 창문 밖으로 집어던졌고, 템즈강 속으로 사라졌습니다. 다른 옷들도 던지려 했는데, 그때 경찰들이 계단을 올라왔지요. 그리고 몇 분 뒤, 참으로 다행스럽게도 네빌 세인트 클레어로 밝혀지는 대신에 그를 죽인 살해범으로 체포된 것입니다.

더 이상 설명드릴 게 없는 것 같군요. 저는 최대한 오래 변장을 계속 하기로 결심했기 때문에 더러운 얼굴 그대로 있던 것입니다. 제 아내가 굉장히 걱정하고 있으리란 것을 알기에 경관이 감시하지 않는 틈을 타, 걱정하지 말라고 급하게 휘갈겨 쓴 편지와 함께 반지를 빼서 인도선원에게 맡겼습니다."

"그 편지는 어제야 도착했지요."

홈즈가 말했다.

"맙소사! 아내가 일주일 동안 얼마나 걱정했을 런지."

"경찰이 그 인도선원을 감시했습니다."

브래드스트릿 경감이 말했다.

218

"감시를 벗어나서 그 편지를 부치기는 어려웠을 겁니다. 아마도 다른 선원 고객에게 맡겼는데 며칠 동안 잊어버리고 있던 모양입니다."

"그렇겠지요."

홈즈가 찬성의 의미로 고개를 끄덕이며 말했다.

"틀림없을 겁니다. 그런데 구걸을 하면서 처벌을 당한 적은 없습니까?"

"많이 있었지요. 하지만 벌금이 무슨 군제겠습니까?"

"어쨌든 이제는 그만 둬야 합니다."

브래드스트릿이 말했다.

"경찰이 이 일에 대해 얘기하지 않길 바란다면 휴 분이 더 이상 존재해선 안됩니다."

"인간으로서 할 수 있는 최대의 맹세로서 약속드리겠습니다."

"그렇다면 이 사건수사는 더 이상 진행하지 않을 것 같군요. 하지만 당신이 또다시 나타난다면 그땐 모두 발표할 겁니다. 홈즈 씨, 이 사건을 해결하는데 대단히 큰 도움을 주셨군요. 어떻게 진상을 파악하셨는지 알고 싶습니다."

"어떻게 알아냈냐 하면,"

내 친구가 말했다.

"베개 다섯 개를 깔고 앉아, 1온스의 담배를 태우는 것이죠. 왓슨, 마차를 타고 베이커 가로 달려가면 아침식사 시간에 맞출 수 있을 것 같네."

푸른 카벙클[01]

크리스마스가 지나고 이틀 뒤 아침, 나는 연말인사를 하려고 내 친구 셜록 홈즈를 방문했다. 그는 진홍색 가운을 입고 소파에 느긋하게 앉아있었다. 오른 편 가까이에는 파이프 걸이가 있었고, 방금 본 것이 분명한 구겨진 조간신문 더미가 손닿는 곳에 놓여 있었다. 소파 옆에는 나무 의자가 있었는데, 등받이 한 쪽에는 아주 초라하고 볼품 없는 중절모가 걸려 있었다. 쓰고 다니기엔 상태가 좋지 않았고, 몇 군데는 갈라지기까지 한 모자였다. 확대경과 핀셋이 의자 시트에 있는 것으로 보아, 조사할 목적으로 걸어 놓은 것 같았다.

"일이 있는 모양이군."

내가 말했다.

"방해한 건 아닌가."

"전혀 아닐세. 결과를 의논할 친구가 생겨서 반갑네. 뭐 아주 단순한 일이긴 하지만. (그는 엄지손가락으로 낡은 모자를 가리켰다) 그래도 몇 가지 점에 있어선 흥미로운 것이 아주 없는 것도 아니고, 배울 점도 있고 말이야."

---

01 carbuncle : 홍옥, 석류석. 이 보석의 색깔은 대개 붉은 색이기 때문에 푸른 색 카벙클은 귀하고 가격이 높다.

나는 그의 안락의자에 앉아, 타오르는 벽난로에 손을 녹였다. 살을 에는 추운 날씨여서 창문에는 성에가 두껍게 붙어있었다.

"아마도,"

내가 말했다.

"이 초라해 보이는 물건은 무시무시한 이야기와 관련이 있겠지. 이것이 단서가 되어 수수께끼를 해결해내고, 범죄를 처단하게 되겠군."

"아니, 아니야. 범죄에 관련된 건 아닐세."

셜록 홈즈는 웃으면서 말했다.

"몇 평방 마일의 공간 안에서 사백만의 사람들이 서로 부딪치며 지낼 때에 일어나는 조금 별난 사건 중의 하나랄까. 사람들이 밀집해 살면서 서로 영향을 주고 반응을 하다보면, 별의별 사건들이 다 일어나기 마련이야. 범죄라고는 할 수 없지만 충격적이고 괴상한 사건들이 많이 있지. 이미 그런 사건을 체험하지 않았나."

"많이 있었네."

내가 말했다.

"내가 노트에 적어 넣은 사건 여섯 개 중에서 세 개가 어떤 법률에도 저촉되지 않는 범죄였네."

"맞아. 이레네 아들러 사진을 찾으려고 시도했던 사건, 메리 서더랜드양의 이상한 사건, 입술이 비틀어진 남자 사건들을 말하는 것이겠지. 그러니까, 이 단순한 사건도 그와 같이 죄가 되지 않는 범주에 넣어야 할 걸세. 수위 피터슨을 알겠지?"

"알지."

"이건 그의 전리품일세."

"그 사람 모자이군."

"아니, 아니. 그가 얻은 것이지. 누구 것인지는 모르네. 한 번 살펴 봐 주겠나. 찌그러진 중절모로서가 아니라, 지적인 문제로 말이야. 먼저 여기 오게 된 사연을 얘기하지. 크리스마스 아침, 살찐 거위와 함께 이곳에 왔네. 그 거위는 지금쯤 틀림없이 피터슨네 집의 화덕에서 구워지고 있을 거야. 이야기인즉 이렇다네. 크리스마스 새벽 네 시쯤에 피터슨이 흥겨운 소규모 파티를 끝내고 토튼햄 코트 길을 따라 집으로 돌아가는 길이었다는군. 자네도 알겠지만 피터슨은 꽤 정직한 친구지. 그의 앞에는 키가 좀 큰 남자가 흰색 거위를 어깨에 걸쳐 메고, 약간 비틀거리며 걸어가는 모습이 가스등에 비춰 보였네. 구지 가 (街) 모퉁이에 도달할 즈음, 불량배들 한 무리와 그 사람 사이에 다툼이 벌어졌지. 불량배 중 한 명이 그 사람의 모자를 쳐서 떨어뜨렸고, 그 사람이 자신을 방어하려고 지팡이를 들어 머리 위로 휘두르다가 그만 뒤편에 있는 가게 창문을 부수고 말았네. 피터슨은 공격당하는 그 사람을 보호하려고 앞으로 뛰어 나갔어. 그런데 그 사람은 창문을 깨뜨려서 당황한데다가 경찰처럼 보이는 제복 입은 남자가 달려오자 거위를 내려놓고 토튼햄 코트 길의 뒤쪽으로 난 미로 같은 골목으로 도망가 버렸다네. 불량배 무리도 역시 피터슨을 보고 도망갔지. 그래서 전쟁터에는 이 찌그러진 모자와 더할 나위 없이 훌륭한 크리스마스 거위가 전리품으로 남게 된 것일세."

"그건 주인에게 돌려줬겠지?"

"이 사람아, 거기엔 문제가 있다네. 그 거위의 왼쪽 발에 〈헨리 베이커 부인에게〉라고 적힌 작은 카드가 묶여 있고, 이 모자의 안감에

〈H.B.〉라는 머리글자가 분명히 있는 건 사실이지만, 이 도시에 베이커라는 성을 가진 사람이 몇 천 명 있을 것이고 헨리 베이커라는 이름은 몇 백 명 있을 테니, 잃어버린 물건을 돌려주기란 쉽지 않은 일일세."

"그러면 피터슨은 어떻게 했나?"

"크리스마스 아침에 모자와 거위를 모두 가지고 나한테 왔네. 내가 사소한 문제라도 흥미 있어 하는 걸 알고 말이야. 거위는 오늘 아침까지 보관했는데, 약간 얼었는데도 불구하고 상할 것 같은 기미가 보여, 더 이상 지체하지 말고 빨리 먹는 게 나을 것 같더군. 주운 사람이 가져가서 거위가 마지막 숙명을 다하도록 했고, 크리스마스 저녁식사를 잃어버린 이름 모를 신사의 모자는 아직 여기에 있다네."

"그 사람이 광고를 내지 않았나?"

"아니."

"그럼, 무슨 단서로 그 사람을 찾을 건가?"

"추리할 수밖에 없지."

"그 모자를 가지고?"

"바로 그걸세."

"장난하는 거로군. 이 낡고 찌그러진 중절모에서 뭘 얻을 수 있겠나?"

"이 확대경을 받게. 자넨 내 방법을 잘 알잖나. 이 물건을 쓰고 다니던 남자의 특징을 직접 알아낼 수 있겠지?"

나는 그 누더기 같은 물건을 두 손으로 들고 다소 불쌍하다는 마음으로 뒤집어 보았다. 평범한 둥근 모양의 검은 모자인데 쓰기에는 너무 좋지 않았다. 안감으로 붉은 색 비단을 덧댔지만 꽤 많이 변색되어 있었다. 만든 이의 이름은 없었다. 하지만 홈즈가 말했듯이 〈H.B.〉라는 머리글자가 한 편에 휘갈겨 씌어 있었다. 잃어버리는 걸 방지하기 위해서 모자챙에 구멍이 뚫어 줄을 맨 자국은 있었는데 고무줄은 없었다. 그 외에, 갈라진 곳도 있고, 몹시 더러웠으며, 몇 군데 얼룩도 있었는데, 변색된 부분을 가리려고 잉크로 칠한 것 같았다.

"나한테는 아무 것도 안보이네."

나는 이렇게 말하며 모자를 내 친구에게 돌려줬다.

"왓슨, 그 반대일세. 자네한테는 모든 것이 다 보이네. 본 것으로부터 추론을 하지 않기 때문이야. 자네는 스스로 추리를 이끌어내는데 너무 소극적이군."

"그러면 이 모자에서 자넨 무엇을 추리할 수 있는지 말해주게."

그는 모자를 집어 들고, 특유의 관찰하는 태도로 살펴보았다.

"아마도 이 모자가 가지고 있는 것보다 내가 알아낸 것이 적겠지만 말이야."

그는 말했다.

"하지만 몇 가지 추리는 틀림없을 거고, 다른 몇 가지는 적어도 확률이 아주 높을 걸세. 이 사람은 언뜻 보기에도 분명히 높은 지능을 가졌을 거야. 그리고 3년 전까지만 해도 아주 잘 살았을 테지만 지금은 몰락해서 힘들게 살고 있지. 사려 깊은 준비성이 있었지만 지금은 예전보다 덜하네. 이 사람의 운명이 나락에 빠짐에 따라 기질적인 면도 나쁜 영향을 받게 되었지. 아마도 술을 많이 마시는 습관이 생겼을 거야. 또 하나 명백한 사실은 그의 아내가 더 이상 그를 사랑하지 않는다는 것이지."

"이봐, 홈즈!"

"하지만 어느 정도 자존심은 아직 가지고 있네."

홈즈는 내 항의를 무시하고 이야기를 계속 했다.

"이 사람은 앉아서 일하는 생활을 계속하고 있어서 바깥에는 거의 나가지 않고, 운동은 아예 하지 않지. 중년이고, 머리는 반백인데 최근 며칠 전에 이발을 했고, 라임 크림을 머리에 바르네. 이것이 모자로부터 추리해낸 특징적인 사실이야. 덧붙이자면, 그의 집에 가스가 들어오지 않는다는 것도 거의 맞을 걸세."

"홈즈, 자넨 농담을 하고 있는 게 확실하군."

"전혀 아닐세. 내가 추리한 결과를 모두 말해줬는데 아직까지 어떻게 알아냈는지 모른단 말인가?"

"나는 분명 바보가 틀림없구먼. 자네 말을 도통 이해할 수 없다는 걸 고백해야겠군. 이를 테면, 그 사람이 지능이 높다는 건 어떻게 추리한 건가?"

대답 대신 홈즈는 모자를 머리에 휙 썼다. 모자는 이마를 덮고 콧등까지 내려왔다.

"이건 입방체의 용적 문제야."

그는 말했다.

"이렇게 큰 뇌를 가진 사람이라면 분명 그 안에 들은 것도 많겠지."

"그럼, 운명이 나락에 빠졌다는 건?"

"이 모자는 3년 된 것이네. 평평한 챙에다 가장자리가 약간 구부러진 건 그때 유행이야. 아주 최고급 모자이지. 비단으로 두른 밴드와 훌륭한 안감을 보게. 이 남자가 3년 전에는 비싼 모자를 살 수 있었는데 그 이후에는 사지 못했다는 것은 몰락했다는 확실한 증거라네."

"음, 그건 확실하군. 그런데 준비성이 있었다는 것과 기질적인 면이 나빠졌다는 건?"

셜록 홈즈는 웃었다.

"여기에 준비성이 있지."

그는 잃어버리는 걸 방지하기 위해 모자챙에 뚫어놓은 작은 구멍을 손가락으로 짚으며 말했다.

"이렇게 만들어서 파는 모자는 없네. 이 사람이 주문한 것이라면 준비성이 철저하다는 것을 암시하지. 바람이 불어서 날아가지 않도록 미리 준비한 거야. 하지만 고무줄이 끊어져 없어졌는데도 새로 달지 않은 건 예전보다 준비성이 덜하다는 것이고, 그건 그 사람의 기질도 약해졌다는 것이지. 그런 반면, 얼룩을 감추려고 잉크를 바르는 노력을 했다는 것은 자존심을 완전히 잃어버린 건 아니라는 거야."

"자네 추리는 정말 그럴듯하군."

"그 밖에, 이 사람이 중년이고 머리는 반백이며 최근에 이발을 했고 라임 크림을 쓴다는 것은, 모두 안감의 아랫부분을 자세히 살펴본 결과 나왔다네. 확대경으로 보니 잘려진 머리카락이 많이 발견되었는데 이발사가 가위로 반듯하게 자른 것이지. 머리카락은 모두 끈끈하게 달라붙어있었고, 라임 크림의 독특한 향기가 났네. 자네도 볼 수 있겠지만, 이 먼지는 거리에서 달라붙는 모래가 섞인 회색 먼지가 아니고 집에서 생기는 솜털 같은 갈색이야. 이걸 보면 오랜 시간 동안 집안에 걸려있었음을 알 수 있지. 안쪽에 있는 물이 번진 자국은 모자를 쓴 사람이 땀을 많이 흘렸다는 명확한 증거인데, 그렇기 때문에 몸 상태가 좋지 않다는 걸 알게 된 거니."

"그런데 그 사람의 부인은? 더 이상 그를 사랑하지 않는다고 했잖아."

"이 모자는 몇 주 동안 솔질을 하지 않았네. 왓슨, 자네 모자에 일주일 동안 쌓인 먼지가 있고, 자네 아내는 그걸 그냥 쓰고 나가도록 방치했다면, 나는 불행히도 자네 부인의 애정이 식은 거라고 걱정하게 될 걸세."

"하지만 그 사람이 독신이라면."

"아니지. 아내에게 화해의 표시로 거위를 가져가고 있었잖은가. 그 거위의 다리에 매달린 카드를 생각해 보게."

"자네는 모르는 게 없군. 그런데 집어 가스가 안 들어온다는 건 어떻게 추리한 건가?"

"한 개, 또는 두 개 정도의 촛농자국은 우연일 수도 있겠지만, 다섯 개 이상 있다는 건 불을 켠 양초와 자주 가까이 있었다는 걸 의심해볼 수 있어. 아마도, 밤에 한 손에는 모자를 들고 다른 손에는 촛농이 흘러내리는 양초를 들고 계단을 올라갔을 거야. 어쨌든 간에, 가스등이 있다면 촛농자국이 있을 리 없겠지. 이제 만족하는가?"

"음, 정말 대단하네."

나는 웃으며 말했다.

"그런데 자네가 방금 말했듯이, 범죄가 일어난 것도 아니고 거위를 잃어버린 것 외엔 손해 본 것도 없으니 이건 쓸데없는 정력 낭비인 것 같네."

셜록 홈즈가 대답하려고 입을 여는 순간, 문이 활짝 열리고 수위 피터슨이 방으로 뛰어 들어왔다. 얼굴은 붉게 물들었고, 놀라서 정신

나간 사람 같았다.

"홈즈 씨! 거위, 거위가 말입니다!"

그는 숨을 헐떡이며 말했다.

"뭐? 그게 어쨌다는 건가? 거위가 살아나서 부엌 창문으로 날아가기라도 했나?"

홈즈는 흥분한 그의 얼굴을 제대로 보려고 소파에서 몸을 비틀어 돌아봤다.

"이것 보십시오! 제 아내가 모이주머니에서 찾아낸 겁니다!"

그는 손을 펴보였는데, 손바닥 한 가운데에는 휘황찬란하게 빛나는 푸른 보석이 있었다. 크기는 콩보다 약간 작았지만, 손바닥의 우묵한 공간에 전기불이 켜져 반짝이는 것처럼 맑고 빛났다.

셜록 홈즈는 휘파람을 불며 일어났다.

"오, 이런! 피터슨."

그는 말했다.

"정말 진귀한 걸 발견했군! 이게 무엇인지 아는가?"

"다이아몬드이지요! 귀한 보석입니다! 유리를 퍼티[01]처럼 잘라내지요."

"이건 그것보다 귀한 보석이네. 이게 바로 그 귀한 보석이야."

"모카 백작 부인의 푸른 카벙클 아닌가?"

내가 소리쳤다.

"바로 그거야. 크기와 모양을 보고 알았지. 최근 〈더 타임스〉에 매

---

01 putty : 유리창틀을 붙이거나 철관을 이을 때 쓰이는 접합제.

228

일 광고 난 것을 읽어봤거든. 이건 정말 희귀한 것이라 그 가치를 짐작하기도 힘들다네. 아마도 현상금으로 내건 천 파운드는 거래 가격의 20분의 1도 안될 거야."

"천 파운드! 오, 주여 감사합니다."

수위는 의자에 털썩 주저앉아 우리 둘을 번갈아 쳐다보았다.

"그건 현상금이지. 백작부인은 보석을 찾을 수만 있다면 재산의 반이라도 내놓을 거야. 내가 알기론 그 배경에 사적인 추억이 담겨 있지."

"내 기억이 맞는다면, 코스모폴리탄 호텔에서 잃어버린 것 같은데."
내가 말했다.

"그렇지. 12월 22일. 바로 닷새 전이네. 배관공 존 호너가 부인의 보석함에서 훔쳐낸 혐의로 잡혔네. 이 사건은 증거가 명백해서 순회재판에 회부되었어. 여기 이 사건에 관련된 기사가 있을 텐데."

그는 신문을 뒤져 날짜를 살펴보더니, 한 장을 찾아내 펼쳤다. 그리고는 반으로 접은 다음, 다음과 같이 내용을 읽었다.

〈코스모폴리탄 호텔 보석 도난 사건. 26세의 배관공 존 호너는 이달 22일, 푸른 카벙클로 알려진 귀중한 보석을 모카 백작 부인의 보석함에서 훔친 혐의로 기소되었다. 그 호텔의 급사장 제임스 라이더가 증언하기를, 사건 당일 헐거워진 벽난로의 두 번째 쇠살대를 수선하기 위해 호너를 모카 백작 부인의 드레스 룸으로 데리고 갔다고 한다. 그는 호너와 함께 잠깐 있다가 호출을 받고 자리를 떠났다. 돌아와 보니 호너는 사라졌고, 옷장이 모두 열려있었으며, 작은 모로코 상자가 비어진 채로 화장대 위에 놓여있었다. 나중에 알게 되었지만 그 상자는 백작 부인이 보석을 보관하던 것이었다. 라이더는 즉시 비상벨을 울렸고, 호너는 같은 날 저녁 체포되었다. 하지만 보석은 그의 몸에서도, 그의 방에서도 발견되지 않았다. 백작 부인의 하녀, 캐서린 쿠삭은 도둑맞은 것을 알고 당황하여 소리치는 라이더의 목소리를 듣고 그 방으로 달려갔으며, 현장은 라이더가 묘사한 바와 같다고 증언했다. B지구 브래드스트릿 경감은 호너를 체포할 당시 그는 미친 듯이 저항했고, 무죄를 강력하게 주장했다고 말했다. 이전의 절도 전과가 용의자에게 불리하게 적용되어, 치안판사는 즉결재판을 거부하고 순회재판에 회부했다. 심리가 진행되는 동안 격앙된 반응을 보이던 호너는 그러한 판결이 나자 기절했고, 법정에서 실려 나갔다.〉

"흠! 경찰 당국이 하는 일이란 그 정도일 뿐이지."

홈즈는 생각에 잠긴 채 이렇게 말하며, 신문을 옆으로 던졌다.

"한 쪽 끝에는 강탈당한 보석 상자가 있고 다른 쪽 끝에는 토튼 햄 코트 길에서 주운 거위의 모이주머니가 있네. 지금 우리가 해결해야 할 문제점은 두 사건이 어떻게 연결되느냐 하는 것이지. 왓슨, 가볍게 해봤던 추론이 갑자기 중요한 것이 되었군. 범죄와 관련된 양상을 띠고 말이야. 여기에 보석이 있네. 그 보석은 거위에서 나왔고, 거위는 형편없는 모자를 쓴 신사, 헨리 베이커 씨한테서 왔고, 그 사람의 특징에 대해선 자네에게 지루하도록 얘기했지. 그러니까 이제 이 신사를 신중하게 찾아내, 이 작은 수수께끼에서 무슨 역할을 했는지 조사해야겠군. 그렇게 하려면 가장 간단한 방법을 먼저 시도해보기로 하지. 이걸 모든 석간신문에 광고 내는 거야. 만약 실패한다면 다른 방법을 써야겠지."

"뭐라고 쓸 건가?"

"연필과 종이 한 장을 주게. 자, 그러면. 〈구지 가 모퉁이에서 거위 한 마리와 검은 중절모를 습득함. 헨리 베이커 씨는 오늘 저녁 6:30에 베이커 가 221B번지에 오셔서 찾아가시길 바람.〉 이 정도면 간단명료하지."

"좋아. 그런데 그걸 볼까?"

"가난한 남자로서는 큰 걸 잃어버린 셈이니까 신문을 눈여겨 볼 걸세. 실수로 창문을 깬 것에 대해 놀란 데다, 피터슨이 달려왔으니 도망갈 생각밖에 나지 않았을 거야. 하지만 그 후에는 거위를 떨어뜨린 것을 몹시 후회하고 있을 테지. 그러니 신문에 이름이 실리면 보게 될 거야. 그를 아는 사람이라면 직접 보라고 알려주겠지. 피터슨, 이걸 받게. 광고 대행사로 달려가서 이걸 석간신문에 실어주게."

"어디에요?"

"글로브, 스타, 폴 몰, 세인트 제임스 가제트, 이브닝 뉴스, 스탠더드, 에코, 그 밖에 생각나는 대로 다 하게."

"잘 알겠습니다. 그럼 이 보석은?"

"아, 그렇군. 보석은 내가 보관하겠네. 고맙네. 그리고 피터슨, 돌아오는 길에 거위 한 마리 사와서 여기에 보관해주게. 자네 식구들이 지금 먹고 있는 것 대신, 그 신사 분에게 줄 것이 있어야 하니까 말이야."

수위가 나간 후에, 홈즈는 보석을 들어 올려 빛에 비추어 보았다.

"이건 매혹적인 물건일세."

그가 말했다.

"이 광채와 반짝임을 보게나. 물론 이건 범죄의 핵이요 중심이기도 하네. 좋은 보석은 다 그렇지. 악마가 즐겨 쓰는 미끼인거야. 크고 오래된 보석은 한 면 한 면이 모두 피를 상징하고 있지. 이 보석은 아직 20년이 되지 않았네. 중국 남부에 있는 아모이강 기슭에서 발견되었는데, 카벙클의 모든 특징을 가지고 있으면서도 붉은 루비색이 아닌 푸른색을 지니고 있네. 아직 젊은 데도 불구하고 벌써 재앙의 기록을 가지고 있지. 사십 그레인[01]의 탄소 결정체가 두 번의 살인 사건, 황산 투척, 자살, 그리고 몇 번의 강도 사건을 불러왔네. 이토록 예쁜 장난감이 교수대와 감옥으로 이끈다는 걸 누가 알았겠나? 이제 내 단단한 금고에 넣고 자물쇠를 채워놓겠네. 백작 부인에게 우리가 가지고 있다고 연락해야겠군."

"호너라는 사람이 무죄라고 생각하나?"

"알 수 없지."

"그렇다면 헨리 베이커라는 사람이 사건과 관련되어 있다고 짐작하는 건가?"

"내가 생각하기엔, 헨리 베이커는 완전히 결백하리라고 보네. 그는 자기가 어깨에 메고 가던 거위가 순금으로 만든 것이라 해도, 그보다 훨씬 더 값비싸다는 걸 전혀 몰랐을 걸세. 어쨌든 간에, 그가 광고를 보고 찾아오면, 간단한 테스트를 해볼 생각이네."

"그때까진 할 일이 없겠군."

"없지."

"그렇다면 나는 병원 일을 봐야겠네. 그래도 오늘 저녁 자네가 말한 시간까지는 돌아올 걸세. 나도 이 복잡한 사건이 해결되는 걸 보

---

01 grain : 밀 한 알을 뜻하는 단어로, 16세기 영국에서 제정한 질량의 최소 단위.

232

고 싶으니까 말이야."

"와준다면야 좋지. 저녁식사는 7시네. 아마도 멧도요새 요리일거야. 그나저나 이 사건을 보아하니, 나도 허드슨 부인에게 모이주머니를 검사해보라고 해야겠는걸."

나는 좀 늦어서, 베이커 가에 다시 갔을 때는 6시 30분이 조금 지난 시간이었다. 집에 도착했을 때, 스코틀랜드 모자[02]를 쓴 키 큰 남자가 기다리고 있는 것이 보였다. 그는 코트 단추를 턱 밑까지 채우고, 문 위의 부채꼴 창에서 내리비치는 밝은 반원 안에 서있었다. 문 앞에 다다르자 문이 열렸고, 나는 그와 함께 홈즈의 방으로 올라갔다.

"헨리 베이커 씨이군요."

홈즈는 안락의자에서 일어나 온화하고 편안한 태도로 방문객을 맞았다. 언제든 그는 이런 모습을 즉시 보여줄 수 있었다.

"벽난로 옆 의자에 앉으시지요, 베이커 씨. 꽤 추운 밤입니다. 제가 보기엔, 겨울보다는 여름이 다니시기에 더 편안하실 것 같군요. 아, 왓슨, 때마침 잘 와주었네. 베이커 씨, 저 모자가 당신 것이 맞지요?"

"예, 제 모자가 틀림없습니다."

그는 큰 몸집에 둥그런 어깨, 커다란 머리를 가진 남자였고, 넓고 지적인 얼굴에는 반백의 턱수염이 자라나 있었다. 코와 뺨에 보이는 붉은 기운, 약간 떨리는 손은 홈즈가 추측했던 그의 몸 상태를 상기시켰다. 오래된 검은 프록코트는 앞쪽 단추를 모두 채워 올렸고 칼라

---

02 동그란 모양의 챙이 없는 모자.

도 역시 위로 올리고 있었는데, 여윈 손목이 코트 소매에서 빠져나와 있을 뿐 안쪽에 셔츠도 셔츠의 소매도 보이지 않았다. 그는 뚝뚝 끊어지는 낮은 목소리로 신중하게 단어를 골라 말했다. 전반적으로 볼 때, 운명의 손아귀에 혹사당했던 학식 높은 지식인이란 분위기가 느껴졌다.

"며칠 동안 이 물건을 보관하고 있었습니다."

홈즈가 말했다.

"신문에 광고를 내서 당신의 주소를 실을 것이라 생각했기 때문이지요. 왜 광고를 내지 않으셨는지 알 수 없군요."

방문객은 약간 부끄러운 듯 웃었다.

"요즈음에는 예전처럼 돈이 많지 않아서요."

그는 말했다.

"저를 공격한 불량배 무리가 모자와 거위 모두 가져갔으리라 생각했습니다. 되찾을 희망도 없는데 돈을 쓰고 싶지 않았습니다.."

"맞는 말씀입니다. 그런데, 거위 말인데요, 우리가 먹지 않을 수 없었습니다."

"먹었다구요!"

방문객은 놀라서 의자에서 반쯤 일어났다.

"네. 우리가 먹지 않았다면, 상해버려서 누구에게도 쓸모가 없었을 겁니다. 하지만 여기 찬장에 다른 거위가 있습니다. 무게도 거의 같고 아주 신선하니, 대신 가져가는 것이 어떨는지요?"

"아, 그럼요, 그렇게 하지요!"

베이커 씨는 이렇게 말하며 안도의 한숨을 쉬었다.

"물론, 원래 거위의 깃털, 발, 모이주머니 같은 것은 있습니다. 원하신다면."

그 남자는 크게 웃음을 터뜨렸다.

"제가 겪은 일의 기념품은 될지 몰라도,"

그가 말했다.

"잠시 알았던 거위의 남은 조각을 가지고 무얼 해야 할지 모르겠군요. 아닙니다. 괜찮으시다면, 찬장에 있는 저 훌륭한 거위만으로 만족하겠습니다."

셜록 홈즈는 어깨를 살짝 으쓱하며 내게 예리한 눈길을 보냈다.

"그러면, 모자와 거위를 가져가십시오."

그가 말했다.

"그건 그렇고, 전에 것은 어디서 구했는지 알려주실 수 있는지요? 제가 새요리 애호가입니다만, 이렇게 괜찮은 놈은 좀처럼 보질 못했습니다."

"물론이지요."

베이커는 새로 얻은 거위를 옆구리에 안고 말했다.

"박물관 근처에 있는 알파 인에서 자주 만나는 모임이 있습니다. 물론 낮 동안은 박물관에 있습니다만. 사람 좋은 주점 주인, 윈디게이트가 이 거위클럽이란 계를 만들었지요. 매주 몇 펜스씩 모아서 크리스마스가 되면 거위를 한 마리 받는 겁니다. 저는 제때 돈을 냈었고, 그 이후는 잘 아실 겁니다. 제가 큰 빚을 졌군요. 스코틀랜드 모자는 제 나이에도 품격에도 어울리지 않지요."

그는 희극배우 같은 과장된 몸짓으로 엄숙하게 우리 두 사람을 향해 절을 하더니, 성큼성큼 걸어서 가버렸다.

"헨리 베이커 씨는 이정도면 됐고."

문을 닫으며 홈즈가 말했다.

"그가 사건에 대해서 전혀 모르고 있다는 게 확실하군. 왓슨, 배고픈가?"

"별로."

"그럼 저녁은 야식으로 대신하기로 하고, 기왕 나선 김에 단서를 찾아서 가볼까."

"그야 좋지."

꽤 추운 날이었기에 우리는 얼스터코트를 걸치고 목에는 크러뱃[01]을 둘렀다. 밖으로 나오니, 별들은 구름 한 점 없는 하늘에서 차갑게 반짝이고 있었고 지나가는 사람들의 입김은 권총을 쏜 것처럼 연기가 되어 피어오르고 있었다. 병원 지역을 지나 윔폴 가, 할리 가, 위그모어 가를 거쳐 옥스퍼드 가에 도착하기까지, 우리의 발자국 소리는 뚜렷하고 크게 울려 퍼졌다. 15분 만에 우리는 알파 인이 있는 블룸즈버리[02]에 도착했다. 그곳은 홀본으로 향하는 거리의 한 모퉁이에 있는 작은 주점이었다. 홈즈는 문을 밀고 들어가, 불그스름한 얼굴에 흰색 앞치마를 두른 주인에게 맥주 두 잔을 주문했다.

"이곳 거위만 같다면 맥주도 훌륭할 것 같군요."

그가 말했다.

---

01 cravat : 넥타이처럼 목에 두르는 스카프 형태의 것. 넥클로스(장식용 목도리).

02 Bloomsbury : 런던 중앙부, 많은 예술가, 작가 등이 거주하는 지역으로 대영 박물관과 런던 대학이 있다. 20세기초, 이곳에서 영국 지식인, 예술가들이 모여 블룸즈버리 그룹을 형성하였다.

"거위요?"

그 남자는 놀란 듯 했다.

"예. 거위클럽 회원 중 한 명인 헨리 베이커 씨와 삼십 분전에 이야기를 했지요."

"아, 네. 그렇군요. 하지만 그건 우리 집 거위가 아닙니다."

"그래요? 그럼 누구죠?"

"그러니까, 코번트 가든에 있는 장사꾼한테서 스물네 마리를 샀습니다."

"그렇군요. 그쪽에 아는 사람이 좀 있는데. 누구입니까?"

"이름이 브레킨리지입니다."

"아, 모르는 사람이군요. 그럼, 주인장 건강하시고, 번창하기를 바랍니다. 안녕히."

"이젠 브레킨리지 씨로군."

차가운 바깥으로 나오자 홈즈는 코트 단추를 채우며 말했다.

"왓슨, 기억해두게. 우리가 잡은 연결고리의 끝에는 하찮은 거위가 있지만, 그 반대편에는 우리가 결백을 증명해주지 않으면 7년 동안 징역을 살 것이 확실한 사람이 있지. 조사한 결과 그가 범인이라고 밝혀질 수도 있어. 그렇다 하더라도 우리는 경찰이 놓친 부분을 조사하고 있는 거야. 특이한 우연이 우리 손에 떨어진 것이지. 그 끝까지 한번 따라가 보자구. 자, 남쪽으로 방향을 돌리고, 빠르게 행진!"

우리는 홀본을 지나 엔델 가(街)로 갔고, 빈민가의 지그재그로 이어진 길을 통과해 코번트 가든 시장에 도착했다. 커다란 가게 중의 하나에 브레킨리지라는 이름이 새겨져 있었다. 각진 얼굴에 구레나

롯을 기른 주인은 말처럼 생긴 인상이었는데, 점원 소년과 함께 셔터를 내리고 있었다.

"안녕하십니까. 꽤 추운 밤이군요."

홈즈가 말했다.

상점 주인은 고개를 끄덕이고, 무슨 일이냐는 눈길을 내 동료에게 던졌다.

"거위가 다 팔렸나 봅니다."

홈즈는 대리석으로 만든 텅 빈 진열대를 가리키며 말했다.

"내일 아침에 오백 마리를 들여올 거요."

"그건 소용없지요."

"그럼, 가스등이 켜있는 가게에 가면 있을 겁니다."

"이 가게를 추천받아서 왔습니다만."

"누구한테요?"

"알파 인 주인입니다."

"아, 맞아요. 거기 스물네 마리를 보냈습니다."

"그 거위가 아주 좋더군요. 어디서 그것을 들여오셨습니까?"

놀랍게도, 그 질문을 듣자 상점주인은 갑자기 크게 화를 냈다.

"이봐요, 선생."

그는 고개를 치켜세우고, 손은 허리에 대고서 말했다.

"도대체 뭐하는 겁니까? 솔직하게 말 좀 해보시죠."

"솔직하게 말하고 있어요. 알파에 준 거위를 누구한테서 샀는지 알고 싶을 뿐입니다."

"허, 그렇다면 이제 말하지 않을 거요."

"별로 중요한 일도 아닌데, 왜 그리 사소한 일로 화를 내는 겁니까?"

"화를 낸다구요? 당신도 나처럼 괴롭힘을 당하면 화를 낼 겁니다. 좋은 물건을 받고 합당한 돈을 내면 그걸로 그만이지. 도대체 어째서, '그 거위는 어디서 났냐?', '누구한테 그 거위를 팔았느냐?', '그 거위를 얼마에 팔 거냐?' 하는 거요? 그런 쓸데없는 소란을 피워대니 세상에 거위라고는 그 한 마리밖에 없는 것 같구려."

"나는 그렇게 묻고 다니는 사람과는 관련이 없습니다."

홈즈는 무관심한 듯 말했다.

"말해주기 싫다면 내기는 할 수 없겠군. 됐소. 하지만 새 종류에 관해서는 내 의견이 옳다는 데에, 언제나 내기할 준비가 되어있지. 내가 먹은 그 거위가 시골에서 키운 거라는 데 5파운드 걸지요."

"그럼 5파운드를 잃은 겁니다. 그건 시내에서 키운 거니까."

상점 주인이 딱딱거리며 대답했다.

"그렇지 않을 걸요."

"그렇다니까요."

"믿을 수 없군요."

"어릴 적부터 여기서 일한 나보다 당신이 새에 대해 더 잘 안다고 생각하는 거요? 분명 말하는데, 알파로 간 거위들은 모두 시내에서 키운 겁니다."

"아무리 그렇게 우겨도 믿을 수가 없습니다."

"그럼 내기할 겁니까? 내가 맞으니까 그저 당신 돈만 잃을 텐데요. 하지만 고집불통인 당신에게 교훈을 주기 위해 1파운드 금화를 걸지요."

상점주인은 기분 나쁜 얼굴로 낄낄대며 웃었다.

"빌, 장부를 갖고 와라."

그가 말하자, 키 작은 소년이 작고 얇은 공책과 기름때에 찌든 공책을 가져와 매달려 있는 등잔 밑에 놓았다.

"자, 그럼 고집쟁이 양반."

상점 주인이 말했다.

"거위를 하나도 없이 다 팔았더니만, 문을 닫기도 전에 한 마리 그냥 생기겠군요. 당신 덕택으로 말이요. 이 작은 공책을 보시겠습니까?"

"뭔데요?"

"내가 물건을 들여오는 사람들 목록이지요. 보입니까? 자, 여기가 시골에 있는 사람이고, 이름 뒤의 숫자는 큰 장부에 있는 계정을 말하는 거지요. 자 그럼! 여기 다른 쪽에 빨간 잉크로 쓴 거 보이죠? 이건 도시에 사는 공급자 목록입니다. 세 번째 이름을 봐요. 어디 읽어 보십시오."

"오크숏 부인, 브릭스톤 길 117번지 - 249"

홈즈가 읽었다.

"그거요. 자, 장부를 펴봅시다."

홈즈는 적혀있는 숫자대로 장부를 펼쳤다.

"여기 있군. 〈오크숏 부인, 브릭스톤 길 117번지, 양계업자〉"

"자 그럼, 마지막 항목엔?"

"12월 22일, 거위 24마리. 7실링 6페니."

"맞아. 그거요. 그 밑에는?"

"알파의 윈디게이트에게 12실링에 팔았음."

"자, 이제 어쩌시겠습니까?"

셜록 홈즈는 몹시도 분한 모습이었다. 주머니에서 1파운드 금화를 꺼내 진열대에 던져버리고, 화가 나서 말하기조차 싫어진 사람처럼 돌아섰다. 몇 야드 지나서 그는 가로등 밑에 멈춰서더니, 특유의 소리 나지 않는 웃음으로 한바탕 웃었다.

"저런 식으로 구레나룻을 기르고, 스포츠 신문이 주머니에서 삐쭉 나와 있는 사람은 내기에 쉽게 걸려들지."

그가 말했다.

"내기에 넘어오게 하지 않았다면, 백 파운드를 앞에다 갖다 줘도 그런 완벽한 정보를 얻을 수 없었을 거야. 음, 왓슨. 내 생각에는 조사가 거의 끝에 다다른 것 같아. 남아 있는 건 오크숏 부인에게 오늘 밤 가느냐 아니면 내일로 미뤄두느냐 하는 것이지. 저 퉁명스런 친구 말을 들어보니 우리 말고 누군가가 이 문제에 열성적으로 관심을 가지고 있는 것이 분명하네. 그러면……."

갑자기 우리가 방금 떠나온 가게에서 왁자지껄한 소동이 들려와, 홈즈는 말을 중단했다. 돌아서서 그쪽을 바라보니, 흔들리는 램프 아래, 노랗고 둥그린 불빛 한 가운데에 쥐 같은 인상의 키 작은 남자가 서있었다. 상점주인 브레킨리지는 가게 안쪽에 서서 그 겁먹은 남자에게 주먹을 사납게 흔들고 있었다.

"네 녀석이든 네 녀석 거위든 모두 질렸다."

그가 소리쳤다.

"모두 지옥에나 가버려. 그따위 바보 같은 얘기로 계속 나를 괴롭히면 개를 풀어서 쫓아버릴 거다. 오크숏 부인을 이리 데려와. 그럼 얘기해줄 테니. 너랑 무슨 할 얘기가 있단 말이야? 내가 네 거위를 사기라도 했어?"

"아닙니다. 하지만 그 중 하나는 제 것입니다."

그 키 작은 남자는 우는 소리로 말했다.

"그러면 오크숏 부인에게 물어봐."

"오크숏 부인은 당신한테 물어보라는데요."

"그러면 프로이센 왕한테 물어보든가 내가 알게 뭐야. 이제 그만 됐으니, 저리 가버려!"

그가 사납게 앞으로 나아가자, 물어보던 남자는 어두운 쪽으로 달아났다.

"하, 브릭스톤까지 가지 않아도 되겠는 걸."

홈즈가 속삭였다.

"나를 따라 오게. 저 친구에게서 무엇이 나올지 알아보세."

내 동료는 여기저기 불이 켜진 가게 주변에서 어슬렁대는 사람들 무리를 지나, 키 작은 사람을 재빨리 따라잡더니 어깨를 툭 쳤다. 그는 깜짝 놀라며 돌아봤는데, 가스등에 비춰진 얼굴은 모든 색깔이 다 사라진 듯 하얗게 보였다.

"누구시죠? 무슨 일이십니까?"

그는 떨리는 목소리로 물었다.

"죄송합니다만,"

홈즈는 온화한 말투로 얘기했다.

"방금 그 상점 주인과 얘기하는 걸 듣지 않을 수가 없더군요. 아마도 제가 당신을 도와줄 수 있을 것 같습니다."

"당신이? 당신은 누구신지요? 그 일을 어떻게 아십니까?"

"셜록 홈즈입니다. 다른 사람들이 모르는 것을 아는 것이 제 직업이지요."

"하지만 이 일을 알 리가 없을 텐데요?"

"미안하지만, 저는 모든 걸 알고 있습니다. 당신이 그토록 찾고자하는 거위는 브릭스톤 길의 오크숏 부인이 브레킨리지라는 이름의 상점 주인에게 팔았고, 거기서 알파 주점의 윈디게이트 씨에게 넘어갔다가, 그가 만든 클럽의 한 회원인 헨리 베이커 씨에게 갔지요."

"오, 당신이야말로 제가 만나길 열망하던 그 분이군요."

그 작은 친구는 떨리는 손을 내밀며 소리쳤다.

"제가 이 일과 어떤 관련이 있는지 설명 드리기 어렵군요."

셜록 홈즈는 지나가는 사륜마차를 큰 소리로 불렀다.

"이런 경우는, 바람이 몰아치는 시장바닥보다는 안락한 방 안에서 얘기하는 게 낫지요."

그가 말했다.

"그런데 그에 앞서, 제가 기꺼이 도와드리는 분의 성함을 알고 싶군요."

그 남자는 순간 망설였다.

"저는 존 로빈슨이라고 합니다."

그는 곁눈질을 하면서 대답했다.

"아니, 아니지. 진짜 이름을 말해야지요."

홈즈는 부드럽게 말했다.

"사업상 일에 가명을 쓰는 건 곤란합니다."

그 낯선 사람의 하얀 볼이 붉게 물들었다.

"아, 네."

그가 말했다.

"본명은 제임스 라이더입니다."

"바로 그렇지. 코스모폴리탄 호텔의 급사장이군. 마차에 오르시죠. 곧 알고자 하는 얘기를 모두 해드리겠습니다."

그 작은 남자는 반은 두렵고, 반은 희망에 찬 눈으로 우리 두 사람을 번갈아 쳐다보았다. 지금 뜻밖의 행운을 잡은 것인지, 파멸의 길에 서있는 건지 확신이 서지 않는 듯했다. 그가 마차에 오르고 반시간을 달린 뒤에 우리는 베이커 가의 응접실로 돌아갔다. 마차를 타는 동안에는 아무 얘기도 하지 않았다. 다만, 함께 탄 그 남자의 높고 가는 숨소리와 손을 쥐었다 폈다 하는 모습이 그의 긴장 상태를 말해주고 있었다.

"도착했군."

우리 모두가 줄지어 방으로 들어오자 홈즈는 즐거운 듯 말했다.

"이런 날씨엔 벽난로가 아주 어울려 보이는 걸. 라이더 씨, 추워 보입니다. 등나무 의자에 앉으시지요. 이야기를 하기 전에 슬리퍼로 갈아 신어야겠군요. 자, 그러면! 그 거위들이 어떻게 되었는지 알고 싶은 거지요?"

"그렇습니다."

"아니지, 그 거위라고 해야겠군. 당신이 관심을 두고 있는 거위는 단 한 마리이니까 말입니다. 하얗고, 꼬리에 검은 줄무늬가 있지요."

라이더는 감정에 못이겨 벌벌 떨었다.

"오, 선생님."

그가 소리쳤다.

"그게 어디로 갔는지 말씀해주실 수 있나요?"

"여기 왔었습니다."

"여기요?"

"알고 보니 아주 특별한 거위더군요. 당신이 그토록 관심을 두고 있는 이유를 알만 합니다. 그 놈은 죽어서도 알을 낳았지요. 지금까지 그렇게 매혹적이며 밝게 빛나는 파란 알은 보지 못했습니다. 여기 내 기념관에 보관하고 있어요."

방문객은 비틀거리며 일어나 오른 손으로 벽난로 선반을 붙들었다. 홈즈는 그의 금고를 열고 푸른 카벙클을 손에 들었다. 여러 각도로 깎인 단면마다 차갑고 빛나는 광채를 발하는 모습이 마치 하늘의 별과 같았다. 라이더는 그걸 자기 것이라 주장해야할지 아니라해야할지 확실하지 않은 듯, 일그러진 얼굴로 바라브며 서있었다.

"게임은 끝났어. 라이더."

홈즈가 조용히 말했다.

"정신 차려. 이봐. 난로 안으로 쓰러질 것 같군. 왓슨, 그를 부축해서 의자에 앉혀주게. 중죄를 저지를 배짱도 없는 녀석이야. 브랜디를 한 모금 주게. 그래! 이제야 좀 사람 같아 보이는군. 이렇게 허약한 녀석이라니!"

잠시 동안 그는 비틀거리며 거의 쓰러질 지경이었지만, 브랜디를 마시고 나니 볼에 옅은 혈색이 돌았다. 그는 앉아서 자신의 죄를 잘 알고 있는 홈즈를 겁에 질린 눈으로 바라보았다.

"나는 사건에 관련된 모든 사실을 거의 파악하고 있어. 필요한 모든 증거도 있고 말이야. 그러니 네게서 들어야할 것도 별로 없군. 그래도 사건을 완료하려면 몇 가지를 확실히 해두는 것이 좋겠지. 라이더, 모카 백작부인의 이 푸른 보석에 대해선 어디서 들었나?"

"캐서린 쿠삭이 제게 말해줬습니다."

그는 갈라진 목소리로 말했다.

"알겠어. 백작부인의 하녀이군. 쉬운 방법으로 한 번에 부자가 된다는 유혹을 이기지 못했어. 하긴 더 나은 사람들도 그래왔으니 말이야. 하지만 네가 쓴 방법은 아주 부도덕한 짓이었지. 내가 보기엔, 라이더, 꽤 나쁜 악당 기질이 있는 것 같군. 배관공 호너가 그와 비슷한 전과가 있는 것을 알고, 그가 곧 의심을 받으리라 생각했겠지. 그래서 어떻게 했나? 공범 쿠삭과 함께 너는 백작 부인의 방에 사소한 일거리를 만들고, 그 남자가 오도록 일을 꾸몄어. 그런 다음 호너가 떠나자 보석 상자에서 물건을 훔치고, 비상벨을 울렸지. 그래서 호너가 불행히도 체포된 것이고. 너는,"

라이더는 갑자기 양탄자 위로 주저앉더니 내 동료의 다리에 매달렸다.

"제발 용서해주십시오!"

그는 소리쳤다.

"제 아버지를 생각해주세요! 제 어머니를요! 큰 충격을 받으실 겁니다. 전에는 한 번도 나쁜 일을 한 적이 없어요! 다신 하지 않겠습니다. 맹세 드려요. 성경에 대고 맹세하겠습니다. 오, 제발 법정에 서게 하지 말아주세요. 제발요!"

246

"의자에 가서 앉아!"

홈즈는 단호하게 말했다.

"지금이라도 뉘우치고 엎드려 비는 건 다행스런 일이지만, 자신은 알지도 못하는 범죄로 갇혀 있는 불쌍한 호너 생각은 조금도 하지 않는군."

"홈즈 씨, 제가 떠나겠습니다. 이 나라를 떠나겠습니다. 그러면 그에 대한 혐의는 풀릴 겁니다."

"흠, 그건 나중에 얘기하도록 하지. 지금은 그 다음에 어떻게 했는지 거짓 없이 설명을 해라. 어떻게 보석이 거위의 뱃속에 들어가고, 어떻게 그 거위가 시장에 나오게 됐지? 진실만 말해. 그것이 단 한 가지 살 길이니까."

라이더는 바싹 마른 입술을 혀로 축였다.

"있는 그대로 말씀 드리겠습니다."

그가 말했다.

"호너가 체포되자, 저는 보석을 가지고 빨리 도망가는 것이 좋을 것이라 생각했습니다. 왜냐하면 경찰이 언제 들이닥쳐 제 방이나 저를 수색할 지도 몰랐기 때문입니다. 호텔에는 안전하게 숨겨둘 곳이 없었어요. 무슨 임무라도 있는 것처럼 그곳을 빠져나와 누나가 사는 집으로 갔습니다. 누나는 오크숏이라는 이름의 남자와 결혼해서 브릭스톤 길에서 살고 있는데, 닭이나 거위 같은 걸 사육해서 시장에 파는 일을 하고 있습니다. 가는 동안 만나는 모든 사람이 경찰이나 형사인 것만 같았지요. 그래서 추운 밤이었는데도 불구하고 브릭스톤 길에 도착했을 때에는 얼굴에서 땀이 비 오듯 쏟아졌습니다. 누나가 왜 그리 얼굴이 창백하냐고, 무슨 일이 있냐고 물을 정도였어요. 저는 호텔에서 보석 도난 사건이 일어나서 당황했기 때문이라 얘기했습니다. 그리고는 뒷마당으로 가서 파이프 담배를 피우며 어떻게 하는 게 좋을 지 생각했지요.

저에게는 모즐리라 불리는 친구가 있는데, 나쁜 짓을 해서 펜턴빌[01]에 들어가 수감생활을 한 적이 있습니다. 예전에 그를 만났을 때 도둑질하는 방법과 훔친 물건을 어떻게 처분하는 가에 대해 얘기한 적이 있지요. 그 친구에 대해선 좀 알았기 때문에 믿을 만하다고 생각했습니다. 그래서 곧장 그가 사는 킬번으로 가서 제 고민을 털어놓기로 마음먹었습니다. 그 보석을 어떻게 돈으로 바꿀 지 알려줄 것 같았어요. 하지만 어떻게 하면 안전하게 갈 수 있을까요? 호텔에서 오는 동안 겪었던 고통이 떠올랐습니다. 언제 잡혀서 수색을 당할 지도 모르는데 보석은 내 조끼 주머니에 있으니 말입니다. 그때 저는 벽에 기대 앉아, 발밑에서 어기적어기적 걷고 있는 거위를 바라보고 있었습니다. 갑자기, 아무리 훌륭한 형사라도 따돌릴 방법이 머릿속에 떠올랐어요.

제 누나가 몇 주 전에 크리스마스 선물로 거위를 가져가라고 했었지요. 누나는 말을 하면 꼭 지키는 사람이었습니다. 지금 거위를 한 마리 골라, 그 안에 보석을 넣은 뒤 킬번까지 가져가면 된다는 생각이 들었습니다. 뒷마당에는 작은 헛간이 있었는데, 저는 아주 크고 흰색이며, 꼬리에 줄무늬가 있는 놈을 그곳까지 몰아갔지요. 거위를

01 Pentonville : 펜턴빌 형무소. 런던 북부 반즈베리에 위치. 1842년에 세워짐.

붙들고 부리를 억지로 열어 보석을 목구멍 깊숙이 손가락이 닿는 곳까지 집어넣었습니다. 거위는 꿀꺽 삼켰고, 보석이 식도를 지나 모이주머니까지 내려가는 것이 느껴졌습니다. 하지만 거위가 퍼덕이고 버둥거린 탓에 누나가 무슨 일이 생겼는지 보려고 왔지요. 누나에게 말을 하려고 몸을 돌리는 사이, 그 짐승은 손을 벗어나서 다른 거위들 속으로 달아나고 말았습니다.

〈젬, 거위를 가지고 뭐하는 거야?〉

누나가 말했습니다.

〈저기,〉

제가 말했습니다.

〈크리스마스 선물로 한 마리 주겠다고 했잖아. 어떤 놈이 실한지 보고 있는 거야.〉

〈아, 네 것은 따로 준비해 놨다. 우린 그 놈을 젬 거위라고 부르고 있어. 저쪽에 있는 크고 흰 놈이야. 스물여섯 마리가 있는데 한 마리는 네 것이고, 한 마리는 우리 것, 나머지 스물네 마리는 시장에 내다 팔 거다.〉

〈고마워, 매기 누나.〉

제가 말했어요.

〈그런데 누나만 괜찮다면 방금 내가 들고 있던 것을 가져가면 좋겠는데.〉

〈그거 말고 딴 놈이 3파운드는 더 나간다.〉

누나가 말했지요.

〈너를 위해서 특별히 살찌웠거든.〉

〈괜찮아. 저걸로 하고, 지금 가져갈게.〉

〈그렇다면 맘대로 해.〉

누나는 약간 화를 내며 말했습니다.

〈어떤 걸 가져갈 건데?〉

〈저기 하얗고 꼬리에 줄무늬가 있는 거, 무리 중에 가운데 오른쪽에 있는 거 말이야.〉

〈아, 좋은 거다. 죽여서 가져 가.〉

홈즈 씨, 저는 누나가 말한 대로 했습니다. 그리고 거위를 가지고 킬번으로 갔지요. 친구에게 내가 했던 일을 말했습니다. 그 친구에겐 그와 같은 일을 말하기가 편했어요. 그는 숨이 막힐 때까지 웃었지요. 그리고서 칼을 들고 거위의 배를 갈랐습니다. 거기에 보석이 없다는 걸 알고는 심장이 터져버리는 것 같았습니다. 무언가 엄청난 실수를 저지른 겁니다. 그 거위는 그대로 놔두고 누나 집으로 뛰어가서 허겁지겁 뒷마당으로 들어갔습니다. 거기엔 거위가 한 마리도 보이지 않았어요.

〈매기 누나, 모두 어디로 간 거야?〉

저는 소리쳤습니다.

〈도매상으로 보냈다.〉

〈어떤 도매상?〉

〈코번트 가든에 있는 브레킨리지.〉

〈그런데, 줄무늬 꼬리를 가진 놈이 또 있었어?〉

제가 물었습니다.

〈내가 고른 거 하고 똑 같은 거?〉

〈있었어. 젬, 줄무늬 꼬리가 두 마리 있었는데, 나도 구분하기 힘들었다.〉

그때서야 저는 어떻게 된 것인지 알게 된 겁니다. 브레킨리지라는 사람한테로 있는 힘껏 달려갔습니다. 그런데 거위를 한 번에 다 팔았더군요. 어디로 팔았는지는 한 마디도 해주지 않았습니다. 오늘 밤 직접 들어보셨겠지만, 저에게 항상 그런 식으로 대답을 했어요. 누나는 제가 미쳐가고 있다고 생각합니다. 가끔은 제가 정말 미친 게 아닌가 하는 생각이 듭니다. 지금 저는, 그러니까 제 양심을 팔았는데도 그 돈은 만져보지도 못하고 도둑이란 낙인이 찍히고 만 겁니다. 오, 하느님 도와주세요! 하느님 도와주세요!"

그는 두 손으로 얼굴을 가리고, 격렬하게 흐느껴 울기 시작했다.

긴 침묵이 지나갔다. 그의 무거운 숨소리와 셜록 홈즈가 탁자 끝을 손가락으로 두들기는 규칙적인 소리만이 들릴 뿐이었다. 그러다가 내 친구는 일어서더니, 문을 활짝 열었다.

"나가!"

그가 말했다.

"뭐라구요? 오! 신의 가호가 있기를!"

"더 이상 얘기하지 말고, 나가!"

더 이상 말은 필요 없었다. 그는 뛰어나가 계단을 쿵쾅거리며 내려갔고, 문이 쾅하고 닫히더니 거리 쪽에서 정신없이 달려가는 발소리가 들려왔다.

"왓슨, 나는 말이야."

파이프에 손을 뻗으며 홈즈가 말했다.

"경찰의 부족한 점을 메우려고 고용된 사람이 아닐세. 호녀가 위험한 상황이라면 얘기가 달랐겠지만, 이 녀석이 도망을 가버리고 호녀에게 불리한 증언은 하지 않을 테니 사건은 기각될 거야. 내가 죄인을 잡아넣을 수도 있겠지. 하지만 한 영혼을 구제하는 것도 가능하다네. 이 녀석은 다신 나쁜 짓을 하지 않을 거야. 완전히 겁을 먹었거든. 지금 감옥으로 보낸다면 평생 감옥을 드나들며 살게 될 걸세. 게다가, 지금은 용서의 계절이지. 우연히 특이하고 묘한 사건을 접하게 된 것이니, 사건의 해결이 그 보상일 수밖에. 의사 선생, 벨을 좀 울려주시게나. 또 다른 조사를 시작해 보기로 하지. 오늘 저녁식사의 주인공도 새가 될 테니 말이야."

얼룩 끈

지난 8년 동안, 내 친구 셜록 홈즈의 수사 방법을 연구하면서 적어온 70여 기록을 살펴보면, 많은 비극, 몇 편의 희극, 그리고 그저 기묘하기만한 사건을 많이 찾아볼 수 있다. 하지만 평범한 사건은 하나도 없다. 그가 일을 하는 것은 부를 얻기 위해서가 아니라 자신의 일을 사랑해서이기 때문에 색다르거나, 허황되기까지 한 사건이 아니라면 어떤 조사에도 참여하기를 거절한 까닭이다. 하지만 이 수많은 사건 중에서 서리주[01], 스톡 모랜의 유명한 로일럿 가문과 관계된 것보다 더 기묘한 사건은 떠올릴 수가 없다. 그 사건이 일어난 때는 내가 아직 베이커 가에서 독신으로서 홈즈와 함께 방을 같이 쓰고 있던 예전 시절로 거슬러 올라간다. 이 사건에 대해서 보다 일찍 쓸 수 있었지만, 나는 그 당시 비밀에 부치기로 약속을 했었다. 그런데 지난 달 갑자기 당사자인 그 여인이 사망했기 때문에 이제야 그로부터 자유로워지게 되었다. 의사 그림스비 로일럿의 죽음에 관한 온갖 소문이 넓게 퍼져나갔고, 그것이 진실보다 더 끔찍하게 변질되는 경향이 있기 때문에, 이제 사건을 밝혀야만 할 시기가 왔다고 나는 생각한다.

---

01 Surrey : 잉글랜드 남부에 있는 주.

1883년 4월 초순이었다. 어느 날 아침, 잠에서 깨어보니 셜록 홈즈가 완전히 차려입고 내 침대 옆에 서있었다. 평상시 그는 늦게 일어나는 사람이었는데, 벽난로 위의 시계를 보니 일곱 시 십오 분밖에 되지 않았다. 나는 조금 놀라서 눈을 깜박거리며 그를 쳐다보았다. 나는 규칙적인 사람이었기 때문에 약간 화가 났다.

"왓슨, 잠을 깨워서 미안하네."

그가 말했다.

"오늘 아침은 모두가 일찍 일어날 운명인가 봐. 허드슨 부인이 먼저 일어나게 되었고, 그다음에 나를 깨웠네. 나는 자네를 깨우고."

"무슨 일인가? 불이라도 났나?"

"아냐. 의뢰인일세. 젊은 여자가 무척이나 흥분한 상태로 왔는데 나를 꼭 봐야겠다고 하는군. 지금 응접실에서 기다리고 있네. 젊은 여자가 이런 아침 시간에 도시를 헤매 다니고, 자고 있는 사람을 침대에서 불러냈다면, 분명 얘기해야할 절박한 무언가가 있다는 것이겠지. 이건 흥미로운 사건이 될 것 같은데, 자네가 처음부터 참여하고 싶어 할 것 같아서 말이야. 하여튼 자네한테 기회를 줘야한다는 생각이 들어서 깨운 거라네."

"잘했네. 그런 거라면 어떤 일이 있어도 놓칠 수 없지."

홈즈의 조사과정에 동행하는 것만큼 즐거운 일은 없었다. 주어진 문제를 해결해내는 그의 추리는 직관만큼이나 빨랐다. 그러면서도 항상 논리적 바탕 위에 서있다는 사실은 감탄을 자아내게 했다. 나는 급하게 옷을 입었고, 몇 분후에는 내 친구와 같이 응접실로 갔다. 우리가 들어서자, 검은 드레스를 입고 어두운 베일을 쓴 여자가 창가에 앉아 있다가 일어났다.

"안녕하십니까. 아가씨."

홈즈는 쾌활하게 말했다.

"셜록 홈즈입니다. 이쪽은 제 친한 친구이자 동료인 의사, 왓슨 선생입니다. 이 친구라면 저에게 하듯이 편하게 말씀하셔도 됩니다. 흠, 허드슨 부인이 사려 깊게도 난로를 피워 놓았군요. 이리로 가까이 오십시오. 추워서 떨고 계시니 뜨거운 커피를 주문하도록 하지요."

"제가 떠는 것은 추위 때문이 아닙니다."

그녀는 낮은 목소리로 말하며, 홈즈가 말한 대로 자리를 옮겨 앉았다.

"그렇다면?"

"공포입니다. 홈즈 씨. 두려워서 그렇습니다."

베일을 올리며 그녀는 말했다. 잿빛 얼굴에 일그러진 표정, 마치 사냥감으로 잡힌 동물과 같이 겁에 질리고 흔들리는 눈동자, 한 눈에 봐도 그녀가 비참한 불안상태에 빠진 것을 알 수 있었다. 그녀의 얼굴이나 몸매로 볼 때 삼십대 정도인 것 같았지만, 머리는 벌써 회색으로 물들었고 수척한 얼굴에 피로한 표정이었다. 셜록 홈즈는 모든 것을 꿰뚫어보는 시선으로 그녀를 훑어보았다.

"무서워할 것 없습니다."

홈즈는 달래듯이 얘기하며, 허리를 숙이고 그녀의 팔뚝을 가볍게 두드렸다.

"우리가 곧 해결해 드리지요. 오늘 아침에 기차를 타고 오셨군요."

"그럼, 저를 아세요?"

"아닙니다. 장갑을 낀 왼손에 왕복차표의 반쪽을 쥐고 계시는 것을 봤습니다. 아침 일찍 출발해서 이륜마차를 타고 거친 도로를 한참 달려서야 역에 도착하셨군요."

그 여자는 깜짝 놀라더니 어리둥절한 표정으로 내 동료를 쳐다보았다.

"신기한 것은 없습니다. 아가씨."

그는 웃으며 말했다.

"재킷의 왼쪽 팔에 진흙이 일곱 군데 정도 튀어있군요. 바로 얼마 전에 생긴 자국입니다. 진흙길을 달려가는 이륜마차 외에는 그런 자국이 생기게 하는 마차가 없지요. 그리고 마부의 왼쪽 편에 앉아있을 때만 그렇습니다."

"어떤 이유이든 간에, 분명히 맞추셨어요."

그녀가 말했다.

"여섯 시가 되기 전에 집에서 출발해서, 레더헤드[01]에 20분 지나서 도착한 뒤, 첫차를 타고 워털루에 왔습니다. 이런 상황을 더 이상은 견딜 수가 없어요. 이렇게 계속된다면 미쳐버릴 겁니다. 저는 의지할 사람이 하나도 없어요. 전혀요. 단 한 사람, 저를 걱정해주는 사람이 있기는 하지만, 그는 약한 사람이라 아무 도움이 될 수 없답니다. 홈즈 씨. 패린토쉬 부인이 괴로운 처지에 있던 시절 당신의 도움을 받았다고 들었어요. 그 부인으로부터 이곳의 주소를 얻었습니다. 저 역시 도와주실 수 없으신지요? 적어도, 저를 둘러싼 짙은 암흑에 작은 불빛이라도 비춰주실 수 없으신지요? 지금으로선 보상을 해드릴

---

01 Leatherhead : 서리주에 있는 작은 마을.

수 없지만 한두 달 후에 결혼하게 되면 제 재산을 마음대로 할 수 있으니 그때는 은혜를 갚을 수 있습니다."

홈즈는 책상 쪽으로 가서 자물쇠를 연 다음, 그가 상담했던 사건을 적은 작은 노트를 꺼냈다.

"패링토쉬."

그가 말했다.

"아, 기억나는군요. 오팔 티아라[02]와 관련된 사건이었지요. 왓슨, 자네를 만나기 전 사건이라네. 아가씨, 확실히 말씀드리지요. 당신 친구 사건과 같이, 아가씨 사건도 기꺼이 맡아서 하겠습니다. 보수에 관해서는, 제 직업이 제 보수입니다. 다만 제가 쓴 비용은 아무 때나 편할 때에 부담하시면 됩니다. 자 그럼, 어떤 일이 일어났는지 우리가 잘 알 수 있도록 모든 일을 말씀해주시길 바랍니다."

"아!"

방문객은 대답했다.

"제가 처한 상황의 가장 끔찍한 점은, 제가 느끼는 두려움이 막연하다는 것과 제가 의심을 품는 것이 다른 사람이 보기에는 하찮기만 한 아주 사소한 것이라는 데에 있습니다. 다른 모든 사람들뿐만 아니라 제가 당당히 도움을 청하고 조언을 구할 수 있는 그조차도 그 얘기에 대해서는 신경과민인 여자의 공상이라고 생각하고 있지요. 그가 그렇게 말한 것은 아니지만, 달래는 듯한 말과 시선을 피하는 눈을 보면 알 수가 있습니다. 하지만 홈즈 씨, 당신은 인간의 마음 속에

---

02 tiara : 귀금속으로 만든 머리장식. 관(冠).

들어있는 수많은 사악함을 꿰뚫어 볼 수 있다고 들었습니다. 저를 둘러싸고 있는 위험으로부터 어떻게 빠져나올 수 있는지 알려주시길 부탁드립니다."

"잘 듣고 있습니다. 아가씨."

"제 이름은 헬렌 스토너입니다. 의붓아버지와 함께 살고 있는데, 그분은 서리주 서쪽 변방, 스톡 모란의 로일럿 가문 마지막 생존자이지요. 영국에서 가장 오래된 색슨가(家) 중의 하나입니다."

"그 이름은 잘 알고 있습니다."

홈즈는 고개를 끄덕이며 말했다.

"그 가문은 한 때 영국에서 가장 부유했었습니다. 북쪽으로는 버크셔를 넘어가고 서쪽으로는 햄프셔를 넘어가는 토지를 소유하고 있었지요. 하지만 지난 세기 동안 4대의 후손이 방탕하고 낭비벽이 심했으며, 섭정의 시기[01]에는 도박으로 인해 완전히 파산하고 말았습니다. 몇 에이커[02]의 땅과 큰 빚으로 저당 잡힌 2백년 된 집 밖에 남지 않았어요. 최후의 지주는 그곳에서 빈곤한 귀족의 끔찍한 생활을 근근이 이어갔습니다. 하지만 그의 외아들이자 제 의붓아버지는 새로운 환경에 적응해야한다는 것을 알고, 친척에게 돈을 빌려 의대를 졸업한 뒤 캘커타로 갔습니다. 훌륭한 의술과 강인한 정신력으로 그 곳에서 커다란 병원을 세울 수 있었지요. 하지만 집에서 몇 번의 도난 사건이 생겼고, 격분한 나머지 원주민 집사를 때려서 죽이고 말았습니다. 사형선고는 가까스로 면했지만 오랜 기간 동안 수감 생활을 하

---

01 1811-1820년. 조지3세가 정신이상으로 왕위를 계속할 수 없게 되자, 황태자가 섭정을 한 시기.

02 1 에이커(acre)는 약 4,047 평방미터.

게 되었습니다. 그리고 결국은 침울하고 좌절감에 빠진 모습으로 영국에 돌아오게 되었지요.

의사 로일럿 씨는 벵골 포병대 스토너 소장의 젊은 미망인이었던 제 어머니, 스토너 부인과 인도에 있을 때에 결혼했습니다. 제 언니 줄리아와 저는 쌍둥이로 어머니가 재혼할 때는 두 살밖에 되지 않았지요. 어머니는 꽤 많은 재산이 있어서 일 년에 천이 넘는 수입이 들어왔는데, 함께 사는 동안은 의붓아버지에게 모두 맡겼습니다. 우리가 결혼을 하면 일 년에 일정한 비율로 돈을 나누어주는 조건이었지요. 영국으로 돌아온 지 얼마 지나지 않아 어머니는 돌아가셨습니다. 8년 전, 크루 근처에서 기차 사고를 당하셨어요. 그러자 로일럿 씨는 런던에 병원을 설립하려던 계획을 포기하고, 스톡 모랜의 옛 집에 살기 위해 우리를 데리고 내려왔습니다. 어머니가 남겨주신 재산은 부족함이 없었기에 우리의 행복을 방해할 것은 없을 것 같았습니다.

하지만 그때쯤에 의붓아버지에게 엄청난 변화가 생겼지요. 스톡 모랜의 로일럿 일가가 다시 예전 살던 곳에 돌아온 것을 기뻐해서 찾아오는 이웃과 교류하거나, 친구들을 사귀는 대신에 집안에 틀어박혀서 나오질 않았습니다. 누구든지 그의 땅을 지나는 사람이 있으면 나와서 사납게 싸우는 것 외엔 말이에요. 미친 듯이 광폭해지는 기질은 그 가문의 사람들에게 전해지는 내력인데, 의붓아버지의 경우에는 열대지방에서 오랜 동안 지냈기 때문에 더 심해진 것으로 생각됩니다. 수치스런 소동이 몇 번 일어났고, 두 번은 즉결심판소까지 가서야 끝이 났습니다. 결국은 마을의 골칫거리가 되었고, 마을 사람들은 그가 다가오면 피했습니다. 그는 힘이 대단했고 화가 나면 도저히 걷

잠을 수가 없기 때문이지요.

지난주에는 대장장이를 다리 난간 너머로 던져 개울에 빠뜨리는 일이 있었습니다. 제가 모을 수 있는 돈을 모두 끌어다주고 나서야 이 사실이 퍼지는 것을 막을 수 있었지요. 그는 떠돌아다니는 집시 외엔 친구가 없습니다. 그 방랑자들이 야영을 할 수 있도록 가시나무로 뒤덮인 가문의 토지를 몇 에이커 내어주었습니다. 그에 대한 보답으로 그들의 텐트로 가서 후한 대접을 받지요. 어떤 때는 몇 주 동안 계속해서 그들과 함께 방랑을 하기도 합니다. 인도 동물도 좋아해서 인도에 사는 친구가 보내준 치타와 비비가 있습니다. 그의 땅 안에서 자유롭게 살고 있기 때문에 마을 사람들은 그 주인뿐 아니라 그 동물들도 무서워하게 되었습니다..

제 얘기를 듣고 짐작하시겠지만 불쌍한 언니 줄리아와 저의 생활은 그리 즐겁지가 않았습니다. 우리와 함께 있으려는 하인이 없었기 때문에 오랜 동안 집안일을 직접 해왔어요. 줄리아는 죽었을 때 나이가 서른 밖에 안됐지만 머리가 이미 하얗게 되었습니다. 저처럼 말이지요."

"그렇다면, 언니가 죽었습니까?"

"죽은 지 꼭 2년이 되었습니다. 지금 말하려는 것도 그녀의 죽음에 관한 것이지요. 저처럼 사는 사람들은 같은 또래나 같은 지위의 다른 사람들을 만나기가 쉽지 않습니다. 그런데 우리에겐 아직 결혼하지 않은 호노리아 웨스트파일 이모가 있습니다. 해로우 근방에 살고 계신데 가끔씩 이모네 집으로 놀러가는 것을 허락 받지요. 2년 전 크리스마스에 줄리아는 그곳에 놀러 갔다가 휴직중인 해군소령을 만나 약혼하게 되었어요. 의붓아버지는 언니가 돌아온 후에 약혼 사실을 알게 되었는데, 결혼을 반대하지는 않았습니다. 하지만 결혼이 예정되어있던 날로부터 2주전에 끔찍한 일이 벌어져서, 제 단 하나의 친구를 잃고 말았어요."

셜록 홈즈는 머리를 쿠션으로 받치고, 의자등받이에 기댄 채 눈을 감고 있다가, 눈꺼풀을 반쯤 뜨고 방문객을 건너다보았다.

"세세한 점까지 정확하게 말씀해주십시오."

그가 말했다.

"그건 쉬운 일입니다. 그 무서웠던 날에 일어난 모든 일들은 제 기억 속에 각인되어 있으니까요. 이미 말씀 드렸듯이 그 저택은 아주 오래되어서 지금은 한쪽 날개 부분에만 사람이 살고 있습니다. 침실은 모두 일 층에 있고, 응접실은 그 건물의 중앙에 있어요. 침실은 첫 번째가 의붓아버지, 두 번째가 언니 줄리아의 방, 세 번째가 제 것입니다. 방 사이에는 통로가 없고, 모두 같은 복도를 향해 문이 나있습니다. 제가 잘 설명하고 있나요?"

"아주 좋습니다."

"세 방의 창문은 잔디밭 쪽으로 향해 있지요. 그 운명의 밤에 의붓아버지는 일찍 침실로 들어갔습니다. 하지만 우리는 그가 자러 들어간 것이 아니라는 걸 알았어요. 그가 즐겨 피우는 독한 인도산 시가 냄새가 줄리아를 괴롭혔기 때문이지요. 그래서 줄리아는 자신의 방을 나와 제 방으로 왔어요. 우리는 한참동안 같이 앉아서 다가오는 결혼식에 대해 얘기를 나눴습니다. 줄리아는 11시에 일어나 제 방을 나갔는데, 문 앞에 멈춰서더니 저를 돌아봤어요.

〈헬렌,〉

그녀가 말했습니다.

〈한 밤중에 누군가가 휘파람 부는 걸 들은 적이 있어?〉

〈아니,〉

제가 대답했습니다.

〈네가 자면서 휘파람을 불 수는 없겠지?〉

〈당연하지. 그런데 왜?〉

〈지난 며칠 밤 동안 계속해서, 그러니까 새벽 세 시쯤인데, 낮고 선명한 휘파람 소리가 들렸어. 나는 얕게 잠드는 편이라 그 소리를 듣고 깼거든. 어디서 들려온 건지는 모르겠는데, 아마도 옆방이나 잔디밭 쪽인 것 같아. 그냥 네가 들었는지 아닌지 물어본 거야.〉

〈나는 못들었어. 농장에 있는 기분 나쁜 집시들이겠지 뭐.〉

〈그렇겠지. 그런데 잔디밭 쪽에서 들린 거라면 왜 너는 못들었을까.〉

〈나는 언니보다 깊이 잠들잖아.〉

〈응, 어쨌든 중요한 일은 아니니까.〉

그녀는 제게 웃어 보이고 문을 닫았습니다. 그리고 잠시 뒤에 자신의 방문을 잠그는 소리가 들렸지요."

"그렇다면,"

홈즈가 말했다.

"밤에 항상 문을 잠그는 것이 습관인가요?"

"항상 그렇습니다."

"어째서?"

"아까 말씀 드렸듯이 의붓아버지는 치타와 비비를 키우지요. 문을 잠그지 않으면 마음이 놓이질 않는답니다."

"그렇군요. 이야기를 계속 하시지요."

"그날 밤은 잠을 잘 수가 없었어요. 불행이 닥쳐오고 있다는 막연한 느낌이 저를 짓눌렀습니다. 기억하시겠지만, 언니와 저는 쌍둥이입니다. 우리 두 사람의 영혼은 가깝게 연결되어 있어 서로를 예민하게느낀다는 것을 아실 겁니다. 비바람이 거센 밤이었어요. 바람은 밖에서 울부짖었고 비는 창문을 때리듯이 부딪쳐 왔습니다. 갑자기, 폭풍의 소동 속에서 겁에 질린 여인의 미친 듯한 비명 소리가 터져 나왔어요. 언니의 목소리였습니다. 침대에서 뛰어내려와 숄을 몸에 걸치고 복도로 달려 나갔지요. 제 방문을 열 때에 언니가 말한 것과 같은낮은 휘파람 소리가 들린 듯 했습니다. 그리고 잠깐 뒤에, 쇳조각들이 한 번에 떨어지는 듯한 소리가 들렸어요. 복도로 나가보니 언니의방문이 잠겨 있지 않더군요. 그 문은 서서히 열리고 있었습니다. 저는 공포에 질려서 그 안에서 무엇이 나올 지 지켜보고 있었어요. 복도등에 의지해 보니, 언니가 열린 문 안에 서있었습니다. 그녀의 얼굴은 겁에 질려 하얗게 변했고, 두 손은 도움을 청하는 듯 허우적댔어요. 그녀의 모습은 마치 술에 취한 사람처럼 흐느적거렸지요. 저는 달려가서 두 손으로 그녀를 감싸 안았는데, 바로 그때 무릎에 힘이 풀리며 바닥에 쓰러졌습니다. 언니는 끔찍한 고통에 괴로워하는 사람처럼 몸을 비틀었고, 손발은 무섭도록 경련을 일으켰어요. 처음에는 나를 알아보지 못하는 것 같았습니다. 그런데 제가 허리를 숙여 가까이 보자, 평생 잊지 못할 목소리로 느닷없이 소리쳤어요.

〈오, 세상에. 헬렌! 끈이야! 얼룩끈!〉

그리고 더 할 말이 있는 것처럼 허공에 손가락을 들어 의붓아버지의 방을 가리켰습니다. 하지만 경련이 또다시 시작되어 말을 이을 수가 없었지요. 저는 의붓아버지를 소리쳐 부르며 뛰어갔어요. 그는 가운을 입은 채로 방에서 서둘러 나오고 있었습니다. 의붓아버지가 옆에 왔을 때 언니는 의식이 없었어요. 브랜디를 목구멍 안으로 넣어 마시게 하고, 마을로 의사를 부르러 사람을 보냈지만, 모든 노력은 수포로 돌아갔습니다. 다신 의식을 회복하지 못하고 그녀는 천천히 죽음으로 빠져들었지요. 그것이 제가 사랑하는 언니의 끔찍한 최후였습니다."

"잠시만,"

홈즈가 말했다.

"그 휘파람 소리와 쇳소리를 들었다고 확신하시나요? 맹세할 수 있습니까?"

"주(州)검시관이 심문 때에 그렇게 물었지요. 그 소리를 들은 것은 강한 인상으로 남아있지만, 폭풍이 몰아치는 때였고 오래된 집이라 삐걱대는 소리도 많았으니 제가 잘못 들을 수도 있을 겁니다."

"언니는 옷을 차려입고 있었나요?"

"아뇨, 잠옷을 입고 있었어요. 오른 손에는 까맣게 탄 성냥개비가 있었고, 왼 손에는 성냥갑이 있었습니다."

"무엇인가에 놀라 깨어났을 때, 주위를 살펴보기 위해서 불을 켠 모양이군요. 중요한 사항입니다. 검시관은 어떻게 결론을 내렸지요?"

"그는 아주 신중하게 사건을 조사했습니다. 로일럿 씨의 행적은 그곳에서 오랜 동안 악명을 떨쳐 왔기 때문이지요. 하지만 만족할 만한 죽음의 원인을 찾을 수 없었습니다. 저는 창문이 안쪽에서 잠겨있었으며, 구식 덧문에 쇠로 만든 넓은 빗장을 밤마다 걸어놓는다고 증언했습니다. 벽도 조심스럽게 조사했지만 어느 곳도 빈 곳이 없었어요. 마룻바닥도 철저하게 조사했지만 결과는 같았습니다. 굴뚝은 넓었지만 네 개의 넓은 꺾쇠로 막혀 있었지요. 언니가 죽음을 당할 때에는 혼자 있었음이 확실했습니다. 게다가, 폭행의 흔적도 없었습니다."

"독은 어떻습니까?"

"의사가 조사해보았지만 나오지 않았어요."

"그러면 그 불행한 아가씨가 죽은 원인이 뭐라고 생각하십니까?"

"공포와 쇼크 때문에 죽었다고 믿고 있습니다. 하지만 무엇이 그토록 놀라게 했는지 짐작이 가질 않는군요."

"그때 농장에는 집시가 있었나요?"

"예. 그들은 항상 가까운 곳에 살고 있지요."

"그 끈, 얼룩끈이라고 언급한 데 대해 어떻게 생각하십니까?"

"어떤 때는 그저 정신착란으로 인한 헛소리일 거란 생각이 들기도 하고, 또 어떤 때는 사람들의 무리[01], 아마도 농장에 있는 집시들을 뜻하는 것이 아닐까하는 생각도 듭니다. 그들 중 많은 사람들이 머리에 두르는 얼룩 손수건을 얘기하려고 그런 이상한 말을 할 수도 있었겠지요."

홈즈는 만족하지 못하겠다는 듯 고개를 저었다.

"아주 어려운 문제이군요."

---

01 끈을 뜻하는 band에는 사람들의 무리라는 뜻도 있다.

그가 말했다.

"계속 얘기해 주시죠."

"그 이후로 2년이 지나갔습니다. 제 생활이란 최근까지 외롭기 그지없었지요. 그런데 한 달 전, 몇 년 동안 알고 지내던 친구가 영예롭게도 제게 청혼을 했습니다. 그의 이름은 아미티지, 퍼시 아미티지인데, 레딩 근방 크레인 워터에 사는 아미티지 씨의 둘째 아들입니다. 의붓아버지는 우리의 결합을 반대하지 않았지요. 그래서 우리는 봄에 결혼식을 올리기로 했습니다. 이틀 전 건물의 서쪽 날개 부분에 공사가 시작되었기에 제 침실의 벽에 구멍이 뚫렸습니다. 저는 언니가 죽은 그 방으로 옮겨, 그녀가 자던 침대에서 잘 수밖에 없었지요. 상상이 가시나요. 지난 밤 제가 얼마나 공포에 떨었는지를. 침대에 누운 채로 그녀의 끔찍한 운명을 생각하며 잠들지 못하고 있는데, 갑자기 밤의 적막 속에서 그녀의 죽음을 예고했던 낮은 휘파람 소리가 들려왔어요. 튀어 오르듯 침대에서 일어나 램프를 켰지만 방 안에는 아무것도 보이지 않았습니다. 다시 잠을 자기엔 너무나 떨렸어요. 그래서 옷을 입고 있다가 날이 밝자마자 빠져나와, 맞은편에 있는 크라운 여관에서 이륜마차를 타고 레더헤드를 향해 달렸습니다. 그렇게 해서, 당신을 만나 조언을 구하고자하는 단 하나의 목적으로 이렇게 오게 된 것입니다."

"현명하게 처신하셨군요."

내 친구가 말했다.

"그런데 제게 전부 말하신 겁니까?"

"네. 모두 말씀드렸습니다."

"스토너 양, 아닙니다. 의붓아버지를 감싸고 있어요."

"네? 무슨 말씀이신지?"

대답대신 홈즈는 무릎 위에 올려놓은 손을 덮고 있는 검은 레이스로 된 주름장식을 밀어 올렸다. 작은 멍이 든 자국 다섯 개, 엄지손가락 하나와 네 손가락 자국이 하얀 손목에 찍혀 있었다.

"학대를 당하고 있군요."

그 여자는 얼굴을 붉히며 멍든 손목을 가렸다.

"그는 거친 사람입니다."

그녀가 말했다.

"자신의 힘이 얼마나 센지 알지도 못할 거예요."

긴 침묵이 흘렀다. 홈즈는 두 손으로 턱을 고이고 탁탁 소리를 내며 타는 벽난로를 바라보고 있었다.

"이건 꽤 심각한 사건입니다."

그는 드디어 입을 열었다.

"행동을 취하기 전에 알아야할 일이 상당히 많이 있습니다. 하지만 한 순간도 허비해서는 안됩니다. 우리가 오늘 스톡 모랜에 가면 의붓아버지 몰래 그 방들을 살펴볼 수 있을까요?"

"때마침, 아버지는 오늘 시내에 중요한 일이 있어서 간다고 말씀하셨어요. 아마 하루 종일 나가있을 테니 방해할 사람은 아무도 없습니다. 가정부가 있긴 하지만, 늙고 어수룩해서 쉽게 밖으로 내보낼 수 있어요."

"잘 됐군요. 왓슨, 같이 갈 수 있겠지?"

"물론이지."

"그러면 둘이 같이 가겠습니다. 아가씨는 어떻게 하실 예정인가요?"

"저는 시내에 온 길에 한두 가지 일을 보려고 합니다. 그래도 여러분이 오시는 시간에 맞출 수 있도록 12시 기차를 타고 돌아갈 겁니다."

"오후 일찍 가도록 하지요. 해야할 사소한 일이 몇 가지 있습니다. 좀더 계시다가 아침을 드시고 가시죠?"

"아뇨, 가겠습니다. 제 괴로움을 당신께 털어놓고 나니 벌써 마음이 가벼워졌어요. 오후에 다시 뵙기를 고대하고 있겠습니다."

그녀는 짙은 검은색 베일을 내려뜨려 얼굴을 가리고 미끄러지듯 방을 빠져나갔다.

"왓슨, 자네는 어떻게 생각하나?"

홈즈가 의자에 등을 기대며 물었다.

"이건 가장 음흉하고 사악한 사건인 것 같네."

"가장 음흉하고 사악한 사건이 분명하지."

"그 아가씨가 말한 것처럼, 바닥과 벽에 빈 곳이 없고, 문이나 창문, 굴뚝으로도 사람이 들어올 수 없다면, 그녀의 언니는 수수께끼 같은 죽음을 맞이했을 때 혼자 있었다고 생각할 수밖에 없네."

"그렇다면 밤에 들려온 휘파람 소리는 무엇이고, 죽어가며 남긴 이상한 말은 무엇일까?"

"모르겠네."

"밤중의 휘파람 소리, 늙은 의사와 친밀한 관계에 있는 집시 무리의 존재, 그 의사가 의붓딸의 결혼을 막으려 한다고 믿을 수 있는 몇 가지 이유, 죽어가면서 얘기한 끈이라는 말, 그리고 마지막으로, 덧문에 대놓았던 빗장에서 났을 것 같은, 헬렌 스토너 양이 들었다는 쇳

소리, 이 모든 것들을 연결해 보면 수수께끼를 풀 수 있으리라 생각되는군."

"그러면 집시들이 저지른 일인가?"

"그건 알 수 없군."

"그러한 이론에는 반대의견이 수없이 많을 텐데."

"나도 그렇게 생각하네. 우리가 오늘 스톡 모랜에 가는 것은 바로 그런 이유 때문이야. 반대의견이 옳다고 증명될 것인지, 아니면 그것도 충분히 설명할 수 있는 것인지 알고 싶다네. 어, 근데 이건 뭐야!"

내 친구가 갑자기 소리 지른 것은, 문이 별안간 쾅하며 열리더니 커다란 몸집의 남자가 나타났기 때문이었다. 그는 의사와 농부의 옷을 뒤섞은 괴상한 옷차림을 하고 있었다. 검은 중산모에 긴 프록코트를 입고, 높이 올라오는 각반을 차고 있었는데 손에는 사냥용 채찍을 쥐고 흔들며 서 있었다. 큰 키 때문에 그의 모자는 문틀 윗부분에 닿을 것 같았고, 몸집은 양쪽 문틀에 꽉 찰 듯했다. 주름이 가득하고, 햇볕에 타서 노란빛을 띤 커다란 얼굴은 무섭게 화가 난 표정으로 우리 두 사람을 차례로 쳐다보았다. 분노가 가득 찬 움푹 패인 눈과 높고 여윈 코는 마치 먹이를 앞에 둔 흉포한 늙은 새를 연상시켰다.

"누가 홈즈냐?"

도깨비처럼 나타난 남자가 물었다.

"제 이름입니다만. 누구신지 물어봐도 될까요?"

내 동료가 조용한 목소리로 물었다.

"나는 스톡 모랜의 닥터 그림스비 로일럿이다."

"그렇군요. 의사 선생님."

홈즈는 온화하게 말했다.

"여기 앉으시지요."

"그럴 필요 없다. 내 의붓딸이 여기 왔었지. 그 아이를 뒤쫓아 왔다. 뭐라고 말하더냐?"

"철에 맞지 않게 요즘 꽤 춥군요."

홈즈가 말했다.

"그 애가 뭐라고 말했는가?"

나이든 남자는 격노하며 소리질렀다.

"그래도 크로커스[01]는 잘 필 것이라 하더군요."

내 동료는 태연하게 말을 계속했다.

"하! 나를 놀리려고 하는 거냐?"

방문객은 이렇게 말하고, 손에 든 채찍을 흔들며 앞으로 한 걸음 다가섰다.

"이 악당! 네가 누군지 안다. 전에 들은 적이 있지. 훼방꾼 홈즈!"

내 친구는 웃어 보였다.

"참견장이 홈즈!"

홈즈의 웃음은 더 커졌다.

"거만한 경찰국의 졸개 홈즈."

홈즈는 껄껄대며 웃음을 터트렸다.

"아주 재미있는 대화이군요."

그가 말했다.

---

01 크로커스 사티버스(crocus sativus). 붓꽃과 식물로 영국에서 봄에 제일 먼저 피는 꽃으로 알려져 있다.

"나가실 때는 문을 닫아주십시오. 틈새로 바람이 많이 들어오니까요."

"말을 다하면 가겠다. 내 일에 감히 참견할 생각하지마라. 그 아이가 여기 왔다는 걸 알고 있다. 내가 쫓아 왔으니까! 나에게 맞서려다간 살아남지 못할 거다. 봐라."

그는 성큼성큼 앞으로 다가와, 햇볕에 그을린 큰 손으로 부지깽이를 집어 들더니 활처럼 구부렸다.

"내 손에 걸리지 않도록 조심해라."

그는 버럭 소리를 지르고 휘어진 부지깽이를 난로에 집어던졌다. 그리고는 큰 걸음으로 방을 나가버렸다.

"아주 친절한 사람 같은 걸."

홈즈가 웃으며 말했다.

"내가 체격이 큰 편은 아니지만, 그가 좀 더 있었다면 내 손 힘도 그리 약하지 않다는 걸 보여줬을 텐데 말이야."

그는 이렇게 말하며 그 쇠로 만든 부지깽이를 집어 들더니 단숨에 원래대로 펴놓았다.

"나를 경찰 따위와 혼동하다니 무례하기 짝이 없군. 사건 조사에 더욱 흥미가 끌리는 걸. 어쨌든 간에, 경솔하게 저 불한당이 따라오게 한 그 아가씨가 해를 입지 않았으면 좋겠군. 왓슨, 이제 아침을 먹기로 하지. 그 다음에는 민법박사회관에 가봐야겠어. 거기서 이 사건에 도움이 될 자료를 찾으려 하네."

셜록 홈즈가 일을 마치고 돌아온 때는 1시 가까이 되어서였다. 그는 숫자와 기호를 휘갈겨 써넣은 푸른색 종이 한 장을 손에 들고 있었다.

"죽은 부인의 유언장을 봤네."

그가 말했다.

"정확한 파악을 위해 유산으로 남긴 투자액에 대한 현재 가치를 조사해 보았네. 부인이 사망할 당시에는 총수입이 적어도 1,100파운드 가까이 되었는데, 지금은 농산물 가격의 하락으로 750파운드를 넘질 않더군. 딸은 결혼할 경우에 각각 250파운드를 받을 수 있어. 그러니까 두 딸이 모두 결혼한다면 그저 약간의 수입 밖에 되지 않는 거야. 두 명 중 하나만 빠져나가도 그에게는 큰 영향을 미치지. 그런 일이 발생하지 않도록 해야 할 강력한 동기를 찾아냈으니, 오전의 노력이 헛수고는 아니었네. 왓슨, 꾸물거리기에는 너무 심각한 사건일세. 더욱이 그 노인이 우리가 끼어들었다는 것을 알아챘으니 말이야. 자네가 준비되는 대로 마차를 불러서 워털루로 가세. 권총을 주머니에 넣고 간다면 매우 고맙겠군. 쇠로 만든 부지깽이를 비틀어 매듭을 만드는 신사에 대항하려면 엘리 2호[01]가 적당하지. 거기다가 칫솔 하나만 더하면 필요한 준비는 끝날 것 같네."

워털루역에서 우리는 다행히 레더헤드행 열차를 탈 수 있었다. 도착한 후에는 역 근처 여관에서 마차를 빌려 타고 아름다운 서리의 길을 4내지 5마일 정도 달려갔다. 하늘에는 밝은 태양이 빛나고, 양털 같은 구름이 떠다니는 멋진 날씨였다. 나무와 길가의 울타리에는 이제 막 푸른 새싹이 돋아나고 있었고, 대기는 땅의 습기를 머금은

---

01 Eley's No.2 : 리볼버 권총의 제품 이름을 말하는 듯함. 영국 무기 회사 Webley & Scott에서 만든 Webley 리볼버를 잘못 쓴 것이 아닐까 추정.

흙냄새로 상쾌한 기분을 느끼게 했다. 봄을 알리는 이 향기로운 자연의 약속과 우리가 맡은 사건의 사악함이 묘한 대조를 이루고 있다고 나는 생각했다. 내 동료는 마차의 앞부분에 앉아있었다. 팔짱을 끼고, 모자를 눈 밑까지 끌어당기고, 턱은 가슴에 파묻은 채로 깊은 생각에 빠져있었다. 그러다 갑자기, 내 어깨를 툭 치며 목초지를 가리켰다.

"저길 봐!"

그가 말했다.

빽빽한 수목이 완만한 경사를 따라 올라가 꼭대기에서 작은 숲을 이룬 곳이었다. 나뭇가지 한 가운데로 아주 오래된 저택의 회색 박공[02]과 지붕이 삐죽이 솟아나와 있었다.

"스톡 모랜인가요?"

그가 물었다.

"네. 그곳이 닥터 그림스비 로일럿 씨의 저택입니다."

마부가 대답했다.

"그곳에서 건물 공사가 있지요."

홈즈가 말했다.

"그래서 거기로 가고 있습니다."

"저쪽이 마을입니다."

마부는 왼쪽으로 좀 떨어진 곳에 보이는 지붕들을 가리켰다.

"그런데 그 저택으로 가려면 여기 층계를 올라가, 작은 길을 따라 목초지를 건너가는 게 빠릅니다. 저기, 저 아가씨가 걷고 있는 곳 말

---

02 박공(gable) : 팔(八)자 형태로 양쪽으로 경사진 지붕을 박공지붕이라 하는데, 박공이란 팔(八)자 모양에 붙인 널을 이르는 말이다.

입니다."

"저 아가씨는, 아마도 스토너 양 같은 걸."

손으로 햇볕을 가리며 홈즈가 말했다.

"그럼, 그 말대로 하는 게 나을 것 같군요."

우리는 내려서 요금을 지불했다. 마차는 레더헤드를 향해서 덜컹거리며 돌아갔다.

"내 생각에는,"

층계를 오르며 홈즈가 말했다.

"그 친구가 우리를 건축이나 사업상 일로 온 것이라 여기는 편이 나을 것 같았네. 쓸데없는 소문이 생기지 않을 테니까. 안녕하십니까. 스토너 양. 말씀 드린 대로 이렇게 왔습니다."

아침에 보았던 의뢰인은 반가움이 가득한 얼굴로 우리를 맞이하기 위해 달려왔다.

"오시기를 얼마나 고대했는지 모릅니다."

그녀는 이렇게 말하며 우리들의 손을 다정하게 잡았다.

"모든 일이 다 잘되었어요. 의붓아버지는 런던으로 가서, 저녁이 되기 전에는 돌아오지 않을 것 같습니다."

"우리는 이미 의사선생님을 뵙는 영광을 누렸지요."

홈즈는 이렇게 말하며, 어떤 일이 있었는지 간단히 설명해 주었다. 스토너 양은 그 이야기를 듣자 입술이 하얗게 질렸다.

"맙소사!"

그녀는 소리쳤다.

"그러면 저를 따라왔던 거군요."

"그런 것 같습니다."

"그분은 정말 빈틈이 없군요. 제가 그분으로부터 벗어날 수가 없을 것 같아요. 돌아오면 저한테 무슨 말을 할런지."

"그는 먼저 자신을 지켜야할 겁니다. 자신보다 더 빈틈없는 사람이 뒤를 쫓고 있으니까요. 오늘밤엔 그를 단단히 조심하십시오. 그가 폭력을 행사한다면 해로우에 있는 이모 댁으로 피신시켜 드리겠습니다. 자, 그럼 시간을 낭비해서는 안됩니다 살펴봐야할 방이 있는 곳으로 어서 안내해 주시지요."

그 건물은 이끼가 긴 회색 암석으로 만들어져 있는데, 가운데 부분은 높고, 양쪽에는 게의 집게발처럼 휘어진 날개부분이 있었다. 날개부분 한쪽은 창문이 모두 깨져서 나무판자로 막아놓았고, 지붕도 군데군데 무너져 마치 흉가처럼 보였다. 가운데 부분은 조금 수리가 되어있어 그나마 상태가 나았다. 오른쪽 날개부분 건물은 비교적 신식이었다. 창문마다 덧문이 있었고 굴뚝에서 파란 연기가 피어올라 사람이 사는 곳임을 알 수 있었다. 끝쪽 벽에는 비계가 세워져있었고 돌벽이 안쪽으로 무너진 곳이 있었다. 하지만 우리가 갔을 때는 인부가 한 명도 보이지 않았다. 홈즈는 잘 다듬어지지 않은 잔디밭을 천천히 왔다갔다 하며 창문 바깥쪽을 주의 깊게 살펴보았다.

"이쪽이 아가씨가 자는 침실이 있는 곳이군요. 가운데 방은 언니의 침실, 그리고 옆으로, 건물 중앙부와 가까운 쪽이 로일럿 씨의 방이지요?"

"맞습니다. 그런데 저는 지금 가운데 방에서 자고 있어요."

"방을 고칠 때까지겠지요. 그런데 저 끝쪽 벽을 고쳐야할 급한 이유는 없는 것 같습니다."

"그럴 이유는 없어요. 제 방을 옮기기 위한 핑계라고 생각합니다."

"아! 그럴듯하군요. 이 반대편, 침실 세 개의 방문이 열리는 쪽으로 복도가 있습니다. 그곳에도 물론 창문이 있겠죠?"

"네. 하지만 아주 작아요. 사람이 드나들기엔 좁습니다."

"밤에 문을 잠그면 아가씨 방에는 아무도 들어갈 수 없겠군요. 그럼, 방에 들어가서 덧문에 빗장을 걸어 주시겠습니까."

스토너 양은 시킨 대로 했다. 홈즈는 열려진 창문을 통해 신중히 살핀 다음, 덧문을 열려고 여러 방법을 시도해보았지만 성공하지 못했다. 빗장을 올리려 해도 덧문 틈으로는 칼끝도 들어가지 않았다. 확대경을 들고 경첩도 조사했지만, 강력한 쇠로 만들어져 있었고 돌벽에 단단히 고정되어 있었다.

"흠!"

그는 난처한 듯 턱을 문질렀다.

"내 이론에 확실히 문제가 있음이 밝혀졌군. 빗장이 걸려있으면 아무도 이 덧문을 지날 수 없겠는 걸. 그러면 안으로 들어가서 무슨 실마리가 있을 지 살펴볼까."

작은 옆문을 열고 들어가니 흰 도료를 칠한 복도가 나타났다. 세 침실 문이 열리는 쪽의 복도였다. 홈즈가 세 번째 방은 조사하지 않겠다고 해서 우리는 곧장 두 번째 방으로 갔다. 스토너 양이 현재 자는 방이고, 그녀의 언니가 생을 마감한 곳이었다. 천정은 낮고, 벽난로가 입을 벌리고 있는 오래된 시골집으로, 작고 소박한 방이었다. 갈색 장롱이 한쪽 구석에 서있었고 하얀 덮개를 씌운 좁은 침대가 반대편에 있었으며, 창문 왼쪽에는 화장대가 있었다. 한 가운데에 있는 사각형 월턴카펫[01]을 제외하면 작은 등나무 의자 두 개가 방 안에 있는 가구 전부였다. 마룻바닥과 벽의 널빤지는 갈색으로, 벌레 먹은 오크나무인데 어쩌나 오래되고 변색되었는지 처음 집을 지은 이후로 한 번도 갈지 않은 것 같았다. 홈즈는 한쪽 구석에 의자를 갖다 놓고 말없이 앉았다. 그의 시선은 방 안의 모든 세세한 것들을 살펴보려는 듯 위 아래로, 좌우로 왔다 갔다 했다.

"저 벨은 어디와 연결되어 있습니까?"

마침내 그는 침대 옆으로 늘어뜨려져 있는 굵은 벨 줄을 가리키며 말했다. 그 줄은 베개 위까지 내려와 있었다.

"가정부 방과 통하는 겁니다."

"다른 물건들보다 새 걸로 보이는데요?"

"네. 2년 전에 달은 것이죠."

"아가씨 언니가 달으라고 한 건가요?"

"아뇨. 그걸 썼다는 말을 들은 적이 없습니다. 우리는 필요한 것은 스스로 해결해왔거든요."

"그렇다면, 저렇게 좋은 벨 줄을 여기에 달 필요가 없던 것 같군요. 괜찮으시다면 잠시 동안 마루를 살펴보겠습니다."

그는 확대경을 손에 들고 마룻바닥에 엎드려, 널빤지 사이의 틈을 세세히 조사하면서 앞뒤로 빠르게 기어 다녔다. 그다음에는 그 방 안에 널빤지로 붙어있는 부분을 모두 같은 방법으로 조사했다. 마지

---

01 Wilton carpet : 18세기 중엽 영국 월턴시에서 만들기 시작한 카펫, 기계직조 카펫의 시초.

막으로 그는 침대로 가서 한참을 바라보더니, 다시 벽을 위아래로 살폈다. 그리고는 벨 줄을 손에 쥐고 세게 잡아당겼다.

"소리가 안나는데."

그가 말했다.

"벨이 울리지 않나요?"

"철사줄에 연결도 되어있지 않습니다. 아주 흥미로운 일이군요. 환기구가 조금 열린 곳에 고리가 있는데 거기 묶여있는 게 보일 겁니다."

"엉터리 같은 거군요! 지금까지 전혀 알아채지 못했어요."

"정말 이상한 걸!"

홈즈는 줄을 당기며 중얼거렸다.

"이 방에는 한두 가지 아주 특이한 점이 있습니다. 예를 들어보면, 어떤 바보 같은 건축가가 환기구를 다른 방을 향해서 뚫느냐 하는 것입니다. 환기를 위해서라면 바깥 공기와 통하게 해야지요."

"그것도 역시 최근에 만든 겁니다."

그 아가씨가 말했다.

"벨 줄과 같은 시기에 만들었나요?"

홈즈가 물었다.

"네. 그 때에 몇 가지를 고쳤습니다."

"울리지 않는 벨 줄과 환기되지 않는 환기구라, 가장 흥미로운 문제인 것 같군요. 스토너 양. 허락하신다면 이제 안쪽 방을 조사해야겠습니다."

의사 그림스비 로일럿 씨의 방은 의붓딸의 방보다 넓었지만 소박한 가구는 별다름이 없었다. 접을 수 있는 야외용 침대, 거의 전문서

적으로 가득 찬 소형 나무 책장, 침대 옆의 안락의자, 벽에 기대어 놓은 평범한 나무 의자, 둥근 탁자, 그리고 대형 철제 금고, 그 방에서 본 가구는 그것이 전부였다. 홈즈는 천천히 걸어 다니며 모든 물건을 하나하나 예리하게 살펴보았다.

"여긴 뭐가 들어있나요?"

그는 금고를 가볍게 두드리며 물었다.

"의붓아버지의 서류입니다."

"오! 안을 본 적이 있군요?"

"한 번이요. 몇 년 전입니다. 서류로 가득 차 있던 것으로 기억해요."

"고양이가 들어있진 않았나요? 이를테면 말입니다."

"아뇨. 이상한 말씀을 하시는군요!"

"음, 이걸 보십시오."

그는 금고 위에 있는 작은 우유 접시를 들어 올려 보였다.

"아뇨. 고양이는 기르지 않아요. 치타와 비비가 있기는 하지만."

"아, 그렇군요. 물론 치타가 큰 고양이이긴 하지요. 그런데 이 우유접시로는 배부르게 먹일 수 있을 것 같지 않군요. 한 가지 확인하고 싶은 일이 있습니다."

그는 나무의자 앞에 가서 웅크리고 앉아, 의자의 앉는 부분을 주의 깊게 살펴보았다.

"고맙습니다. 이제 끝났군요."

이렇게 말하며 그는 일어서서 확대경을 주머니에 넣었다.

"이것 보게! 여기 흥미로운 것이 있군!"

그의 눈을 사로잡은 것은 침대 한 쪽에 걸려 있는 작은 채찍이었다.

그 채찍은 둥글게 말려있었는데, 끝부분이 고리 모양으로 묶여 있었다.

"왓슨, 자네는 어떻게 생각하나?"

"평범한 채찍이군. 그런데 왜 끝을 묶어 놨는지 모르겠네."

"그건 평범한 것이 아니지 않은가. 아, 이런! 정말 악마 같은 세상이군. 영리한 사람이 그 두뇌를 범죄에 사용하면 가장 악랄한 일이 벌어지지. 이제 충분히 살펴본 것 같네. 스토너 양, 괜찮으시다면 바깥 잔디밭으로 나갈까요."

현장 조사를 마치고 나오면서, 나는 내 친구의 얼굴이 그토록 어둡고 심하게 일그러진 것을 처음으로 보았다. 우리는 잔디밭을 몇 번 왔다 갔다 했다. 스토너 양과 나는 그가 스스로 깊은 생각에서 빠져나올 때까지 조용히 지켜만 보고 있었다.

"아주 중요한 문제입니다. 스토너 양."

그가 말했다.

"어떤 일이 있더라도 제 말대로 해야만 합니다."

"틀림없이 말씀대로 하지요."

"한 순간도 허비할 수 없는 중요한 일입니다. 여기에 아가씨의 생명이 달려있습니다."

"분명히 말씀대로 따를 겁니다."

"첫째로, 제 친구와 저는 오늘밤 아가씨 방에서 지내야겠습니다."

스토너 양과 나는 놀라서 그를 쳐다보았다.

"꼭 그래야 합니다. 설명을 하지요. 저쪽에 있는 마을에 여관이 있지요?"

"네. 크라운 여관입니다."

"잘 됐군요. 거기서 방 창문이 보이나요?"

"물론이죠."

"의붓아버지가 돌아오면 머리가 아픈 척하고 방에 들어가서 나오지 말아야 합니다. 그다음에 그가 밤에 침실로 들어가는 소리가 들리면, 아가씨 방의 덧문을 빗장은 걸지 않은 채로 열어두고, 램프를 올려놓아 우리에게 신호를 보내면 됩니다. 그리고 필요한 물건을 챙겨 가지고 전에 쓰던 방으로 가세요. 수리 중이긴 하지만 하루 밤 정도는 지낼 수 있으리라 봅니다."

"아, 네. 어렵지 않습니다."

"그 다음은 우리에게 맡겨 두십시오."

"어떻게 하시려구요?"

"그 방에서 밤을 보내면서 아가씨를 불안하게 한 소리의 원인이 무엇인지 조사해볼 생각입니다."

"홈즈 씨, 벌써 모든 일을 파악하신 것 같습니다."

스토너 양은 내 동료의 소매 자락을 잡으며 말했다.

"아마도 그런 것 같군요."

"그렇다면 부디 제 언니가 죽은 이유가 무엇이었는지 말씀해주세요."

"그걸 말씀드리기 전에 확실한 증거를 확보해야할 것 같습니다."

"그렇다면 적어도 제 생각이 맞는 건지 아닌지 알려주실 수는 있겠지요. 언니가 갑작스런 공포 때문에 죽었다는 것 말입니다."

"아뇨. 그렇게 생각하지 않습니다. 그보다 훨씬 실제적인 원인이 있을 겁니다. 자, 그럼. 스토너 양. 우리는 떠나야겠군요. 로일럿 씨가 돌아와서 우릴 본다면 이번 여행은 수포로 돌아갈 테니까요. 그럼 안녕히, 그리고 용기를 내십시오. 제가 말한 대로만 한다면 아가씨를 괴롭히는 위험을 모두 몰아내고 편안하게 해드리겠습니다."

셜록 홈즈와 나는 크라운 여관에서 침실과 응접실이 있는 방을 어렵지 않게 빌릴 수 있었다. 이층이었기 때문에 창문을 통해 스톡모랜 장원 저택의 입구와 사람이 살고 있는 건물 부분이 한 눈에 보였다. 어둑해질 무렵, 그림스비 로일럿 씨가 탄 마차가 지나갔다. 마차를 몰고 있는 젊은 청년의 작은 체구에 비해 커다란 그의 모습이 어렴풋이 눈에 띄었다. 저택 입구에서 마부가 무거운 철제 대문을 여는데 시간이 걸리자, 로일럿 씨가 귀에 거슬리는 목소리로 고함을 치는 소리가 들렸다. 그리고 불같이 화를 내며 주먹을 흔드는 것도 볼 수 있었다. 마차가 들어가고 몇 분후, 응접실 중 하나에 갑자기 불이 켜지는 것이 나무 사이로 보였다.

"왓슨, 알고 있는지 모르겠군."

서서히 짙어가는 어둠 속에서 우리는 같이 앉아 있었다.

"오늘 밤 자네를 데려가는 것은 꽤 마음에 걸리는 일이야. 확실한 위험 요소가 있거든."

"내가 도움이 되나?"

"자네가 있어준다면 큰 도움이 되지."

"그렇다면 꼭 같이 가겠네."

"정말 고맙네."

"위험하다고 말하는 걸 보니, 자넨 아마도 내가 본 것보다 훨씬 많은 것을 본 모양이군."

"아냐. 나는 그저 추론을 좀 더 했을 뿐이지. 내가 본 것은 자네도 역시 봤다네."

"벨 줄 외에는 특별한 것을 보지 못했어. 그런데 어떤 목적으로 달아놓은 건지는 전혀 모르겠네."

"환기구도 봤겠지?"

"봤지. 하지만 두 방 사이에 작은 구멍 하나 있는 것이 그렇게 이상한 일이라곤 생각하지 않았네. 겨우 쥐 한 마리나 지나갈 작은 구멍이었지."

"나는 스톡 모랜에 오기 전부터 환기구가 있다는 걸 알았네."

"설마?"

"정말이야. 그녀의 언니가 로일럿 씨의 시가 냄새를 맡았다고 한 말을 기억하겠지? 그건 틀림없이 두 방 사이에 연결되는 부분이 있다는 걸 뜻하네. 그건 분명 작은 것이리라 생각했지. 그렇지 않다면 검시관 조사 때에 언급이 되었을 거야. 나는 환기구일 거라 추리했네."

"하지만 그게 있다고 해서 해가 될 일이 있겠나?"

"음, 적어도 우연히 날짜가 맞았다고 하기엔 좀 이상한 점이 있어. 환기구를 만들었고, 줄이 매달려 있다. 그리고 침대에서 자던 여자가 죽었다. 뭔가 떠오르는 게 없나?"

"그게 무슨 관련이 있는 지 아직 잘 모르겠네."

"침대에서 아주 이상한 점을 보지 못했나?"

"아니."

"그 침대는 바닥에 꺾쇠로 고정되어 있었네. 그런 식으로 고정해 놓은 침대를 본 적이 있나?"

"본 적이 없네."

"그 아가씨는 침대를 옮길 수가 없었어. 언제나 환기구와 밧줄 가까운 곳에 있어야만 했네. 벨줄이 아닌 것이 분명하니까, 밧줄이라고 해야겠지."

"홈즈!"

나는 소리쳤다.

"자네가 무얼 말하는지 어렴풋이 알 것 같네. 이 교활하고 끔찍한 범죄를 막을 수 있는 시간에 우리가 딱 맞게 도착했군."

"정말 교활하고, 정말 끔찍한 범죄이네. 의사가 나쁜 일을 저지르면 최고의 범죄자가 되지. 냉정함과 지식을 함께 가지고 있으니까. 파머[01]와 프리처드[02]가 그러한 방면에선 선두라고 할 수 있었지. 이 사람은 그보다 더하군. 하지만, 왓슨, 우리가 더더욱 잘해낼 수 있네. 그래도 오늘 밤이 지나가기 전에 끔찍한 일을 겪게 될 거야. 자, 이제 파이프 담배 한 대 피우고 기분전환해서, 몇 시간 동안은 편안한 마음으로 보내기로 하세."

아홉시쯤 되자 나무 사이로 보이던 불빛이 사라지고 장원 저택은 암흑 속으로 빠져들었다. 그리고 두 시간이 지루하게 지나갔다. 정각 열한시, 갑자기 앞쪽에 불빛 하나가 밝게 빛났다.

"신호가 왔네."

홈즈가 벌떡 일어서면서 말했다.

---

01 Palmer : William Palmer (1824-1856). 19세기, 가장 유명한 살인사건을 저지른 영국인 의사. 친구를 독살한 혐의로 교수형을 당했다. 〈독살의 왕자〉등의 별명으로 불리웠다.

02 Pritchard : Edward William Pritchard (1825-1865). 스코틀랜드 출신 의사로 가족 중 두 사람을 독살한 혐의로 처형당함.

"중간에 있는 방 창문에서 빛이 나오는군."

밖으로 나오면서 그는 여관주인과 몇 마디 주고받았다. 아는 사람을 늦게 방문하기로 했다며, 어쩌면 그곳에서 자고 올 수도 있다는 말이었다. 잠시 뒤에 우리는 어두운 도로 위로 나왔다. 차가운 바람은 얼굴을 때렸고, 노란 불빛 하나만이 어둠을 뚫고 앞에서 반짝이며 우리를 음산한 곳으로 안내하고 있었다.

오래된 담을 수리하지 않아 벌어진 틈이 있었기 때문에 들어가기는 어렵지 않았다. 나무 사이를 따라 걸어가 잔디밭에 도착했다. 그곳을 가로질러 창문을 넘어 들어가려는 찰나, 월계수 덤불에서 섬뜩하고 얼굴이 일그러진 어린아이가 튀어나오더니 사지를 꿈틀거리며 잔디밭으로 넘어갔다. 그리고는 재빠르게 잔디밭을 지나 어둠속으로 달아났다.

"맙소사!"

내가 속삭였다.

"저거 봤나?"

홈즈는 잠시 동안 나만큼이나 깜짝 놀랐다. 그는 흥분해서 내 손목을 억세게 꽉 쥐었다. 그리고는 낮게 웃음을 터뜨리더니 내 귀에 대고 속삭였다.

"이 집의 멋진 가족이로군. 저것이 비비야."

나는 집주인이 키우는 괴상한 동물들에 대해서 잊고 있었다. 거기엔 치타도 있었다. 그 놈을 언제 갑자기 코앞에서 만나게 될지도 몰랐다. 고백하건데, 나는 홈즈를 따라서 신발을 벗고 침실 안으로 들어간 후에야 마음을 놓을 수 있었다. 내 동료는 조용히 덧문을 닫고, 램프

를 탁자 위로 옮긴 후, 방안을 살펴보았다. 모든 것이 낮에 본 그대로
였다. 그는 내게 발소리를 죽이며 다가와, 손으로 나팔 모양을 만들어
내 귀에 대고 속삭였다. 너무 작은 목소리여서 알아듣기도 힘들었다.

"작은 소리라도 내면 우리 계획은 끝장이야."

나는 들었다는 표시로 고개를 끄덕였다.

"불을 끄고 앉아있어야 하네. 그가 환기구를 통해서 볼 수도 있으
니까."

나는 또 고개를 끄덕였다.

"잠들면 안되네. 자네 생명이 위태로울 수도 있어. 필요할 지도 모
르니 권총을 준비해두게. 나는 침대 한 편에 앉아 있을 테니 자네는
저 의자에 있으면 되겠군."

나는 권총을 꺼내 식탁 모서리에 올려놓았다.

홈즈는 가지고 온 길고 가는 지팡이를 침대 위, 자신의 옆에 놓
아두었다. 성냥갑과 짧은 양초도 같이 놓았다. 그리고 램프를 끄자
우리는 암흑 속에 빠져 들어갔다.

그 날의 무서웠던 불침번을 어찌 잊을 수 있을까? 아무런 소리도,
심지어 숨소리조차도 들리지 않았다. 다만 몇 피트 떨어진 곳에서 내
동료가 눈을 크게 뜬 채로 앉아, 나처럼 신경을 곤두세우고 있다는
것은 알았다. 덧문이 아주 작은 불빛조차 막았기 때문에 우리는 완
벽한 어둠 속에서 대기하고 있었다. 바깥에선 가끔씩 밤새가 울었는
데, 한번은 창문 가까운 곳에서 고양이 같은 긴 울음소리가 들려 치
타가 마음대로 돌아다니고 있다는 걸 상기시켜주었다. 멀리서는 십
오 분마다 울리는 교회의 시계소리가 낮게 들려왔다. 그 십오 분이

얼마나 길던지! 열두 시를 치고, 한 시, 두 시, 세 시가 지나도록 우리는 무슨 일이 일어나길 조용히 기다리고 있었다.

갑자기 환기구 쪽에서 어렴풋한 불빛이 순간적으로 비쳤다. 그리고 곧 사라졌지만, 이어서 타는 기름과 달궈진 철 냄새가 났다. 누군가가 옆방에서 차광막을 한 램프를 켠 것이다. 조용히 움직이는 소리가 들렸고, 다시 적막이 찾아왔다. 그런데 냄새는 더욱 심해졌다. 반시간 동안 나는 귀에 신경을 집중하며 앉아있었다. 별안간 또 다른 소리가 들려왔다. 마치 끓는 주전자에서 한 줄기 수증기가 빠져나오는 듯한 작고 부드러운 소리였다. 그 소리가 들리자마자 홈즈는 침대에서 일어나 성냥을 그었다. 그리고 지팡이로 벨 줄을 세차게 때렸다.

"봤나, 왓슨?"

그가 외쳤다.

"봤어?"

나는 보질 못했다. 홈즈가 성냥을 켜던 순간 나는 낮고 뚜렷한 휘파람 소리를 들었다. 하지만 내 피로한 눈에 갑작스레 눈부신 불빛이 들어온 까닭에, 내 친구가 마구 때리는 것이 무엇인지 알아차리지 못했다. 그렇다 해도, 그의 얼굴이 죽은 사람처럼 창백하며 공포와 혐오로 가득 차 있는 것은 볼 수 있었다.

그는 때리는 걸 멈추고 환기구를 들여다보았다. 그때였다. 내가 지금껏 들어본 중에서 가장 끔찍한 비명소리가 밤의 침묵을 깨며 들려왔다. 고통과 공포와 분노가 한데 뒤섞인 그 소름 끼치는 비명소리는 점점 더 커져갔다. 나중에 듣기를, 그 비명소리는 근처의 마을 뿐 아니라 멀리 떨어져 있는 교회의 목사관에서도 자다가 깜짝 놀라 일어날 정도였다고 했다. 나는 그 소리에 심장이 얼어붙는 것 같았다. 그대로 서서 홈즈를 쳐다보았고, 홈즈는 나를 쳐다보았다. 마침내 비명 소리의 잔향마저 사라지고 다시 적막이 다가왔다.

"저 소리는 대체 뭐지?"

내가 숨을 몰아쉬며 물었다.

"모든 일이 끝났다는 뜻이네."

홈즈가 대답했다.

"아마도, 이게 최선의 결말인 것 같군. 권총을 집어 들게. 로일럿의 방으로 가야겠네."

그는 어두운 표정으로 램프를 들고 복도로 나갔다. 방문을 두 번 두드렸지만 안에서는 아무 응답이 없었다. 홈즈는 손잡이를 돌리고 안으로 들어갔다. 나는 장전된 총을 손에 들고 그의 뒤에 바짝 붙어 있었다.

내 눈에 들어온 건 특이한 광경이었다. 탁자 위에는 램프가 놓여 있는데 차광막이 반쯤 벗겨져 있어 철제 금고를 비추고 있었다. 금고 문은 조금 열려있었다. 탁자 옆 나무의자에는 그림스비 로일럿이 긴 회색 가운을 입고 앉아있었다. 가운 아래로 발목이 드러나 보였는데, 발에는 뒤축이 없는 빨간 터키식 슬리퍼를 신고 있었다. 무릎 위에는 낮에 보았던 긴 채찍이 달린 짧은 막대기가 걸쳐져 있었다. 그의 턱은 위로 젖혀져 있었고, 공포에 질린 눈은 천정 한쪽 구석을 향해 고정되어 있었다. 이마에는 갈색 얼룩이 있는 특이한 노란색 끈을 두르고 있었는데, 머리 전체를 빙 둘러 묶은 것 같았다. 우리가 들어갔는데도 그는 소리도 내지 않고 움직이지도 않았다.

"끈이야! 얼룩 끈!"

홈즈가 속삭였다.

나는 앞으로 한 걸음 나아갔다. 그 순간 머리에 두른 이상한 것이 움직이기 시작하더니 그의 머리카락 안에서 웅크리고 있던 다이아몬드 모양의 머리가 고개를 치켜들었다. 그 흉측한 뱀의 목은 부풀어 있었다.

"늪지 살모사군!"

홈즈가 소리쳤다.

"인도에서 가장 치명적인 독을 가진 뱀이지. 물린지 십 초 안에 죽었을 거야. 폭력은 결국 폭력을 휘두른 자에게 되돌아가고, 다른 사람을 빠뜨리려고 함정을 파는 사람은 스스로 그 함정에 빠지게 되는 법이네. 저 놈을 우리 안으로 집어넣고 스토너 양을 안전한 곳으로 보낸 다음, 이곳 경찰에 사건을 알리기로 하세."

이렇게 말하고 나서, 그는 죽은 사람의 무릎에서 채찍을 재빠르게 집어 들고 고리를 그 파충류의 목에 걸어, 편안하게 자리 잡고 있는 끔찍한 곳에서 잡아 빼냈다. 그리고 길게 팔을 뻗쳐 철제 금고에 던져 넣은 후 문을 닫아버렸다.

이상이 스톡 모랜의 의사 그림스비 로일럿 씨의 죽음에 관한 진상이다. 겁에 질려있는 그 여인에게 슬픈 소식을 어떻게 전했는지, 아침 기차를 태워 해로우에 사는 친절한 이모에게 어떻게 데려다 주었는지, 로일럿이 위험한 동물을 경솔하게 다루다가 죽음을 맞이했다는 결론에 이르기까지 경찰의 조사가 얼마나 느리게 진행되었는지 등을 자세히 설명해서, 그러잖아도 긴 이야기를 더 늘릴 필요는 없다고 생각한다. 그 사건에 대해 내가 아직 모르고 있던 점은 다음 날 돌아오는 동안에 셜록 홈즈가 말해주었다.

"나는,"

그가 말했다.

"완전히 틀린 결론을 내리고 있었어. 왓슨, 그건 불충분한 자료를 가지고 추리하는 것이 항상 얼마나 위험한 일인지 알려준다네. 집시의 존재, 죽은 언니가 성냥 불빛으로 힐끗 봤다고 말한 〈끈〉이라는 단어, 그것은 나를 완전히 잘못된 방향으로 이끌기에 충분했지. 하지만 내 장점은 잘못된 것을 알았을 때 즉시 고칠 줄 안다는 거야. 방 안에 있는 사람에게 위해를 가하려면 문이나 창문을 통해 들어가야 하는데 그것이 불가능하다는 것이 명백해지자 나는 내 생각이 잘못되었다는 걸 알았지. 자네에게 이미 말했듯이, 내 관심은 환기구와 침대 위로 늘어뜨린 벨줄로 빠르게 넘어갔네. 벨줄은 모양만 있는 가짜였고 침대는 바닥에 고정되어 있다는 걸 발견하자, 그 줄은 무언가가 구멍을 통해 침대로 가기위한 통로라는 의심이 들었어. 곧바로 뱀이라는 생각이 떠올랐네. 그 의사가 인도에서 온 동물을 가지고 있다는 사실도 역시 생각났지. 내가 올바른 길에 들어섰다는 느낌이 들더군. 어떤 화학 실험에도 발견되지 않는 독을 쓰자는 아이디어는 머리가 비상하고 잔인하며 또, 동양에서 경험을 쌓은 사람이어야 할 수 있네. 그의 입장에서 보면 효과가 빠르게 나타나는 독이란 점에서 더욱 편리한 거지. 물린 자리에 나타나는 두 개의 작고 검은 구멍은 정말 날카로운 눈을 지닌 검시관이 아니라면 발견하기 힘들어. 그리고 휘파람에 대해 생각해 봤네. 물론 그는 아침이 되어 희생자가 발견되기 전에 뱀을 불러들여야 했을 거야. 우리가 봤듯이 아마도 우유를 이용해서 호출하면 돌아오도록 훈련을 했겠지. 그는 적당하다고 생각되는 시간에 환기구를 통해 그 뱀을 집어넣어, 줄을 타고 내려가 침대에 도달하도록 한 것이네. 방에 있는 사람을 물던, 물지 않던 간에, 일주일 동안은 위험을 피한다 하더라도, 그녀는 조만간 희생이 될 운명이었던 거지.

나는 그의 방에 들어가기 전에 이러한 결론에 도달했네. 의자를 조사해니 여러 번 밟고 올라갔던 흔적을 찾을 수 있었지. 환기구에 닿으려면 의자 위에 올라가야 했던 거야. 금고, 우유 접시, 채찍의 고리 등을 보니 남아있던 의문도 모두 사라져버리더군. 스토너 양이 들었다는 쇳소리는 분명 의붓아버지가 그 무서운 놈을 금고에 넣고 황급히 닫을 때 나는 소리였을 걸세. 그렇게 마음을 정한 뒤, 내가 증거를 얻기 위해 한 일은 자네도 잘 알겠지. 틀림없이 자네도 들었겠지만, 그 놈이 쇳 소리를 내자마자 불을 켜고 공격을 가했네."

"그 결과 환기구를 통해 돌아간 거군."

"그래서 반대편에 있던 주인을 물게 된 것이지. 내 지팡이에 몇 번 얻어맞으니 뱀의 본성이 나타나 처음 보이는 사람에게 달려들었던 거야. 그런 면에서 보면, 그림스비 로일럿의 죽음에 간접적인 책임이 나에게 있다는 것은 분명하지. 하지만 내 양심에 비추어볼 때 그리 큰 부담이 된다고는 할 수 없겠군."

기술자의 엄지손가락

우리가 친하게 지낸 이후, 내 친구 셜록 홈즈에게 해결을 의뢰한 사건 중에서 내가 소개한 사건은 단 두 가지였다. 해서리 씨의 엄지손가락 사건과 광기어린 워버튼 대령 사건이 그것이다. 그중 후자가 예리하고 독창적인 관찰자에게 훨씬 멋진 활약의 장을 제공하지만, 다른 하나 역시 기괴한 발단과 극적인 전개가 있어서, 기록으로 남겨둘 가치는 이쪽이 조금 더 있다고 본다. 놀랄만한 성과를 이룩해온 내 친구의 추리 실력을 마음껏 발휘할 기회가 적긴 했지만 말이다. 이 이야기는 한 번 이상 신문에 실린 적이 있다. 하지만 대부분의 이야기가 그렇듯이 신문 지면의 몇 줄 정도로 간략하게 줄여놓은 기사보다는, 읽어 내려감에 따라 사건이 서서히 전개되고, 새로운 발견을 할 때마다 수수께끼는 점차 풀려 진실에 가까이 가게 되는 방식이 읽는 이에게 더 큰 재미를 주는 법이다. 그 당시 이 사건은 내게 깊은 인상을 남겼는데, 2년이 지난 지금도 그때의 기억을 잊을 수가 없다.

이제 설명하고자 하는 사건은 1889년 여름, 내가 결혼 한지 얼마 지나지 않은 때에 일어났다. 나는 개업의로 돌아가 홈즈와 베이커 가에서 지내는 생활을 그만 두었지만, 그를 찾아가는 일은 계속했고, 가끔씩은 그를 설득해서 보헤미안 같은 생활을 벗어나 우리 집을 방문하게도 했다. 병원 환자는 꾸준히 늘어갔는데, 내가 패딩턴 역에서 그리 멀지 않은 곳에 살고 있었기 때문에 그 곳 역무원 중에도 환자가 몇 명 있었다. 그중에 오래도록 고통에 시달리던 환자가 있어서 내가 치료해서 고쳐주었더니, 그는 내 의술을 열성적으로 홍보했고 누구든지 아는 사람이 아프기만 하면 내게 보내려 애를 썼다.

어느 날 아침, 일곱 시가 조금 안된 시각에 하녀가 문을 두드리는 소리에 잠을 깼다. 패딩턴 역에서 두 사람이 와서 진찰실에서 기다리고 있는 중이라 했다. 내 경험상 철도 사고는 사소한 경우가 별로 없었기 때문에, 급히 옷을 입고 서둘러 아래층으로 내려갔다. 내려가 보니 오랜 협력자인 역무원이 진찰실에서 나와 등 뒤로 문을 꼭 닫았다.

"한 사람 데려 왔습니다."

그는 엄지손가락으로 어깨 뒤를 가리키며 속삭였다.

"멀쩡합니다."

"그럼, 무슨 일로?"

내가 물었다. 그는 마치 진찰실에 어떤 이상한 생물이라도 가둬놓은 것처럼 행동했다.

"새로운 환자에요."

그는 속삭였다.

"제가 직접 데려와야 도중에 딴 데로 새지 못할 거라 생각했습니다. 저 안에 있는데 멀쩡하고 건강해요. 저는 지금 가봐야겠군요. 의사 선생님도 일이 있듯이, 저도 제 할 일이 있으니까요."

그리고는 고맙다고 인사할 틈도 주지 않고, 믿음직스런 호객꾼은 떠나가 버렸다.

진찰실에 들어갔더니 신사 한 명이 탁자 옆에 앉아있었다. 그는 여러 색이 섞인 트위드 정장을 수수하게 입고 있었고, 가벼운 천으로 만든 모자는 내 책 위에 올려놓고 있었다. 한쪽 손은 손수건으로 둘러 감았는데 핏자국으로 온통 얼룩져 있었다. 스물다섯이 채 안된 듯한 젊은이였고, 얼굴은 남성다운 강인함이 보였지만 무척 창백했다. 어떤 격심한 충격으로 인해 고통에 시달렸고 그로 인해 혼이 빠져버린 사람 같은 인상을 주었다.

"일찍 깨워서 죄송합니다. 의사 선생님."

그가 말했다.

"하지만 지난밤에 아주 심각한 사고를 당했지요. 오늘 아침 기차를 타고 와서, 패딩턴 역에 내려 어디서 의사를 찾을 수 있을 지 물었습니다. 친절하고 훌륭한 친구가 저를 여기까지 데려다주었습니다. 하녀에게 명함을 주었는데, 저 보조탁자에 올려놓더군요."

나는 그 명함을 집어 들고 보았다.

〈빅터 해서리 씨. 수공학(水工學) 기술자, 빅토리아 가(街)16A(4층)〉

아침 일찍 찾아온 환자의 이름과 직업, 주소는 이와 같았다.

"기다리게 해서 죄송하군요."

나는 의자에 앉으면서 말했다.

"야간 여행을 하고 방금 오신 모양입니다. 그게 얼마나 지루한지 저도 잘 알고 있습니다."

"오, 지난밤은 지루하다고 할 수가 없지요."

그는 이렇게 말하며 웃었다. 카랑카랑 울려 퍼지는 높은 음의 웃음이었다. 그는 의자에 기대고 앉아 옆구리를 들썩이며 실컷 웃어댔다. 그 웃음이 정상이 아니라는 것은 의사의 직감으로 알 수 있었다.

"멈춰요!"

나는 큰소리로 말했다.

"정신 차리세요!"

유리 물병에서 물을 따라 주었다.

하지만 소용이 없었다. 그건 기질이 강한 사람이 엄청난 위기를 견뎌낸 후에 겪는 히스테리성 발작이었다. 그는 다시 제정신을 찾았는데, 매우 피곤해보였고 또 무척 부끄러워했다.

"바보 같은 일을 저질렀습니다."

그는 숨을 헐떡이며 말했다.

"아닙니다. 이걸 드시죠."

물에 브랜디를 조금 섞어 주었더니, 핏기 없었던 그의 뺨에 붉은 빛이 돌기 시작했다.

"좀 낫군요."

그가 말했다.

"의사 선생님. 그럼 이제 제 엄지손가락을 봐주시겠습니까. 아니, 엄지손가락이 있었던 자리라고 해야 할까요."

그는 손수건을 풀고 손을 내밀었다. 어지간히 단련된 담력이었지만 그것을 보고는 몸서리가 쳐졌다. 네 개의 손가락은 있었지만 엄지손가락이 있어야할 자리엔 끔찍한 빨간 해면체의 표면이 드러나 있었다. 거칠게 잘려졌거나 뿌리부터 찢겨나간 것이었다.

"맙소사!"

나는 소리쳤다.

"심각한 상처를 입으셨군요. 출혈이 아주 많았을 겁니다."

"네. 그랬습니다. 저는 상처를 입고 기절을 했었는데, 꽤 한참 동안 정신을 잃었던 것 같습니다. 정신을 차리고 보니 여전히 피가 나고 있어서, 손수건으로 손목 끝을 둘러 꽉 묶은 다음 나뭇가지로 부목을 댔지요."

"잘 했습니다! 외과 의사를 해도 될 것 같군요."

"그건 수공학적인 문제라서, 제 직업에 관련된 분야라고도 할 수 있습니다."

"이렇게 되려면,"

나는 상처를 살펴보면서 말했다.

"아주 무겁고 날카로운 도구였을 텐데요."

"큰 칼 같은 것이었습니다."

그가 말했다.

"사고였나요?"

"전혀 아닙니다."

"그럼, 잔인한 공격을 당한 겁니까?"

"정말 끔찍했습니다."

"무서운 일이군요."

나는 상처를 스폰지로 닦아 깨끗하게 한 다음, 치료했다. 그리고 탈지면으로 덮고 소독처리한 붕대를 감았다. 그는 가끔씩 입술을 깨물었지만, 꿈쩍하지 않고 누워있었다.

"어떤가요?"

나는 치료를 끝내고 나서 물었다.

"최고입니다! 브랜디도 마시고 치료를 받으니 새롭게 태어난 기분이군요. 아주 지쳐있긴 하지만, 해야 할 일이 많이 있습니다."

"그 사건에 대해선 이야기하지 않는 것이 좋겠군요. 분명 신경에 무리가 갈 겁니다."

"아, 네. 지금은 하지 않겠습니다. 경찰에 가서 이야기를 해야겠지요. 그런데 선생님이니까 하는 말입니다만, 이렇게 명백한 증거가 되는 상처를 입지 않았다면 제 말을 믿지도 않을 것이 틀림없습니다. 아주 이상한 사건인데다가 그걸 증명할 증거도 별로 없으니까요. 설령 믿어준다 해도, 제가 가지고 있는 단서가 워낙 막연한 것이라 정의가 실현될 수 있을 지도 의문입니다."

"허어!"

내가 소리쳤다.

"그런 종류의 사건을 해결하고자 한다면, 경찰서에 가기 전에 내 친구 셜록 홈즈 씨를 찾아가길 권해 드리지요."

"오, 그 사람 얘기를 들은 적이 있습니다."

환자는 대답했다.

"그 사람이 이 사건을 맡아준다면 정말 반가운 일입니다. 물론 경찰에도 알려야 하겠지만요. 소개장을 써주실 수 있으신지요?"

"더 나은 방법이 있습니다. 제가 직접 데려다 드리지요."

"그러시다면 정말 감사합니다."

"마차를 불러서 같이 갑시다. 홈즈와 간단한 아침 식사를 같이 하기에 딱 알맞은 시간이 될 것 같군요. 갈 수 있겠습니까?"

"네. 제 이야기를 털어놔야 편해질 것 같습니다."

"그럼 하인을 시켜 마차를 부르도록 하고, 곧 돌아오겠습니다."

나는 서둘러 위층으로 올라가 아내에게 사건을 간단하게 설명했고, 5분 후에는 새로운 친구와 함께 이륜마차에 올라 베이커 가로 향했다.

예상대로 셜록 홈즈는 거실에서 가운을 입고 어슬렁대고 있었다. 그는 〈더 타임스〉의 개인광고란을 읽으며 식전 파이프 담배를 피우고 있었는데, 그 담배는 전날 피우다 남았던 찌꺼기를 모아, 벽난로 선반에 정성스럽게 말려 모아두었다가 파이프에 채운 것이었다. 그는 편안하고 친절한 태도로 우리를 맞이하고, 신선한 베이컨과 달걀을 주문한 뒤, 함께 풍족한 식사를 했다. 식사가 끝난 후 그는 새로운 친구를 소파에 눕게 하고 베개를 머리에 받쳐주었다. 그리고 브랜디를 섞은 물을 그의 손에 닿는 곳에 놓아두었다.

"해서리 씨. 당신이 경험한 일이 평범하지 않다는 것은 쉽게 알겠습니다."

그가 말했다.

"거기 누워서 편안히 계십시오. 할 수 있는 만큼 얘기하시고, 힘들다고 느낄 때는 쉬시면 됩니다. 기력을 보충하도록 이 브랜디를 좀 드시구요."

"고맙습니다."

그 환자는 말했다.

"하지만 의사 선생님께 치료를 받고나니 다시 살아난 것 같은데다 아침 식사 대접까지 받으니 다 나은 듯합니다. 여러분의 소중한 시간을 낭비하지 않도록 제 괴상한 경험을 이제 이야기하겠습니다."

홈즈는 그의 예리하고 열정적인 본성을 피곤한 듯 무거운 눈꺼풀 안에 감추며 커다란 안락의자에 자리 잡았다. 나는 그의 앞에 앉았고, 우리는 방문객이 말하는 이상한 이야기에 조용히 귀를 기울였다.

"먼저 아셔야할 것은,"

그가 말했다.

"저는 부모가 없고, 독신으로 런던에서 하숙하며 살고 있습니다. 직업은 수공학 기술자로, 그리니치의 유명한 기업 베너 앤 매드슨에서 견습공으로 7년간 일하며 많은 경험을 쌓았습니다. 2년 전에 견습 기간이 끝났고, 아버지가 돌아가시면서 꽤 많은 유산을 남겨주셨기 때문에 저는 제 사업을 시작하기로 마음먹었습니다. 빅토리아 가에 사무실을 냈지요.

독립해서 사업을 시작하면 초기에는 누구나 힘겨운 경험을 한다는 것을 알고 있습니다. 저에게는 특히 더 그랬지요. 이 년 동안 세 건의 상담과 작은 일 한 건 뿐이었습니다. 제가 맡은 일은 오직 그것 밖에 없었습니다. 총 수입이 27파운드 10실링이었어요. 매일 아침 아홉 시부터 오후 네 시까지, 좁은 사무실에서 기다리기만 했습니다. 결국 저는 실의에 빠져서 어떤 일도 맡지 못하게 되는 것이 아닐까하는 생각도 하게 되었지요.

그런데 어제였습니다. 막 사무실을 나가려는데 사원이 들어오더니 어떤 신사분이 사업상 일로 만나기 위해 기다리고 있다더군요. 명함을 가져왔는데 거기에는 〈라이샌더 스타크 대령〉이라는 이름이 새겨져 있었습니다. 바로 뒤로 그 대령이 들어왔지요. 보통 보다는 큰 키에 아주 마른 사람이었어요. 그렇게 마른 사람은 이전에 본 적이 없습니다. 얼굴 전체가 깎은 듯이 뾰족했는데 특히 코와 턱이 더 그랬고, 뺨의 피부는 딱 달라붙어서 뼈가 튀어나와 보였습니다. 그렇지만 총기 있는 눈에, 활기 찬 발걸음, 자신에 찬 태도를 보니 그 야윈 모습은 원래 타고난 것이지 병에 걸렸기 때문은 아니었습니다. 평범하지만 말끔하게 옷을 입었고, 나이는 제가 보기에 30대보다는 40대에 가까운 것 같았습니다.

〈해서리 씨?〉

그는 독일 억양이 섞인 말투로 물어보았습니다.

〈추천을 받고 찾아왔소이다. 해서리 씨. 당신 일솜씨가 뛰어날 뿐만 아니라 사려 깊고 비밀도 잘 지킨다고 들었소.〉

저는 머리를 숙여 인사했습니다. 젊은 사람으로서 그런 얘기를 들으니 우쭐한 기분이 들더군요.

〈누가 그렇게 추천을 해주었는지 여쭤어 봐도 될까요?〉

제가 물었습니다.

〈그건 지금 말하지 않는 편이 좋을 것 같군. 그 사람으로부터 당신이 양친을 모두 잃고 독신으로 런던에 혼자 살고 있다는 말도 들었소.〉

〈맞습니다.〉

제가 대답했지요.

〈그런데 죄송합니다만 그런 일들이 제 직업적인 것과 무슨 관계가 있는지 모르겠군요. 저를 만나러 오신 이유는 일에 대한 것이라 알고 있습니다만.〉

〈그렇소. 하지만 내가 말한 것이 쓸데없는 건 아니라는 걸 알게 될 거요. 나는 일에 관련된 부탁을 하려고 왔소. 그런데 비밀을 지키는 것이 정말 중요하오. 절대 비밀이오. 당신도 알겠지만, 혼자 있는 사람

이 가족에 둘러싸여 사는 사람보다 비밀을 지키기 쉽지 않겠소.〉

〈비밀을 지키길 원하시는 거라면,〉

제가 말했습니다.

〈저를 완전히 믿으셔도 됩니다.〉

그는 내가 말하는 걸 집어삼킬 듯 쳐다보았는데, 지금까지 살아오면서 그렇게 의심스럽고 수상하게 바라보는 눈빛은 처음이었습니다.

〈그럼 약속하는 거요?〉

마침내 그가 물었지요.

〈네. 약속드립니다.〉

〈일을 하는 동안, 그 이전이나 이후에도 완벽하게 비밀을 지켜야 하오. 이 일을 말로 하거나 글로 쓰는 것도 절대 하지 않겠소?〉

〈이미 약속드렸습니다.〉

〈좋소.〉

그는 갑자기 벌떡 일어나더니 번개처럼 빠르게 방을 가로질러가 문을 열어젖히더군요. 복도에는 아무도 없었습니다.

〈문제없군.〉

그는 돌아와서 말했어요.

〈사원이란 주인이 하는 일에 호기심을 갖기 마련이라오. 이제 편안히 이야기할 수 있겠소.〉

그는 의자를 내게 가까이 붙이고 또다시 의심 많고 신중한 눈빛으로 나를 빤히 바라보았습니다. 이 말라빠진 남자의 기괴한 행동을 보자 저는 어쩐지 혐오감과 두려운 마음 같은 것이 생겼지요. 손님을 잃으면 어쩌나 하는 마음이 있었지만 더 이상 참기가 어려웠습니다.

〈죄송합니다만 용건을 말해주시죠.〉

제가 말했어요.

〈제 시간도 귀중합니다.〉

그런 말을 하면 안되는 줄 압니다만 그냥 입에서 튀어나왔습니다.

〈하룻밤 일로 50기니라면 어떻소?〉

그가 물었지요.

〈좋습니다.〉

〈하룻밤이라고 했지만, 한 시간이라고 하는 편이 더 맞을 거요. 기어장치에 이상이 생긴 수압 프레스 기계를 보고 의견을 말해주면 되는 거니까. 무엇이 잘못되었는지 알려주면 우리가 직접 고치리다. 이정도 일에 그 정도 보수라면 어떻소?〉

〈일은 어렵지 않은 것 같고, 보수는 인색하지 않군요.〉

〈바로 그렇소. 오늘밤 막차로 가준다면 좋겠소만.〉

〈어딥니까?〉

〈버크셔의 아이포드요. 옥스퍼드주의 경계에서 가깝고 레딩에서 7마일 거리에 있는 작은 마을이오. 패딩턴에서 기차를 타면 11시 15분 정도에 도착할 거요.〉

〈알았습니다.〉

〈마차를 가지고 마중 나가겠소.〉

〈그럼 거기서 마차를 타고 가는 겁니까?〉

〈그렇소. 내가 사는 곳은 완전 시골이라오. 아이포드 역에서부터 7마일은 걸릴 거요.〉

〈자정 전에 도착하기는 힘들겠군요. 돌아오는 기차를 탈 시간이

안될 것 같습니다. 밤을 그곳에서 지낼 수밖에 없겠는데요.〉

〈임시 침상을 마련해 주겠소.〉

〈그건 꽤 불편하겠군요. 좀 더 편한 시간에 가면 안 되겠습니까?〉

〈우리는 당신이 늦은 시간에 오는 것이 제일 낫다고 판단했소. 그런 불편함에 대한 보상으로, 나이도 젊고 유명하지 않은 당신에게 이 분야 최고 기술자의 보수를 지불하는 것이오. 물론 당신이 이 일을 하고 싶지 않다면, 그렇게 해도 좋소.〉

저는 50기니의 돈을 생각했습니다. 그 돈이 있다면 얼마나 유용하게 쓸 수 있는지도 말입니다.

〈아닙니다.〉

제가 말했습니다.

〈요구하시는 대로 기꺼이 맞춰 드리겠습니다. 그런데 제가 무엇을 해야 하는지 좀더 자세히 말씀해주시면 좋겠군요.〉

〈물론이오. 비밀 서약을 확실히 받을 정도이니 궁금증이 생기는 건 당연한 일이 아니겠소. 당신에게 자세히 말을 하지 않고 일을 부탁할 생각은 하지 않았소. 분명 우리 얘기를 엿듣는 사람은 없겠지요?〉

〈확실합니다.〉

〈그러면 까닭을 말하리다. 백토[01](白土)가 아주 값이 나가는 물건이라는 걸 들어본 적 있을 거요. 영국 안에서 발견되는 지역은 한두 군데 밖에 없다는 걸 알고 있소?〉

〈들어본 적 있습니다.〉

---

01 백토 : 풀러토. 흡착성이 강한 세립의 토양물질. 물, 지방, 기름 등을 흡수하는 성질 때문에 직물을 표백하거나, 자연 표백제로 사용되기도 한다.

〈얼마 전에 나는 레딩에서 10마일 정도 떨어진 곳에 작은 땅을, 아주 작은 땅을 샀소. 재수가 좋았는지 그 땅에 백토가 매장되어 있다는 사실을 알아냈다오. 그런데 조사해보았더니 매장량이 상당히 적었소. 우리 집 땅은 많은 양이 매장되어 있는 두 지역, 그러니까 왼쪽과 오른쪽을 잇는 연결부분 같은 것이었소. 하지만 그 두 부분은 이웃집인 것이오. 이웃 사람들은 자기 땅에 금광보다 값이 나가는 것이 묻혀있다는 것을 모르고 있소. 그래서 그들이 알기 전에 그 사람들의 땅을 사려고 했지만 불행하게도 나는 그만한 돈을 가지고 있지 않다오. 이 얘기를 비밀리에 친구 몇 명에게 했더니, 내 땅에 있는 적은 양을 은밀히 조용하게 파낸 다음, 그걸로 돈을 마련해서 이웃의 땅을 사면되지 않겠냐는 제안을 하더이다. 그래서 얼마 전부터 그 일을 해오고 있는데, 일을 쉽게 하기위해 수압 프레스를 설치했소. 아까 얘기했듯이, 이 기계가 고장 났기 때문에 당신이 도움을 주었으면 하는 것이오. 우리는 이 비밀을 지키려고 애쓰고 있는데, 수공학 기술자가 우리가 사는 조그만 집에 왔다는 얘기를 들으면 곧 사람들이 의문을 품을 것이고, 그래서 사실이 밝혀지면 그 땅을 사겠다는 계획은 끝장이 나고 마는 것이오. 오늘 밤 아이포드로 가는 것을 아무에게도 말하지 말라고 다짐을 받은 것은 바로 그 까닭이오. 이제 확실히 아시겠소?〉

〈잘 알겠습니다.〉

제가 말했지요.

〈한 가지 제가 이해하지 못하는 점은, 왜 수압 프레스를 사용하느냐 하는 것입니다. 제가 알기로는, 백토를 파내는 것은 채석장에서 자갈을 채취하는 것이나 같을 텐데요.〉

〈아!〉

그는 대수롭지 않게 말했습니다.

〈우리만의 방식이 있소. 사람들이 알아채지 못하도록 백토를 벽돌 모양으로 압축해서 옮기는 것이오. 이건 뭐 지엽적인 이야기이고. 해서리 씨, 나는 당신을 완전히 신뢰하고 있소. 그래서 당신을 믿고 모든 얘기를 한 것이오.〉

그는 이렇게 말하면서 일어났습니다.

〈그러면 11시 15분에 아이포드에서 기다리겠소.〉

〈꼭 가겠습니다.〉

〈그리고, 아무에게도 말하지 마시오.〉

그는 한참동안 의심스런 눈초리로 나를 바라보더니 차갑고 땀에 젖은 손으로 악수를 하고, 서둘러 방을 나갔습니다.

냉정한 마음으로 생각해보니, 두 분 모두 그렇게 생각하시겠지만, 갑작스럽게 의뢰받은 일에 저는 몹시 당황스러웠습니다. 다른 한편으로는 물론, 제가 일을 해주고 요구할 수 있는 돈의 열 배나 되는 보수를 받을 수 있으니 기쁜 마음이었지요. 이걸로 해서 또 다른 일이 연이어 들어올 수도 있고 말입니다. 또 한편으로는, 의뢰인의 모습이나 행동이 불쾌한 인상을 주었고, 백토에 관한 이야기로서는 왜 꼭 한밤중에 가야하는지, 왜 다른 사람에게 얘기하지 말라고 그토록 당부하는지에 대한 설명으로 부족한 것 같았습니다. 하지만 이런 걱정들은 모두 날려버리고, 저녁을 든든하게 먹은 다음, 패딩턴까지 마차를 타고 달려가, 기차를 타고 출발했습니다. 그가 요구한 대로 아무에게도 얘기하지 않았지요.

레딩에서는 기차를 갈아탈 뿐 아니라 다른 역사로 가야했습니다.

어쨌든, 아이포드행 막차를 탈 수 있었고, 11시가 지나서 어둑한 불이 켜져 있는 작은 역에 도착했지요. 그곳에서 내린 승객은 저뿐이었습니다. 등불을 들고 꾸벅꾸벅 졸고 있는 짐꾼 외에 다른 사람은 없더군요. 하지만 개찰구를 지나자, 저편 어둠 속에서 오늘 봤던 사람이 기다리고 있는 것이 보였습니다. 그는 말도 없이 제 팔을 잡더니 서둘러 문이 열려있는 마차 안으로 밀어 넣고 나무벽을 두드렸습니다. 마차는 최대 속도로 달려갔지요."

"말은 한 마리였나요?"

홈즈가 끼어들었다.

"네. 한 마리뿐이었습니다."

"색깔은 봤나요?"

"네. 마차에 오를 때 옆에 붙은 등으로 봤는데, 밤색이었습니다."

"피곤해 보였나요, 활기차 보였나요?"

"아, 활기차고 윤기가 흐르더군요."

"고맙습니다. 중간에 끼어들어서 미안하군요. 계속해주시지요. 흥미로운 이야기입니다."

"우리는 떠난 후에, 적어도 한 시간 정도는 달렸습니다. 라이샌더 스타크 대령은 7마일이라고 했지만, 제 생각으로는 우리가 달린 속도와 시간으로 볼 때 12마일 가까이 되는 것 같았습니다. 그는 가는 동안 아무 말 없이 내 옆에 앉아있었지요. 한두 번 정도 그쪽을 볼 때마다 뚫어지게 쳐다보는 그의 시선이 느껴졌습니다. 시골길은 정말 도로상태가 좋지 않아서 마차는 꽤 심하게 기우뚱대고 흔들거렸습니다. 어디쯤 왔는지 창밖을 보려고 했지만 뿌연 유리였기 때문에 가끔씩 지나가는 흐릿한 불빛 외에는 아무 것도 볼 수 없었지요. 이따금 저는 여행의 지루함을 달래보고자 내키지 않는 말을 걸어보기도 했지만, 대령의 대답은 단음절로 끝날 뿐이어서 대화는 곧 시들해지고 말았습니다. 마침내 덜컹거리는 도로는 단단하고 평탄한 자갈길로 바뀌더니 마차가 멈추더군요. 라이샌더 스타크 대령은 뛰어내렸고 저는 그를 따라 내렸습니다. 그는 재빠르게 저를 붙들고 문이 열려있는 현관으로 데려갔지요. 마차에서 내리자마자 현관으로 들어갔기 때문에 집의 외관을 잠깐이라도 볼 틈이 없었습니다. 제가 문지방을 넘어가는 순간 등 뒤에서 문이 쾅하며 닫혔고, 덜컹거리는 마차 소리가 점점 멀어지는 것을 희미하게 들을 수 있었습니다.

집안은 완전히 깜깜했습니다. 대령은 낮게 중얼거리며 성냥을 찾으려고 더듬거렸지요. 그런데 갑자기 복도의 한쪽 끝에서 문이 열리더니 긴 황금색 빛줄기가 우리 쪽을 비추었습니다. 그 빛줄기가 점점 넓어지면서 한 여인이 손에 등불을 들고 나타났습니다. 그녀는 등불을 높이 들고 머리를 앞으로 내밀어 우리를 살펴보았어요. 예쁜 여인이었고, 검은 색 드레스가 불빛에 반짝이는 것을 보아 비싼 천으로 만든 옷이라는 걸 알 수 있었습니다. 그녀는 외국어로 말을 했는데 무언가 물어보는 것 같았지요. 대령이 퉁명스럽게 한 마디로 대답하자 그녀는 놀라서 손에 든 등불을 떨어뜨릴 뻔 했습니다. 스타크 대령은 그녀에게 가까이 다가가 귀에 대고 속삭이더니 나왔던 방으로 다시 밀어 넣더군요. 그리고는 등불을 손에 들고 내게로 왔습니다.

〈이 방에서 잠시 기다려야겠소.〉

이렇게 말하며 그는 다른 방문을 열었습니다. 평범한 가구가 놓인 아주 작은 방이었는데 한 가운데에 둥근 탁자가 있고, 그 위에는 독일책이 몇 권 흩어져 있었습니다. 스타크 대령은 문옆의 오르간 위에 등불을 올려두었지요.

〈금방 돌아올 거요.〉

이렇게 말하며 그는 어둠 속으로 사라졌습니다.

저는 독일어는 잘 못합니다만 탁자 위에 놓인 책들을 한번 보았지요. 두 권은 과학 학술논문이고 나머지는 시집인 것 같더군요. 그 다음엔 시골 풍경을 볼 수 있을까 하는 생각으로 창가에 갔는데 참나무로 만든 덧문이 닫혀 있었고 빗장이 가로질러 채워져 있었습니다. 이상하리만큼 조용한 집이었어요. 오래된 시계가 복도 어디선가 큰 소리로 재깍재깍하는 것 외에는 죽은 듯이 조용했습니다. 막연히 불안하다는 느낌이 제 마음 속을 덮쳐왔습니다. 그 독일 사람들은 대체 누구며, 이 이상하고 멀리 떨어진 곳에서 무엇을 하는 걸까? 제가 아는 것은 아이포드에서 10마일 정도 떨어진 곳이라는 것 뿐, 북쪽인지 남쪽인지 동쪽인지, 아니면 서쪽인지 전혀 몰랐습니다. 그 정도 반경이라면 레딩이나 다른 큰 도시도 포함되기 때문에 그렇게까지 외진 곳이 아닐 수도 있습니다. 하지만 분명한 것은 아주 적막한 시골에 있다는 것이지요. 저는 기분 전환을 하려고 방 안을 왔다 갔다 하며 낮은 소리로 콧노래를 불렀습니다. 그리고 50기니를 번다는 것에 마음을 집중했습니다.

갑자기, 완벽한 적막 속에서 아무런 기척도 없이 방문이 천천히 열렸습니다. 그 여인이 열린 틈 사이에 어두운 현관을 배경으로 서있었고, 내 방에 있는 등불의 노란빛이 그녀의 아름답고 긴장된 얼굴을 비추었습니다. 한 눈에 보기에도 그녀는 공포에 질려 있었고, 그 모습을 보니 내 가슴도 서늘해지는 것 같았지요. 그녀는 떨리는 손가락을 하나 펴서 내게 조용하라는 신호를 보내고, 서툰 영어로 몇 마디 속삭이고는, 놀란 말처럼 어둠 속을 뒤돌아 봤습니다.

〈나는 가려합니다.〉

그녀는 조용히 말하려고 애쓰는 것 같았습니다.

〈나는 가려합니다. 나는 여기 있으면 안됩니다. 당신이 하는 일은 좋지 않습니다.〉

〈하지만, 부인.〉

제가 말했습니다.

〈아직 할 일을 끝내지 못했습니다. 기계를 보기 전에는 떠날 수 없어요.〉

〈기다릴 필요 없어요.〉

그녀는 계속 말했습니다.

〈저 문을 통해 갈 수 있습니다. 방해하는 사람 없어요.〉

그런데도 내가 웃으며 고개를 좌우로 저으니, 그녀는 갑자기 지금까지의 조심성을 팽개치고 한 걸음 다가와 두 손을 쥐어짜듯 모으더군요.

〈제발!〉

그녀는 속삭였습니다.

〈너무 늦기 전에 여길 떠나!〉

하지만 저는 천성적으로 고집이 센 편이라 하려던 일을 누가 방해하면 더욱 하고 싶어 하지요. 50기니의 보수와 여기까지 오느라 힘들었던 여행, 그리고 앞으로 일어날 것 같은 기분 나쁜 일들을 생각해봤습니다. 모두 헛일이 되어도 괜찮을까요? 내가 맡은 일을 하지도 않고, 그에 대한 보수도 받지 않고 내가 왜 도망쳐야할까요? 이 여인은 어쩌면 미친 사람일 수도 있습니다. 그녀의 태도에 마음이 흔들리는 것을 느끼면서도 저는 단호하게 버텼습니다. 계속 머리를 저으며 여기 머물러 있겠다고 분명히 밝혔지요. 그녀가 다시 간절히 부탁을 하려는데 위층에서 문이 쾅 닫히고 계단에서 누군가가 내려오는 발소리가 들렸습니다. 그녀는 그 소리를 듣자마자 자포자기하듯 두 손을 들어 올리고는 왔던 곳으로 빠르고 소리 없이 사라졌습니다.

내려온 사람은 라이샌드 스타크 대령과 이중턱에 친칠라 모피 같은 턱수염을 한, 키 작고 뚱뚱한 남자였습니다. 퍼거슨 씨라고 소개하더군요.

〈이쪽은 내 비서이자 관리인이오.〉

대령이 말했습니다.

〈그런데, 이 문은 조금 전에 내가 닫고 간 것 같은데, 문틈으로 바람이 들어오지나 않았는지 모르겠구려.〉

〈아닙니다.〉

제가 말했지요.

〈좀 갑갑한 것 같아 제가 열었습니다.〉

그는 의심쩍은 눈초리로 나를 바라봤습니다.

〈그럼, 일을 시작하는 게 좋을 것 같소. 퍼거슨 씨와 내가 기계를 보여주리다.〉

〈모자를 써야할 것 같군요.〉

〈아니, 아니오. 집 안에 있소.〉

310

〈네? 백토를 집 안에서 파내는 겁니까?〉

〈아니오. 압축만 하는 거요. 그런 것에는 신경 쓰지 마시오! 우리가 당신한테 바라는 것은 기계를 검사해보고 무엇이 잘못되었는지 알려주는 것이오.〉

우리는 다 같이 위층으로 올라갔습니다. 대령이 등불을 들고 앞에 섰고, 뚱뚱한 관리인과 나는 그 뒤를 따랐습니다. 그곳은 오래된 저택의 미궁 같았습니다. 복도와 회랑, 좁은 나선형 계단, 작고 낮은 문, 몇 세대를 거치면서 움푹 들어간 문지방 등이 눈에 띄었어요. 이층부터는 카페트도 없고 가구가 있었던 흔적도 없으며, 벽의 회칠은 다 떨어져 나가 녹색의 지저분한 얼룩 사이로 습기가 배어있었습니다. 저는 되도록 마음을 편하게 가지려고 노력했습니다만, 아무리 무시하려고 해봐도 그 여인이 경고했던 말이 잊혀지지 않았어요. 그래서 두 사람을 자세히 살펴봤습니다. 퍼거슨은 뚱하고 말수가 적은 사람 같았는데 그의 말을 몇 마디 들어보니 저와 같은 나라 사람이라는 것 정도는 알 수 있었습니다.

라이샌더 스타크 대령은 마침내 낮은 문 앞에 서더니 자물쇠를 열었습니다. 그 안에는 정사각형의 작은 창이 있었는데, 세 명이 한 번에 들어가지 못할 정도였지요. 퍼거슨이 밖에 남고 대령이 저를 안으로 안내했습니다.

〈우리는 지금,〉

그가 말했습니다.

〈수압 프레스 안에 들어와 있소. 만약 누군가가 스위치를 켠다면 우리로서는 아주 좋지않은 일이 생기게 되는 거지. 이 작은 방의 천정은 사실상 피스톤의 아래쪽 면인 거요. 몇 톤이나 되는 압력으로 내려와 쇠로 된 바닥에 닿게 되어 있소. 밖에는 물을 넣은 작은 외축 기둥이 있어서 당신도 잘 알고 있는 방법으로 힘을 받고, 전달하고, 증가시키는 역할을 하는 거요. 기계가 잘 돌아가기는 하지만, 동작중에 원활하지 않은 부분이 있어 압력이 약간 새는 것 같소. 당신이 기계를 잘 볼 수 있으니 살펴보고, 어떻게 고쳐야할지 알려주시오.〉

저는 그에게서 등불을 받아들고, 기계를 신중하게 검사했습니다. 그건 정말 거대한 크기였고, 엄청난 압력을 낼 수 있는 기계였지요. 하지만 제가 밖으로 나가 작동 레버를 눌러보니 쉿하는 소리가 나서 누출되는 곳이 조금 있다는 걸 금방 알게 되었습니다. 그래서 보조 실린더 중 하나를 통해 역류가 일어나는 것이었지요. 조사해보니 구동축을 둘러싸고 있는 탄성고무 중 하나가 수축해서, 작동할 때 소켓을 꽉 막아주지 못하고 있더군요. 그 때문에 힘의 손실이 있는 것이 분명했습니다. 저는 대위에게 잘 설명해주었고, 그는 주의 깊게 잘 들은 뒤, 수리 방법에 대해 몇 가지 실무적인 질문을 했지요. 확실하게 설명해준 다음 저는 그 기계 안의 방으로 들어가 제가 궁금하게 여기던 점을 자세히 살펴보았습니다. 한 눈에 봐도 백토에 관한 이야기는 그저 꾸며낸 것이 분명했어요. 그런 일에 이처럼 강력한 엔진을 쓴다는 것은 말이 안 되는 이야기이지요. 벽은 나무로 되어 있지만 바닥은 넓은 철제판으로 만들어져 있었고, 자세히 검사해보니 쇳조각이 바닥에 온통 붙어 있더군요. 저는 웅크리고 앉아서 그게 뭔지 자세히 보려고 손으로 긁어봤습니다. 그때 독일어로 중얼거리는 소리가 들려 쳐다보았더니, 대령이 창백한 얼굴로 나를 내려다보고 있었습니다.

〈거기서 뭐하는 거요?〉

그가 물었습니다.

저는 그가 꾸며댄 이야기에 속은 것을 생각하니 화가 났습니다.

〈백토 이야기에 감탄하고 있는 중입니다.〉

제가 말했습니다.

〈이 기계의 사용 용도를 정확하게 달해주었다면 좀더 도움을 줄 수 있었을 텐데요.〉

그 말을 내뱉자마자 저는 경솔하게 얘기한 것을 후회했습니다. 그의 얼굴은 굳어졌고, 회색 눈에서는 불길한 섬광이 번뜩였습니다.

〈좋아.〉

그가 말했습니다.

〈이 기계가 어떤 건지 알게 될 거다.〉

그는 뒤로 물러서더니 작은 문을 쾅하며 닫고 열쇠를 돌려 잠갔습니다. 저는 앞으로 달려가 손잡이를 당겨봤지만 완전히 잠겨버렸더군요. 발로 차고 밀어 봐도 소용이 없었습니다.

〈이봐요!〉

저는 소리를 질렀습니다.

〈이봐요! 대령님! 나가게 해줘요!〉

그런데 갑자기 적막 속에서 소리가 들려 저는 소스라치게 놀랐습니다. 그건 철컥하며 스위치를 작동시키는 소리였고, 쉭쉭하며 실린더가 새는 소리였지요. 그가 엔진을 작동시킨 것입니다. 바닥을 조사하느라 놓아두었던 등불은 아직 그대로 있었습니다. 그 불빛으로 검은 천정이 제게로 천천히, 덜컹거리며 내려오는 것이 보였습니다. 그

압력이라면 1분 내로 저를 으스러뜨리고 형태도 없는 덩어리로 만들 어버린다는 것을 저보다 잘 아는 사람이 있을까요. 저는 온몸을 던져 문에 부딪치며 비명을 질렀고, 손톱으로 열쇠구멍을 긁어댔습니다. 대령에게 내보내달라고 애원했지만 무자비한 기계의 덜컹거리는 소리 에 묻혀버렸습니다. 천정은 머리 위 1, 2피트[01]까지 내려와, 손을 올리 면 단단하고 거친 표면이 느껴질 정도였지요. 번뜩, 죽을 때의 자세에 따라 느끼는 고통이 많이 다를 것이라는 생각이 들더군요. 만약 엎드 린다면 하중이 제 허리에 가해질 겁니다. 그 부러지는 무시무시한 소 리를 생각해보니 몸서리가 쳐졌습니다. 그보다 나은 자세를 취한다고 바로 눕는다 해도, 죽음의 검은 그림자가 덜컹대며 내려오는 것을 어 떻게 올려다보고 있겠습니까? 그런데, 똑바로 서있을 수도 없는 상태 가 되었을 때 희망이 되살아날 무언가가 눈에 띄었습니다.

아까 얘기했듯이 바닥과 천정은 쇠로 되어있지만, 벽은 나무로 만 들어져 있었습니다. 마지막으로 주위를 재빠르게 둘러보니, 두 개의 나무판자 사이에 노란 불빛이 보였습니다. 그것은 작은 판자가 뒤로 밀려감에 따라 점점 넓어졌지요. 죽음으로부터 빠져나갈 틈이 있다 는 것이 믿겨지지 않을 정도였습니다. 즉시 그곳으로 몸을 날렸습니 다. 다음 순간 저는 반쯤 정신 나간 상태로 바깥쪽에 누워있더군요. 나무판자는 내 뒤에서 다시 닫혔고, 등불이 깨지는 소리가 들렸습니 다. 잠깐 사이에 쇠로 된 두 부분이 철컹 소리를 내며 맞부딪치더군 요. 얼마나 아슬아슬하게 빠져나온 건지 알 수 있었지요.

---

01 1 피트는 약 30cm 정도.

누군가 미친 듯이 제 손목을 잡아당겨서 정신을 차리고 보니, 저는 좁은 복도의 돌바닥에 누워있었습니다. 한 여인이 허리를 숙인 채 왼손으로는 저를 잡아끌며, 오른 손으로는 촛불을 들고 있더군요. 그녀는 경고를 해주었던 바로 그 여인이었습니다. 어리석게도 거절했던 그 경고 말입니다.

〈빨리! 빨리!〉

그녀는 숨을 헐떡이며 말했습니다.

〈금방 그들이 와요. 그들이 보면 당신이 없어야 돼요. 오, 귀한 시간을 버리지 말아요. 어서!〉

이번에는 그녀의 말을 무시하지 않았습니다. 저는 비틀거리며 일어나 그녀와 함께 복도를 따라 뛰어가 나선형 계단을 내려갔습니다. 그 길은 또 다른 넓은 통로로 이어졌는데, 우리가 그곳에 도달하자마자 뛰어가는 발소리와 두 명이 크게 외치는 소리가 들려왔습니다. 한 명은 우리가 있는 복도에서, 다른 한 명은 아래층에서 서로 말하는 소리였지요. 그 여인은 멈춰 서서 안절부절못하고 주위를 둘러봤습니다. 그리고는 어떤 방문을 열더군요. 그 방에서는 달이 창문을 통해 밝게 빛나고 있었습니다.

〈오직 이 길 뿐이에요.〉

그녀가 말했습니다.

〈높지만, 당신은 뛸 수 있을 겁니다.〉

이렇게 얘기할 때였습니다. 복도 저쪽 끝에서 불빛이 번쩍이더니, 라이샌더 스타크 대령이 한 손에는 등불을 들고, 다른 손에는 도살업자들이 쓰는 큰 칼을 들고 달려오는 모습이 보였습니다. 저는 침실로 뛰어 들어가 창문을 활짝 열고 바깥을 내다 봤습니다. 달빛에 비친 정원은 정말 고요하고 아름답고 안전해보였습니다. 높이는 30피트가 채 안될 것 같더군요. 창턱을 기어 올라가 뛰어내리려다, 저는 망설였습니다. 구세주 같은 그녀와 저를 쫓는 잔인한 악당 사이에 무슨 말이 오가는지 들어본 다음에 가야할 것 같았지요. 그녀가 위험한 상황에 처한다면 어떠한 일이 있더라도 돌아가서 도와줘야 한다고 생각했습니다. 그런 생각을 하고 있던 찰나, 대령이 문 앞에 나타나 그녀를 밀치고 들어오려 하더군요. 하지만 그녀가 붙들며 못 들어오게 막았습니다.

〈프리츠! 프리츠!〉

그녀는 영어로 소리쳤습니다.

〈지난 번 약속 한 걸 기억해 봐요. 다시는 안한다고 말했잖아요. 저 사람은 아무 말도 안할 거예요! 오, 아무 말도 안할 거예요!〉

〈넌 미쳤어, 엘리제!〉

그는 소리 지르며, 그녀를 떼어놓으려고 몸부림을 쳤습니다.

〈너 때문에 우리 모두 망할 거야. 저 녀석은 너무 많은 걸 봤어. 비켜!〉

대령은 그녀를 한쪽으로 밀어내고 창문으로 달려와 제게 그 큰 무기를 들이댔습니다. 저는 막 뛰어내리려고 창문턱을 손으로 잡고, 창문틀 홈에 손가락을 끼고 매달려 있던 참이었습니다. 그때 대령이 칼로 내리쳤습니다. 저는 둔탁한 고통을 느끼며 손을 놓치고 정원으로 떨어졌지요.

충격을 받았지만, 떨어질 때 다치지는 않았습니다. 아직 위험에서 벗어나지 않았다는 것을 알고 있었기에, 저는 몸을 추스르고 일어나 제가 뛸 수 있는 최대의 속도로 수풀 속을 달려갔습니다. 그런데 뛰다보니 갑자기 아찔하게 현기증이 나면서 고통이 밀려오더군요. 쑤시듯 아픈 손을 내려다보고서야 엄지손가락이 잘려나갔고, 그 상처에서 피가 솟구치고 있다는 것을 알았습니다. 저는 손수건으로 상처를 둘러 묶으려고 했는데, 갑자기 귀 속에서 윙윙거리는 소리가 들려왔습니다. 그리고는 정신을 잃고 장미 덤불 속으로 쓰러지고 말았지요.

기절한 채로 얼마나 시간이 지나갔는지 모르겠습니다. 정신을 차렸을 때는 달이 지고 아침이 밝아있었기 때문에 꽤 오랜 시간이 지난 건 틀림없었습니다. 제 옷은 이슬에 흠뻑 젖어 있었고, 코트 소매는 상처에서 나온 피로 젖어있었습니다. 욱신거리는 고통이 지난 밤의 무서운 사건을 모두 떠올리게 하더군요. 아직 저를 쫓는 잔인한 악당으로부터 안전하지 않다는 생각에 두 발을 딛고 일어났습니다. 그런데, 놀랍게도 주위를 둘러보니 그 집도 정원도 보이지 않았습니다. 제가 누워있던 곳은 큰 길 가의 울타리 한쪽 모퉁이였고, 조금 아래쪽에는 기다란 건물이 보였는데 다가가보니 어젯밤에 도착했던 바로 그 기차역이었습니다. 손에 입은 엄청난 부상이 아니었다면, 그 끔찍했던 시간들이 악몽이었다고 생각했을 겁니다.

반쯤은 멍한 상태로 저는 기차역으로 가서 아침 열차가 언제 오는지 물어봤습니다. 레딩으로 가는 차가 한 시간 내에 온다고 하더군요. 제가 도착했을 때 봤던 짐꾼이 일을 하고 있었습니다. 라이샌더 스타크 대령에 대해 들어본 적이 있느냐고 물어보았지요. 모르는 이름이라고 했습니다. 지난밤에 저를 기다리고 있던 마차를 봤나요? 아니, 못봤다고 했습니다. 가까운 경찰서가 어디 있습니까? 3마일 정도 가면 있다더군요.

아프고 지쳐있는 저로서는 너무 멀었습니다. 런던으로 돌아간 다음에 경찰서에 가기로 마음을 먹었습니다. 여섯 시 조금 지나서 도착했고, 먼저 상처를 치료할 곳을 찾았지요. 그래서 의사 선생님을 만났고, 친절하게도 저를 이곳에 데려다 주셨습니다. 이 사건을 당신께 맡기고, 말씀하시는 대로 하겠습니다."

놀라운 이야기가 끝나자 우리는 잠시 동안 침묵을 지키며 앉아 있었다. 셜록 홈즈는 책꽂이에서 크고 두툼한 스크랩북 중 한 권을 꺼냈다.

"여기 당신의 흥미를 끌만한 광고가 있습니다."

그가 말했다.

"일 년 전에 모든 신문에 실렸던 것인데, 들어보시죠. 〈이 달 9일에 실종. 제레미아 헤일링. 26세, 수공학 기술자. 하숙집에서 밤 열 시에 나간 이후 나타나지 않음. 당시 입었던 옷은,〉 등등. 하! 그 대령은 지난번에도 기계를 검사할 기술자가 필요했던 것 같군요."

"세상에!"

내 환자가 소리쳤다.

"그 여자가 말한 것이 모두 이해되는군요."

"틀림없지요. 대령은 냉정하고 무자비한 인간이라, 분명 그의 일에 방해가 되는 것은 가만 두지 않을 겁니다. 철두철미한 해적들이 탈취한 배에 생존자를 남겨두지 않는 것처럼 말이죠. 그럼, 한 순간 지체할 수 없으니 괜찮으시다면 아이포드로 출발하기에 앞서, 당장 런던 경찰청에 갑시다."

약 세 시간 후에 우리는 레딩을 떠나 버크셔의 작은 마을로 향하는 기차에 타고 있었다. 일행은 셜록 홈즈, 수공학 기술자, 런던 경찰청의 브래드스트릿 경감, 경관 한 명, 그리고 나였다. 브래드스트릿은 그 지방의 육지 측량부 지도를 의자에 펼쳐놓고, 아이포드를 중심에 두고 컴퍼스로 원을 그리느라 여념이 없었다.

"여깁니다."

그가 말했다.

"이 원은 그 마을로부터 반경 10마일을 그린 것이지요. 그 장소는 분명히 이 선 근처에 있을 겁니다. 10마일이라고 하셨죠?"

"마차로 한 시간은 족히 달려갔습니다."

"그러니까, 당신이 정신을 잃었을 대 그만한 거리를 다시 데려다 준거라고 생각하시는 거지요?"

"그랬을 겁니다. 혼란스럽긴 해도, 저를 들어서 어딘가로 옮긴 듯한 기억이 어렴풋이 납니다."

"이해할 수 없는 것은,"

내가 말했다.

"그들이 정원에 쓰러져 있는 당신을 발견했을 때, 왜 목숨을 살려주었냐 하는 것입니다. 여인의 간절한 애원에 그 악당의 마음이 약해진 걸까요."

"그럴 리 없습니다. 그런 냉혹한 얼굴은 생전 처음 봤으니까요."

"오, 그건 곧 해결될 겁니다."

브래드스트릿이 말했다.

"자, 제가 원을 그렸습니다만, 이제 거길 찾아내려면 어느 쪽으로 가야하는 지 알고 싶습니다."

"나는 어딘지 손가락으로 짚어줄 수 있을 것 같군요."

홈즈가 조용히 말했다.

"정말입니까?"

경감은 큰 목소리로 말했다.

"벌써 판단을 내렸군요! 그렇다면, 누구 의견이 당신과 맞는지 봅시다. 나는 남쪽으로 하겠습니다. 그쪽이 인적이 드문 곳이니까요."

"저는 동쪽입니다."

내 환자가 말했다.

"나는 서쪽입니다."

경관이 말했다.

"그쪽에 한적하고 작은 마을이 몇 개 있어요."

"그러면 나는 북쪽으로 하지요."

내가 말했다.

"왜냐하면 그쪽엔 언덕이 없기 때문입니다. 이 친구 말에 의하면, 마차가 언덕을 올라가는 건 느끼지 못했다니까 말이지요."

"그렇다면,"

경감은 웃으며 말했다.

"의견이 서로 완전히 다른데요. 컴퍼스가 우리를 빙 돌아서 원을 그린 것 같습니다. 누구한테 캐스팅 보트[01]를 행사할 건가요?"

"여러분 모두 틀렸습니다."

---

01 casting vote : 의회에서 가부간 동수일 때 의장이 결정권을 가지는 제도. 또는 의회 등에서 양대 당이 비슷한 힘을 가질 때 제3당이 '캐스팅 보트를 쥐고 있다'고 말한다.

"모두 틀릴 수는 없는 걸요."

"오, 아니죠. 있어요. 여깁니다."

홈즈는 원의 중앙을 손가락으로 짚었다.

"우리가 찾아야할 곳은 여깁니다."

"하지만 12마일을 달렸는데요?"

해서리가 숨을 몰아쉬며 말했다.

"6마일 가고 6마일 돌아온 거죠. 간단합니다. 마차에 탔을 때, 그 말이 활기차고 윤기가 흐르더라고 당신이 얘기 했지요. 험한 길로 12마일을 달려왔다면 어떻게 그럴 수가 있겠습니까?"

"정말 대단한 계략이군요."

브래드스트릿이 신중한 말투로 얘기했다.

"물론 이 악당이 어떤 놈인지에 대해서는 더 생각할 것도 없습니다만."

"그렇지요."

홈즈가 말했다.

"그들은 대량으로 위조화폐를 만드는 자들로, 그 기계는 은 대신에 쓸 아말감을 만드는데 사용한 것입니다."

"솜씨가 뛰어나고 영리한 악당들이 있다는 건 얼마 전부터 알고 있었습니다."

경감이 말했다.

"반 크라운짜리 동전을 수천 개 만들어 냈어요. 레딩까지는 추적을 했었는데 더 이상 나아가질 못했습니다. 자취를 감추는 걸 보면 아주 노련한 놈들이란 걸 알 수 있죠. 그래도 이런 행운의 기회를 만나, 그놈들을 잡을 수 있게 되었습니다."

하지만 경감이 틀렸다. 그 범죄자들은 법의 심판을 받을 운명이 아니었다. 우리가 아이포드 역에 도착할 때에 근처의 작은 나무 덤불 뒤에서 커다란 연기가 피어오르고 있었는데, 그건 마치 거대한 타조의 날개가 주변 풍경을 위로 걸려있는 것 같았다.

"어느 집에서 불이 났습니까?"

브래드스트릿이 물었다. 우리를 태우고 온 기차가 다시 떠날 때였다.

"네. 그렇습니다."

역장이 말했다.

"언제 시작 됐습니까?"

"밤에 일어났다고 들었습니다. 그런데 점점 불이 커져서 집 전체가 화염에 휩싸였어요."

"거긴 누구 집인가요?"

"의사인 베처 씨집입니다."

"그렇다면,"

그 기술자가 끼어들었다.

"베처 씨가 독일인입니까? 길고 예리한 코에 아주 마른 사람이요?"

역장은 크게 웃었다.

"아닙니다. 베처 씨는 영국 사람입니다. 이곳 교구에서 그보다 큰 조끼를 입는 사람은 없을 걸요. 같이 있는 신사분이 한 명 있긴 한데, 환자라고 들었습니다. 외국인이고, 버크셔의 질 좋은 소고기를 웬만큼 먹여서는 티도 안날만큼 생기기는 했더군요."

역장의 말을 채 끝나기도 전에 우리는 서둘러 불이 나는 방향으로 뛰어갔다. 길을 따라 낮은 언덕을 오르자 우리 앞에 흰 칠을 한 크고 넓은 건물이 나타났다. 불은 그 건물의 모든 틈새와 창문에서 뿜어져 올라오고 있었다. 정원에서는 세 대의 소방차가 불을 잡으려고 애쓰고 있었지만 헛일이었다.

"저깁니다!"

해서리가 흥분하며 소리쳤다.

"자갈길이 있고, 제가 쓰러졌던 장미 덤불이 있습니다. 저 두 번째 창문이 제가 뛰어내렸던 곳이에요."

"적어도,"

홈즈가 말했다.

"그자들에게 복수는 했군요. 프레스 안에 있던 기름 등불이 깨지면서 나무 벽에 불이 붙은 것이 틀림없습니다. 당신을 쫓느라 열중해서 그 당시에는 알지 못했던 것이지요. 구경하러 몰려든 사람들 중에 지난밤의 그자들이 있는지 눈을 크게 뜨고 지켜보십시오. 지금쯤이면 벌써 백마일은 넘게 도망간 것이 아닐까 걱정이긴 하지만."

홈즈의 걱정은 사실로 드러났다. 그날 이후로 그 아름다운 여인이나 악마 같은 독일인, 뚱한 영국인에 대해서는 한 마디도 들을 수가 없었다. 그날 아침 일찍, 사람 몇 명과 엄청나게 큰 상자를 실은 마차가 레딩 방향으로 빠르게 달려가는 것을 어떤 농부가 보았지만, 도망자의 흔적은 거기서 모두 사라져버렸고, 홈즈의 재능으로서도 그들의 소재에 대한 단서를 찾는 것조차 실패하고 말았다.

소방수는 그 안에서 이상한 장치들을 발견하고 어리둥절했고, 3층 창틀에서 얼마 전에 잘린 사람의 엄지손가락을 발견하고는 더욱 혼란스러워 했다. 해가 질 때쯤에서야 그들의 노력이 성공을 거두어 불길을 잡았지만 이미 지붕이 무너져 내려, 집 전체가 모두 폐허로 변했다. 그곳엔 비틀어진 실린더 몇 개와 철제 파이프만이 남아있을 뿐, 우리의 불운한 친구에게 그토록 끔찍한 희생을 치르게 했던 거대한 기계의 흔적은 찾을 수 없었다. 많은 양의 니켈과 주석이 밖에 있던 창고에서 발견되었는데, 동전은 하나도 나오지 않아 마차에 실려 갔다던 그 큰 상자에 무엇이 있었을지 짐작하게 했다.

어떻게 수공학 기술자가 정원에서 그가 정신을 차린 곳으로 옮겨지게 되었는지는 수수께끼로 남아있었는데, 부드러운 진흙이 아주 간단하게 설명해주었다. 그는 분명 두 사람에 의해 옮겨졌으며, 한 사람은 작은 발자국을 남겼고 다른 사람은 보통이 아닌 커다란 발자국을 남겼다. 이와 같은 점을 고려해볼 때, 동료에 비해 극악무도한 인물은 아니었던 그 말수적은 영국인이 여인을 도와 정신을 잃은 남자를 위험지역 밖으로 옮긴 것이 틀림없었다.

"그러니까,"

런던으로 돌아오는 좌석에 앉아, 기술자가 슬픈 표정으로 말했다.

"저에게는 정말 대단한 일이었습니다. 엄지손가락을 잃고, 50기니의 보수도 잃어버렸으니 대체 내가 얻은 건 무엇일까요?"

"경험입니다."

홈즈가 웃으며 말했다.

"경험이란 간접적인 자산이지요. 이 이야기를 하는 것만으로도, 남은 평생 동안 어느 모임에 가서든 멋진 친구라는 평판을 얻을 겁니다."

독신 귀족

세인트 사이먼 경의 결혼과, 호기심을 불러일으켰던 파경은 그 불행한 신랑이 속한 상류사회에서도 더 이상 흥미로운 주제가 되지 못한 지 오래다. 새로운 스캔들이 그 사건을 덮어버렸고, 훨씬 더 자극적인 이야기 거리에 4년 지난 오래된 드라마는 관심 밖으로 밀려났다. 하지만 내가 보기에는, 전체적인 사실이 대중에게 밝혀지지 않았을 뿐 아니라, 내 친구 셜록 홈즈가 그 사건을 해결하는데 큰 역할을 했기 때문에 그의 전기를 완성하려면 이 놀랄 만한 이야기를 짧게나마 적어두어야 할 것 같다.

내가 결혼식을 하기 몇 주 전, 베이커 가에서 아직 홈즈와 하숙하고 있을 때였다. 그는 오후 산책을 마치고 돌아와서 편지 한 장이 탁자 위에서 그를 기다리고 있는 것을 발견했다. 나는 하루 종일 실내에 있었다. 날씨가 흐려지더니 갑자기 비가 내렸고 가을바람이 강하게 불었으며, 아프간 전쟁[01]의 유품으로 내 다리에 남아있는 제자일[02]

---

01 아프간 전쟁 : 아프간-영국 전쟁. 영국과 아프가니스탄은 세 차례에 걸쳐 전쟁을 벌였다. 19세기에 영국은 러시아와 중앙 아시아의 패권을 다투게 되는데 이 과정에서 러시아의 남하를 저지하려고 아프가니스탄을 침공한다. 1차 전쟁은 1839-1842년에 일어났고, 영국이 패함. 2차 전쟁에서는 영국이 승리.

02 jezail : 아프간-영국 전쟁 때 아프간이 사용했던 총. 영국군이 가지고 있던 브라운 베스 총의 사정거리가 150야드 정도인데 비해, 제자일은 500야드의 사거리를 지녔다.

탄환 상처가 계속해서 욱신욱신 쑤셨기 때문이다. 나는 편안한 의자
에 앉아 다리를 다른 의자에 올린 채, 신문 더미에 파묻혀 그날의 뉴
스를 다 읽어버렸다. 그리고는 신문을 모두 한쪽으로 밀어놓으며 멍
하니 누워 있다가, 탁자 위에 커다란 문장과 모노그램[01]이 있는 편지
를 발견하고는 내 친구에게 서신을 보낸 귀족은 누굴까 하는 나른한
공상에 빠져들었다.

"지체 높은 귀족이 편지를 보냈군."

그가 들어오자 내가 말했다.

"내 기억이 옳다면, 아침에 자네에게 온 편지는 생선장수와 세관
감시원이 보낸 것이었지?"

"그렇지. 내게 편지를 보내는 사람은 다양하다는 매력이 있어."

그는 웃으며 대답했다.

"대개는 천한 신분일수록 훨씬 흥미로운 법이네. 이건 지루하거나 거
짓말만 늘어놓는 사교모임에 초대하는 반갑잖은 소환장 같아 보이는 걸."

그는 봉함을 뜯고 내용을 훑어보았다.

"오, 이것 보게. 이건 뭔가 흥미 있을 것 같은데."

"그럼, 사교모임이 아닌가?"

"아냐. 일과 관련된 것이 분명하군."

"귀족 고객으로부터?"

"영국 귀족 가문 중의 하나지."

"이 친구, 그렇다면 축하할 일이군."

---

01 monogram : 두 개 이상의 글자를 한 글자 모양으로 도안한 문자.

"분명히 말하자면, 왓슨, 잘난 체하는 건 아니고, 나에겐 의뢰자의 신분보다 사건이 흥미로우냐가 더 중요하다네. 어쨌든 이번 조사는 재미도 있을 것 같군. 자네 요즘에 신문을 꽤 열심히 읽는 것 같던데, 맞나?"

"그런 것 같군."

나는 비참한 기분을 느끼며 구석에 있는 커다란 신문 더미를 가리켰다.

"그 외엔 별로 할 일이 없어서."

"그건 다행이군. 최근 정보를 알려줄 수 있을 것 같으니 말이야. 나는 범죄 기사나 개인 광고란 밖에 읽지 않거든. 개인 광고란은 언제나 유익하지. 그런데 자네가 최근 소식을 잘 알고 있으니, 세인트 사이먼 경과 그의 결혼에 관해서 읽어봤겠지?"

"오, 물론. 아주 재미있다네."

"그거 잘됐군. 내가 지금 손에 들고 있는 편지는 세인트 사이먼 경에게서 온 거라네. 이걸 읽어줄 테니, 신문을 뒤져서 그 사건에 대해서 내가 알아야할 사항들을 찾아봐주게. 그럼 편지를 읽겠네.

〈친애하는 셜록 홈즈 씨에게,

백워터 경으로부터 당신의 판단과 신중함은 절대적으로 신뢰할 수 있다는 말을 들었소. 그래서 내 결혼식과 관련되어 일어난 괴로운 사건에 대해 당신을 방문해서 상의하기로 결정하였소. 런던 경찰청의 레스트레이드 씨가 이미 이 사건을 맡고 있지만, 그는 당신이 협력하는 일에 반대하지 않을뿐더러 사건 해결에 어느 정도 도움이 되리라 확언하고 있소. 오늘 오후 4시에 방문할 예정이니, 그 시간에 다른 약속이 있다면 연기하기를 바라오.

이 사건이 가장 중요할 것이오.

　로버트 세인트 사이먼.〉

　그로브너 저택에서 보냈군. 깃펜으로 썼고, 불행하게도 고귀한 경의 오른쪽 새끼손가락 바깥쪽이 잉크로 더럽혀졌는걸."

　홈즈는 이렇게 말하며 그 편지를 접었다.

　"네 시라고 했는데, 지금 세 시야. 한 시간 후면 오겠군. 그러면 자네의 도움을 빌어 사건에 대해 알아둘 시간이 있겠네. 신문을 찾아서 시간 순서대로 추려주게. 그동안 나는 우리의 의뢰인에 대해 알아봐야겠군."

　그는 벽난로 선반 옆, 참고문헌이 있는 책장에서 빨간 표지의 책을 꺼냈다.

　"여기 있군."

　이렇게 말하며 그는 앉아서 무릎 위에 책을 놓고 펼쳤다.

　"로버트 윌싱엄 드 비어 세인트 사이먼, 발모럴 공작의 둘째 아들이라. 흠! 문장은 하늘색. 검은 띠 위에 세 개의 마름쇠[01] 모양. 1846년 출생. 41세니 결혼하기엔 만기가 다 됐군. 지난 내각에서 식민지 차관을 지냈음. 공작인 그의 아버지는 외무 장관을 역임. 플랜태저넷 왕가의 직계 혈통으로, 모계는 튜더 왕가. 하! 별로 쓸모 있는 내용은 없군. 왓슨, 뭔가 쓸모 있는 걸 찾으려면 자네한테 기대야겠는걸."

　"원하는 걸 찾는 건 그리 어렵지 않았네."

01　적의 침입을 막기 위해 바닥에 뿌려놓는 방어용 무기. 적군이나 말의 발을 찔러 걷기 힘들게 만든다.

내가 말했다.

"최근 일인데다, 아주 놀랄만한 사건이라서 말일세. 자네한테 얘기하려고 했었는데, 사건을 조사중인 것 같아서 하지 않았네. 중간에 방해하는 걸 싫어하잖아."

"아, 그로브너 스퀘어 가구 운송차에 관련된 사소한 사건 말인가? 그건 이제 끝났네. 뭐, 처음부터 빤한 사건이었지만 말이야. 신문을 찾아본 결과를 알려주게나."

"이게 내가 찾아낸 첫 번째 기사일세. 모닝 포스트지 인사란에 난 건데 날짜는 몇 주 지났지. 〈발모럴 공작의 둘째 아들 로버트 세인트 사이먼 경과 미국 캘리포니아, 샌프란시스코의 앨로이서스 도란 씨의 외동딸 해티 도런 양이 곧 결혼식을 치를 예정이란 소문이 있다.〉라고 쓰여 있네."

"요점만 간결하게 썼군."

홈즈는 그의 길고 마른 다리를 벽난로 쪽으로 뻗으며 말했다.

"같은 주에 사교 신문 중 하나에 상세히 설명한 기사가 실렸지. 아, 여기 있군. 〈결혼시장에서 보호 무역제도가 머지않아 요구되리라 본다. 현재 자유무역 제도는 자국 시장에 심각한 영향을 끼치기 때문이다. 대영제국 귀족가문의 지배권은 대서양을 넘어서 온 우리의 아름다운 사촌들의 손으로 차례차례 넘어가고 있다. 지난 주, 매력적인 침략자들이 빼앗아간 승리의 리스트에 또 하나의 중요 기록이 추가되었다. 20년 넘게 큐피드의 화살에 맞서온 세인트 사이먼 경이 캘리포니아 갑부의 아름다운 딸, 해티 도런양과 드디어 결혼하게 되었음을 발표하였다. 우아한 자태와 아름다운 용모로 웨스트버리 하우스 축제에서 눈길을 끌었던 도런양은 외동딸이며, 지참금이 여섯 자리 숫자를 넘을 것이고 장래에 더 많은 유산을 받는다고 알려져 있다. 발모럴 공작이 보유하고 있던 그림을 지난 몇 년 동안 팔 수 밖에 없었던 것은 공공연한 비밀이며, 세인트 사이먼 경 역시 버치무어에 약간의 토지를 소유하고 있는 것 외엔 재산을 가지고 있지 않기 때문에, 이 결혼을 통해 이익을 얻는 쪽은 합중국의 여인에서 대영제국의 귀족으로 손쉽게 탈바꿈하는 캘리포니아의 상속녀만이 아닌 것이 분명하다.)"

"다른 건 없나?"

홈즈가 하품하며 물었다.

"있지. 아주 많아. 모닝 포스트지에 또다른 기사가 있는데, 결혼식이 하노버 스퀘어에 있는 세인트 조지 교회에서 친지 여섯 명 정도만 초대해서 아주 조용하게 치러질 예정이고, 앨로이서스 도란 씨가 소유한 랭커스터 게이트의 가구가 갖춰진 집으로 돌아가 피로연을 열 것이라고 했군. 이틀 뒤, 그러니까 지난 주 수요일에는 결혼식이 거행되었으며, 신혼여행은 피터스필드 근처의 백워터스 경의 영지에서 보낼 거라는 짤막한 기사가 났네. 신부가 사라지기 전에 나왔던 기사는 이게 전부일세."

"뭐하기 전이라고?"

홈즈가 놀라며 물었다.

"신부가 사라지기 전."

"그러면 언제 사라진 건가?"

"결혼식 조찬에서였네."

"그렇군. 생각보다 재미있는 사건이 되겠는 걸. 극적이기도 하고 말이야."

"맞아. 나도 보통 일은 아니라고 생각했네."

"결혼식 전이나 신혼여행 때 사라지는 일은 가끔 있지. 하지만 이렇게 빨리 사라졌다는 얘기는 기억나지 않는군. 상세한 내용을 알려주게나."

"기사 내용만으로는 모자라는 게 많다는 걸 알아두게."

"그야 모자라는 건 우리가 보충하면 되겠지."

"그러면 어제 조간신문에 단독 기사르 난 글을 읽어주겠네. 제목은 〈귀족 결혼식에서 일어난 특이한 사건〉이라네.

〈로버트 세인트 사이먼 경의 일가는 그의 결혼식과 관련해서 일어난 이상하고 가슴 아픈 일로 경악에 빠져있다. 어제 여러 신문에 짧게 언급되었던 결혼식은 그 전날 아침에 거행되었다. 하지만 걷잡을 수 없이 떠돌아다니던 이상한 소문은 이제야 사실로 확인되었다. 사실을 숨기려는 친지들의 시도에도 불구하고 이 사건은 수많은 대중의 관심을 받게 되었으며, 이미 많은 사람들의 입에 회자되고 있는 사건을 덮기 위해 무관심한 태도를 보이는 것은 소용이 없게 되었다.

하노버 스퀘어에 있는 세인트 조지 성당에서 열린 결혼식은 신부의 아버지 앨로이서스 도란 씨, 발모럴 공작, 백워터 경, 유스터스 경과 클라라 세인트 사이먼(신랑의 동생과 누이), 그리고 앨리서 위팅턴 양 만이 하객으로 참석한 채 조용하게 치러졌다. 식이 끝난후 결혼 축하연은 랭커스터 게이트의 앨로이서스 도란 씨 저택에서 조찬 파티로 열렸다. 그곳에서 한 여인이 문제를 일으켰는데, 이름이 밝혀지지 않은 그 여인은 세인트 사이먼 경에게 권리를 요구하며 저택으로 들어가려 시도했다. 그녀는 한참 실랑이를 한 뒤에야 집사와 하인에 의해 쫓겨났다. 신부는 다행히도 먼저 저택 안에 들어가 이 불쾌한 소동을 보지 못했는데, 조찬 자리에 다른 사람들과 함께 앉아 있다가 갑자기 몸이 좋지 않다고 하소연하며 방으로 들어갔다. 신부가 한동안 나타나지 않자 사람들이 수군댔고, 신부 아버지가 찾으러 갔는데, 하녀가 말하기를 방에는 잠시만 들렀고 얼스터 외투와 보닛 모자[01]를 쓰고는 밖으로 서둘러 나가더라는 얘기를 했다. 하인 중 한 사람이 그와 같은 차림을 한 여자가 저택을 나가는 것을 봤다고 증언했다. 하지만 신부는 사람들과 함께 있을 거라 생각했기 때문에 그녀가 신부라고는 생각하지 않았다고 했다. 딸이 사라진 것을 확인한 앨로이서스 도란 씨는 즉시 신랑과 함께 경찰에 알렸고, 활발한 수사가 이뤄지고 있으므로 이 특이한 사건은 빠른 시일 내에 해결되리라 본다. 그러나 어젯밤 늦은 시각까지는 사라진 부인의 소재에 대해서 아무 것도 밝혀지지 않았다. 일부에서는 살인 사건이 일어났다는 이야기와 함께, 경찰이 앞서 소동을 일으켰던 여인을 질투나 그 밖의 동기로 신부의 이상한 실종에 관계되었으리라 믿고 그녀를 체포했다는 소문이 있다.)"

"그게 전부인가?"

"다른 조간신문에 작은 기사가 하나 있는데, 추측성 보도이군."

"그게 뭔데?"

"소동을 일으켰던 플로라 밀러양이 실제로 체포되었다고 쓰여 있

01　bonnet : 턱 밑에 끈을 매는 여성용 챙 없는 모자.

네. 알레그로 극장의 전직 발레리나였는데 신랑과는 몇 년 동안 알고 지내던 사이였다고 하는군. 더 이상 특별한 것은 없네. 이제 모두 자네에게 얘기했어. 신문으로 알 수 있는 만큼은 말일세."

"이건 정말 아주 흥미로운 사건인 걸. 이 사건은 절대 놓치고 싶지 않네. 그런데, 벨이 울리는군. 왓슨, 시계를 보니 네 시가 몇 분 지났네. 틀림없이 귀족 의뢰인이겠군. 갈 생각은 꿈에도 하질 말게, 왓슨. 나는 증인이 있는 편이 훨씬 좋거든. 내 기억력을 확인만 해준다 해도 말이야."

"로버트 세인트 사이먼 경이십니다."

급사가 문을 열면서 알려주었다. 한 신사가 들어왔다. 교양 있고 호감이 가는 얼굴에, 코는 높고 혈색은 창백했는데, 입가에는 어딘가 언짢은 기색이 서려있었고, 단호하고 빈틈없는 눈매는 명령하고 복종시키는데 익숙한 사람이라는 걸 알 수 있게 했다. 동작은 활기차 보였지만 약간 구부정한데다가 걸을 때 무릎을 약간 굽히기 때문에, 전체적인 용모로 볼 때 나이보다 더 들어보였다. 챙 끝이 위로 구부러진 모자를 벗을 때 보니 머리카락도 백발이 섞여 있었고 정수리 부분은 숱이 많지 않았다. 높은 칼라에 검은 프록코트, 흰색 조끼, 노란 장갑, 에나멜 가죽구두, 밝은 색 각반을 착용하고 있는 그의 의상을 보자면, 지나치게 과하지 않으면서도 세심하게 멋을 부린 옷차림이라는 걸 알 수 있었다. 그는 천천히 방으로 들어와, 금테 안경을 오른 손에 쥐고 줄을 흔들며, 왼쪽부터 오른쪽까지 고개를 돌려 살펴보았다.

"안녕하십니까. 세인트 사이먼 경."

홈즈가 일어나 인사하며 말했다.

"거기 등나무 의자에 앉으시지요. 이쪽은 제 친구이자 동료인, 의사 왓슨 선생입니다. 벽난로 가까이 당겨 앉으시고, 이 사건을 의논해 보기로 하지요."

"홈즈 씨, 당신도 잘 알고 있으리라 생각하오만, 이 사건은 내게 대단히 괴로운 일이오. 나는 마음에 큰 상처를 입었소. 이러한 종류의 예민한 사건을 이미 많이 다루었다고 들었소. 나와 같은 신분은 없었겠지만 말이요."

"아닙니다. 더 높으신 분도 있었지요."

"아니라면?"

"지난번에 이와 같은 문제로 오신 국왕이 계셨습니다."

"오, 그렇군! 그건 몰랐소. 어느 나라 국왕이셨소?"

"스칸디나비아 국왕이셨습니다."

"어허! 그 분도 부인을 잃어버리신 게요?"

"이해해주시리라 믿습니다만,"

홈즈는 부드러운 태도로 말했다.

"저는 의뢰인의 비밀을 지키고 있습니다. 이것은 경께도 마찬가지이지요."

"아, 당연한 일이오. 그렇군! 맞소! 내가 실례를 했군요. 내 사건에 대해서는, 어떤 것이든 다 알려줄 용의가 있소. 그래야 당신이 판단하는데 도움이 될 테니까."

"고맙습니다. 저는 그 일에 대해서 신문을 통해서만 알고 있습니다. 그 내용을 사실로 받아들여도 되겠습니까? 예를 들면, 신부의 실종에 대해서 말입니다."

세인트 사이먼 경은 신문을 흘긋 쳐다보았다.

"그렇소. 거기 있는 이야기들은 사실이라오."

"하지만 결론을 내리기에 앞서 많은 정보가 필요합니다. 제가 상황을 파악하려면 경께 직접 질문을 드려야할 것 같군요."

"그렇게 하시오."

"언제 해티 도런양을 처음 만나셨습니까?"

"일 년 전, 샌프란시스코에서였소."

"미국을 여행 중이셨습니까?"

"그렇소."

"그때 약혼을 하셨나요?"

"아니오."

"그래도 친밀한 관계이셨지요?"

"그녀와 만나는 것이 즐거웠소. 그녀도 알고 있을 것이오."

"그녀의 아버지는 꽤 부자이지요?"

"대서양 연안에서 가장 부유한 사람이라 하더군."

"어떻게 돈을 모았답니까?"

"광산이오. 몇 년 전에는 무일푼이었소. 그런데 광산에서 금을 찾아내고, 그 곳에 투자를 해서 갑작스레 부자가 된 것이오."

"그 젊은 부인, 그러니까 경의 부인께서는 성격이 어떻습니까?"

그 귀족은 안경을 좀 더 빨리 흔들며 벽난로 안을 내려다보았다.

"홈즈 씨,"

그가 말했다.

"아버지가 부자가 되었을 때 내 아내는 스무 살이었소. 그 시기에는 광산 막사를 자유롭게 뛰어다니고 숲과 산을 마음껏 돌아다녔소. 그녀는 학교에서가 아니라 자연으로부터 교육을 받으며 자란 것이오. 영국에서 흔히 부르는 말괄량이라 할 수 있는, 강한 기질에 거칠고 자유로우며 어떤 종류의 관습에도 얽매이지 않는 사람이오. 내가 말하고자 하는 것은, 성격이 불같고 충동적이라는 거요. 결단이 빠르고 결심한 바를 밀고 나가는데 두려움이 없지. 그런 반면, 숭고한 자기희생과 영예롭지 못한 일은 결코 용납하지 않는 면이 있기 때문에."

그는 위엄 있게 헛기침을 하며 말을 이었다.

"명예로운 나의 이름을 주게 된 것이오. 그녀의 본성에 귀족적인 면이 없었다면 그리 하지 않았소."

"사진을 가지고 계십니까?"

"이걸 지니고 다니오."

그는 로켓[01]을 열어 매우 사랑스런 여성의 얼굴을 우리에게 보여 주었다. 그건 사진이 아니라, 상아로 만든 작은 조각이었는데, 빛나는 검은 머리와 커다란 검은 눈동자, 우아한 입술이 조각가의 손으로 그대로 표현되어 있었다. 홈즈는 한참을 열심히 쳐다보았다. 그리고는 로켓을 닫고 세인트 사이먼 경에게 돌려주었다.

"도런 양이 런던에 와서, 그때 다시 만나게 되신 건가요?"

"그렇소. 그녀의 아버지가 지난 런던 시즌[02] 기간에 데리고 왔소. 몇 번 만나고 약혼하게 되었고, 지금은 결혼한 것이오."

"제가 듣기에는, 막대한 지참금을 가지고 왔다던데요."

---

01 locket : 사진이나 기념품을 넣어 목걸이 등에 매다는 작은 금속 상자, 펜던트.
02 London season : 영국에서 매년 열리는 상류층의 사교 모임.

"꽤 많은 지참금이오. 우리 가문 입장에서 보면 평범한 일이지."

"결혼한 것은 기정사실이니, 그건 물론 경께서 소유하시는 것이겠지요?"

"그 문제에 관해서는 알아보지 않았소."

"당연한 일이시겠지요. 결혼 전날 도란양을 만나셨습니까?"

"그렇소."

"기분이 좋던가요?"

"아주 좋았소. 장래의 계획에 대해 끝임없이 이야기를 했었소."

"그건 흥미로운 일이군요. 결혼식 날 아침은 어땠습니까?"

"더없이 밝았소. 적어도 식이 끝날 때까진 말이오."

"그러면, 그때 어떤 변화라도 보였습니까?"

"음, 사실대로 말하자면, 그녀의 기분이 약간 날카로워졌다고 느낀 것은 그때가 처음이었소. 하지만 그 일은 언급하기엔 너무 사소한 것이라, 사건에 관계되었을 가능성은 없소."

"모든 걸 자세히 말씀해주시길 부탁드립니다."

"오, 정말 유치한 일이오. 교회 부속실에 가는 도중 그녀가 부케를 떨어뜨렸소. 그때 신도석 앞쪽을 지나고 있었는데, 부케가 그 안으로 떨어진 것이오. 잠시 동안 멈칫 했지만 신도석에 있던 신사 한 분이 집어 들고 그녀에게 건네주었고, 아무런 일 없이 지나갔소. 그런데 나중에 그 얘기를 꺼내자, 퉁명스럽게 대답하더이다. 집에 돌아오는 길에 마차 안에서도 그 하찮은 일에 터무니없이 과민한 반응을 보였소."

"그렇군요. 신도석에 어떤 신사 분이 있다고 하셨는데, 일반인도 결혼식에 참관할 수 있었습니까?"

"오, 그렇소. 교회가 개방되어 있는데 그들을 쫓아내는 건 불가능한 것 아니겠소."

"그 신사는 아내 되시는 분의 친구가 아니었습니까?"

"아니오. 아냐. 신사라고 부르는 것은 예의상 하는 것이고, 그는 완전히 평민인 것 같았소. 그의 외모는 자세히 보지 않았소. 그런데 주제에서 너무 어긋난 얘기를 하고 있는 것 같구려."

"그러면, 세인트 사이먼 부인께서는 결혼식을 끝내고 나올 때는 시작할 때보다 기분이 좋지 않았다는 것이군요. 부친의 집으로 돌아온 후에는 무얼 했습니까?"

"하녀와 대화를 나누더군."

"하녀는 누구죠?"

"이름은 앨리스이고, 미국 사람이오. 그녀와 함께 캘리포니아에서 왔소."

"부인과 친한 하녀인가요?"

"좀 지나칠 정도로 친했소. 내가 보기에는 부인이 하녀를 너무 버릇없게 놔두는 것 같소. 물론, 미국사람들은 이런 문제를 보는 시각이 다르긴 하지만 말이오."

"앨리스와 얼마동안 얘기하던가요?"

"오, 짧은 시간이었소. 나는 그동안 다른 생각을 하고 있어서."

"뭐라고 말하는지 듣지 못하셨습니까?"

"부인은 〈클레임 점핑[01]〉 같은 말을 하더군. 그녀는 그런 종류의 속어를 잘 사용하였소. 그게 무슨 뜻인지는 모르오."

---

01 claim jumping : 다른 사람이 소유하고 있는 광산 채굴권 등을 빼앗는 것을 말함. 광산업자들의 속어.

"미국 사람들이 쓰는 속어는 때때로 중요한 역할을 하기도 하지요. 그러면 부인께서는 하녀와 이야기를 마친 뒤 무엇을 하셨습니까?"

"조찬 자리에 갔소."

"경과 팔짱을 끼고 갔습니까?"

"아니오. 따로 갔소. 부인은 그와 같은 사소한 문제 있어서는 매우 독립심이 강한 편이오. 거기서 십 여분 정도를 같이 앉아 있다가, 그녀가 서둘러 일어나더니 몇 마디 미안하다는 말을 하고는 자리를 떠났소. 그리고 다시 돌아오지 않은 것이오."

"그런데 제가 듣기로는, 그녀가 방에 들어와 긴 얼스터코트로 드레스를 감추고 보닛 모자를 쓴 채 나갔다고, 앨리스라는 하녀가 증언했다는군요."

"맞소. 그 후에 하이드파크에서 플로라 밀러와 함께 걷는 것이 목격되었소. 이 여자는 지금 구금되어 있는데, 아침에 도란 씨의 집에서 소동을 일으켰던 바로 그 여인이오."

"아, 그렇군요. 이 젊은 여인과 경과의 관계에 대해서 몇 가지 세세한 질문을 하고 싶습니다."

세인트 사이먼 경은 어깨를 움츠리며 눈썹을 치켜 올렸다.

"몇 년 동안 친하게 지냈었소. 아주 친밀한 사이였다고 할 수 있지. 그녀는 알레그로에 있었소. 나는 그녀를 소홀하게 대한 적이 없으니 그녀도 내게 불평할 일이 없을 것이오. 그러나 홈즈 씨, 여자들이 어떤지 잘 알거요. 플로라는 사랑스런 여인이었으나 지나치게 성미가 급한데다 내게 너무 집착했소. 그녀는 내가 결혼한다는 소리를 듣고 나에게 협박하는 내용의 편지를 썼소. 사실대로 말하자면, 내가 결혼식을 조용히 치른 것도 혹시 그녀가 교회에 들어와 소동을 부리지나 않을까하는 염려가 있었기 때문이오. 식을 마치고 돌아오자마자, 도란 씨의 집 앞에 나타나 들어오려고 하면서 내 아내에게 욕설을 퍼붓고 위협하려 하였으나, 그런 일이 일어날 것이라 예상을 했기 때문에 하인들에게 미리 지시를 해서 곧 그녀를 쫓아내도록 하였소. 그녀는 소동을 벌여봐야 소용이 없다는 걸 알고 조용해진 것이오."

"부인께서도 이 일을 모두 아셨습니까?"

"아니오, 신께 감사하게도 그녀는 알지 못했소."

"그런데, 이 여인과 함께 걷는 모습이 나중에 목격된 것이지요?"

"그렇소. 런던 경찰청의 레스트레이드 씨가 그 점을 중시하고 있더군. 플로라가 내 아내를 밖으로 유인해내고 어떤 무서운 함정에 빠뜨린 것이 아닐까 생각하고 있소."

"음, 그것도 있을 법한 가설이군요."

"당신도 그렇게 생각하는 것이오?"

"그렇다고는 말하지 않았습니다. 그런데 경께서는 그렇게 생각하시지 않는군요?"

"플로라는 파리 한 마리도 죽이지 못하리라 생각하오."

"그렇긴 하지만, 질투는 이상스런 것이라 사람의 성격을 바꾸어놓을 수도 있지요. 경께서는 이 일을 어떻게 생각하시는지 알 수 있을까요?"

"이런, 나는 해결책을 찾고자 온 사람이지, 내 의견을 말하러 온 사람이 아니오. 이제 모든 사실을 당신에게 말했소. 하지만 굳이 나에게 묻는다면, 아내가 이 결혼을 통해 사회적 신분이 엄청나게 상승한다는 것을 의식하고 격앙된 나머지, 정신에 문제가 조금 생긴 것이 아닐까 생각하고 있소."

"간단히 말하자면, 갑자기 정신이 나간 거란 말씀이시지요?"

"그녀가 내게 등을 돌린 것은 그외의 다른 방법으로는 설명할 수가 없소. 그러니까 나 자신만을 말하는 것이 아니라, 많은 사람들이 그토록 소원해도 이루어지 못하는 수닪은 것을 버렸다는 말이오."

"음 그것 역시 있을 법한 가설입니다."

홈즈는 미소 지으며 말했다.

"자 그럼, 세인트 사이먼 경. 필요한 얘기는 거의 다 들은 것 같군요. 조찬 자리에서 창문 밖을 볼 수 곳에 앉으셨는지 물어봐도 될까요?"

"도로 건너편과 공원을 볼 수 있었소."

"그렇군요. 그러면 경을 더 이상 붙들어둘 이유가 없을 것 같습니다. 제가 연락드리도록 하겠습니다."

"이 사건을 해결할 수 있도록 행운이 있기를 바라겠소."

의뢰인은 자리에서 일어나면서 말했다.

"저는 이미 해결했습니다."

"어? 뭐라 했소?"

"해결했다고 말했습니다."

"그럼 내 아내는 어디에 있소?"

"자세한 것은 곧 알려드리겠습니다"

세인트 사이먼 경은 고개를 저었다.

"당신이나 나보다 더 현명한 머리가 필요할 것 같아 염려스럽구려."

그는 이렇게 말하고 옛날식으로 위엄 있게 인사한 다음 방을 나갔다.

"세인트 사이먼 경이 내 머리를 자신과 같은 수준으로 올려놓았으니 이거 영광스러운 걸."

셜록 홈즈는 이렇게 말하며 웃었다.

"심문을 끝내고 나서 위스키소다를 마시며 시가를 피우려고 했네. 우리 의뢰인이 방에 들어오기 전에 나는 이 사건에 대해 결론을 내리고 있었지."

"정말인가?"

"이와 비슷한 사건에 대한 기록이 몇 개 있네. 아까 말했듯이 이렇게 빨랐던 것은 없었지만 말이야. 사이먼 경과 대화를 해본 결과 추측이 확신으로 바뀌었지. 우유 속에 송어가 들어있는 것을 본다[01]면, 상황 증거도 때로는 설득력을 가지거든. 소로[02]의 말을 인용하자면 말일세."

"그런데 자네가 들은 것은 나도 똑 같이 들었는걸."

"하지만 자네는 모르는, 전에 일어난 사건에 대한 지식이 내게는 큰 도움이 되었지. 그와 유사한 사례가 몇 년 전에 애버딘[03]에서 있었고, 프랑스-프로이센 전쟁[04] 이듬 해 뮌헨에서도 아주 비슷한 사건이 있었네. 이 사건도…… 어, 이것 보게, 레스트레이드가 왔군! 안녕하

---

01 trout in the milk : 젖소 목장을 하는 사람이 우유의 양을 늘리려고, 강물을 탄 것을 말함. 목장 주인은 사실이 아니라고 계속 거짓말하다가 우유 속에서 송어가 발견되어 탄로가 났다. 소로는 이 이야기를 빗대어 다음과 같이 말했다. 〈어떤 정황증거는 우유 속에서 송어를 발견한 것만큼 강력하다.(Some circumstantial evidence is very strong, as when you find a trout in the milk.)〉

02 Henry David Thoreau : (1817-1862), 미국의 문학가이며 사상가. 저서에 〈시민의 반항〉, 〈숲속의 생활〉 등이 있다.

03 Aberdeen : 스코틀랜드 북부에 있는 도시.

04 Franco-Prussian War : 프로이센을 주축으로 독일 통일을 이룩하려는 비스마르크의 정책과 그를 저지하려는 프랑스 나폴레옹3세의 정책이 충돌하여 일어난 전쟁으로, 이 결과 유럽대륙에서 프랑스의 주도권이 힘을 잃었고, 독일은 프로이센 주도의 독일 제국을 성립시켰다. (1870-1871)

십니까, 레스트레이드. 거기 선반 위에 잔이 있고, 상자 안에 시가가 들어 있습니다."

경감은 선원용 더블모직 재킷을 입고 넥타이를 매고 있어서 완전히 뱃사람 같은 용모였는데, 손에는 검은 캔버스가방을 들고 있었다. 짧은 인사를 마치고 그는 의자에 앉아서 홈즈가 권한 대로 시가에 불을 붙였다.

"그런데, 무슨 일입니까?"

홈즈는 눈을 반짝이며 말했다.

"불만스러워 보이는데요."

"불만스럽죠. 세인트 사이먼 결혼식 사건은 정말 지겹습니다. 머리가 어디고 꼬리가 어딘지 도통 알 수가 없으니."

"그래요? 놀라운데요."

"이런 복잡한 사건을 누가 들어나 봤겠습니까? 단서를 잡는 족족 손가락 사이로 빠져나가네요. 하루 종일 이 일에 매달려 있습니다."

"그래서 이렇게 옷을 적신 모양이군요."

홈즈는 선원용 더블재킷을 입은 그의 팔에 손을 올려놓으며 말했다.

"그렇습니다. 서펜타인[05]을 갈고리로 훑었지요."

"어째서? 대체 뭣 때문에?"

"세인트 사이먼 부인 시체를 찾기 위해서입니다."

셜록 홈즈는 의자 등받이에 기대어 크게 웃었다.

"트라팔가 광장 분수대 바닥도 갈고리로 훑었나요?"

---

05 the Serpentine : 런던 하이드파크에 있는 인공 연못.

그가 물었다.

"네? 무슨 말입니까?"

"하나하나 차례대로 찾아보면 그 여인을 찾을 확률이 더 높아질 테니까요."

레스트레이드는 성난 눈초리로 내 동료를 쏘아보았다.

"당신은 모든 걸 다 알고 계신 모양이군요."

그는 으르렁대며 말했다.

"뭐, 사건에 대해서 방금 전에 들었을 뿐입니다. 하지만 결론은 내렸지요."

"오, 그렇습니까! 그렇다면 서펜타인 연못은 이 사건과 관계가 없다고 생각하시겠군요?"

"거의 그렇다고 생각합니다."

"그러면 우리가 그 안에서 발견한 이건 어떻게 된 것인지 잘 설명해주시지요."

이렇게 말하면서 그는 가방을 열어 뒤집었다. 물결무늬 실크 웨딩 드레스, 흰색 공단 슈즈, 신부용 화환과 면사포, 이 모두가 물에 젖어 변색된 채로 바닥에 쏟아져 나왔다.

"자,"

그는 옷더미 위에 새 결혼반지를 올려놓으며 말했다.

"이건 좀 까다로운 문제가 되겠습니다. 홈즈 나리."

"오, 그렇군요."

내 친구는 담배 연기로 파란 고리를 만들어 공중에 날렸다.

"서펜타인 연못 바닥을 훑어 이걸 건져 올렸습니까?"

344

"아뇨. 연못가에 떠있는 걸 공원 관리인이 발견했습니다. 그 부인의 옷으로 확인이 되었기에, 옷이 거기 있다면 시체도 멀지 않은 곳에 있다고 생각했지요."

"그 멋진 추리에 따른다면, 모든 사람의 시체는 자기 옷장 근처에서 발견되어야 하겠군요. 이 물건들을 통해서 어떤 결론에 도달했는지 알려줄 수 있습니까?"

"플로라 밀러가 실종과 관련되어 있다는 증거입니다."

"그걸 찾기는 어려울 것 같군요."

"정말입니까?"

레스트레이드는 빈정대듯 말했다.

"홈즈 씨, 당신의 연역법과 추리는 그리 실용적이지 못한 것 같습니다. 잠깐 동안에 두 가지 큰 실수를 하셨군요. 이 드레스는 플로라 밀러와 관련이 있습니다."

"어째서이지요?"

"이 드레스에는 주머니가 있습니다. 주머니 안에는 카드 지갑이 있구요. 카드 지갑 안에는 쪽지가 들어 있습니다. 이게 바로 그 쪽지이지요."

그는 앞에 있는 탁자 위에 쪽지를 탁 내려놓았다.

"들어보십시오. 〈모든 준비를 마치는 대로 가겠소. 즉시 나오시오. F.H.M.〉 처음부터 내 주장은 플로라 밀러가 세인트 사이먼 부인을 꾀어냈다는 것입니다. 이 실종 사건은 분명히 그녀가 공범과 짜고 한 것이라는 데 의심의 여지가 없어요. 여기 그녀의 머리글자가 적혀있습니다. 이 쪽지를 문 앞에서 부인의 손에 살짝 쥐어준 것이 틀림없습니다. 이걸 보고 부인이 나간 거지요."

"훌륭하군요. 레스트레이드."

홈즈가 웃으며 말했다.

"정말 잘 해냈습니다. 내가 한 번 볼까요."

그는 대수롭지 않게 쪽지를 집어 들었다. 그런데 갑자기 시선을 쪽지에 고정시키며, 작은 목소리로 탄성을 질렀다.

"이건 정말 중요한 거군."

그가 말했다.

"허, 이제야 아셨나요?"

"아주 중요한 겁니다. 열렬한 축하를 해드리지요."

레스트레이드는 의기양양해서 일어나 고개를 숙이고 들여다봤다.

"아니,"

그는 크게 소리를 질렀다.

"반대편을 보고 있잖습니까."

"아니, 이쪽이 맞습니다."

"맞다구요? 정신 나갔군요! 반대편에 연필로 쓴 내용이 있잖아요."

"그리고 이쪽은 호텔 계산서의 일부 같습니다. 이게 꽤 흥미로운 데요."

"그건 아무 것도 아닙니다. 내가 벌써 다 봤어요."

레스트레이드가 말했다.

"〈10월 4일, 8호실. 아침식사 2실링 6펜스. 칵테일 1실링. 점심식사 2실링 6펜스. 세리주 한 잔 8펜스〉 여기 뭐 별다른 게 있습니까."

"그런 것 같긴 하지요. 그렇지만 가장 중요한 겁니다. 뒤에 적힌

346

내용도 물론 중요하지요. 적어도 머리글자는 있으니까요. 그러니 다시 한 번 축하드리지요."

"시간낭비를 했습니다."

레스트레이드는 일어나면서 말했다.

"나는 온몸으로 뛰어다니면서 일하는 걸 믿는 사람이지, 난롯가에 앉아서 멋진 이론이나 생각해내는 그런 사람이 아닙니다. 홈즈 씨, 안녕히 계십시오. 누가 사건의 결말에 먼저 도달하는지 봅시다."

그는 옷들을 모아서 가방 안에 넣고 나서 문 쪽으로 몸을 돌렸다.

"레스트레이드, 힌트 하나 주지요."

홈즈는 그의 경쟁자가 나갈 때쯤 느긋하게 말했다.

"이 사건의 진짜 해결책을 알려드리죠. 세인트 사이먼 부인은 신화 속의 인물입니다. 그런 사람은 있지도 않고, 있은 적도 없습니다."

레스트레이드는 내 동료를 딱하다는 듯이 쳐다보았다. 그 다음엔 나를 보더니 자신의 머리를 세 번 두드리며 진지하게 고개를 저었다. 그리고는 서둘러 방을 떠났다.

그가 나가고 문이 닫히기도 전에 홈즈는 일어나 오버코트를 걸쳤다.

"저 친구가 말한 외부 활동도 중요한 것이지."

홈즈가 말했다.

"왓슨, 그러니 자네는 잠시 신문을 읽고 있게. 나는 나가야겠군."

셜록 홈즈가 나간 시간은 다섯 시가 넘어서였다. 하지만 나는 심심하게 있을 틈이 없었다. 한 시간 정도 지나자 식당업체 사람이 아주 크고 넓적한 상자를 들고 들어왔다. 그는 같이 온 청년과 함께 상자를 풀더니, 놀랍게도 하숙집의 초라한 마흐가니 식탁 위에 식도락가들이 즐길만한 차가운 요리를 늘어놓기 시작했다. 차가운 도요새 한 쌍, 꿩한 마리, 거위간 파이, 그리고 아주 오래 묵은 술 몇 병도 있었다. 이런호화스런 식탁을 차려놓고 두 명의 방문객은 마치 아라비안나이트에나오는 지니처럼 사라졌다. 모두 선불로 지불되었으며 이 주소로 배달하라는 주문을 받았다는 말 외엔 아무런 설명이 없었다.

아홉 시가 조금 안된 시각에, 셜록 홈즈는 기분 좋은 발걸음으로방에 들어왔다. 그의 표정은 무거웠지만 눈은 빛나고 있어서, 자신이내린 결론에 낙담한 것은 아니라는 걸 알 수 있었다.

"그 사람들이 저녁을 준비해 놨군."

그는 손을 비비면서 말했다.

"손님이 오시는 건가. 5인분을 차려 놓더군."

"맞아. 손님 몇 명이 들릴 것 같네."

그가 말했다.

"세인트 사이먼 경이 아직 도착하지 않았다니 이상한 걸. 하! 지금 계단을 올라오는 발소리가 경인 것 같군."

갑자기 들어온 사람은 정말로 아침에 왔던 방문객이었다. 그는 안경을 전보다 세차게 흔들었고, 귀족적인 얼굴에는 매우 혼란스런 표정이 나타나 있었다.

"제가 보낸 서신을 받으셨지요?"

"그렇소. 그 내용을 보고 얼마나 놀랐는지 모르겠구려. 그 이야기는 충분한 근거가 있는 거요?"

"가능성이 큽니다."

세인트 사이먼 경은 의자 안으로 무너지듯 앉아, 손을 이마에 댔다.

"공작께서 무어라 하실지."

그는 중얼거리듯 말했다.

"가족 중 한 사람이 그런 수치스런 일을 당했다는 걸 들으신다면 말이오."

"이건 순전히 사고입니다. 수치라고 할 것은 없지요."

"당신은 이 문제를 다른 관점에서 보고 있는 거요."

"누구든 비난 받을 일은 없다고 봅니다. 그런 돌연한 행동을 한 것은 틀림없이 유감스러운 일입니다만, 부인께서는 달리 방법이 없었으리라 생각됩니다. 그러한 위급한 상황에서 조언을 해줄 사람이 아무도 없었으니까요."

"이것은 모욕이오. 공개적인 모욕인 거요."

세인트 사이먼 경은 손가락으로 탁자를 두드리며 말을 했다.

"경께서는 이제껏 겪어보지 못했던 상황에 처한 이 가련한 여인에게 관용을 베푸셔야합니다."

"관용은 없소. 나는 진실로 분노하고 있소. 치욕스런 일을 당한 것이오."

"벨소리가 들린 것 같군요."

홈즈가 말했다.

"그렇군요. 계단을 올라오는 발소리가 들립니다. 세인트 사이먼 경, 이번 사건에 관용적인 시각을 가지시라고 제가 아무리 설득해도 안될 것 같으니, 좀 더 나은 변호를 해줄 사람을 여기 모셔왔습니다."

그는 문을 열고 부인과 신사를 안내해서 방으로 들였다.

"세인트 사이먼 경,"

그가 말했다.

"프랜시스 헤이 몰턴 부부를 소개합니다. 부인과는 이미 만나셨으리라 생각합니다."

새로 들어온 방문객을 보자 우리의 의뢰인은 의자에서 튀어 오르듯 일어나 똑바로 섰다. 시선은 아래로 향하고 손은 프록코트의 가슴쪽에 찔러 넣었다. 명예에 상처를 입은 사람의 모습이었다. 그 부인은 빠른 걸음으로 앞으로 나와 손을 내밀었지만 그는 여전히 눈을 마주치기를 거부했다. 굳은 마음을 지키기 위해서는 그편이 나은 것일지도 몰랐다. 그녀의 간청하는 얼굴은 누구도 견딜 수 없는 것이었기에.

"화나셨군요, 로버트."

그녀가 말했다.

"분명 그럴만하다고 생각하고 있어요."

"내게 사과할 생각은 하지 마시오."

세인트 사이먼 경이 씁쓸하게 말했다.

"오, 그래요. 제가 당신께 몹쓸 짓을 한 것을 알고 있어요. 떠나기 전에 당신께 말해야만 했어요. 하지만 프랭크를 여기서 다시 만난 이후로는 정신이 하나도 없어져서, 무엇을 해야 할지 무엇을 말해야 할지 아무 것도 알 수 없었어요. 교회의 제단 바로 앞에서 쓰러져 기절하지 않은 것이 신기할 정도예요."

"몰턴부인, 이 사건에 대해 설명하는 동안 저와 제 친구는 나가 있을까요?"

"제가 말해도 되겠습니까."

처음 보는 신사가 얘기했다.

"우리는 이미 오랫동안 이 일을 비밀로 했습니다. 저로서는, 전유럽과 미국에 진상을 알리고 싶군요."

그는 키가 작고 강인한 체격에 볕에 그을린 피부를 가진 남자였는데, 잘생긴 얼굴에 빈틈없는 태도였다.

"그러면 제가 바로 이야기를 시작하겠습니다."

부인이 말했다.

"여기 있는 프랭크와 저는 1881년에 로키산맥 근처 맥콰이어 광산에서 만났습니다. 아버지가 채굴권을 갖고 일하시던 곳이었어요. 우리는 서로 결혼을 약속했습니다. 그런데 어느 날 아버지의 광산에서 금맥이 터졌고 산더미처럼 돈을 므으기 시작했어요. 하지만 프랭크가 가진 광산은 점차 금맥이 줄어들더니 마침내 사라지고 말았습니다. 아버지는 점점 더 부자가 되고, 프랭크는 점점 더 가난해졌어요. 그러다가 결국 아버지는 우리의 약혼을 더 이상 인정하지 않으시고 저를 샌프란시스코로 데려갔지요. 그의 손이 닿지 않는 곳으로 말이에요. 하지만 프랭크는 그곳까지 따라와, 아버지 모르게 만났습니다. 아버지가 알게 되면 미친 듯이 화를 내실 것이 분명했기 때문에 우리는 스스로 모든 일을 해결하기로 했습니다. 프랭크는 다시 돌아가 큰돈을 벌겠다고 말했습니다. 아버지만큼 돈을 모으기 전에는 오지 않을 것이라 했지요. 그래서 저는 죽을 때까지 기다릴 것이라 약속했고, 그가 살아있는 동안은 누구와도 결혼하지 않겠다고 맹세했습니다. 〈나와 당장 결혼하지 않겠소?〉라고 그가 말했지요. 〈그러면 나도 안심할 수 있을 것이오. 그리고 다시 돌아올 때까지는 남편이라는 걸 주장하지 않겠소.〉 우리는 한참을 얘기했습니다. 그리고 프랭크가 모든 걸 다 멋지게 준비했지요. 목사님도 미리 와 계셨습니다. 우리는 그 자리에서 결혼식을 올린 뒤, 프랭크는 금광을 찾아서 떠났고 저는 아버지에게로 돌아갔습니다.

그 다음에 제가 프랭크에 대해서 들은 것은 몬태나에 있다가 금광을 찾아 애리조나로 갔다는 것입니다. 그리고 뉴멕시코에 갔다는 소식이 들리더군요. 그 후에 신문에서 아파치 인디언이 광산을 습격했다는 장문의 기사를 읽었습니다. 사망자 명단에 프랭크의 이름이 들어있었지요. 저는 정신을 잃고 죽을 것만 같았습니다. 몇 달을 앓아누워 있었어요. 아버지는 제 건강이 쇠약해졌다고 생각하시고 의사에게 데려갔습니다. 샌프란시스코의 의사 절반은 만났을 겁니다. 일 년이 넘게 아무런 소식이 오지 않자, 저는 프랭크가 죽었다는 사실을 전혀 의심할 수가 없었습니다. 그때 세인트 사이먼 경이 샌프란시스코에 오셨지요. 우리도 런던을 방문했고, 결혼을 약속하게 되었습니다. 아버지는 매우 기뻐하셨지만 저는 제 마음을 가엾은 프랭크에게 모두 주었기 때문에, 지구상에 있는 어떤 남자도 그 자리를 대신할 수 없다는 걸 알고 있었습니다.

하지만 세인트 사이먼 경과 결혼했다면 저는 제 도리를 다했을 겁니다. 마음속의 사랑은 마음대로 할 수 없지만 행동은 마음대로 할 수 있으니까요. 제 마음을 다해서 좋은 아내가 되리라는 마음을 갖고 교회 제단 앞에 섰습니다. 그런데 제단 앞 난간에 서서 돌아보니, 프랭크가 평신도석 맨 앞에 서서 저를 바라보고 있었지요. 제가 어떤 기분이었는지 상상하시겠어요? 처음에는 유령인줄 알았습니다. 하지만 다시 한 번 쳐다봤을 때도 그는 거기에 서있었습니다. 그의 눈은 자신이 나타난 것을 제가 기뻐하는지 아닌지를 묻고 있었지요. 제가 쓰러지지 않은 것이 놀라울 정도에요. 제 주위의 모든 것이 빙빙 돌아갔고 목사님의 말씀은 귓속에서 벌소리처럼 윙윙 울렸어요. 저는 어찌해야 될지 몰랐습니다. 예식을 그만두고 교회에서 소동을 일으켜도 되는 걸까요? 저는 또다시 그를 쳐다봤습니다. 그는 제가 무슨 생각을 하는지 아는 듯, 가만히 있으라는 신호로 손가락을 입술에 대었어요. 그리고는 종이 조각에 무언가 쓰는 것을 보고 제게 주려는 쪽지인 것을 알았습니다. 나가는 길에 그가 앉은 자리를 지나며 부케를 그쪽으로 떨어뜨렸습니다. 그 꽃을 건네주면서 그는 제 손에 쪽지를 슬그머니 쥐어주었지요. 단 한 줄만 쓰여 있었는데, 신호를 하면 나와서 같이 가자는 내용이었습니다. 물론, 저의 첫 번째 사람이 프랭크라는 것을 단 한 순간도 의심한 적이 없기 때문에 저는 그가 하자는 것은 무엇이든 할 마음을 먹고 있었습니다.

돌아와서는 하녀에게 이야기를 했습니다. 캘리포니아 시절부터 알았고 언제나 그의 편이었던 하녀이지요. 아무 말도 하지 말고, 몇 가지 물건을 챙기고 얼스터코트를 준비하라 일렀습니다. 세인트 사이먼 경에게 얘기를 했어야한다는 걸 알았습니다만, 경의 어머니와 다른 모든 높으신 분들에게 그런 말을 하는 것은 정말 두려운 일이었어요. 도망을 간 후에 나중에 설명하리라 마음먹었지요. 식탁 앞에 앉아 10분도 채 되지 않았을 때 프랭크가 길 건너 있는 것이 창문 밖으로 보였습니다. 그는 제게 손짓을 하고는 공원 안으로 걸어갔습니다. 저는 슬며시 빠져나와 옷을 걸치고 프랭크를 따라갔지요. 어떤 여인이 제게 와서 무언가, 세인트 사이먼 경에 대한 이야기를 하더군요.

조금 들어보니 그 역시 결혼 전에 비밀이 있었던 것 같았습니다. 하지만 저는 그 여인을 떼어냈고, 곧 프랭크를 만날 수 있었어요. 우리는 함께 마차를 타고 그가 묵고 있는 고든 스퀘어의 숙소로 갔습니다. 오랜 세월을 기다린 끝에 우리는 진정한 결혼을 하게 된 것입니다. 프랭크는 아파치에게 포로로 잡혀 있다가 탈출을 해서 샌프란시스코에 갔는데, 그가 죽은 걸로 알고 포기한 제가 영국으로 가버렸다는 말을 듣고 따라왔습니다. 그리고 마침내, 바로 제 두 번째 결혼식 날 아침에 만나게 된 것이지요."

"신문을 보고 알았습니다."

그 미국인이 해명했다.

"이름과 교회만 있을 뿐, 사는 곳 주소는 없더군요."

"우리는 앞으로 어떻게 해야 될지 이야기를 나눴습니다. 프랭크는 모든 것을 밝히자고 했지만 저는 모든 일이 너무 부끄러워서 그냥 어디론가 사라져 다시는 누구도 만나지 않았으면 싶었어요. 아버지께는 살아있다는 것을 알리기 위해 편지 한 장을 보내고 말이죠. 그 모든 귀족신사분과 귀족부인들이 조찬 자리에 둘러앉아 제가 돌아오기를 기다리고 있다는 걸 생각하면 무섭기만 했어요. 그래서 프랭크는 제 행방을 알 수 없게 웨딩드레스와 나머지 물건들을 한데 묶어서 아무도 찾을 수 없는 곳에 가져다 버렸습니다. 우리는 내일 파리로 떠나려고 했습니다. 여기 이 친절한 신사분, 홈즈 씨가 아니었다면 말이지요. 어떻게 우리를 찾아내셨는지는 알 수 없지만, 홈즈 씨께서 오늘 저녁에 오시더니 제가 틀렸고 프랭크가 옳다는 것, 계속 비밀로 남겨둔다면 나쁜 일을 하는 거나 다름없다는 걸 분명하고 친절하게 알려주셨습니다. 그리고 세인트 사이먼 경과 단독으로 만나 이야기할 수 있는 기회를 주셨지요. 그래서 우리는 곧장 달려온 것이에요. 제가 고통을 드렸다면 정말 사과드리겠습니다. 저를 나쁘게 보지만은 말아주세요."

세인트 사이먼 경은 이 긴 이야기를 들으며 입은 굳게 다물고 이마를 찌푸리고 있었지만 곧은 자세는 조금도 흐트러뜨리지 않았다.

"실례하겠소."

그가 말했다.

"나는 이렇게 사사로운 일을 공개된 자리에서 이야기하는 것이 익숙하지 않소."

"그러면 용서해주지 않는 거군요? 가기 전에 악수라도 하지 않을 건가요?"

"오, 그러리다. 그게 원하는 바라면."

그는 그녀가 내민 손을 냉정하게 잡았다.

"바라건대,"

홈즈가 말을 꺼냈다.

"저희와 같이 편안하게 저녁 식사를 하시는 건 어떻겠습니까?"

"그건 좀 지나친 요구인 것 같소."

경이 대답했다.

"이런 새로운 사실은 묵묵히 받아들이겠소만, 함께 웃고 떠들 수는 없을 것 같소. 괜찮으시다면 나는 이만 여러분들에게 작별인사를 해야겠소."

그는 한 번에 모두에게 인사를 하고, 성큼성큼 방을 빠져나갔다.

"그렇다면 적어도 두 분은 제가 함께 할 수 있는 영광을 주시겠지요."

홈즈가 말했다.

"미국 사람을 만나는 것은 언제나 기쁜 일입니다. 몰턴 씨, 저는 오래전에 한 군주가 어리석은 일을 했고, 한 수상이 큰 실수[01]를 했다고 해서 우리의 자손들이 언젠가 유니온 잭과 성조기를 합친 깃발 아래 세계 국가의 시민이 되는 일[02]에 방해가 되진 않는다고 생각하고 있습니다."

"이 사건은 흥미로운 것이었네."

방문객들이 떠난 후에 홈즈가 말했다.

"처음에는 도저히 해결할 수 없을 것 같은 사건도 간단하게 풀릴 수 있다는 걸 명백히 보여줬다는 점에서 말일세. 그보다 더 난해한 사건은 없을 거야. 그 부인이 설명한 사건의 진행을 들어보면 그보다 자연스러운 일이 없을 테고, 런던 경찰청 레스트레이드 씨의 관점에서 내린 결말을 본다면 그보다 이상한 것도 없지."

"그러니까 자네 의견은 틀리지 않은 거지?"

"처음부터 두 가지 사실은 명백했네. 첫 번째는 그 부인이 자발적으로 결혼식에 참여한 것, 두 번째는 집으로 돌아가는 짧은 시간 사이에 후회하게 된 것이지. 그렇다면 그녀의 마음에 변화를 가져온 무언가가 아침에 일어났다는 것이 틀림없었네. 그게 무엇일까? 그녀는 신랑의 친지들과 함께 있었기 때문에 나가서 누군가와 얘기할 수는 없었지. 그러면 누구를 본 것일까? 만일 그렇다면 미국에서 온 사람

---

01 미국독립전쟁 당시의 국왕과 수상, 조지3세와 노스 경을 말함.
02 19세기 후반에는 영어권 국가들이 합쳐 하나의 연방국가가 되리라는 생각이 전반적으로 퍼져있었다고 한다.

일거라 생각했네. 왜냐하면 이 나라에서 지낸 시간이 짧기 때문에, 단지 그를 보는 것만으로도 모든 계획을 송두리째 바꿀 만큼 커다란 영향을 주는 사람을 사귈 수가 없기 때문이지. 이렇게 소거법을 적용해서 그녀가 본 사람은 미국인이라는 결론에 도달한 걸세. 그럼 이 미국인은 누구이고 어떻게 그런 영향력을 가지고 있는 걸까? 애인이거나 아니면 남편일거야. 나는 그녀가 거친 세계와 남다른 환경에서 어린 시절을 보낸 것을 알고 있네. 여기까지가 세인트 사이먼 경의 말을 듣기 전에 알고 있던 것일세. 경은 평신도석의 남자 이야기, 달라진 신부의 태도, 쪽지를 받으려고 부케를 떨어뜨리는 빤한 수법, 친한 하녀에게 달려가 무언가 상의한 것, 그리고 그녀가 〈클레임 점핑〉이라는 의미심장한 말을 했다고 알려주었지. 그건 광산업자들이 다른 사람이 선점한 채굴권을 빼앗는다는 의미로 쓰는 속어일세. 그 말을 듣고 모든 상황이 분명하게 정리가 되었네. 그녀는 남자와 함께 떠난 것이고, 그 남자는 애인이거나 전남편인데, 후자 쪽일 확률이 더 높지."

"도대체 그 사람들은 어떻게 찾은 건가?"

"그건 어려울듯 싶었는데 레스트레이드 친구가 정보를 가지고 왔네. 자신은 그게 얼마나 가치 있는 것인지 몰랐지만 말이야. 물론 머리글자도 대단히 중요한 것이지만, 그보다 더 중요한 건 그 쪽지를 쓴 사람이 런던의 최고급 호텔 중 하나에 최근 일 주일 사이 투숙했다는 것이지."

"최고급 호텔이란 건 어떻게 추론한 건가?"

"비싼 가격 때문이지. 침실 하나에 8실링이고 셰리주 한 잔에 8펜스, 이건 최고로 비싼 호텔이라는 걸 가리키고 있었네. 런던에서 그런 가격을 받는 호텔은 많지 않아. 노섬벌랜드 로(路)에서 두 번째로 찾아간 호텔이었네. 그 곳에서 숙박부를 조사한 결과 미국인 프랜시스 H. 몰턴이란 사람이 숙박했다가 전날 나간 것을 발견하고, 그 이름 앞으로 된 청구서를 찾아봤어. 내가 보았던 영수증 사본과 똑같은 항목이 있는 걸 알아냈지. 그의 앞으로 온 편지는 고든 스퀘어 226번지로 보내라고 되어있더군. 그래서 그리로 갔더니, 다행스럽게도 사랑에 빠진 커플이 집에 있었네. 실례를 무릅쓰고 아버지 같은 충고를 해주었어. 그들의 입장을 일반 대중, 특히 세인트 사이먼 경에게 명확히 밝히는 것이 모두에게 좋을 것이라 얘기했지. 여기로 와서 경을 만나라고 권했고, 자네도 아는 바와 같이, 경과도 약속을 한 걸세."

"그러나 결과는 그리 좋지 못했군."

내가 말했다.

"경의 행동은 분명 너그럽지 못했네."

"아! 왓슨."

홈즈가 웃으며 말했다.

"자네라도 그리 너그러울 순 없었을 걸. 구애를 하고 결혼에 이르기까지 온갖 난관을 지나왔는데, 한순간에 아내와 재산을 빼앗긴다면 말이야. 세인트 사이먼 경을 관대하게 봐주어도 될 것 같네. 우리는 그와 같은 상황에 빠질 운명이 아닌 걸 감사해야지. 의자를 가까이 끌어당기고, 바이올린을 건네주게. 아직도 해결하지 못한 단 한 가지 문제는 이 쓸쓸한 가을 저녁을 어떻게 보내나 하는 것이지."

에메랄드[01] 보관[02](寶冠)

"홈즈."

어느 날 아침, 나는 내닫이창[03]가에 서서 거리를 내려다보고 있었다.

"미친 사람이 걸어오는군. 저렇게 혼자 돌아다니도록 가족들이 내버려두었다니 서글픈 일이네."

홈즈는 안락의자에서 느긋하게 일어나, 두 손을 실내복 주머니에 넣고 서서 내 어깨 너머로 바라보았다. 화창하고 상쾌한 2월 아침이었다. 전날 내린 눈이 아직도 땅 위에 높게 쌓여있어, 겨울의 햇살에 희미하게 반짝이고 있었다. 베이커 가의 중앙은 마차들이 지나면서 눈이 파헤쳐져 푸석한 갈색 띠를 이루고 있었다. 그러나 길 양쪽과 보도 가장자리에 쌓인 눈더미는 내렸던 그대로 하얀색이었다. 회색 보도는 눈을 깨끗이 치우고 한쪽으로 모아놓았지만 여전히 미끄러워 위험했기에 다니는 사람이 평소에 비해 적었다. 사실, 메트로폴리탄 역 방향에서는 괴상한 행동으로 나의 관심을 끈 신사 한 명뿐, 아무도 오는 사람이 없었다.

---

01 원문에는 〈beryl〉로 되어있는데 이는 녹주석으로 에메랄드와 같은 보석을 뜻한다. 녹주석은 베릴륨의 중요한 광석이다. 담청색, 청록색, 황색 등 다양한 색깔이 있다. 여기서는 독자의 이해를 돕기 위해 녹색의 에메랄드로 통칭하였다.

02 보관 : 왕자, 귀족 등이 머리에 쓰는 작은 왕관 같은 것.

03 내닫이창 : 활모양으로 앞으로 내민 창.

그는 약 오십 세 정도의 나이로, 큰 키에 살이 찌고 풍채가 좋아보였으며, 이목구비가 뚜렷한 얼굴에 위엄 있는 모습이었다. 옷차림은 화려하지 않은 어두운 계열로, 검은 프록코트에 반짝이는 모자, 산뜻한 갈색 각반, 맵시 있는 진줏빛 회색 바지를 입었다. 하지만 그의 품위 있는 의상이나 용모와는 달리, 행동은 우스꽝스러웠다. 그는 가끔씩 낮게 뛰어오르며 힘들게 달리고 있었는데, 마치 자신의 발로 걷는데 익숙하지 않아서 지쳐버린 사람 같았다. 달리면서도 손을 위아래로 움직이고 머리를 흔들어대며 몸부림쳤는데, 괴상하게 보일 정도로 얼굴을 찡그리고 있었다.

"대체 무슨 일이 있는 걸까?"

내가 물었다.

"집주소를 찾는 것 같은걸."

"여기로 올 것 같네."

홈즈가 손을 비비면서 말했다.

"여기로?"

"그래. 내게 일을 의뢰하러 오는 거라 생각되는군. 저런 증상을 알고 있거든. 하! 내말이 맞지 않은가?"

홈즈가 말하는 동안 그 남자는 숨을 헐떡이며 우리가 있는 집 문 앞으로 달려와 벨을 잡아당겼다. 온 집안에 벨소리가 울려 퍼졌다.

잠시 후 그는 우리 방 안에 들어왔다. 여전히 숨을 헐떡이고 여전히 이상한 몸짓을 했지만 슬픔어린 모습과 절망에 빠진 눈빛을 보고는, 우리의 웃음은 즉시 전율과 연민으로 바뀌었다. 한참동안 그는 아무 말도 하지 못하고, 이성의 한계까지 내몰린 사람처럼 몸을 이리저리 흔들며 머리카락을 쥐어뜯었다. 그러다 갑자기 일어나더니 벽에다 머리를 맹렬하게 찧었다. 우리 두 사람은 달려가 그를 붙들어 방 한 가운데로 데려다 놓았다. 셜록 홈즈는 편안한 의자에 그를 앉히고, 자신도 옆에 앉아 그의 손을 가볍게 두드리며 편안하고 달래는 목소리로 이야기했다. 그는 언제든 이런 목소리를 자유롭게 낼 수 있었다.

"저에게 이야기를 하려고 오신 것이겠지요?"

그가 말했다.

"서둘러 오시느라 피곤한 것 같군요. 기운이 날 때까지 좀 쉬시지요. 그런 다음에, 어떤 작은 문제라 할지라도 기쁘게 봐드리겠습니다."

그 남자는 몇 분 동안 의자에 앉아서 가슴을 들썩이며, 자신의 감정을 억누르려고 애썼다. 그리고는 손수건으로 이마를 닦고 입술을 굳게 다물고 우리 쪽으로 얼굴을 향했다.

"틀림없이 미쳤다고 생각하시겠지요?"

그가 말했다.

"큰 문젯거리가 있으신 것 같습니다."

홈즈가 대답했다.

"있다 뿐입니까. 너무도 갑작스럽고, 너무도 끔찍한 일이라서 정신을 차릴 수가 없군요. 나는 태어나서 이제까지 오점 없는 인생을 살아왔건만 온 세상에 망신을 당하게 생겼습니다. 개인적인 문제야 많은 사람들이 안고 있는 것이라 해도, 나에게는 두 가지가 한 번에 닥쳐 엄청난 재난이 되었으니 영혼이 뒤흔들리는 것도 당연한 일이겠지요. 게다가, 나 혼자 뿐이 아닙니다. 이 끔찍한 사건을 해결할 방법이 없다면, 이 나라에서 가장 고귀하신 분이 고통을 겪게 될 겁니다."

"마음을 가라앉히십시오."

홈즈가 말했다.

"그리고 당신이 누구신지, 어떤 문제를 가지고 계시는지 분명하게 말씀해주시지요."

"내 이름은,"

방문객이 대답했다.

"아마도 당신도 들어본 적이 있을 것 같습니다만, 알렉산더 홀더 입니다. 스레드니들 가(街)에 있는 홀더 앤 스티븐슨 금융회사에 있습니다."

우리는 그 이름을 잘 알고 있었다. 런던 시에서 두 번째로 큰 민간은행의 사장이었다. 무슨 일이 생겼기에 런던 일류시민이 이런 초라한 곳을 찾아온 걸까? 우리는 그가 이야기를 시작할 때까지 호기심을 안고 기다렸다.

"한시가 급한 일입니다."

그가 말했다.

"그래서 경감으로부터 당신의 도움을 받는 것이 좋겠다는 제안을 듣고서 이곳으로 서둘러 온 것이지요. 지하철을 타고 베이커 가역까지 와서, 이렇게 눈이 온 날에 마차를 타면 늦을 것 같아 거기서부터는 급히 걸어왔습니다. 그런 까닭에 숨이 턱까지 찼던 겁니다. 평소에 운동을 거의 하지 않기 때문이지요. 지금은 좀 낫군요. 그러면 되도록 간결하고 분명하게 사건에 대해서 이야기하겠습니다.

잘 아시겠지만, 성공적인 은행 경영을 위해서는 거래처와 예금자를 늘리는 것뿐만 아니라 수익성이 있는 곳을 찾아 우리의 자금을 투자하는 것도 그만큼 중요하지요. 가장 수익성 있는 사업 중의 하나는 쓸 만한 담보를 잡고 대부를 하는 겁니다. 이 방법으로 지난 몇 년 동안 많은 수익을 올렸지요. 많은 귀족 가문에서도 그림이나 장서 또는 금은제 식기류를 담보로 맡기고 큰 액수를 대출해 갔습니다.

어제 아침, 은행의 내 사무실에 앉아있을 때였습니다. 은행원 하나가 명함을 들고 오더군요. 그 명함을 보니 영국에서 가장 지위가 높고 고귀하신 이름이라 깜짝 놀랐습니다. 당신에게조차 그저 온 세상 사람들이 잘 알고 있는 이름이라고 밖에 알려드릴 수 없겠군요. 나는 감격에 겨워서 그분이 들어왔을 때 그런 얘기를 하려고 했으나, 유쾌하지 않은 일은 서둘러 끝내려는 듯 곧장 용건으로 들어가시더군요.

〈홀더 씨.〉

그분이 말했습니다.

〈당신이 돈을 빌려주는 일을 한다고 들었소.〉

〈담보가 괜찮다면 대부를 해드리고 있습니다.〉

내가 대답했습니다.

〈이건 내게 아주 중요한 일이오.〉

그분은 이렇게 말했지요.

〈당장 5만 파운드가 필요하오. 물론, 그런 정도의 액수는 친구들에게 열 배라도 빌릴 수 있지만, 나는 이 일을 사업상 일로 하고 싶고, 그리고 내가 직접 처리하고 싶어서 그렇소. 당신도 잘 알겠지만, 나 같은 위치에서는 남의 도움을 받는 것이 그리 현명한 일이 아니라오.〉

〈이 액수를 얼마 동안 쓰시려는지 물어봐도 되겠습니까?〉

내가 물었습니다.

〈다음 주 월요일이면 내게 거액이 들어오니, 그때에 합당한 이자와 함께 틀림없이 돌려주겠소. 하지만 중요한 점은 그 돈이 지금 당장 필요하다는 것이오.〉

〈더 이상 의논할 것도 없이 제 개인 자금으로 대부해드리면 기쁘겠습니다만,〉

내가 말했지요.

〈제가 감당하기엔 너무 큰 액수이군요. 회사 명의로 대부를 하게 된다면 다른 동업자와의 의무도 있고 해서, 당신께도 사무적인 보증을 요구할 수밖에 없겠습니다.〉

〈그렇게 하는 편이 더욱 좋소.〉

그분은 이렇게 말하더니, 의자 옆에 놓아두었던 모로코가죽으로 만든 검은색 사각 상자를 들어 올렸습니다.

〈에메랄드 보관에 대해 들어봤겠지요?〉

〈제국의 가장 귀중한 국보 중의 하나라고 알고 있습니다.〉

〈바로 그렇소.〉

그분은 상자를 열었습니다. 상자 안에는 그분이 얘기했던 화려한 보관이 부드러운 살색 벨벳으로 감싸인 채 들어있더군요.

〈서른아홉 개의 에메랄드가 붙어 있소.〉

그분이 말했습니다.

〈금판의 가격만 해도 헤아릴 수 없는 정도요. 보관의 가치를 아무리 낮게 잡는다 해도 내가 요청한 돈의 두 배는 될 것이오. 이걸 담보로 맡길 생각이오.〉

나는 그 귀중한 상자를 손에 들고 당황한 채로 바라보다가, 저명한 그 분을 쳐다봤습니다.

〈보관의 가치를 의심하는 거요?〉

그분이 물었지요.

〈절대 아닙니다. 저는 단지,〉

〈이걸 맡는 것이 타당한 일인지 의심스러운가 보군. 그에 관해서는 마음을 놓아도 좋소. 나흘 안에 다시 찾을 수 없다면 이걸 맡기는 것은 절대 생각도 하지 않았을 것이오. 이건 단지 형식일 뿐이라오. 담보로 충분하겠소?〉

〈충분하고도 남습니다.〉

〈홀더 씨, 이걸 알아주길 바라오. 당신에 대해 여러 이야기를 듣고, 신뢰하기 때문에 이것을 맡기는 것이오. 당신은 분별력 있는 사람이니 이 사실에 대해 소문이 떠돌지 않도록 해주리라 믿고 있소. 무엇보다도, 이 보관을 모든 방법을 동원해서 잘 간직해주시오. 조금이라도 흠이 생긴다면 엄청난 소동이 생기리라는 건 말할 필요도 없을 거요. 보석 하나만 잃어버려도 전체를 다 잃는 것과 같은 심각한 문제가 될 거외다. 전 세계 어디에도 이에 필적할 만한 에메랄드는 없기 때문에 대치한다는 것이 불가능하기 때문이오. 하지만 당신을 신뢰하기에 믿고 맡길 것이오. 월요일 아침에 직접 찾아오리다.〉

그분께서는 빨리 떠나기를 바라시는 것 같았기 때문에, 더 이상 아무 말도 하지 않고 출납원을 불러 5만 파운드를 지폐로 지불하라고 지시했습니다. 그런데 그분이 가고 혼자 앉아서 탁자 위에 놓인 귀중한 상자를 보고 있자니, 엄청난 책임이 저한테 주어졌다는 불안감이 생기지 않을 수가 없었지요. 이런 국가의 보물에 혹시 무슨 일이라도 생긴다면 커다란 문제가 생길 것이 틀림없었습니다. 그 물건을 맡는 걸 동의한 것에 대해 벌써 후회가 밀려왔습니다. 하지만 되돌리기엔 이미 너무 늦었기 때문에 개인 금고에 넣고 잠근 뒤, 다시 내 일로 돌아갔지요.

저녁때가 되자, 이렇게 귀중한 물건을 사무실에 두고 가는 것은 경솔하다는 생각이 들었습니다. 은행 금고도 이전에 털린 적이 있는데, 내 개인금고라고 괜찮겠습니까? 만일 그런 일이 벌어진다면 내 입장이 어떻게 될 지 생각만 해도 끔찍합니다. 그래서 며칠 동안은 출퇴근 때도 항상 가지고 다니며 내 곁에 꼭 지니기로 했지요. 이런 결심을 한 뒤, 보석을 가지고서 마차를 불러 스트레텀에 있는 집으로 갔습니다. 위층으로 올라가 드레스룸의 옷장 서랍에 넣고 잠그기 전까지는 제대로 숨도 쉬질 못했습니다.

홈즈 씨, 그러면 이제 상황 이해를 돕기 위해서, 식구들 얘기를 해야겠군요. 마부와 심부름하는 아이는 집 밖에서 자니까 제외해도 될 것 같습니다. 하녀가 셋 있는데 오랫동안 나와 함께 지내왔기 때문에 모두 확실히 믿을 만해서 의심할 까닭이 없지요. 루시 파라는 이름의 시중드는 하녀가 또 한 명 있는데 집에 온지 몇 달 밖에 안되었습니다. 하지만 훌륭한 추천장을 가지고 왔고 일도 잘해서 만족하고 있습니다. 아주 예쁜 아가씨라 그녀에게 반한 남자들이 가끔씩 주위를 서성대기도 합니다. 이게 그 아이의 유일한 단점인데, 여러 가지 면에서 볼때 참으로 좋은 아이라 생각하고 있지요.

하인은 그만하면 되겠군요. 내 가족은 단출해서 설명할 것도 별로 없습니다. 저는 홀아비이고 아들이 하나 있는데, 이름은 아서이지요. 홈즈 씨, 그녀석은 나를 많이 실망시켜 왔습니다. 잘못은 분명 내게 있겠지요. 사람들은 내가 그 아이를 망쳐놨다고 하더군요. 아마 그랬던 것 같습니다. 사랑하는 아내가 죽고 나니 그녀석에게 모든 사랑을 쏟아 부었지요. 잠깐이라도 그 아의 얼굴에서 웃음이 사라지는 것을 견디지 못했습니다. 그 애가 바라는 건 모두 해주었습니다. 내가 좀 더 엄격했더라면 그녀석이나 나에게 모두 좋았을 텐데, 그때는 그게 최선인 줄 알았지요.

당연한 일이지만 나는 아들이 내 사업을 물려받기를 바랐습니다. 그런데 사업을 할 기질이 아니었지요. 거칠고 고집이 센데다가, 솔직히 말하면, 많은 돈을 맡길 만한 믿음이 생기지 않았습니다. 한창 젊을 때 귀족 클럽에 회원으로 들어가더니, 거기서 호감을 끌어 돈 많고 사치스러운 사람들과 친구가 되었지요. 큰 판돈이 걸린 카드놀이를 배우고, 경마에 돈을 탕진했습니다. 도박 빚을 갚기 위해 내게 와서 용돈을 달라고 애원하기를 수없이 반복했습니다. 한 두 번은 같이 다니는 위험스런 친구들과 관계를 끊으려고 노력했지만, 그때마다 조지 번웰 경이라는 친구에게 이끌려 다시 돌아갔답니다.

사실, 조지 번웰 경 같은 사람에게 아들 녀석이 이끌려 다니는 것은 이상한 것도 아니지요. 가끔 집에도 데려왔을 때 봤는데, 매력적인 태도에 끌리지 않을 수가 없더군요. 아서보다 나이가 많은데 뭐든지 못하는 게 없고, 어디든 안 가본 더가 없으며, 보지 못한 것이 없습니다. 그리고 화려한 말솜씨를 가진데다 빼어난 미남이지요. 하지만 그가 가진 매력에서 한 걸음 물러서 냉정하게 생각해보면, 냉소적인 말투와 그의 눈에서 드러나는 눈빛을 통해, 결코 믿을 수 없는 사람이란 걸 알 수 있습니다. 나만 그렇게 생각하는 게 아니라, 여성으로서의 직관이 뛰어난 우리 아이, 메리도 같은 생각입니다.

이제 메리 하나만 남았군요. 그 애는 내 조카입니다. 5년 전에 형이 죽고 나서 그 애 혼자 세상에 남겨졌을 때, 나는 그 애를 입양해서 지금까지 친딸같이 보살펴 왔습니다. 그 아이는 우리 집의 햇살입니다. 상냥하고, 사랑스럽고, 아름다울뿐더러 집안을 훌륭하게 관리하고 있지요. 그 애만큼 다정하고 정숙하고 예의바른 여성은 없을 겁니다. 그 아이는 내 오른팔입니다. 그 애가 없다면 어떻게 살아갈지 모르겠군요. 단 한 가지 제 바램에 어긋난 적이 한 번 있긴 합니다. 내 아들이 그 애를 진심으로 사랑해서 결혼 신청을 두 번 했었는데, 그때마다 거절을 했지요. 세상 누군가 내 아들을 바른 길로 인도할 수 있는 사람이 있다면 바로 그 애라고 나는 생각합니다. 그 애와 결혼했다면 아들 녀석의 인생은 완전히 바뀌었을 겁니다. 아! 하지만 지금은 너무 늦어버렸지요. 영원히 돌이킬 수 없어요!

홈즈 씨, 이제 한 지붕 아래 사는 식구들에 대해선 아셨을 테니, 비참한 내 이야기를 계속하기로 하겠습니다.

그날 밤, 저녁식사를 마치고 응접실에 앉아 커피를 마시면서 아서와 메리에게 오늘 겪은 일과 집 안에 귀중한 보물이 있다는 것을, 그분의 이름만 빼고 이야기했습니다. 루시 파가 커피를 가져왔다가 나간 것은 확실한데, 문을 닫았는지는 잘 모르겠습니다. 메리와 아서는 꽤 흥미 있어 하며, 그 유명한 보관을 보고 싶어 했지요. 하지만 나는 꺼내지 않고 가만 놔두는 게 좋다고 생각했습니다.

〈그걸 어디에 두셨어요?〉

아서가 물었습니다.

〈옷장 서랍에 있다.〉

〈그러면 밤 동안에 도둑이 들지 않기를 빌어야겠군요.〉

아들 녀석이 말했지요.

〈잠가놓았다.〉

내가 대답했습니다.

〈오, 그 옷장은 어떤 열쇠도 다 맞아요. 제가 어릴 때 창고 방 선반에 있는 열쇠로 연 적이 있는데요.〉

그 녀석은 거침없이 말하는 편이라 그 말에는 별로 신경 쓰지 않았습니다. 그런데 그날 밤에 근심어린 얼굴로 나를 따라 방으로 오더군요.

〈아버지, 잠시 만요.〉

눈을 내리깔고 이렇게 말했습니다.

〈이백 파운드만 주실 수 있으세요?〉

〈안돼! 못준다!〉

나는 모질게 대답했습니다.

〈돈 문제에 관해서는 너한테 지나치게 너그러웠다.〉

〈아버지는 저한테 늘 잘해주셨어요.〉

그 아이가 말했습니다.

〈그런데 이 돈이 꼭 필요해요. 그게 없으면 클럽에 다시는 나갈 수가 없어요.〉

〈그것 참 잘된 일이구나!〉

내가 소리쳤습니다.

〈그래요. 하지만 제가 불명예스럽게 클럽을 나오는 건 바라지 않으실 겁니다. 그런 망신은 참을 수가 없어요. 어떻게든 그 돈을 마련해야 돼요. 아버지께서 주지 않으시면 다른 방법을 찾아봐야 합니다.〉

이번 달 들어 벌써 세 번째 요청이었기 때문에 나는 무척 화가 났지요.

〈너한테는 한 푼도 주지 않을 거다.〉

내가 이렇게 소리를 지르자 그 녀석은 고개를 숙여 인사하더니 더 이상 아무 말도 하지 않고 방을 나갔습니다.

아들 녀석이 나간 뒤 나는 옷장서랍을 열고 보물이 잘 있는지 확인한 다음 다시 잠갔습니다. 그런 후에 문단속이 잘 되어있나 확인하려고 집안을 둘러보기 시작했습니다. 평상시에는 메리가 하는 일인데, 그날 밤만은 내가 직접 하는 것이 낫다고 생각했지요. 계단을 내려가니 메리가 현관쪽 창가에 서있더군요. 내가 다가가니까 창문을 닫고 빗장을 채웠습니다.

〈아버지,〉

내 생각이지만 그 애는 조금 불안한 듯했습니다.

〈하녀 루시에게 오늘 밤 외출을 허락하셨나요?〉

〈그런 적이 없는데.〉

〈루시가 지금 막 뒷문을 통해서 들어왔어요. 누군가 만나러 바깥쪽문에 다녀온 것이 틀림없어요. 그래도 안전한 일은 아니니 못하게 해야 할 것 같아요.〉

〈아침에 네가 말하는 것이 좋겠다. 아니면 내가 해도 좋고. 문은 모두 확실히 잠갔겠지?〉

〈확실해요, 아버지.〉

〈그럼, 잘 자거라.〉

나는 키스하고 침실로 갔고, 곧 잠들었습니다.

홈즈 씨, 나는 사건과 관계된 듯한 것은 모두 다 말하려고 애쓰고 있습니다. 혹시라도 확실하지 않은 부분이 있다면 물어보시길 바랍니다."

"아닙니다. 아주 명료하고 알기 쉽게 이야기해 주시는군요."

"이제부터 할 얘기는 중요한 부분이니 더욱 잘 할 수 있으면 좋겠군요. 나는 잠을 깊게 자는 편이 아닌 데다 마음속에 걱정이 있으니 평소보다 더 그렇게 되더군요. 새벽 두 시쯤, 집 안에서 어떤 소리가 들려 잠을 깼습니다. 완전히 잠을 깨기도 전에 그 소리는 멈췄는데, 어디선가 창문이 조용히 닫힌 듯한 기분이 들었지요. 나는 누운 채로 귀에 신경을 쓰고 있었습니다. 그런데 갑자기 옆방에서 조용히 걷는 발소리가 들려와서 깜짝 놀랐습니다. 두려움으로 몸을 떨며 침대에서 빠져나와, 드레스룸 문 한쪽 구석에서 슬쩍 들여다봤지요.

〈아서!〉

나는 소리 질렀습니다.

〈이 나쁜 놈! 네가 도둑이로구나! 어찌 감히 보관에 손을 대느냐!〉

반쯤 열어둔 채 놓아두었던 등잔 불빛에 셔츠와 바지만 입은 그 녀석이 보관을 손에 들고 서있는 것이 보였습니다. 보관을 비트는 것 같기도 했고 온 힘을 다해 구부리는 것도 같았지요. 내가 소리를 지르자 그 녀석은 손에 들었던 것을 떨어뜨리더니 시체처럼 창백해졌습니다. 나는 보관을 들어 올려 살펴봤습니다. 에메랄드가 세 개 박힌 금판 하나가 없어졌더군요.

〈불한당 같으니!〉

나는 극도로 화가 나서 소리쳤습니다.

〈이걸 망가뜨렸구나! 나를 평생토록 망신주려고 하느냐. 훔친 보석은 어디 있어?〉

〈훔쳤다구요?〉

그녀석이 외쳤지요.

〈그래. 이 도둑놈아!〉

나는 크게 소리치며 그녀석의 어깨를 잡고 흔들었습니다.

〈없어진 건 없어요. 없어진 게 있을 리 없어요.〉

그녀석이 이렇게 말하더군요.

〈세 개가 없어졌다. 너는 그게 어디 있는지 알겠지. 도둑뿐만 아니라 거짓말쟁이라고 불러야 하느냐? 네가 조각을 하나 더 떼어내려고 애쓰는 걸 내가 못 본 줄 알아?〉

〈그만하면 욕을 많이 먹었어요.〉

그녀석이 말했지요.

〈더 이상은 참지 않을 겁니다. 아버지가 저를 모욕하기로 결심하셨으니 이 일에 대해선 한 마디도 하지 않겠어요. 아침에 집을 떠나 혼자 힘으로 살아갈 겁니다.〉

〈그걸 경찰 손에 넘겨야 할 거다!〉

나는 슬픔과 분노에 반쯤 미쳐서 소리쳤습니다.

〈이 일을 끝까지 조사할 거야.〉

〈저한테는 아무 것도 못 캐낼 걸요.〉

그녀석은 울분을 터뜨리며 말하더군요. 지금까지 그런 모습은 한 번도 보지 못했습니다.

〈경찰을 부르기로 결정하셨다면 와서 알아보라고 하세요.〉

내가 화를 내며 소리 질렀기 때문에 이때쯤에는 온 집안사람들이 깨어나 떠들썩했지요. 메리가 첫 번째로 방안으로 달려 들어와, 보관과 아서의 얼굴을 보더니 무슨 일이 있었는지 파악하고는 비명을 지르며 정신을 잃고 쓰러졌습니다. 나는 하녀를 시켜 경찰을 불렀고, 즉시 경찰 손에 조사를 맡겼지요. 경감과 순경이 집안에 들어오자 아서는 팔짱을 낀 채 무뚝뚝하게 서서, 자신을 절도 혐의로 고소할 작정이냐고 나에게 묻더군요. 부서진 보관은 국가 재산이기 때문에, 이건 개인적인 문제가 아니라 공적인 일이라고 대답했습니다. 나는 모든 일을 법률에 맡기기로 결심했지요.

〈최소한,〉

아들 녀석이 말했습니다.

〈저를 당장 체포하지는 않겠지요. 오 분만 저를 집 밖에 나갈 수 있게 해주시면 저뿐 아니라 아버지한테도 이익이 될 겁니다.〉

〈도망치려고 하는구나. 아니면 훔친 것을 숨기려고 하느냐.〉

내가 말했습니다. 그리고 내 자신이 얼마나 위험한 상황에 놓여 있는지 깨닫고, 아들 녀석에게 간청했지요. 내 명예 뿐 아니라 나보다 훨씬 고귀하신 분이 곤란에 빠졌다는 것을, 그리고 온 나라에 혼란을 일으킬 만한 큰 소동이 벌어질 거라는 걸 알아달라고 했습니다. 네가 없어진 보석 세 개를 어떻게 했는지 말하기만 하면 그런 일이 일어나는 걸 막을 수 있다고도 했습니다.

〈이 사태를 직시하는 것이 좋을 거다.〉

내가 말했지요.

〈너는 현장에서 잡혔으니까 자백하지 않으면 죄가 더욱 무거워질 것이다. 에메랄드가 어디에 있는지 말해준다면 네가 한 일에 대한 배상이라 생각하고, 모든 걸 잊고 용서해주겠다.〉

〈용서는 원하는 사람한테나 해주시죠.〉

그녀석은 비웃는 얼굴로 이렇게 말하며 고개를 돌렸습니다. 이미 마음을 굳게 먹었기 때문에 내가 무슨 말을 해도 소용이 없다는 걸 알았지요. 방법은 단 한 가지 밖에 없었습니다. 경감을 불러 아들 녀석을 데려가라고 했습니다. 곧장 수색이 시작되었지요. 몸수색뿐이 아니라 그녀석의 방, 보석을 숨겨두었을 만한 곳이라면 집안 어디든 찾아보았지만, 아무런 흔적도 나오지 않았고, 그 나쁜 녀석은 아무리 달래고 위협해도 입을 열지 않았습니다. 오늘 아침, 그녀석은 유치장으로 갔고, 나는 경찰서에서 모든 절차를 끝낸 후 당신에게로 달려온 것입니다. 이 엉클어진 문제를 풀어주길 간청하기 위해서 말입니다. 경찰은 현시점에서는 아무 것도 할 수 없다고 솔직히 말하더군요. 필요하다면 비용은 얼마든지 들어도 좋습니다. 이미 현상금을 천 파운드 걸었지요. 어찌하면 좋을지 모르겠습니다. 하룻밤 사이에 명예도, 보석도, 아들도 모두 잃었습니다. 오, 도대체 어찌해야 할지!"

그는 양손으로 머리를 감싸고 몸을 앞뒤로 흔들며, 슬픔에 겨워 말도 제대로 못하는 어린아이처럼 중얼거렸다.

셜록 홈즈는 눈썹을 찌푸리고 벽난로에 시선을 고정시킨 채 한참을 조용히 앉아있었다.

"집에 손님이 많이 찾아오는 편입니까?"

그가 물었다.

"아니오. 내 동업자하고 그 식구들 외엔, 가끔씩 오는 아서의 친구 밖에 없습니다. 최근에는 조지 번웰 경이 몇 번 온 적 있군요. 그리고는 없는 것 같습니다."

"사교 모임에 나가십니까?"

"아서는 나갑니다. 메리하고 나는 집에서 지내지요. 우리 둘 다 그런 건 좋아하지 않습니다."

"젊은 처녀로서는 특이한데요."

"그 아이는 원래 조용한 편이지요. 게다가 나이도 그리 적지 않습니다. 스물넷이니까요."

"이야기를 들어보니, 이번 사건이 그녀에게도 큰 충격인 것 같습니다만."

"물론이지요! 나보다 더 충격을 받았습니다."

"아드님이 훔친 것이라고 두 분 다 믿고 계신 거지요?"

"보관을 손에 들고 있는 걸 내 눈으로 직접 봤는데 어찌 믿지 않겠습니까?"

"그건 결정적인 증거가 아닌 것 같군요. 보관의 나머지 부분은 손상되지 않았나요?"

"비틀어져 있더군요."

"그러면 아드님이 그걸 똑바로 펴려고 한 것이라 생각하진 않으십니까?"

"고맙습니다. 내 아들 녀석이나 저를 위해서 그렇게 말씀해주시니 고맙군요. 하지만 이 일은 너무도 큰 일입니다. 거기서 그녀석이 뭐하고 있었겠습니까? 훔치려는 의도가 아니었다면 왜 아니라고 말을 하지 않는 겁니까?"

"맞습니다. 그런데 만약 아드님이 훔친 거라면, 왜 거짓말을 꾸며대진 않았을까요? 침묵을 지키고 있는 것은 좋은 면도 있고 나쁜 면도 있는 것 같군요. 이 사건에는 몇 가지 특이한 점이 있습니다. 당신을 잠에서 깨운 그 소리에 대해서 경찰은 뭐라고 말하던가요?"

"경찰은 아서가 침실 문을 닫는 소리였을 거라고 생각하고 있습니다."

"그럴 듯한 얘기로군요! 중범죄를 저지르려는 사람이 온 집안사람들을 다 깨우려고 문을 쾅 닫았다는 거랍니까? 그러면 보석이 사라진 것에 대해서 뭐라고 하던가요?"

"아직까지 그걸 찾으려고 가구들을 두들기고, 찔러보고, 뜯어보고 있습니다."

"집 바깥쪽도 찾아봤습니까?"

"네. 대단히 열성적으로 일하더군요. 정원 전체를 세밀하게 조사했습니다."

"자, 홀더 씨."

홈즈가 말했다.

"이 사건은 당신이나 경찰이 처음 생각했던 것보다 훨씬 더 어렵다는 걸 깨닫지 않으셨나요? 당신께는 단순한 사건으로 보이지만, 저에게는 아주 복잡한 사건으로 보이는군요. 홀더 씨 생각대로라면 어떻게 되는지 생각해봅시다. 아드님이 침대를 빠져나와 위험을 무릅쓰고 드레스룸으로 갑니다. 옷장서랍을 열고 보관을 꺼내 작은 조각을 떼어낸 다음, 어딘가 다른 장소에 가서, 도저히 아무도 찾아낼 수 없는 방법으로 39개 보석 중에 3개를 숨깁니다. 그리고는 나머지 36개 보석이 달린 보관을 들고, 들킬 위험이 가장 높은 방으로 돌아오는 겁니다. 자, 이게 말이 되는 이야기입니까?"

"하지만 다른 설명이 있을까요?"

그 은행가는 절망스런 몸짓으로 말을 했다.

"죄를 지은 것이 아니라면 왜 변명을 하지 않는 걸까요?"

"그걸 알아내야지요."

홈즈가 대답했다.

"홀더 씨, 괜찮으시다면 스트레텀으로 같이 갈 수 있을까요? 한 시간 가량 좀 더 자세히 살펴보고 싶군요."

내 친구가 같이 동행하기를 고집하기도 했고, 그 이야기를 듣고 강한 호기심과 동정심이 생겼기 때문에 나 역시도 가고 싶었다. 고백컨대, 나는 그 불행한 아버지가 생각하는 바와 같이 아들이 훔친 것이 명백하다고 생각했다. 하지만 나에게는 홈즈의 판단에 대한 믿음이 있었기에, 그가 은행가 아들의 혐의를 인정하지 않는 한 희망의 여지가 있다는 걸 느낄 수 있었다. 그는 남쪽 교외로 가는 내내 아무 말도 하지 않고 턱을 가슴에 붙이고 앉아, 눈을 가리도록 모자를 눌러쓰고 깊은 생각에 빠진 채 앉아 있었다. 우리의 의뢰인은 홈즈의 말에 어렴풋한 희망의 빛을 찾은 듯 기운을 차리고, 이런저런 사업상의 일들을 나에게 두서없이 이야기했다. 잠깐 동안 기차를 타고, 그보다 짧은 시간을 걷고 나니 대은행가의 소박한 저택, 페어뱅크에 도착했다.

페어뱅크는 커다란 정사각형 모양의 흰색 석조 건물로, 길에서 약간 안쪽으로 들어가 자리 잡고 있었다. 눈 덮인 잔디밭 사이로 마차 두 대 폭의 도로가 있었는데 그 끝은 두 개의 넓은 철문으로 만든 정문 입구를 향해 있었다. 오른 편에는 작은 덤불숲이 있었고, 그 안으로 깔끔한 울타리를 세운 작은 통로가 있어서, 상인들이 드나들 수 있도록 도로에서 주방문까지 이어졌다. 왼편에는 마구간으로 향하는 좁은 길이 있는데 다니는 사람이 적기는 해도 사유지가 아니라 일반 도로였다. 홈즈는 우리를 문 앞에 남겨두고 그 저택을 천천히 걸어서 둘러보았다. 앞마당을 가로질러 상인들이 다니는 통로에 갔다가, 정원을 빙 돌아서 뒤편의 마구간으로 향하는 길로 향했다. 시간이 꽤 걸렸기 때문에 홀더 씨와 나는 응접실로 들어가 난롯가에 앉아 그가 오기를 기다렸다. 아무 말 없이 앉아있는데 문이 열리더니 젊은 여인이 들어왔다. 그녀는 중간 키보다 약간 크고 말랐으며, 검은 머리와 눈동자는 매우 창백한 피부와 대조되어 더욱 검게 보였다. 그토록 창백한 얼굴을 가진 여인은 지금껏 본 적이 없었다. 그녀의 입술 역시 핏기가 없었지만 눈은 울어서인지 충혈 되어 있었다. 옷자락을 끌며 조용히 방으로 들어설 때 나는 그녀에게서 오늘 아침 은행가가 보여줬던 것보다 더 큰 슬픔을 느낄 수 있었다. 게다가 엄청난 자제력을 지닌 강한 성격의 여인이라는 것이 분명해 보여 더욱 놀라웠다. 나의 존재는 무시한 채 숙부에게 곧장 걸어가 부드러운 여인의 손길로 그의 머리를 감싸 안았다.

"아서를 풀어주도록 얘기하고 오셨겠지요, 아버지?"

그녀가 물었다.

"아니, 아니다. 아가야. 이 사건은 철저히 조사해야만 한단다."

"하지만 저는 아서가 결백하다고 확신하고 있어요. 여자들의 직감을 잘 아시잖아요. 아서는 아무 잘못이 없으니, 그토록 호되게 대한 것을 후회하게 되실 거예요."

"그녀석이 결백하다면 왜 아무 말도 하지 않았겠느냐?"

"그야 모르지요. 아마도 자길 의심한 것 때문에 화가 나서 그랬겠지요."

"내가 직접 보관을 손에 들고 있는 걸 봤는데 어떻게 그녀석을 의심하지 않을 수 있겠냐?"

"오, 그냥 보려고 집어든 걸 수도 있어요. 제발, 아서가 결백하다는 제 말을 믿어주세요. 이 사건은 그만 중지시키고 더 이상 아무 말도 하지 마세요. 아서가 감옥에 있다는 걸 생각만 해도 끔찍해요!"

"메리야. 보석을 찾을 때까진 절대 중단할 수는 없다. 절대로! 아서에 대한 걱정 때문에 나한테 얼마나 무서운 일이 닥칠 것인지는 생각하지 못하는 게로구나. 사건을 숨기는 게 아니라, 더욱 철저하게 조사하기 위해서 런던에서 신사 분을 모셔왔단다."

"이 신사 분이신가요?"

그녀는 나를 돌아보며 물었다.

"아니야. 친구 분이시지. 그분은 혼자서 조사하는 중이다. 지금 마구간 길을 돌아보고 있다."

"마구간 길이요?"

그녀는 검은 눈썹을 치켜 올렸다.

"거기서 무얼 찾으시는 거죠? 아, 여기, 이 분이신 것 같군요. 선생님, 증명해 주시겠지요? 제가 진실이라 확신하고 있는 것, 제 사촌 아서가 이 사건에서 결백하다는 것 말이에요."

"아가씨 의견에 전적으로 동의합니다. 그리고 우리가 증명할 수 있으리라 믿고 있습니다."

홈즈는 이렇게 대답하며 깔개가 있는 곳으로 돌아가 신발에 묻은 눈을 털었다.

"메리 홀더 양이신 것 같군요. 제가 한두 가지 질문을 해도 될까요?"

"물론입니다. 이 끔찍한 사건을 끝낼 수 있도록 도움이 되었으면 좋겠군요."

"어젯밤에 아무 소리도 듣지 못했나요?"

"네. 여기 계신 숙부님이 큰 소리로 말씀하시기 전에는 말입니다. 그 소리를 듣고 내려왔어요."

"그날 밤에 창문과 문을 닫으셨지요. 모든 창문을 다 잠갔습니까?"

"네."

"아침에도 모두 잠겨 있던가요?"

"네."

"애인이 있는 하녀가 한 명 있지요? 지난밤에 그 하녀가 애인을 만나러 나갔다 왔다고 숙부님께 말씀 드렸나요?"

"네. 그 아이는 응접실에서 시중을 드는 하녀인데, 숙부님이 보관에 대해서 이야기하는 것을 들었을 겁니다."

"그렇군요. 아가씨는 그 하녀가 바깥으로 나가 애인에게 얘기를 했고, 둘이서 도둑질을 계획했을 거라고 생각하시는군요."

"이런 막연한 추측이 다 무슨 소용이 있습니까."

은행가는 참지 못하고 소리쳤다.

"아서가 보관을 손에 들고 있는 것을 내가 봤다고 말했잖아요."

"홀더 씨. 잠시만 기다리십시오. 그 문제로 곧 돌아가겠습니다. 홀더 양, 그 하녀 말인데, 주방문을 통해 돌아오는 것을 보셨지요?"

"네. 밤에 문이 잠겨있는지 확인하러 갔을 때 들어오더군요. 어둠 속에 그 남자가 있는 것도 봤어요."

"그 남자를 아십니까?"

"아, 네. 우리 집에 야채를 대는 야채장수이에요. 이름은 프랜시스 프로스퍼입니다."

"그가 서있던 곳은,"

홈즈가 말했다.

"문의 왼쪽 편, 그러니까 길 위쪽으로 좀 떨어져서 문과 가까운 쪽이지요?"

"네. 그랬어요."

"그리고, 한쪽 다리가 의족입니까?"

젊은 아가씨의 표정이 풍부한 검은 눈에 두려움 같은 것이 스쳐 지나갔다.

"아, 마술사 같은 분이시군요."

그녀가 말했다.

"어떻게 아셨는지요?"

그녀는 미소를 지었지만, 홈즈의 마르고 진지한 얼굴에는 그에 답하는 미소가 떠오르지 않았다.

"이제 이층에 올라가 보면 좋겠습니다."

그가 말했다.

"집 밖을 다시 살펴봐야 할지도 모르겠군요. 올라가기 전에 아래 층 창문을 먼저 조사해보는 것이 낫겠습니다."

그는 창문을 하나씩 빠르게 살펴보았는데, 현관홀에서 마구간 길이 보이는 큰 창문에서만 잠시 머물렀다. 그 창문은 열려있었고, 홈즈는 고배율 확대경으로 창턱을 아주 세심하게 조사했다.

"이제 위층으로 올라갈까요."

그는 한참만에야 이렇게 말했다.

은행가의 드레스룸은 회색 카펫이 깔리고 커다란 옷장과 긴 거울이 있는 평범하고 작은 방이었다. 홈즈는 옷장으로 가서 자물쇠를 자세히 살펴보았다.

"이건 어떤 열쇠로 열지요?"

그가 물었다.

"아들 녀석이 말했듯이 창고 방 선반에 있는 겁니다."

"여기 있습니까?"

"화장대 위에 있습니다."

셜록 홈즈는 열쇠를 집어 옷장 서랍을 열었다.

"소리가 나지 않는 자물쇠군요."

그가 말했다.

"당신이 잠에서 깨지 않은 것은 이상한 일도 아니군요. 이 상자에는 보관이 들어있겠지요. 한 번 봐야겠습니다."

그는 상자를 열고 왕관을 꺼내 탁자 위에 올려놓았다. 그것은 보석으로 만든 작품의 위대한 표본이었고, 서른여섯 개의 보석은 지금까지 본 적이 없는 최상품이었다. 보관의 한쪽 모서리는 비틀어지고 금이 가 있었는데, 보석이 떨어져 나간 자리였다.

"그럼, 홀더 씨."

홈즈가 말했다.

"이 부분은 불행히도 잃어버린 쪽과 서로 한 쌍을 이루는 곳이지요. 이걸 떼어내 주시길 부탁드립니다."

은행가는 질색을 하며 뒤로 물러났다.

"그런 건 꿈에도 못하겠습니다."

그가 말했다.

"그럼 내가 하지요."

홈즈는 갑자기 온힘을 다해 잡아당겼다. 하지만 효과가 없었다.

"약간은 움직인 것 같습니다만."

홈즈가 말했다.

"내 손 힘은 아주 센 편인데도 이걸 떼어내려면 시간이 꽤 오래 걸릴 것 같군요. 보통 사람이라면 할 수 없겠지요. 홀더 씨, 내가 지금 이걸 떼어낸다면 어떻게 되겠습니까? 권총을 쏜 것과 같은 큰 소리가 날 겁니다. 침대에서 몇 야드 떨어지지 않은 곳에서 이런 일이 일어났는데 아무 소리도 듣지 못하는 것이 가능할까요?"

"나는 어떻게 생각해야할지 모르겠군요. 아무 것도 모르겠습니다."

"차츰 알게 될 겁니다. 홀더 양은 어떻게 생각하시나요?"

"저 역시 숙부님처럼 당황스럽기만 합니다."

"아드님을 보았을 때 구두나 슬리퍼를 신지 않고 있었다고 하셨지요?"

"바지와 셔츠 외에는 아무 것도 없었습니다."

"알겠습니다. 조사를 하는 동안 특별한 행운을 만난 것 같군요. 이 사건을 해결하는데 성공하지 못한다면 전적으로 우리 잘못이 될 겁니다. 홀더 씨, 괜찮으시다면 이제 바깥으로 나가서 조사를 계속해야겠습니다."

불필요한 발자국이 생겨 일을 하는 데 더 어려워질 수 있다며, 그는 혼자서 밖으로 나갔다. 한 시간 정도 조사를 한 뒤 그는 발에 눈을 잔뜩 묻힌 채 돌아왔다. 그의 표정으로는 아무 것도 헤아릴 수 없었다.

"홀더 씨, 이제 봐야할 것은 모두 본 것 같습니다."

그는 말했다.

"제 방으로 돌아가 일을 해야겠군요."

"하지만 보석은? 홈즈 씨, 보석은 어디 있습니까?"

"그건 모르겠습니다."

은행가는 두 손을 움켜쥐었다.

"다시는 찾을 수 없다는 겁니까?"

그는 소리쳤다.

"내 아들 녀석은요? 희망이 있다고 했잖습니까?"

"제 의견은 변함이 없습니다."

"그러면 어젯밤 내 집에서 일어난 괴상한 사건은 도대체 무엇입니까?"

"내일 아침 아홉 시에서 열 시 사이에 베이커 가로 방문해주시면 명백하게 밝혀드리도록 하겠습니다. 그 보석을 되찾아 주는 조건으로 저에게 백지 수표를 위임한 것으로 알고 있습니다. 제가 쓸 수 있는 돈에 대한 제한은 없겠지요?"

"찾을 수만 있다면 전 재산이라도 드리겠습니다."

"좋습니다. 이 사건을 여러모로 조사해보겠습니다. 안녕히 계십시오. 저녁이 되기 전에 이 곳에 다시 찾아올 수도 있을 겁니다."

내 동료가 내린 결론이 무엇인지 나로서는 조금도 짐작할 수 없지만, 그는 이미 사건에 대해 완전히 파악한 것이 틀림없었다. 집으로 돌아오는 동안 그 결론에 대해 알고 싶어 몇 번을 물어봤지만 그는 다른 화제로 이야기를 돌릴 뿐이어서, 나는 결국 단념하고 말았다. 다시 집으로 돌아왔을 때는 세 시가 조금 안된 시각이었다. 그는 서둘러 자신의 방으로 들어가더니 몇 분 후에는 흔히 보는 건달처럼 옷을 입고 나왔다. 위로 세운 칼라, 반쯘이는 싸구려 코트에 빨간 넥타이, 닳아빠진 부츠, 건달 모습의 완벽한 표본이었다.

"이 정도면 충분할 것 같네."

그는 벽난로 위의 거울을 보며 말했다.

"왓슨, 자네와 함께 가고 싶지만 말이야, 그럴 수 없을 것 같군. 내가 지금 이 사건을 제대로 따라가고 있는 건지 아니면 도깨비불을 따라가고 있는 건지 곧 판명이 나게 될 걸세. 몇 시간 후에는 돌아올 것 같군."

그는 선반 위에 있는 고깃덩어리에서 쇠고기 조각을 잘라 둥그런 빵 두 개 사이에 끼워 샌드위치를 만들었다. 그리고 이 보잘 것 없는 음식을 주머니에 밀어 넣고는 탐험을 떠났다.

그가 돌아온 때는 내가 막 차를 마시고 난 다음이었다. 기분이 좋은 듯 양쪽에 고무를 댄 낡은 부츠를 손에 들고 흔들었다. 그는 부츠를 구석에 내던지고 직접 차를 따라서 마셨다.

"지나가는 길에 들른 것뿐이네."

그가 말했다.

"곧바로 가야해."

"어디로 가는데?"

"아, 웨스트엔드 반대편이야. 돌아오려면 시간이 좀 걸릴 걸세. 늦을 지도 모르니 기다리지 말게."

"잘 되어가고 있나?"

"음, 그저 그래. 나쁘지는 않지. 아까 나간 후에, 스트레텀에 다녀오긴 했는데 집에는 들어가지 않았어. 이건 꽤 재미있는 사건이야. 절대 놓치지 않을 걸세. 어쨌든, 여기 앉아서 잡담할 수는 없네. 이 볼썽사나운 옷은 벗어버리고, 원래의 점잖은 내 모습으로 돌아가야지."

홈즈가 말하는 이야기보다는 그의 태도를 통해서, 스스로 만족스러워할 분명할 근거가 있다는 걸 나는 알 수 있었다. 그의 눈은 빛났고, 창백한 양쪽 볼에도 붉은 기운이 맴돌았다. 그는 서둘러 계단을 올라갔고, 잠시 뒤에는 현관문이 쾅하며 닫히는 소리가 들렸다. 그는 또다시 유쾌한 사냥 길로 떠난 것이다.

자정까지 기다렸지만 그가 돌아올 기색이 없었기에 나는 자려고 내 방으로 들어갔다. 단서를 찾느라 열중했을 때는 몇 날 몇 밤을 나가서 지내는 것도 보통이었기에, 그가 늦게 와도 놀랄 일은 아니었다. 몇 시에 돌아왔는지는 몰라도, 아침에 내가 아침을 먹으러 내려갔을 때는 홈즈가 생기 있고 단정한 모습으로 한 손에는 커피를 들고 다른 손에는 신문을 들고 있었다.

"왓슨, 자네 없이 먼저 아침식사를 해서 미안하네."

그가 말했다.

"하지만 우리 의뢰인이 아침 일찍 오기로 약속이 되어있다는 걸 기억하고 있겠지?"

"아, 아홉 시가 넘었군."

내가 대답했다.

"벌써 도착했다 해도 놀랄 일은 아니겠네. 벨소리가 들린 것 같아."

들어온 사람은 정말 그 은행가였다. 나는 그의 변한 모습을 보고 깜짝 놀랐다. 원래 크고 널따란 형태였던 그의 얼굴은 오그라들고 쇠약해졌으며, 머리카락은 하얗게 세기 시작했다. 피로하고 무기력하게 들어온 그의 모습은 격렬한 반응을 보였던 어제 아침보다 더욱 고통스럽게 느껴졌다. 그는 내가 앞으로 밀어준 안락의자에 힘들게 털썩 주저앉았다.

"내가 어째서 이런 혹독한 시련을 겪어야하는지 모르겠습니다."

그가 말했다.

"이틀 전만 해도 나는 세상에 근심 하나 없이 행복하고 잘 나가는 사람이었지요. 지금은 혼자 남아 치욕스럽게 살아가게 되었습니다. 슬픔은 또 다른 슬픔을 이끌고 온다지요. 내 조카 메리가 나를 버리고 떠났습니다."

"버렸다구요?"

"그렇습니다. 오늘 아침에 보니 그 아이 방은 비어있고, 침대에는 사람이 잔 흔적이 없더군요. 그리고 현관 탁자에 편지 한 장이 놓여 있었습니다. 지난밤에 그 아이한테, 네가 내 아들과 결혼했더라면 모든 일이 잘됐을 거라고 얘기했습니다. 화가 나서 그런 것은 아니었고, 그저 슬픔에 겨워서 한 얘기였지요. 아마도 내가 쓸데없는 말을 한 모양입니다. 이 편지에도 그 얘기를 써놨더군요."

〈사랑하는 숙부님께.

제가 숙부님께 폐를 끼친 것 같습니다. 만약에 제가 다르게 행동했더라면 이런 끔찍한 불행은 일어나지 않았겠지요. 이런 생각이 마음속에 있는 한은, 숙부님과 같은 집에서 이전처럼 행복하게 살 수 없을 것 같아 영원히 떠나려고 합니다. 제 장래는 걱정하지 마세요. 준비한 것이 있습니다. 그리고 무엇보다도, 저를 찾지 말아주세요. 그건 헛된 노력일 뿐 아니라, 제게도 좋지 않은 일이에요. 살아서든 죽어서든 언제나 숙부님을 사랑하는,

메리로부터.〉

"홈즈 씨, 대체 이게 무슨 뜻일까요? 자살을 의미하는 걸까요?"

"아니, 아닙니다. 그런 일은 아니지요. 어쩌면 이것이 가장 좋은 해결책일 수도 있겠군요. 홀더 씨, 이제 이 사건도 결말에 가까워져 갑니다."

"아! 그렇다면! 홈즈 씨, 뭔가 들은 것이 있군요. 뭔가 알아냈군요! 보석은 어디 있습니까?"

"한 개당 천 파운드씩이면 너무 과도한 지출이라고 생각하시지 않겠죠?"

"열 배는 더 낼 수 있습니다."

"그건 필요 없습니다. 3천 파운드면 충분하지요. 그리고 보상금이

좀 있다고 들었습니다. 수표책을 가지고 계시나요? 여기 펜이 있습니다. 4천 파운드라고 적어주시면 좋겠군요."

그 은행가는 어리둥절한 표정을 하고 주문한 대로 수표를 써주었다. 홈즈는 책상으로 걸어가, 보석이 세 개 박혀있는 작은 삼각형 금판을 꺼내더니 탁자 위에 내려놓았다.

우리의 의뢰인은 기쁨의 탄성을 지르며 그걸 움켜쥐었다.

"찾았군요?"

그는 숨을 몰아쉬며 말했다.

"살았다! 살았어!"

겪었던 고통만큼 기쁨에 대한 반응도 격렬했다. 그는 되찾은 보석을 가슴에 끌어 앉았다.

"홀더 씨, 또 한 가지 빚이 있습니다."

셜록 홈즈는 단호한 어조로 말했다.

"갚아야지요!"

그는 펜을 쥐었다.

"액수를 말해주면 지불하겠습니다."

"아닙니다. 저한테 갚을 것이 아니지요. 그 고귀한 청년, 당신의 아들에게 큰 빚을 졌으니 겸허하게 사과해야 합니다. 이번 사건에서 그가 보여준 행동은 정말 훌륭했습니다. 제게 그런 아들이 있다면 자랑스러워했을 겁니다."

"그러면 훔쳐간 사람은 아서가 아닙니까?"

"어제도 말씀 드렸는데, 다시 말씀 드리는 군요. 아드님이 아닙니다."

"확실합니까? 당장 아들 녀석에게 달려가 사실을 알려줘야겠습니다."

"벌써 알고 있습니다. 사건을 모두 해결한 후에 아드님을 만났는데, 말을 하지 않으려고 하더군요. 제가 먼저 얘기했더니 그 말이 옳다고 인정하지 않을 수 없었지요. 분명하지 않았던 몇 가지 세세한 부분도 알아냈습니다. 오늘 오전에 당신이 소식을 전해준다면 아드님도 입을 열겠지요."

"도대체 이 괴상한 사건은 어떻게 된 것인지 말해주십시오."

"그러지요. 제가 밝혀낸 순서대로 차례차례 알려 드리겠습니다. 그런데, 말하는 저도 그렇고 당신이 듣기에도 쉽지 않은 이야기를 먼저 해야겠군요. 조지 번웰 경과 당신의 조카 메리 사이에는 서로 간에 교류가 있었습니다. 두 사람은 지금 함께 도망갔지요."

"메리가? 그럴 리가 없습니다!"

"불행하게도 그렇군요. 명백한 사실입니다. 그를 가족의 범주 안으로 들어오게 했지만, 당신이나, 당신의 아들 모두 그가 진정 어떤 인물인지 몰랐던 겁니다. 그는 영국에서 가장 위험한 인물입니다. 도박으로 재산을 탕진한 데다, 도무지 나아질 가망이라곤 없는 악당이며 양심도 인정도 없는 녀석입니다. 당신의 조카는 이러한 녀석에 대해 아무 것도 몰랐던 것이지요. 그가 이전에 수많은 여성에게 했던 사랑의 맹세를 속삭였을 때, 그녀는 아무 것도 모른 채 자신만이 그의 마음을 갖게 되었다고 좋아하게 되었습니다. 악마만이 그 말의 본심을 알 뿐, 당신의 조카는 그의 노예가 되어 거의 매일 저녁 만나왔던 것이지요."

"믿을 수도 없고, 믿지도 않겠습니다!"

은행가는 얼굴이 잿빛이 되어 소리쳤다.

"그러면, 그날 잠 당신의 집에서 일어난 일에 대해서 말씀 드리지요. 당신이 방으로 갔다고 생각한 메리 양은 몰래 내려가, 마구간 길로 향해있는 창문을 통해서 애인과 이야기를 나누었습니다. 그의 발자국이 눈 위에 선명하게 찍혀있어서 거기에 오래 서있었다는 걸 알았지요. 그녀는 보관에 대해 이야기를 했습니다. 그 얘기를 듣자, 재물을 보면 불타오르는 사악한 욕망을 지닌 그는 메리 양이 자신의 뜻에 따르도록 시켰습니다. 메리 양이 숙부를 사랑한 것은 틀림없습니다만, 애인과 사랑에 빠지면 다른 사람의 사랑은 안중에도 없는 여인이 있는데, 메리 양이 바로 그런 여인이라고 생각합니다. 그녀는 당신이 내려오는 소리를 듣자, 미처 그의 지시를 다 듣지 못하고 창문을 재빠르게 닫았지요. 그리고는 하녀 한 명이 의족을 한 애인을 만나러 빠져나갔다는 얘기를 한 것입니다. 물론 그것은 사실이지요.

당신의 아들, 아서는 당신과 대화를 끝낸 후 자려고 갔습니다. 하지만 클럽에 진 빚 때문에 걱정하느라 쉽게 잠들지 못했지요. 한밤중에 그는 문 앞을 지나가는 조용한 발소리를 듣고 일어나, 내다보고는 놀라고 말았습니다. 복도를 살금살금 걸어가던 사촌이 아버지의 드레스룸으로 사라지는 것이었습니다. 너무 놀라 온몸이 돌처럼 굳어지는 것 같았지만, 청년은 옷을 대충 챙겨 입고는 이 이상한 일이 어떻게 되는지 보려고 어둠 속에서 기다렸습니다. 그녀는 곧 모습을 나타냈는데, 귀중한 보관이 손에 들려있는 것이 복도등 불빛에 비쳐 보였습니다. 그녀가 계단을 내려가자 전율을 느끼며 뛰어나와 당신 방과 가까운 커튼 뒤에 숨었지요. 그곳에서는 아래층 현관에서 무슨 일이 벌어지는지 볼 수 있었습니다. 그녀는 창문을 슬그머니 열더니, 보관을 어둠 속에 있는 누군가에게 건네고 다시 창문을 닫은 다음, 서둘러 방으로 돌아갔습니다. 바로 아서가 숨어있는 커튼 앞을 지나간 겁니다.

그녀가 범죄를 저지르는 동안 그는 아무 일도 할 수 없었습니다. 자신이 사랑하는 여인이 범죄자로 발각되는 것은 끔찍한 일일 테니까요. 하지만 그녀가 가버리고 나자 이 일이 아버지에게 얼마나 큰 불행으로 닥쳐올 것인가를 깨달았습니다. 무엇보다 중요한 일은 그걸 되찾는 일이었지요. 그는 맨발인 채로 달려 내려가 창문을 열고 눈밭으로 뛰어나갔습니다. 길을 따라 달려가자 달빛에 어두운 물체가 있는 것을 볼 수 있었지요. 조지 번웰 경은 달아나려 했으나 아서에게 붙잡히고 말았습니다. 당신의 아들이 보관의 한쪽 끝을 잡아끌었고 상대방은 반대편을 잡은 채 격투가 벌어졌지요. 격투 중에 아서가 조지 경을 때려 눈 위에 상처가 났습니다. 그런데 갑자기 딱 부러지는 소리가 나더니 보관이 아서의 손에 들어왔습니다. 그는 집으로 달려 들어가 창문을 닫고, 당신의 방으로 올라갔습니다. 보관을 살펴보니까 격투 중에 비틀어진 걸 발견하고 똑바로 펴려고 애쓰고 있는데, 당신이 나타나 그 장면을 본 것입니다."

"그게 사실입니까?"

은행가는 숨을 몰아쉬었다.

"아서는 자신이 진심어린 격려의 말을 들을 것이라 생각했는데, 오히려 당신은 화를 내며 욕을 퍼부은 것이지요. 그는 메리를 보호해주기 위해 사건의 진상을 말할 수가 없었습니다. 그런 배려를 받을 자격도 없었는데 말입니다. 어쨌든 기사도 정신으로 그녀의 비밀을

392

지켜준 것이지요."

"그래서 그 아이가 보관을 보자 비명을 지르며 기절한 것이었군요."

홀더 씨가 크게 소리쳤다.

"세상에! 나는 눈먼 바보였습니다. 아들 녀석이 오 분만 나가게 해달라고 했었지요! 그녀석은 격투한 장소에 잃어버린 조각이 있나 찾아보려고 했던 것입니다. 정말 지독하게도 오해하고 있었군요!"

"홀더 씨의 집에 도착했을 때,"

홈즈는 이야기를 계속했다.

"먼저 주변을 주의 깊게 살피며 도움이 될 만한 흔적이 눈 위에 남아있지 않나 보았습니다. 그 전날 저녁 이후에는 눈이 내리지 않았고 강추위가 계속되었기 때문에 흔적들이 그대로 보존되어 있었습니다. 상인들이 다니는 길을 따라갔는데 발자국이 모두 짓밟혀 있어 구분할 수 없더군요. 그곳을 지나 주방문 쪽에 이르자, 한 여인이 남자와 함께 서서 이야기를 나눈 자국이 있었습니다. 남자는 한쪽 발이 둥근 자국을 남겨서 의족이라는 걸 알 수 있었지요. 무언가에 방해를 받았는지 여인이 재빠르게 문으로 돌아간 것도 알았습니다. 발끝은 깊게 파였고 뒤꿈치 쪽은 얕은 자국을 남겼기 때문이지요. 의족을 한 남자는 한 동안 기다리다가 가버렸습니다. 그때 나는 당신이 이야기했던 하녀와 애인일 것이라 생각했습니다. 조사해본 결과 맞더군요. 정원을 둘러보았더니 경찰로 보이는 발자국이 이리저리 흩어져 있었습니다. 그런데 마구간 길로 들어서자 아주 길고 복잡한 이야기가 눈 위에, 제 앞으로 펼쳐져 있었습니다.

부츠를 신은 남자가 오고 간 발자국이 두 줄로 있었지요. 그리고 반갑게도 맨발의 남자가 오고 간 발자국도 두 줄이 있었습니다. 당신이 말했던 이야기로 미루어 두 번째 발자국은 아들이 틀림없다는 걸 알았지요. 첫 번째 발자국은 오고갈 때 모두 걸었는데, 두 번째는 빠르게 뛰어갔고, 그 발자국이 부츠 자국 위에 겹쳐지기도 했기 때문에 그가 앞서 간 사람을 쫓아간 것이 분명했습니다. 발자국을 따라가 보니 현관 창문으로 이어지더군요. 부츠를 신은 사람이 그곳에서 기다렸는지 눈이 모두 밟혀 있었습니다. 그 다음엔 반대편으로 길을 따라서 백 야드 정도를 걸어갔지요. 그 곳에는 부츠를 신은 사람이 돌아선 자국, 격투가 벌어진 것처럼 눈이 마구 밟힌 자국이 있었습니다. 몇 방울의 피도 떨어져있어 내가 틀리지 않았다는 걸 보여주었지요. 부츠는 길을 따라 달려갔는데, 그쪽에 핏자국이 또다시 나타났기 때문에 상처를 입은 사람이 누구인지 알 수 있었습니다. 길 끝에 이르러 큰 길과 만난 후로는 눈이 깨끗이 치워져 있어서 더 이상 흔적을 찾을 수 없었지요.

하지만 집안으로 들어온 뒤에, 기억하시겠지만 확대경을 가지고 현관 창문턱과 창틀을 살펴보니 누군가 넘어갔다는 걸 금방 알겠더군요. 젖은 발을 한 사람이 들어왔다는 것을 발자국을 보고 뚜렷이 알 수 있었습니다. 무슨 일이 일어났던 것인지 차츰 윤곽이 잡히기 시작했습니다. 한 남자가 창문 밖에서 기다리고 있었고, 누군가가 보석을 넘겨주었으며, 그 행위를 당신의 아들이 보게 되었고, 그 도둑을 쫓아가 격투를 벌이고, 서로 보관을 빼앗으려고 잡아당기다가, 두 사람의 힘이 합쳐져서 보관이 손상되었습니다. 혼자서는 도저히 할 수 없는 일이었지요. 그는 전리품을 가지고 돌아왔지만 조각 하나는 상대방의

394

손에 남아있었던 것입니다. 여기까지는 명백합니다. 남은 문제는 이겁니다. 그 남자는 누구고, 보관을 가져다준 사람은 누구일까요?

제가 좋아하는 옛 격언 중에 이런 말이 있습니다. 불가능한 것을 제외하고 남는 것이 아무리 있을 법한 일이 아닐 지라도, 그것이 바로 진실이라는 것이지요. 보관을 잃어버리고 낙담하고 있는 당신은 범인이 아니라는 걸 알고 있습니다. 그러면 당신의 조카와 하녀들만이 남습니다. 하지만 하녀라고 한다면, 어째서 당신의 아들이 대신 죄를 덮어쓰려고 하겠습니까? 그럴 만한 이유가 없지요. 그런데 그가 사랑하는 사촌이라면 왜 비밀을 지켜주려 했는지 완벽하게 설명이 가능합니다. 더욱이 그 비밀은 수치스런 것이니까요. 당신이 창가에서 그녀를 봤다는 것과, 보관을 보자 기절했다는 이야기를 떠올리니, 내 추측은 확실해지더군요.

그러면 그녀와 공모한 사람은 누구일까요? 애인이 틀림없습니다. 숙부에 대한 사랑과 감사의 마음을 뛰어넘는 것이 또 무엇이 있겠습니까? 당신이 모임에 잘 나가지 않는 것과 친구가 얼마 없다는 것을 알고 있습니다. 하지만 그 중에 조지 번웰 경이 있지요. 그는 여성들 사이에 악명을 얻고 있는 남자라는 걸 전에 들어본 적이 있습니다. 그 부츠를 신었고, 사라진 보석을 가지고 있는 남자는 바로 그가 분명했지요. 아서에게 발각이 되긴 했지만, 그 청년이 가족의 명예를 더럽히게 될 말은 하지 않을 것이기에 자신은 안전하다고 우쭐해하고 있던 겁니다.

자, 다음으로 제가 어떻게 했을 지 짐작하시겠지요. 건달로 변장을 하고 조지 경의 집으로 가서 그의 시중드는 하인을 찾아 안면을

튼 후에, 지난밤에 경이 머리에 상처를 입었다는 걸 알게 되었고, 마침내 6실링을 주고 다 떨어진 그의 신발 한 켤레를 살 수 있었습니다. 그걸 들고 스트레텀으로 간 결과, 발자국과 꼭 맞는 걸 확인했습니다."

"추레한 옷을 입은 부랑자가 길 위에 있는 걸 어제 저녁에 봤습니다."

홀더 씨가 말했다.

"맞습니다. 그게 바로 저였습니다. 범인이 누군지 알아냈기에 저는 집으로 돌아가 옷을 갈아입었지요. 제가 해야 할 역할은 좀 까다로웠습니다. 스캔들이 되는 걸 막기 위해 기소는 피해야 했는데, 조지 경은 교활한 악당이니만큼 그런 약점을 잘 알고 있었을 테니까요. 저는 가서 그를 만났습니다. 물론, 처음에는 모든 걸 부인하더군요. 하지만 일어났던 일을 세세한 점까지 밝히자 고함을 지르며 벽에 걸린 호신용 지팡이를 꺼내들었습니다. 저는 이미 그가 어떻게 할 지 알고 있었기 때문에, 지팡이를 내리치기도 전에 권총을 꺼내 그의 머리에 갖다 대었지요. 그러자 약간은 이성을 되찾더군요. 저는 그가 가지고 있는 보석 한 개당 천 파운드를 주겠다고 말했습니다. 그 말을 듣자 탄식부터 했습니다.

〈이런 젠장!〉

그리고는 이렇게 말했습니다.

〈세 개 전부 6백을 받고 팔았는데!〉

저는 기소하지 않겠다는 약속을 하고 보석을 산 사람의 주소를 받았습니다. 그 사람을 만나서 흥정을 한 끝에 개 당 천 파운드의 가격으로 살 수 있었습니다. 그리고는 당신의 아들을 만나 모든 일이 잘되었다고 얘기를 해주었지요. 결국, 힘든 하루 일을 마치고 잠자리에 든 시각은 새벽 두시 경이었습니다."

"영국을 엄청난 스캔들에서 구해낸 하루였군요."

은행가는 자리에서 일어나면서 말했다.

"어떻게 감사하다는 말을 해야 할지 모르겠습니다. 이 은혜는 결코 잊지 않겠습니다. 당신의 솜씨는 내가 들었던 것보다 훨씬 대단하군요. 이제, 사랑스런 아들 녀석에게 달려가 내가 잘못했던 일을 사과해야겠습니다. 말씀해주신 메리에 관한 일은 내 마음을 아프게 하는군요. 그 아이가 지금 어디에 있는지는 당신의 솜씨로도 알 수 없겠지요."

"확실하게 말씀 드릴 수 있는 건,"

홈즈가 대답했다.

"조지 번웰 경이 있는 곳에 그녀도 있다는 것입니다. 물론, 이것도 확실하지요. 그녀가 지은 죄목이 무엇이건, 그 두 사람은 머지않아 더 큰 형벌을 받게 되리라는 것입니다."

너도밤나무 집

"예술 그 자체를 사랑하는 사람은,"

셜록 홈즈는 〈데일리 텔레그래프〉의 광고면을 옆으로 밀어놓으며 말했다.

"사소하고 별 것 아닌 일에서도 큰 기쁨을 느끼는 일이 많은 법이지. 왓슨, 자네가 친절하게도 내 사건을 기록해준 것을 살펴보면, 이러한 진실을 잘 파악하고 있는 것 같아 기분이 좋군. 이야기를 재미있게 꾸미기 위해 가끔 과장한 것은 사실이지만, 내가 두각을 나타낸 유명한 재판 사건이나 세상을 놀라게 한 커다란 사건도 많은데 자네는 사소하고 작은 사건들을 골라서 적어주었지. 그런 사건이야말로 내가 가지고 있는 특별한 재능인 추론능력과 논리적 종합법을 발휘할 여지가 있거든."

"하지만,"

나는 웃으며 말했다.

"내가 쓴 글이 대중의 인기에 영합한다는 비난에서 완전히 자유로울 순 없더군."

"아마도 자네 문제점은,"

홈즈는 부젓가락으로 빨갛게 타다 남은 숯덩이를 집어, 벚나무로 만든 긴 파이프에 불을 붙였다. 그는 사색적인 분위기에서 벗어나 논쟁을 하고 싶을 때, 사기 파이프 대신 그걸 집어 들었다.

"자네 문제점은 원인 결과에 따른 엄밀한 추론을 기록하는 대신에, 이야기 속에 개성과 생명을 불어넣는다는 거야. 추론이야말로 주목해야할 단 한 가지 특징인데 말이지."

"그 문제에 대해서 나는 아주 공정했다고 보는데."

나는 그의 자기중심적인 생각에 반발심이 들어 쌀쌀한 말투로 이야기했다. 내 친구의 특이한 성격 중에는 그런 생각이 큰 자리를 차지하고 있다는 걸 나는 자주 관찰해왔다.

"아냐, 이기적이거나 자부심이 있어서 하는 말이 아니라네."

그는 마치 내 생각을 읽기나 한 듯 대답했다.

"내가 공정하게 써달라고 주장하는 것은 개인적인 일이 아니기 때문이야. 나 자신에 대한 것이 아니지. 범죄는 흔하지만 논리는 드물기 때문이네. 따라서 범죄보다는 논리에 집중해야하지. 자네는 연속 강의가 되어야할 것을 연재소설로 격하시켜버렸네."

이른 봄의 쌀쌀한 아침, 우리는 베이커 가의 오래된 방에서 아침 식사를 마친 후 기분 좋게 타오르는 벽난로를 사이에 두고 양 쪽에 앉아있었다. 칙칙한 색깔의 집들 사이로 짙은 안개가 떠다녔고, 마주 보이는 창문은 두터운 황색 연기에 가려, 검고 형태가 없는 얼룩처럼 희미하게 보였다. 방에는 가스등이 켜져 있었는데 아직 식탁을 정리하지 않았기 때문에, 불빛이 하얀 식탁보 위를 환하게 비추었으며 사기그릇과 금속 식기는 희미하게 반짝였다. 셜록 홈즈는 아침 내내 아무 말 없이 신문의 광고면을 계속해서 보고 있었는데, 결국은 무언가 찾는 것을 포기한 듯 했다. 그는 내 작품의 단점에 대해 강의를 시작하기 전부터 그리 좋은 기분은 아니었다.

"그런 반면에,"

잠시 후 그는 긴 파이프를 한 모금 피우고 벽난로를 내려다보며 말을 이었다.

"대중의 인기에 영합한다는 비난을 받을 이유는 없네. 자네가 관심을 가진 사건들은 법률적으로 보면 적절한 한도를 지키고 있어서, 범죄로 취급할 수 없는 것들이기 때문이지. 보헤미아 왕을 도우려고 애썼던 작은 사건, 메리 서더랜드 양의 특이한 경험, 입술이 비뚤어진 남자와 관련된 문제, 그리고 독신귀족 사건 등은 모두 법의 경계 바깥에 있는 것들이야. 하지만 인기에 영합한다는 비난을 피하려다보니, 대단치 않은 사건들의 테두리 안에 머무르게 된 것이 아닐까하는 생각이 드는군."

"결과적으로는 그렇게 됐을지도 모르지."

내가 대답했다.

"하지만 내가 수용한 수사방법들은 신기하고 흥미로운 것이었네."

"흥! 이 친구야. 치아를 보고도 베 짜는 사람을 구분하지 못하고, 왼손엄지를 보고도 식자공을 구분하지 못하는 대중들이, 저토록 부주의한 대중들이 분석과 추론의 미묘한 차이에 대해 신경이나 쓸 것 같은가! 하기야, 자네가 대수롭지 않은 사건을 좋아한다 해서 그걸 비난할 수는 없네. 대사건의 시대는 지나갔으니까. 범인들조차 모험심과 독창성을 잃어버렸지. 내 자신의 일을 보더라도, 잃어버린 연필이나 찾아주고 기숙학교의 어린 여자애들에게 상담이나 해주는 탐정으로 전락해버리고 말았네. 이제는 내려갈 때까지 내려간 것 같아. 오늘 아침 받은 이 편지가 내 형편없는 상황을 말해주고 있군. 읽어보게!"

그는 구겨진 편지 한 장을 내게 건넸다. 몬터규 플레이스에서 어제 저녁에 보낸 것으로, 아래와 같은 내용이었다.

홈즈 씨에게

가정교사 자리를 제의 받았는데 그것을 해야할지 말아야할지 고민입니다. 당신께 꼭 상담을 받고 싶습니다. 폐가 되지 않는다면, 내일 열시 반에 방문하겠습니다.

바이올렛 헌터로부터

"이 아가씨를 알고 있나?"

내가 물었다.

"모르네."

"지금이 열시 반인데."

"그렇다면, 저 벨소리는 그 아가씨 것이 틀림없겠군."

"이건 자네가 생각하는 것보다 흥미로운 사건일지도 모르네. 푸른 카벙클 사건 기억하겠지? 처음에는 아무 것도 아닌 것 같았는데 심각한 사건으로 밝혀졌지 않은가. 이 일도 그럴지도 모르잖나."

"그럼, 희망을 가져볼까! 어쨌든 의문은 곧 풀릴 것 같네. 내 생각에는 의문의 아가씨가 곧 들어올 것 같군."

그가 말을 하는 동안 문이 열리고 젊은 아가씨가 방으로 들어왔다. 검소하지만 단정하게 차려입었으며 밝고 똑똑한 얼굴에 물떼새의

알처럼 주근깨가 있었다. 세상을 스스로 헤치고 살아가는 여성답게 활기찬 모습이었다.

"제가 폐를 끼쳤다면 죄송합니다."

내 동료는 자리에서 일어나 그녀를 맞아들였다.

"정말 이상한 일이 있는데, 저에게는 부모도 친척도 없어서 조언을 구할 길이 없습니다. 혹시 홈즈 씨라면, 제가 어떻게 해야 할지 친절히 알려주실 것 같아 이렇게 오게 되었습니다."

"앉으시지요. 헌터 양. 내가 도울 일이 있다면 기꺼이 해드리지요."

나는 홈즈가 새로운 고객의 말투와 태도에 호의적인 인상을 느꼈다는 걸 알 수 있었다. 그는 아가씨를 탐색하듯 살펴본 뒤, 이야기를 듣기 위해 눈꺼풀을 내리고 양 손가락 끝을 모았다.

"저는 오년 동안 가정교사를 해왔습니다."

그녀가 말했다.

"스펜스 먼로 대령의 집에서 있었습니다만, 그런데 두 달 전 대령이 노바스코샤의 핼리팩스[01]로 전근명령을 받고 아이들과 함께 미국으로 가는 바람에, 저는 일자리를 잃게 되었지요. 저는 구인광고를 내기도 하고 구직광고를 보고 찾아가기도 했지만 잘 되지 않았습니다. 결국에는 저축해 놓았던 얼마 되지 않는 돈도 떨어져가고 난감한 상황이 되고 말았지요.

웨스트엔드에는 〈웨스터웨이〉라고 불리는 유명한 가정교사 중개소가 있습니다. 저는 일주일에 한번 정도 그곳을 방문해, 제게 맞는

---

01 노바스코샤(Nova scotia)는 캐나다의 대서양 연안에 있는 주. 핼리팩스(Halifax)는 노바스코샤의 주도이다.

일자리가 나왔는지 알아봤어요. 웨스터웨이는 설립자의 이름인데 실질적인 관리는 스토퍼 부인이 하고 있지요. 그녀는 작은 사무실에 앉아 있고, 직업을 찾는 가정교사는 대기실에서 기다리고 있다가, 한 명씩 들어가면 그 사람에 맞는 자리를 장부에서 찾아보고 상담해주는 방식이에요.

지난주에 저는 언제나처럼 스토퍼부인의 작은 사무실을 찾아갔습니다. 그런데 혼자 있는 게 아니더군요. 굉장히 뚱뚱한 남자가 웃는 얼굴로 앉아있었는데, 커다랗고 살찐 턱이 늘어져 내려와 목젖 위로 접힐 정도였어요. 그 남자는 안경을 코에 걸친 채 스토퍼 부인 옆에 앉아서 들어오는 가정교사를 열심히 바라보았지요. 제가 들어가자 그는 의자에서 일어나더니 재빨리 스토퍼 부인 쪽으로 몸을 돌리고 말하더군요.

⟨됐습니다.⟩

그가 말했습니다.

⟨더 이상 바랄 것도 없군요. 최고입니다! 최고에요!⟩

아주 신이 나고, 기분이 좋은 듯 두 손을 비볐습니다. 그는 보기만 해도 기분이 좋아지는 편안한 인상의 남자였어요.

⟨직업을 찾고 있지요, 아가씨?⟩

그가 물었습니다.

⟨네.⟩

⟨가정교사 자리죠?⟩

⟨네.⟩

⟨봉급은 어느 정도 원하나요?⟩

〈지난 번 있었던 스펜스 먼로 대령댁에서는 한 달에 4파운드를 받았습니다.〉

〈오, 쯧쯧! 착취군. 지독한 착취야!〉

그는 큰소리로 말하며, 화가 나서 견딜 수 없는 사람처럼 허공에 살찐 두 손을 휘둘렀습니다.

〈이처럼 매력 있고 교양 있는 숙녀에게 도대체 누가 그런 형편없는 봉급을 준단 말이오?〉

〈제 교양은 생각하시는 것보다 깊지 않습니다.〉

제가 말했어요.

〈프랑스어 조금, 독일어 조금, 음악과 미술……〉

〈쯧쯧!〉

그가 소리쳤습니다.

〈그런 건 문제도 아니오. 중요한 것은 숙녀로서의 품행을 지니고 있느냐 아니냐 하는 것이지요. 간략하게 말하면 그렇다는 것이오. 만약 아가씨가 그런 품행을 가지고 있지 않다면 장차 이 나라의 역사에 중요한 역할을 할 어린아이를 키우는데 적합하지 않다는 거요. 하지만 그런 품행을 가지고 있다면, 어떤 신사가 감히 부끄럽게도 세 자리 숫자 이하로 봉급을 제시할 수 있겠소? 나는 아가씨 봉급을 일 년에 백 파운드부터 시작할겁니다.〉

홈즈 씨. 짐작할 수 있으세요? 궁핍하기 짝이 없는 저에게 그런 제안은 너무 좋아서 오히려 사실 같지가 않았어요. 그 신사 분은 제 얼굴에서 의심스런 생각을 읽었는지 지갑을 열더니 수표를 한 장 꺼내더군요.

〈나는 관례적으로.〉

그는 두 눈이 살찐 얼굴의 주름에 파묻혀 단추 구멍처럼 보일 정도로 즐겁게 웃어보였어요.

〈젊은 아가씨에게 봉급의 반을 선물로 주고 있어요. 그래야 여행 경비도 쓰고 옷도 살 수 있을 테니 말이오.〉

제가 지금까지 만난 사람 중에 가장 사려 깊고 호감이 가는 분이었어요. 저는 벌써 상인들에게 빚을 지고 있기 때문에 선불을 받으면 큰 도움이 되지요. 하지만 계약을 하기엔 무언가 석연치 않은 점이 있어서, 마음을 정하기 전에 좀 더 알아야 된다고 생각했습니다.

〈사시는 곳이 어딘지 물어봐도 될까요?〉

제가 말했어요.

〈햄프셔요. 멋진 시골 마을이지요. 윈체스터에서 5마일 떨어진 너도밤나무집이오. 아가씨, 정말 사랑스런 곳이지요. 정말 아름다운 고택이라오.〉

〈제가 할 일은요? 제가 무엇 일을 해야 하는지 알려주시면 고맙겠습니다.〉

〈아이 하나요. 겨우 6살 먹은 조그만 장난꾸러기 녀석이지. 오, 그 녀석이 슬리퍼로 바퀴벌레를 잡는 걸 봐야하는데! 찰싹! 찰싹! 찰싹! 눈 깜박할 사이에 셋을 해치운다오!〉

그는 의자 등받이에 기대며 또다시 눈이 안보이도록 크게 웃었습니다.

저는 그 아이의 놀이에 대해 듣고 조금 놀랐는데, 그 신사 분이 웃는 것을 보고 아마도 농담일 거라는 생각이 들더군요.

〈그럼 제가 해야 할 일은,〉

제가 물었습니다.

〈어린 아이 하나만 돌보는 건가요?〉

〈아니, 아니오. 그게 다가 아니지. 그게 다가 아니오. 아가씨.〉

그는 큰 소리로 말했습니다.

〈양식 있는 분이니 잘 알겠지만, 내 아내가 시키는 대로 몇 가지 해야 하는 것이 있어요. 물론 숙녀로서의 행동에 어긋나는 것은 아니라오. 어렵지 않겠죠?〉

〈제가 도움이 된다면 기쁜 일입니다.〉

〈그렇군요. 예를 들자면, 옷 같은 거요. 우리는 별난 사람들인데, 그러니까 별나다는 게 무슨 뜻인지 알겠지요? 하지만 마음씨는 착하다오. 우리가 아가씨에게 옷을 주면서 입으라고 한다면 거절하시겠소?〉

〈아뇨.〉

저는 그의 말에 적지 않게 놀라며 대답했어요.

〈그러면 여기 앉아라, 저기 앉아라 한다면 불쾌하게 생각하시겠소?〉

〈오, 아니에요.〉

〈그러면 가정교사로 오기 전에 머리를 짧게 자르라고 한다면?〉

저는 제 귀를 의심하지 않을 수 없었어요. 홈즈 씨, 보시다시피 제 머리카락은 풍성한 편이고 옅은 밤색이라 독특하다고 할 수 있지요. 예술품 같다는 말도 듣고 있답니다. 대수롭지 않게 머리를 자른다는 생각은 꿈에도 해본 적이 없어요.

〈그건 할 수 없을 것 같습니다.〉

저는 말했습니다. 그는 작은 눈으로 저를 안타까운 듯 쳐다보았

406

어요. 제 말을 듣자마자 그의 얼굴엔 그늘이 지더군요.

〈그건 정말 필수적인 건데요.〉

그가 말했어요.

〈아내의 취향이 그런 지라……. 아시잖소, 아가씨. 여자들의 취향을 꼭 고려해야만 하기 때문이지요. 정말 머리를 자르지 않겠소?〉

〈네. 정말 그럴 생각은 없습니다.〉

저는 단호하게 대답했어요.

〈아, 그래요. 그러면 이걸로 이야기는 끝났군요. 아깝구려. 다른 면은 모두 완벽한데 말이오. 스토퍼 부인, 다른 아가씨를 살펴보는 것이 좋겠습니다.〉

스토퍼 부인은 그동안 아무에게도 말을 하지 않고 서류만을 보며 앉아있었습니다. 그런데 저를 불쾌하다는 듯이 쳐다보는 것이었어요. 제가 거절을 해서 중개 수수료를 받을 수 없게 되었기 때문에 그런 것 같았습니다.

〈장부에 이름을 계속 올려놓길 원하세요?〉

그녀가 물었습니다.

〈부탁합니다. 스토퍼 부인.〉

〈아, 그런데 그게 소용 있을지 모르겠네요. 이런 훌륭한 제안도 거절했으니 말이에요.〉

그녀는 신경질적으로 말하더군요.

〈우리가 아가씨에게 맞는 다른 일을 구해주려고 애쓸 거란 기대는 하지 말아요. 안녕히 가세요. 헌터 양.〉

스토퍼 부인은 책상 위의 공[01]을 쳤고, 저는 급사에 이끌려 그곳을 나와야 했습니다.

홈즈 씨, 그런데 하숙집에 돌아와 보니 찬장은 거의 비어가고, 탁자 위에는 청구서만 두 세장 놓여있으니, 제가 어리석은 짓을 한 것이 아닌가 의문이 생기기 시작하더군요. 그 사람들이 이상한 취미가 있고 정말 특이한 일을 요구한다고는 하지만, 최소한 그런 일에 보상을 하겠다는 것 아니겠어요. 일 년에 백 파운드를 받는 가정교사는 영국에선 거의 드물 겁니다. 게다가 내 머리카락이 무슨 쓸모가 있겠어요? 머리를 짧게 해서 더 나아졌다는 사람도 많고, 혹시 저도 그럴 수도 있잖아요. 다음 날에는 제가 실수 했다는 쪽으로 생각이 기울어졌고, 그 다음 날에는 실수 했다는 확신이 들었어요. 자존심을 접고 중개소로 가서, 그 자리가 아직 비어있나 알아봐달라고 할 참이었는데, 그 신사분으로부터 편지가 왔습니다. 여기 가져왔어요. 읽어 드리겠습니다.

윈체스터 근방, 너도밤나무집.

헌터 양에게,

스토퍼 부인이 친절하게도 주소를 알려줘서 편지를 쓰오. 그때 내린 결정을 다시 생각해볼 수 있는지 묻고 싶군요. 아내에게 아가씨 얘기를 했더니 아주 마음에 들어 하며 꼭 와주기를 바라고 있소. 우리의 취향이 조금이라도 불편하게 느껴진다면 그에 대한 보상으로 한 분기에 30파운드나, 일

---

01 gong : 접시 모양으로 생긴 종인데, 우리나라의 징과 비슷하다.

년에 120파운드를 드리지요. 그렇게 힘든 일은 아니오. 내 아내는 별나게도 밝은 파랑색을 좋아하기 때문에, 아침에 실내에선 그런 색깔 옷을 입어달라는 거요. 하지만 비싼 돈을 주고 새로 살 필요는 없소. 내 딸 앨리스(지금 필라델피아에 있소)가 입던 옷이 하나 있는데, 내 생각에는 아가씨한테 딱 맞을 것 같군요. 그리고 시키는 대로 여기 저기 앉아 있거나, 지시하는 대로 행동하는 것도 즐거운 일이 될 거요. 그러한 일이 불편하지는 않을 것이오. 머리에 대해서는 정말 유감이군요. 잠깐 대화하는 동안 봤을 뿐이지만 대단히 아름다운 머리카락이었소. 하지만 그 점은 요구대로 해주기를 바라오. 봉급을 올리는 것이 보상이 된다면 좋겠군요. 아이를 돌보는 일은 그리 어렵지 않을 거요. 와준다면 마차를 가지고 마중 나가겠소. 기차 시간을 알려주길 바라오.

제프로 루캐슬

제가 받은 편지가 이것입니다. 홈즈 씨, 저는 이 제안을 받아들이기로 결심을 했습니다. 하지만 확실히 결정을 하기 전에 당신께 모든 상황을 말씀드리고 조언을 들었으면 해서 왔습니다."

"헌터 양, 결정을 했다면 내게 물어볼 것도 없지요."

홈즈는 미소를 띠고 말했다.

"거절하라고 조언하진 않으실 건가요?"

"솔직히 말하면, 만약 제 누이라면 찬성하지 않을 것 같군요."

"그게 무슨 뜻이지요, 홈즈 씨?"

"아, 판단할 자료가 없기 때문에, 뭐라 말을 할 수가 없군요. 아가씨는 어떻게 생각하고 있나요?"

"저로서는 단 한 가지 생각 밖에는 떠오르지 않더군요. 루캐슬 씨는 아주 친절하고 착한 사람인 것 같아요. 그런데 부인이 정신병을 앓고 있는 것 아닐까요. 사람들에게 알려지면 정신병원에 데려가야 하니까, 그녀가 바라는 건 모두 해주면서 발작이 일어나는 걸 억제하려는 것일 지도 모르겠어요."

"그것도 가능한 설명이군요. 사실 현재로서는 가장 그럴 듯합니다. 그런데, 어떤 경우라도 젊은 아가씨가 있기에 좋은 곳은 아닌 것 같습니다."

"돈은요, 홈즈 씨. 돈 문제가 있잖아요!"

"아, 물론. 봉급은 많군요. 너무 많아요. 그게 불안한 점입니다. 일년에 40파운드면 얼마든지 좋은 가정교사를 고를 수 있는데 왜 120파운드나 주겠다는 걸까요? 그 배후에는 분명 깊은 사정이 있을 겁니다."

"저는 당신께 미리 상황을 말씀 드리면 나중에 혹시 도움이 필요할 때 쉽게 이해하시리라 생각했습니다. 당신이 제 뒤에 계시다면 마음이 훨씬 든든할 것 같아요."

"아, 물론 그렇게 하지요. 최근 몇 달간 제가 다룬 사건 중에서 가장 흥미 있는 일이 될 것 같습니다. 몇 가지 점에서 정말 색다른 것이 있군요. 의심이 가는 일이 있거나 위험한 일……."

"위험이요? 어떤 위험한 일이 일어날까요?"

홈즈는 걱정스럽게 고개를 저었다.

"어떤 건지 알 수 있다면 그건 위험이 아니지요."

그가 말했다.

"하지만 언제든지, 낮이든 밤이든 전보를 치면 도우러 가겠습니다."

"그거면 됐어요."

그녀는 모든 걱정이 다 씻겨 내려간 듯 환한 얼굴로 의자에게 일어났다.

"이제 편한 마음으로 햄프셔로 내려가겠어요. 곧 루캐슬 씨에게 편지를 쓰고, 제 머리카락은 안타깝지만 오늘 밤에 자른 다음, 내일 윈체스터로 떠나겠습니다."

그녀는 홈즈에게 몇 마디 감사의 말을 더했고, 우리 모두에게 작별인사를 한 뒤 서둘러 떠나갔다.

"적어도,"

빠른 속도로 계단을 내려가는 단호한 발소리를 들으며 내가 말했다.

"자기 자신은 지킬 줄 아는 아가씨인 것 같네."

"그래야할 것 같군."

홈즈가 걱정스럽게 말했다.

"얼마 지나지 않아 저 아가씨로부터 연락이 올 것이 틀림없네."

내 친구의 예상이 실현되기까지는 그리 오랜 시간이 걸리지 않았다. 2주가 지나가는 동안, 나는 가끔씩 그 아가씨를 떠올렸다. 그녀는 어떤 이상한 인생의 뒷골목으로 혼자 외로이 빠져든 것일까. 비정상적인 봉급, 별난 조건, 어렵지 않은 일, 이 모든 것은 무언가 범상치 않은 것을 가리키고 있었지만, 그것이 별난 취미인지 아니면 음모인지, 그 남자가 박애주의자인지 아니면 악당인지, 나로서는 도저히 알 수 없는 일이었다. 홈즈에 대해 말하자면, 의자에 앉아 눈썹을 찌푸린 채 30분정도 생각에 빠져 있을 때가 가끔씩 있었다. 하지만 내가 그 일을 말할 때마다 손을 흔들며 더 이상 얘기하지 못하게 했다.

"자료! 자료! 자료!"

그는 조바심을 내며 소리쳤다.

"진흙도 없이 벽돌을 만들 수는 없네."

그러면서도 말끝에는 항상, 누이동생이라면 그런 곳으로 보내지 않았을 거라며 중얼거렸다.

어느 날 밤, 늦은 시각에 마침내 전보가 도착했다. 나는 막 자려고 들어갈 때였고, 홈즈는 종종 몰두하는 철야 작업 중 하나인 화학 실험에 빠져들어 있었다. 그럴 때는, 밤에 증류기와 시험관 앞에서 구부정히 서있는 그를 보고 자러 간 뒤, 다음 날 아침 아침을 먹으려고 내려와 보면 똑 같은 자세로 그렇게 있는 모습을 보는 것이 보통이었다. 홈즈는 노란 봉투를 열고 메시지를 보고는 내게 건네주었다.

"당장 브래드쇼[01]에서 기차 시간을 찾아봐주게."

화학실험대로 몸을 돌리며 그는 이렇게 말했다.

전보의 내용은 짧고 긴급했다.

〈내일 정오, 윈체스터의 블랙 스완 호텔로 와주시길 바랍니다. 꼭 와주세요! 어찌해야 될지 모르겠어요.

헌터.〉

"나랑 같이 갈 텐가?"

홈즈는 나를 올려다보며 물었다.

---

01 열차 시간표〈Bradshaw's Monthly Railway Guide〉. 조지 브래드쇼(George Bradshaw)가 펴낸 철도 여행 안내서로 열차시간표가 수록되어 있다.

"가겠네."

"그럼 당장 찾아봐주게."

"9시 반에 기차가 있네."

나는 브래드쇼를 보면서 말했다.

"윈체스터에는 11시 반에 도착이군."

"아주 잘 됐네. 그러면 아세톤 분석은 뒤로 미루는 게 낫겠는걸. 내일 아침은 최상의 컨디션이어야 할 테니 말이야."

다음날 11시 우리는 영국의 예전 수도를 향해 달려가고 있었다. 홈즈는 가는 동안 내내 조간신문에 열중해 있었는데 햄프셔의 경계를 지나자 신문을 치우고 바깥 풍경을 감상하기 시작했다. 더할 나위 없이 아름다운 봄날이었다. 하늘은 연푸른빛이었고, 작은 양떼 같은 구름은 서쪽에서 동쪽으로 가로질러 떠다니고 있었다. 태양은 화사하게 빛났지만 공기 중에는 사람의 원기를 북돋우는 상쾌한 맛이 있었다. 시골 풍경은, 저 멀리 올더숏[02]을 둘러싼 높고 낮은 언덕이 보였고, 빨강과 회색 지붕의 작은 농장 건물들이 무성하게 새로 돋아난 밝은 초록빛 잎 사이로 스치고 지나갔다.

"정말 아름답고 생기 넘치는 풍경이네."

나는 베이커 가의 안개에서 벗어나 신선한 공기를 만끽하며 큰소리로 말했다. 하지만 홈즈는 진지하게 고개를 저었다.

"왓슨, 자네도 아는지 모르겠군."

02 Aldershot : 런던 남서쪽에 있는 도시.

그는 말했다.

"나 같은 사람에게 내려진 저주가 있지. 모든 사물을 나 자신의 특수한 직업과 관련지어 보게 되는 것이네. 자네는 저렇게 흩어져 있는 집들을 보고 그 아름다움에 감명을 받지. 나는 저런 집을 보면 고립되어 있다는 느낌과 범죄가 일어난다면 무사할 수 있을까 하는 생각만이 떠오른다네."

"맙소사!"

내가 소리쳤다.

"저렇게 아름답고 오래된 농가를 어떻게 범죄와 연관시킨단 말인가."

"나는 저런 집을 보면 항상 공포를 느끼지. 왓슨, 이건 경험으로부터 얻은 확신일세. 런던의 아무리 가난하고 비천한 동네 뒷골목일지라도, 끔찍한 범죄가 일어날 확률은 이 아름답고 밝은 시골보다도 적다네."

"소름끼치는 일이군."

"그 이유는 명백하지. 도시에서는 법이 닿지 않는 곳이라도 사람들의 이목이 압력으로 작용하거든. 학대 받는 어린 아이의 비명 소리가 들리고, 주정뱅이가 사람을 치는 소리가 들려온다면 어떤 초라한 동네라 해도 이웃사람들이 동정하고 분개하게 되지. 정의를 집행하는 기관도 불평 한 마디만 하면 올 수 있는 가까운 곳에 있고 말이야. 그러니 범죄와 피고석의 간격은 한 걸음 사이 밖에 되질 않아. 하지만 이 외롭게 떨어져 있는 집을 보자면, 법에 관해서는 아무것도 모르는 가난하고 무지한 농부들이 각자 자신의 땅 안에서 살고 있네. 흉악하고 잔인한 일이, 드러나지 않는 사악한 일이 저런 곳에서 해를 거듭

하며 벌어지고 있고, 그걸 아는 사람은 아무도 없다고 생각해 보게. 우리에게 도움을 청한 그 아가씨가 윈처스터에 사는 거라면 나는 전혀 걱정을 하지 않았을 거야. 5마일이나 가야하는 시골이기 때문에 위험한 거지. 하지만, 아직까지는 그녀에게 일신상의 위험은 없다는 것이 확실하네."

"그렇지. 윈체스터로 우리를 만나로 올 수 있다면 도망갈 수도 있는 거니까."

"바로 그거야. 자유롭게 다닐 수가 있다는 거지."

"그러면 대체 무슨 문제일까? 자네 생각은 어떤가?"

"일곱 가지 서로 다른 가설을 생각해봤네. 그중 어떤 것이라도 우리가 아는 한도 내에서는 다 들어맞아. 하지만 어느 것이 옳은가는 그곳에 가서 새로운 정보를 들어봐야 알 수 있겠지. 저기 대성당의 탑이 보이는군. 곧 헌터 양을 만나 자세한 이야기를 들을 수 있겠네."

블랙 스완 호텔은 역에서 멀지 않은 번화한 거리에 위치한 유명 호텔이었다. 그 아가씨는 먼저 와서 우리를 기다리고 있었다. 그녀는 객실을 잡아 놓고 점심 식사도 탁자 우에 준비해 두었다.

"이렇게 와주셔서 얼마나 기쁜지 몰라요."

그녀는 진심으로 기뻐하며 말했다.

"두 분 모두 정말 친절하시군요. 저는 도무지 어찌해야할지 모르겠어요. 조언을 해주시면 큰 도움이 될 거에요."

"무슨 일이 있었는지 말해 주십시오."

"그렇게 하겠습니다. 루캐슬 씨와 세 시 전에는 돌아가겠다고 약속했으니 서둘러야 해요. 오늘 아침에 시내로 갔다 오겠다는 허락을 받았지만 무슨 목적인지는 얘기하지 않았어요."

"모든 일을 차례대로 얘기하시지요."

홈즈는 긴 다리를 벽난로 쪽으로 뻗으며, 이야기를 들을 준비를 했다.

"먼저, 루캐슬 씨 부부가 저를 나쁘게 대한 적은 한 번도 없다는 걸 말씀드려야겠어요. 그게 공정한 일이겠지요. 하지만 그 부부를 이해할 수가 없어요. 그래서 마음이 편안치 않아요."

"이해할 수 없는 건 무슨 일이죠?"

"그 사람들의 행동이에요. 모든 걸 순서대로 말씀 드릴게요. 이곳에 내려와서 루캐슬 씨를 만나, 이륜마차를 타고 너도밤나무집으로 갔습니다. 그가 말한 대로 아름다운 곳에 위치하고 있었지만 집은 그리 아름답지 않더군요. 커다란 사각형 블록 같은 집이었고, 하얗게 칠을 했지만 습기와 좋지 않은 날씨 때문에 모두 얼룩이 진데다가 금이 간 곳도 있었어요. 집 주변으로 넓은 대지가 있는데 삼면은 숲이고 나머지 한 면은 사우샘프턴[01] 도로로 향하는 비탈진 들판이에요. 그 도로는 곡선으로 휘어져 집의 정문에서 백 야드 정도 떨어진 곳으로 지나갑니다. 앞쪽의 대지는 그 집에 딸려있는 것이지만 주변의 숲은 사우서튼 경의 소유입니다. 현관 문 바로 앞에는 너도밤나무가 한데 모여 있어서 집의 이름이 그렇게 붙게 된 것이지요.

전처럼 상냥한 제 고용주 루캐슬 씨는 저를 데리고 갔고, 그날 저녁에는 부인과 아이를 소개시켜 주셨어요. 홈즈 씨, 베이커 가의 댁에서 제가 추측했던 것은 전혀 사실과 달랐습니다. 루캐슬 부인은 실성

---

01 Southampton : 영국 남부 해안에 위치한 항구 도시.

한 사람이 아니었어요. 그녀는 조용하고 창백한 얼굴의 여인으로 남편보다 꽤 많이 어려 보였습니다. 많아야 서른이 넘지 않을 것 같아요. 아마도 루캐슬 씨는 마흔 다섯은 되었을 겁니다. 그 분들이 대화하는 걸 들어보니, 두 사람은 칠 년 전에 결혼을 했고, 그전에 루캐슬 씨는 홀아비였는데 첫 번째 부인으로부터 딸이 하나 있었답니다. 지금은 필라델피아에 가 있습니다. 루캐슬 씨가 은밀히 얘기하기를, 딸이 떠난 이유는 의붓어머니를 까닭 없이 싫어했기 때문이라고 하더군요. 딸의 나이가 적어도 스무 살은 되었을 테니 아버지의 젊은 부인을 대하기가 불편했다는 걸 충분히 짐작할 수 있지요.

루캐슬 부인은 겉으로 보는 것과 마찬가지로, 마음속에도 아무런 색깔이 없는 사람 같았습니다. 그녀에 대해선 호감도 반감도 생기지 않았어요. 존재하지 않는 사람 같았습니다. 남편과 아들에게 헌신적이라는 건 금방 알 수 있더군요. 그녀의 옅은 회색 눈은 두 사람을 계속 따라다니면서 필요한 것이 있으면 금방 해주었어요. 루캐슬 씨도 역시 솔직하고 떠들썩한 성격 그대르 부인을 친절하게 대했습니다. 전체적으로 볼 때, 행복한 부부 같았어요. 그런데 부인에게는 어딘가 감춰진 슬픔이 있었습니다. 가끔씩 더없이 슬픈 표정으로 깊은 생각에 빠져 있을 때가 있어요. 눈물을 흘리는 것을 보고 놀란 적이 한 두 번이 아니에요. 혹시 아이의 성격 때문에 마음속에 큰 부담을 느끼고 있는 건 아닐까 생각한 적이 있습니다. 그토록 버릇이 없고 심술궂은 성격은 생전 처음 봤어요. 그 나이치고는 작은 키인데 머리는 어울리지 않게 큽니다. 하루 온종일 하는 일이라고는 사납게 성질을 내거나 시무룩해서 뾰로통하게 있는 것밖엔 없어요. 그 애가 좋아하는 일은 자기보다 약한 생물을 괴롭히는 것이에요. 쥐나 작은 새, 곤충을 잡는 데 특별한 재주가 있는 것 같아요. 홈즈 씨. 이 아이에 대한 이야기는 그만하지요. 사실, 이 일과는 큰 관련이 없을 것 같습니다."

"관련된 일이든 아니든,"

내 친구가 말했다.

"사소한 일까지 모두 말해주시면 좋겠군요."

"중요한 일은 빠뜨리지 않도록 노력하겠습니다. 그 집에서 마음에 들지 않은 한 가지는 도착하자마자 맞닥뜨린 하인의 외모와 행동이었어요. 하인이라곤 단 두 명인데, 부부예요. 남편이름은 톨러라고 하는데 거칠고 난폭한 남자입니다. 반백의 머리에 구레나룻을 기르고 항상 술 냄새를 풍기고 다니지요. 제가 그 집에 간 이후에 두 번이나 완전히 취한 모습을 보았는데도 루캐슬 씨는 신경 쓰지 않는 것 같더 군요. 그의 아내는 키가 무척 크고 힘이 센 여인인데 항상 시무룩한 얼굴을 하고 있어요. 말이 없기로는 루캐슬 부인과 마찬가지이고, 붙임성이 없기로는 부인보다 훨씬 더해요. 정말 기분 나쁜 부부이에요. 하지만 다행스럽게도 저는 대부분의 시간을 건물 한 쪽 끝에 붙어 있는 아이방과 제 방에서 지낸답니다.

너도밤나무집에 도착한 후 이틀 동안은 아무 일 없이 지나갔어요. 셋째 날이 되자 루캐슬 부인이 아침식사를 마치고 내려와 남편에게 무언가 속삭였습니다.

〈오. 알았소.〉

그는 이렇게 말하더니 제게로 돌아섰어요.

〈헌터 양, 우리의 특이한 요구를 들어주느라 머리까지 자른 것에 대해 매우 고맙게 생각하고 있어요. 하지만 아가씨 외모는 조금도 손상되지 않았다는 걸 내가 보증하겠소. 밝은 파랑색 드레스가 아가씨에게 잘 어울리나 한 번 보고 싶군요. 방에 가면 침대 위에 올려놨을 거요. 그걸 입어 준다면 정말 감사하겠소.〉

　제가 입어야할 드레스는 독특한 빛깔의 파랑색이었어요. 아주 훌륭한 모직으로 만든 옷인데 전에 누군가가 입었던 표시가 나더군요. 그 옷은 자를 대고 잰 것처럼 저에게 꼭 맞았어요. 루캐슬 부부는 제가 입은 것을 보더니 환호하며 좋아했지만 어쩐지 일부러 과장해서 그러는 것 같았습니다. 그 부부는 응접실에서 저를 기다리고 있었는데, 그곳은 집의 전면을 대부분 차지하고 있는 큰 방으로, 바닥까지 내려오는 기다란 창이 세 개 있어요. 의자 하나가 바깥을 등진 채 가운데 창 가까이 놓여 있더군요. 시키는 대로 저는 그 의자에 앉았고, 루캐슬 씨는 방 안을 왔다 갔다 하며 지금까지 들어본 중 가장 재미있는 이야기들을 늘어놓기 시작했어요. 그가 얼마나 재미있는지 상상도 못하실 거예요. 저는 지쳐 쓰러질 때까지 웃었답니다. 그런데 루캐슬 부인은 유머 감각이 전혀 없는지, 무릎 위에 손을 올려놓고 앉아서 미소 한 번 짓지 않았어요. 그녀의 얼굴에는 슬프고, 걱정스런 표정뿐이었지요. 한 시간 정도가 지나자 루캐슬 씨는 갑자기 오늘 일을 시작해야할 시간이라며 옷을 갈아입고 아이방으로 가서 꼬마 에드워드를 돌보라고 했어요.

　이틀 뒤 이와 똑 같은 일이 똑 같은 상황에서 다시 벌어졌어요. 그 옷으로 갈아입고 또 다시 그 창가에 앉아, 제 고용주가 해주는 재미있는 이야기를 들으며 웃어댔지요. 그는 얘기하는데 특출한 재주가 있었고, 이야기 거리도 정말 많았어요. 그러다가 노란 표지의 소설책을 한 권 건네주고 제 의자를 조금 옆으로 옮겨 그늘이 지지 않게 하더니, 크게 읽어달라고 했어요. 책의 중간부터 읽기 시작해서 10분 정도 지났을까요. 읽던 글을 중간에 멈추게 하고는 옷을 갈아입으라 했습니다.

홈즈 씨, 제가 얼마나 궁금해 했을지 짐작하시겠지요. 그런 이상한 연극을 하는 이유가 무엇인지 말이에요. 제가 보건데, 그 부부는 창문 쪽으로 제 얼굴이 향하지 않도록 항상 조심했습니다. 그래서 저는 제 등 뒤에서 무슨 일이 일어나고 있는지 보고 싶어서 안달이 날 지경이 되었지요. 처음엔 도저히 안될 것 같았는데 곧 방법을 찾았습니다. 제겐 깨진 손거울이 있는데, 그 조각 하나를 손수건 안에 숨겨서 가져가자는 생각이 떠오른 것이죠. 또다시 그런 상황이 오자, 저는 웃으면서 손수건을 눈앞에 가져갔어요. 잘 비추어보자 제 뒤편을 살펴볼 수 있더군요. 그런데 저는 실망하고 말았어요. 아무 것도 없었거든요.

적어도, 처음엔 그랬어요. 다시 살펴보니 사우샘프턴 도로에 한 남자가 서있었습니다. 회색 양복을 입은 키가 작고 턱수염이 난 남자가 제 쪽을 바라보는 것 같더군요. 그 도로는 왕래가 잦은 큰 길이라 언제나 사람이 많지요. 하지만 그 남자는 이 집의 경계에 있는 울타리에 기대서 이쪽을 열심히 바라보고 있었어요. 제가 손수건을 내리자, 루캐슬 부인이 살피는 듯한 시선으로 저를 지켜보고 있었습니다. 아무 말도 하지 않았지만 제 손에 거울이 있는 것과 등 뒤를 봤다는 것을 알아차린 것이 틀림없었지요. 그녀는 벌떡 일어났습니다.

〈제프로.〉

그녀가 말했어요.

〈저 길에서 어떤 사내가 무례하게도 헌터 양을 빤히 쳐다보고 있어요.〉

〈헌터 양, 친구는 아니겠지요?〉

루캐슬 씨가 물었습니다.

〈네. 이 근방에는 아는 사람이 없습니다.〉

〈저런! 건방진 녀석 같으니라구! 저쪽을 보고, 가라고 손짓해 주시겠소?〉

〈모른 척 하는 것이 낫지 않을까요?〉

〈아니오, 아냐. 항상 저기서 어슬렁대는 녀석이오. 저쪽을 보고 손짓해서 쫓아내줘요.〉

저는 시키는 대로 했습니다. 루캐슬 부인은 그 즉시 블라인드를 내려버리더군요. 그리고 일주일이 지났습니다. 그 이후로는 다시는 창가에 앉지 않았고, 파란 드레스도 입지 않았지요. 도로에 있던 남자도 보이지 않았어요."

"계속 이야기해주시지요."

홈즈가 말했다.

"아가씨 이야기는 정말 흥미롭군요."

"별로 관련 없는 일일지도 모르지만, 서로 다른 사건들 사이에 어떤 연관이 있을지 모르니 말씀 드리겠습니다. 제가 너도밤나무집에 도착한 첫 날, 루캐슬 씨는 저를 부엌문 근처에 있는 작은 헛간으로 데려갔어요. 그곳에 가까이 가자 쇠사슬이 덜거덕거리는 소리가 날카롭게 들렸지요. 그리고 커다란 짐승이 움직이는 듯한 소리가 나더군요.

〈들여다봐요.〉

루캐슬 씨는 두 개의 판자 사이에 난 틈을 가리켰어요.

〈멋지지 않소?〉

그 안을 들여다보니 어둠 속에서 희미한 물체가 몸을 웅크리고 있었는데 두 개의 눈동자가 빨갛게 타오르고 있었습니다.

〈겁낼 거 없어요.〉

루캐슬 씨는 제가 깜짝 놀라자 웃으며 말했습니다.

〈카를로라는 녀석이지. 매스티프[01] 종이오. 내가 주인이기는 하나, 진짜 주인은 마부 톨러이지요. 톨러만이 이 녀석을 마음대로 다룰 수 있소. 하루에 먹이를 한 번만 주는데, 그것도 많이 주지는 않아요. 그래서 언제나 겨자처럼 독한 상태를 유지하고 있는 거요. 매일 밤 톨러가 이 녀석을 풀어준다오. 누구든 침입하는 자는 이 녀석의 이빨 맛을 보게 될 거요. 밤에는 어떤 일이 있어도 문지방을 넘어서 나오지 마시오. 생명을 귀중하게 생각한다면 말이오.〉

그 경고는 그냥 하는 말이 아니었어요. 이틀 뒤 새벽 두 시쯤에 제 침실 창을 통해 밖을 본 일이 있었습니다. 달빛이 아름다운 밤이었고, 집 앞의 잔디밭은 은빛으로 뒤덮여 마치 대낮처럼 밝았지요. 평화롭고 아름다운 풍경에 도취되어 서있었는데 너도밤나무 그늘 아래 무언가가 움직이는 것이 느껴졌어요. 그리고는 달빛 아래 몸을 드

---

01 mastiff : 영국이 원산지인 맹견. 털이 짧고 몸집이 크다.

러내더군요. 저는 보았어요. 그건 송아지만큼 커다란 개였지요. 턱살은 늘어져서 흔들거리고, 주둥이는 검은색인데 뼈는 툭 불거져 나와 보였어요. 그 놈은 천천히 잔디밭을 가로질러 반대편 그늘 속으로 사라졌습니다. 그 조용하고도 끔찍한 파수꾼을 보자, 제 가슴은 덜덜 떨렸어요. 어떤 강도를 만났더라도 그렇게 떨리진 않았을 거예요.

그리고 이제 정말 이상한 경험을 말씀 드리지요. 아시겠지만, 저는 런던에서 머리를 잘랐습니다. 그리고 커다랗게 둘둘 말아서 트렁크 맨 밑바닥에 넣어두었어요. 어느 날 저녁, 아이가 잠이 든 뒤에 저는 심심해져서 제 짐을 정리하려고 방 안의 가구를 살펴보았지요. 방 안에는 오래된 서랍장이 하나 있었는데, 위 두 칸은 비어진 채 열려 있었고 맨 아래 칸은 잠겨있더군요. 저는 그 두 칸에 속옷 등을 넣었는데 제 짐을 다 넣기엔 많이 모자랐습니다. 당연히 세 번째 서랍을 어떻게 하면 쓸 수 있을까 궁리하게 돼었지요. 혹시 그저 실수로 서랍을 잠가놓은 것이 아닐까하는 생각이 번뜩 들었어요. 그래서 열쇠 꾸러미를 가져다가 열려고 시도해 보았습니다. 첫 번째 열쇠가 딱 맞더군요. 저는 서랍을 당겨 열었지요. 그 안에는 단 한 가지 물건이 들어 있었는데, 그게 무엇인지는 상상도 못하실 겁니다. 그건 제 머리 다발이었어요.

저는 그걸 들고 잘 살펴보았습니다. 독특한 빛깔도 같고, 머리카락 굵기도 같았어요. 하지만 그건 불가능한 일이었습니다. 어떻게 제 머리카락을 서랍에 넣고 잠글 수가 있겠어요? 떨리는 손으로 저는 제 트렁크를 열어 안에 든 것을 모두 비우고, 맨 밑에 있는 머리카락을 꺼냈지요. 머리 다발 둘을 나란히 놓고 보니 완전히 똑같더군요. 정말 이상한 일 아닌가요? 도대체 어떻게 된 일인지 여러 가지로 생각해보았지만 알 수가 없었습니다. 저는 그 이상한 머리카락을 서랍에 다시 넣고, 이 일에 관해서는 루캐슬 부부에게 말을 하지 않았어요. 잠겨있던 서랍을 연 것은 제가 잘못한 일이라 생각했기 때문이지요.

홈즈 씨, 아시겠지만, 저는 어려서부터 관찰력이 뛰어났답니다. 그래서 금방 집의 전체 구조를 머릿속에 그릴 수 있었습니다. 그런데 이 집에는 전혀 쓰지 않고 있는 부속 건물이 있어요. 톨러 부부의 방으로 향하는 쪽에 그 건물로 들어가는 문이 있는데 항상 잠겨 있지요. 어느 날, 제가 계단을 올라가고 있을 때 루캐슬 씨가 손에 열쇠 꾸러미를 들고 그 문에서 나왔어요. 하지만 그 얼굴은 제가 늘 알고 있던 활발하고 유쾌한 표정이 아닌, 완전히 다른 사람 같았어요. 두 볼은 붉게 물들어 있었고, 화가 많이 난듯 이마를 잔뜩 찌푸리고 있는데다, 관자놀이의 핏줄은 흥분을 못이겨 튀어나와 있었지요. 그는 문을 잠그고는 저를 쳐다보지도 않고, 아무 말도 없이 서둘러 지나갔습니다.

이 일은 제 호기심을 더욱 자극했어요. 그래서 제가 돌보는 아이를 데리고 밖으로 산책을 나갔을 때, 그 건물의 창을 볼 수 있는 곳으로 천천히 걸어갔지요. 네 개의 창문이 일렬로 있었는데, 세 개는 단순히 더러운 것뿐이었지만 네 번째는 덧문으로 가려져 있었습니다. 아무 데도 사람이 사는 것 같진 않았어요. 왔다 갔다 하며 그쪽을 가끔씩 살피고 있던 중에 루캐슬 씨가 언제나처럼 명랑하고 유쾌한 표정으로 다가왔습니다.

〈아!〉

그가 말했어요.

〈내가 말없이 지나쳐갔다고 무례하다고 생각하지는 마오. 아름다운 아가씨. 사업 문제 때문에 마음을 온통 뺏겨서 그랬소.〉

저는 기분 나쁘지 않았다고 말했습니다.

〈그런데,〉

제가 말했지요.

〈저 위쪽에 빈 방이 꽤 있나 봅니다. 그 중 하나는 덧문이 닫혀 있군요.〉

〈내 취미 중 하나가 사진이라서,〉

그는 말했어요.

〈저 위에 암실을 만들었지요. 그런데 이것 참! 정말 관찰력이 뛰어난 아가씨가 오셨구려! 누가 그런 걸 알 수 있었겠소? 누가 말이오!〉

그는 농담투로 이야기했지만 저를 바라보는 시선에는 웃음이란 없었습니다. 그 눈 속에 있는 건 의심과 당혹스러움이었지 농담이란 없었어요.

홈즈 씨, 그때부터 저는 그 방에 제가 모르는 무언가가 있다는 걸 알아차렸고, 그게 무엇인지 알고 싶어 견디지 못할 지경이었어요. 단지 호기심 때문이 아니라, 내가 해야 할 일이라는 생각이 들었지요. 의무감이라기보다는, 그 곳을 뚫고 들어가면 무언가 좋은 일이 생길 것 같은 느낌이랄까요. 사람들은 흔히 여자의 직감이라고 이야기 하지요. 아마도 그때 제가 받았던 느낌이 여자의 직감이었을 거예요. 어쨌든, 저는 그 금단의 문을 통과할 기회가 나타나기를 눈에 불을 켜고 기다렸어요.

기회가 온 것은 바로 어제였습니다. 그 사람이 살지 않는 방에 드나드는 사람은 루캐슬 씨 뿐만 아니라 톨러와 그의 부인도 있다는 걸 말씀 드려야겠군요. 톨러가 커다란 검은 자루를 들고 그 문을 지나가는 걸 한 번 본 적이 있어요. 최근에 그는 술을 꽤 많이 마시는데, 어제 저녁에도 완전히 취해 있었지요. 제가 계단을 올라가다 보니 문 앞에 열쇠가 떨어져 있었습니다. 술에 취해서 거기 떨어뜨린 것이 틀림없었지요. 루캐슬 씨 부부는 아래층에 있고 아이도 같이 있으니 최고의 기회가 찾아온 겁니다. 조심스럽게 열쇠를 돌려 문을 연 뒤, 안으로 들어갔지요.

제 앞에는 좁은 복도가 펼쳐져 있었습니다. 카펫도 깔려있지 않았고, 벽에는 벽지도 없었어요. 복도 끝은 오른 쪽으로 꺾여 있더군요. 그 모퉁이를 돌아가 보니 문 세 개가 줄 지어 나타났는데, 첫 번째와 세 번째는 열려 있었어요. 두 방은 모두 비어 있었고 어두웠는데 먼지투성이였지요. 한 쪽 방에는 창문이 두 개 있고, 다른 방에는 하나뿐이었어요. 그 창문에는 먼지가 두껍게 쌓여 저녁 햇살이 희미하게 비치고 있었습니다. 가운데 문은 닫혀 있었는데, 철침대의 프레임에서 빼온 듯한 넓은 쇠막대가 그 문을 가로질러 고정되어 있었어요. 그 쇠막대의 한쪽 끝은 벽의 고리에 걸어 자물쇠를 채웠고 다른 끝은 튼튼한 밧줄로 묶여 있었습니다. 게다가 문도 잠겨있었는데 열쇠는 거기에 없었어요. 문에 바리케이드를 친 이 방은 분명 바깥에서 본 덧문이 닫힌 창문과 같은 곳이 틀림없었습니다. 하지만 문 아래쪽으로 희미한 빛이 새어나오는 걸 볼 때, 그 방이 완전히 깜깜한 것은 아니었어요. 아마도 위쪽으로 창이 있어 환한 것 같았습니다. 저는 복

426

도에 서서 이 불길한 느낌이 드는 문을 바라보며, 무슨 비밀이 숨겨져 있을까 생각하고 있었지요. 그런데 갑자기 방 안에서 발소리가 들리더니 그림자가 하나가 앞으로 갔다 뒤로 갔다 하는 모습이 보이더군요. 문 밑의 작은 틈새 사이로 말이에요. 홈즈 씨, 그것을 보자마자 까닭을 알 수 없는 공포가 미칠 듯이 밀려왔어요. 그때까지 버티고 있던 담력은 갑자기 사라졌고, 저는 뒤돌아 뛰었습니다. 어떤 무시무시한 손이 제 뒤에서 드레스 자락을 움켜쥐기라도 한 것처럼 도망쳤어요. 복도를 따라 달려가 문을 지나그, 곧장 뛰어든 곳은 루캐슬 씨의 품 안이었지요. 그가 밖에서 기다리고 있었습니다.

〈역시,〉

그는 웃으면서 말하더군요.

〈아가씨였군요. 문이 열려있는 걸 보고 그렇게 생각했었소.〉

〈오, 너무 무서웠어요.〉

저는 숨이 차서 헐떡거리며 말했습니다.

〈우리 아가씨! 괜찮아요! 괜찮아!〉

그가 얼마나 부드럽고 정답게 얘기했는지 상상도 못하실 겁니다.

〈뭐가 그렇게 무서웠소? 아가씨.〉

하지만 그의 달래는 듯한 목소리는 지나치게 부드러웠어요. 분명 과장하고 있는 것이었지요. 경계심이 발동되더군요.

〈바보같이 저 빈 건물에 들어갔습니다.〉

저는 대답했어요.

〈그런데 어두침침한 곳이라 어찌나 적막하고 섬뜩하던지, 겁이 나서 뛰어 나왔어요. 오, 저 안은 정말 끔찍하도록 조용했어요!〉

〈그 것뿐이오?〉

그는 저를 날카롭게 쏘아보며 말했습니다.

〈네? 무슨 뜻이지요?〉

제가 물었어요.

〈이 문을 잠그는 이유를 아시오?〉

〈저는 모르겠어요.〉

〈볼 일 없는 사람이 들어가는 걸 막기 위해서요. 아시겠소?〉

그는 여전히 상냥한 말투로 웃으며 말했습니다.

〈제가 알았더라면 분명히…….〉

〈그렇군. 이젠 알았겠지요. 다시 또 저 문지방에 발을 올려놓는다
면,〉

이 대목에서 그의 웃는 낯빛이 갑자기 바뀌더군요. 그 얼굴은 분
노로 일그러져 이를 드러내더니 악마 같은 표정으로 저를 내려다보
았습니다.

〈아가씨를 매스티프에게 던져버릴 거요.〉

저는 너무 겁을 먹어서 그 다음에 어떻게 했는지 모르겠어요. 그
에게서 벗어나 제 방으로 뛰어갔을 거예요. 침대에 누워 벌벌 떨고
있던 것밖엔 기억이 나질 않아요. 그리고는 홈즈 씨가 떠올랐습니
다. 홈즈 씨의 말씀을 듣기 전에는 그 집에서 더 이상 살 수 없을 것
같았어요. 그 집, 집주인, 부인, 하인, 게다가 아이까지도 무서워졌어
요. 모두가 다 끔찍할 뿐이에요. 홈즈 씨가 오시기만 한다면 모든 일
이 잘 될 것 같더군요. 물론 그 집에서 도망칠 수도 있었어요. 하지만
저에겐 호기심이 두려움보다 더 강했어요. 곧 마음을 정했지요. 당신

께 전보를 치기로 했습니다. 모자를 쓰고 외투를 걸친 다음 집에서 반 마일 정도 떨어진 우체국으로 갔지요. 돌아오는 길은 훨씬 마음이 편해졌습니다. 정문에 도착하자, 그 개가 풀려있으면 어쩌나 하는 걱정이 들었지만, 톨러가 저녁때 술에 취해 인사불성이던 생각이 나더군요. 그 사나운 짐승을 다룰 수 있는 사람은 식구 중에 톨러뿐이었으니, 개를 풀어놓을 사람이 없었지요. 저는 무사히 집안으로 들어갔고, 홈즈 씨를 만나게 될 거라는 생각에 기뻐 밤새 잠을 잘 이루지 못했습니다. 오늘 아침, 집을 떠나 윈체스터로 오는 데는 어려움이 없었지만 세 시 전에는 돌아가야만 합니다. 루캐슬 부부가 밖으로 나가서 밤에나 돌아올 예정이기 때문에 제가 아이를 돌봐야지요. 이제 제가 겪은 모든 얘기를 다 했습니다. 홈즈 씨, 이 일이 도대체 어떻게 된 것인지를, 무엇보다도 제가 어떻게 해야 되는지 말씀해주신다면 정말 감사하겠습니다."

홈즈와 나는 주문에 걸린 듯 넋을 잃고 그 기이한 이야기에 빠져 있었다. 내 친구는 일어나, 주머니에 손을 넣고 방 안을 왔다 갔다 했다. 그의 표정은 더없이 진중했다.

"톨러는 아직 술에 취해 있나요?"

그가 물었다.

"네. 그의 아내가 루캐슬 부인에게 자기는 어쩔 수 없다고 하는 말을 들었습니다."

"잘됐군요. 그리고 루캐슬 부부는 오늘 밤 나간다는 것이죠?"

"네."

"튼튼한 자물쇠가 있는 지하실이 있습니까?"

"네. 포도주 저장실이 있어요."

"헌터 양, 모든 일을 잘 해낸 것을 보니 정말 용감하고 현명한 분이군요. 한 번 더 공훈을 세울 수 있을 런지요? 아가씨를 특별한 여성이라 생각하지 않았다면 이런 부탁하지 않았을 겁니다."

"하겠어요. 무슨 일이죠?"

"우리는 너도밤나무집으로 일곱 시에 가겠습니다. 그때쯤에 루캐슬 부부는 외출을 했을 거고 톨러는 아마도 술에 취해 쓰러져 있겠지요. 소란을 피울 수 있는 사람은 톨러 부인만 남게 됩니다. 아가씨가 톨러 부인에게 심부름을 시켜서 지하실로 내려 보낸 후 문을 잠그면, 일을 아주 쉽게 할 수 있을 겁니다."

"그렇게 하겠어요."

"좋습니다! 그러면 이 사건에 대해 면밀히 살펴보기로 하지요. 물론 가능한 설명은 단 하나 뿐입니다. 아가씨는 누군가의 대역으로 그 집에 가게 된 것이고, 그 방 안에 바로 원래의 인물이 갇혀 있는 것입니다. 이건 명백하지요. 이 갇혀 있는 사람이 누구냐 하면, 의심할 여지도 없이 그 집의 딸, 앨리스 루캐슬 양입니다. 내 기억이 맞다면, 미국으로 갔다던 그 딸 말이지요. 루캐슬 씨가 아가씨를 선택한 것은 틀림없이 키와 생김새, 머리색깔이 딸과 비슷했기 때문입니다. 그녀가 머리를 자른 것은 아마도 어떤 병에 걸렸을 때였을 테고, 그래서 아가씨도 머리를 자를 수밖에 없던 것이지요. 기이한 우연으로 그녀의 머리 다발을 찾게 된 겁니다. 길에 있었던 남자는 분명 그녀의 친구일 텐데, 아마도 약혼자일 가능성이 높겠군요. 아가씨가 그녀의 옷을 입고, 그녀처럼 행동했기 때문에 그 남자는 당신을 루캐슬 양이라고 믿었겠지요. 그가 당신을 볼 때마다 웃고 있었고 나중에는 가라고 손짓까지 한 까닭에, 루캐슬 양은 아주 행복하게 지내고 있으며 그의 관심은 더 이상 필요치 않다고 확신하게 되었을 겁니다. 밤에 개를 풀어놓는 것도 그 남자가 들어와 서로 만나게 되는 걸 막기 위해서입니다. 여기까지는 명백하지요. 이 사건에서 가장 중대한 점은 아이의 성격입니다."

"그게 대체 무슨 관계가 있단 말인가?"

내가 불쑥 끼어들었다.

"왓슨, 자네는 의사이니까 부모에 대한 연구를 통해 아이의 성향을 파악한다는 것을 잘 알고 있겠지. 그 반대도 역시 성립하지 않겠나. 나는 아이들을 연구함으로써 그 부모의 성격을 간파한 적이 여러 번 있었네. 이 아이의 성격은 비정상적으로 잔인하지. 그저 자기만족을 위해 그런 일을 저지르는 것 같다. 내가 생각하는 대로 이 아이의 성격이 항상 웃는 얼굴의 아버지로부터 물려받은 것이든, 혹은 어머니에게 물려받은 것이든 간에 그들의 손에 놓여있는 그 불쌍한 여자에게는 불길한 결과만이 남아 있을 뿐이네."

"그 말이 맞아요, 홈즈 씨."

우리의 의뢰인이 소리쳤다.

"말씀을 들으니 그걸 확신할 단한 일이 수없이 떠오르는 군요. 한 순간도 지체하지 말고 그 불쌍한 사람을 구하러 가요."

"신중해야 합니다. 우리가 상대하는 사람은 매우 교활한 인간이니까요. 일곱 시가 되기 전까지는 아무 것도 할 수 없습니다. 그 시간에 아가씨 있는 곳으로 가지요. 문제를 해결하기까진 오랜 시간이 걸리지 않을 겁니다."

마차를 길가의 술집에 맡기고, 너도밤나무집에 도착한 시간은 약속했던 대로 일곱 시 정각이었다. 석양빛에 검은 나뭇잎을 금속처럼 빛내고 있는 한 무리의 나무들이 있었기 때문에, 헌터 양이 문 앞에 서서 미소 짓고 있지 않았더라도 그 집을 찾긴 어렵지 않았을 것이다.

"일을 처리했나요?"

홈즈가 물었다.

계단 아래 어디선가 쾅쾅 쳐대는 소리가 크게 들려오고 있었다.

"톨러 부인이 지하실에서 내는 소리에요."

그녀가 말했다.

"그녀의 남편은 주방 바닥 깔개에 누워 코를 골고 있어요. 이게 그가 가지고 있던 열쇠인데, 루캐슬 씨가 가진 것과 같은 것이지요."

"정말 잘 해냈군요!"

홈즈는 감탄하며 소리쳤다.

"그럼 갑시다. 이 무서운 사건의 결말을 곧 보게 될 겁니다."

우리는 계단을 올라가, 문을 열고 복도를 따라 들어갔다. 헌터 양이 얘기했던 바리케이드를 친 문이 나타났다. 홈즈는 밧줄을 자르고 문을 가로지르고 있던 쇠막대를 치웠다. 그리고 열쇠를 하나씩 넣고 돌려봤지만, 맞는 것은 하나도 없었다. 이러고 있는 동안, 방에서는 아무런 소리가 들리지 않았다. 그 침묵에 홈즈의 얼굴이 어두워졌다.

"우리가 너무 늦은 건 아니라고 보네."

그가 말했다.

"헌터 양, 우리 둘이 먼저 들어가 봐야겠군요. 왓슨, 어깨를 빌려

432

주게. 우리가 이 문을 열 수 있는 지 해보자고."

낡고 오래된 문이었기 때문에 두 사람이 한 번에 밀자, 금방 부서지며 열리고 말았다. 우리는 방 안으로 뛰어 들어갔다. 방은 비어있었다. 안에는 작고 초라한 침상 하나, 작은 탁자, 속옷 등이 가득 찬 바구니 외엔 아무 것도 없었다. 천정의 창이 열려 있었고, 갇혀 있던 사람은 사라졌다.

"이곳에서 악랄한 일이 벌어졌군."

홈즈가 말했다.

"그 대단한 친구가 헌터 양의 의도를 눈치 채고 자신의 희생물을 데려갔어."

"하지만 어떻게?"

"천정 창을 통해서이지. 어떻게 한 건지 알아보세."

그는 천정 창을 빠져나가 지붕으로 뛰어 올라갔다.

"아, 그렇군."

그가 소리쳤다.

"여기 길고 가벼운 사다리가 처마에 걸쳐져 있네. 이걸 사용한 거야."

"하지만 그건 불가능해요."

헌터 양이 말했다.

"루캐슬 부부가 나갈 때에는 사다리가 거기 있지 않았어요."

"다시 돌아와서 한 짓이지요. 이미 말했듯이, 그는 영리하고 위험한 사람입니다. 지금 계단을 뛰어올라오는 소리가 그 사람이라 해도 놀랄 일은 아니겠군요. 왓슨, 권총을 준비해두는 게 좋을 것 같네."

그의 말이 끝나기도 전에 한 남자가 문 앞에 나타났다. 뚱뚱하고 우락부락한 체격이었고 손에는 커다란 방망이를 들고 있었다. 헌터 양은 그를 보자마자 비명을 지르며 벽 쪽으로 물러났다. 셜록 홈즈가 뛰어나와 그 남자 앞에 마주 섰다.

"이 악당!"

홈즈가 말했다.

"네 딸은 어디 있냐?"

뚱뚱한 남자는 주의를 둘러보다 천정 창이 열려 있는 것을 발견했다.

"그건 내가 할 말이다."

그가 소리쳤다.

"도둑놈! 첩자와 도둑놈들이구나! 너희들은 잡혔어. 내 손 안에 들어온 거다. 가만 두지 않을 거야!"

그는 돌아서더니 있는 힘껏 계단을 뛰어 내려갔다.

"개를 데리러 간 거예요!"

헌터 양이 소리를 질렀다.

"권총이 있습니다."

내가 말했다.

"현관문을 닫는 게 낫겠어."

홈즈가 큰 소리로 말했다. 우리 모두는 서둘러 계단을 내려갔다. 현관에 다다를 즈음에 개가 짖는 소리와 고통스런 비명이 들려왔다. 듣기만 해도 온 몸에 소름이 끼치는 끔찍한 소리였다. 그때 옆문에서 나이가 지긋한 남자가 비틀거리며 나왔다. 얼굴은 붉게 물들어 있고 팔 다리는 떨리고 있었다.

"맙소사!"

그가 소리쳤다.

"누군가 개를 풀어놨소. 이틀 동안 굶겼는데. 빨리! 빨리! 늦으면 큰일 날 거요!"

홈즈와 나는 달려 나가 집 모퉁이를 돌아갔다. 톨러는 허둥지둥 우리 뒤를 따라왔다. 그 곳에선 거대한 몸집의 굶주린 야수가 검은 주둥이를 루캐슬의 목에 파묻고 있었다. 그는 땅바닥에 쓰러진 채로 몸부림치며 비명을 질러댔다. 뛰어가면서 나는 총을 꺼내들고 그 놈의 머리를 향해 방아쇠를 당겼다. 그 놈은 풀썩 쓰러졌지만 희고 날카로운 이빨은 그 남자의 목을 여전히 물고 있었다. 힘겹게 개를 떼어내고서야 루캐슬을 구해낼 수 있었다. 크게 상처를 입었지만 아직 숨이 붙어있는 그를 우리는 집 안으로 데리고 들어갔다. 그를 거실 소파에 눕힌 다음, 술에서 깬 톨러를 시켜 루캐슬 부인에게 소식을 전하도록 했다. 나는 그의 고통을 줄여주려고 최선을 다했다. 모두가 루캐슬의 주위에 모여 있는데, 문이 열리더니 키가 크고 마른 여인이 거실로 들어왔다.

"톨러 부인!"

헌터양이 소리질렀다.

"그래요, 아가씨. 루캐슬 씨가 집에 와서 윗층으로 올라가기 전에 저를 풀어준 거랍니다. 아, 아가씨. 이런 계획이 있었다면 왜 나한테 알려주지 않았어요. 그랬다면 헛수고를 하지 않도록 내가 다 말했을 텐데."

"하!"

홈즈가 그녀를 날카롭게 쏘아보며 말했다.

"이 사건에 대해서, 어느 누구보다 톨러 부인이 많이 알고 있겠군요."

"네. 그래요. 내가 아는 걸 모두 말씀 드리지요."

"그렇다면 여기 앉아서 들려주시지요. 내가 아직 모르는 부분이 몇 가지 남아 있습니다."

"곧 상세하게 아시게 될 거예요."

그녀가 말했다.

"내가 지하실에 갇히지 않았더라면 이미 다 말씀 드렸을 겁니다. 이 일에 경찰이 관여하게 되면 저는 여러분과 한 편이고, 앨리스 양과도 한 편이라는 것을 알아주세요.

앨리스 양은 아버지가 재혼을 한 이후로 불행하게 지냈답니다. 집에서 냉대를 받았지만 그래도 아무런 불평을 하지 않았어요. 그런데 친구 집에 갔다가 파울러 씨를 만난 뒤로 사태는 더욱 악화 되었지요. 제가 알기로는 앨리스 양에게는 유산으로 남겨진 재산이 있어요. 조용하고 참을성이 많았던 아가씨는 그 권리에 대해선 한 마디도 주장하지 않았고 그저 루캐슬 씨의 손에 맡겨 두었지요. 함께 있는 동안은 문제가 없었지만, 남편이 생기면 법에 따라 권리를 주장하리라는 걸 루캐슬 씨는 알고 있었어요. 그래서 그걸 막아야겠다고 생각하게 된 거지요. 루캐슬 씨는 아가씨가 결혼을 하든 안하든 그녀의 재산을 자기 맘대로 할 수 있다는 서류에 서명하라고 했어요. 아가씨가 서명을 하지 않자 계속 괴롭혔어요. 결국 아가씨는 뇌막염에 걸려 6주 동안 죽음의 문턱을 넘나들며 사경을 헤맸답니다. 병이 낫기는 했지만 몸은 수척해지고 아름다웠던 머리카락은 잘리고 말았어요. 하지만 그 젊은 남자, 파울러 씨의 마음은 변하지 않았고, 아가씨 곁을 떠나지 않으며 진실한 마음을 지켰지요.

"아,"

홈즈가 말했다.

"친절하게 설명해 주신 얘기를 들으니 모든 사건이 분명해지는군요. 나머지는 내가 추론해볼 수 있겠습니다. 그래서 루캐슬 씨가 감금 시설을 만든 거겠지요?"

"네."

"그리고 헌터 양을 런던에서 데려온 것은 끈질기고 맘에 들지 않는 파울러 씨를 떼어놓기 위해서였겠군요."

"맞습니다."

"하지만 파울러 씨는 훌륭한 뱃사람으로서의 끈기를 지닌 사람이었고, 이 집의 봉쇄를 뚫고 부인을 만나 이야기를 했지요. 그리고 돈이라든가 아니면 다른 수단으로, 쿠인을 자기편으로 끌어들인 것이군요."

"파울러 씨는 말씀도 친절하게 하시고, 아낌없이 베풀 줄도 아는 신사랍니다."

톨러 부인은 차분하게 말했다.

"부인의 남편에게 술이 부족하지 않도록 하고, 주인이 집을 나갔을 때 사다리를 준비하라고 시킨 것도 파울러 씨였겠지요."

"그렇지요. 말씀하신 그대로이에요."

"톨러 부인, 당신께 사과 드려야겠습니다."

홈즈가 말했다.

"덕분에 풀지 못한 모든 문제가 명확해졌습니다. 저기 외과의사와 루캐슬 부인이 오는군요. 왓슨, 우리는 헌터 양을 모시고 윈체스터로 돌아가는 게 낫겠네. 우리 입장이 곤란해질 수도 있으니까 말이야."

이렇게 해서 정문 앞에 너도밤나무가 있는 사악한 집의 수수께끼는 해결되었다. 루캐슬 씨는 목숨을 건지기는 했으나 몸을 움직일 수 없게 되어, 아내의 헌신적인 보살핌으로만 살아갈 수 있는 신세가 되었다. 그들은 여전히 예전 하인들과 살고 있는데, 루캐슬 가(家)의 지난 과거를 잘 알고 있는 사람을 떼어놓는 건 어려운 일이기 때문이다. 파울러 씨와 루캐슬 양은 도망친 그 다음날, 특별 허가를 받아 사우샘프턴에서 결혼했다. 그는 지금 모리셔스 섬[01]에서 정부가 임명한 관리로 일하고 있다. 바이올렛 헌터 양에 대해 말하자면, 내 친구 홈즈는 사건이 해결되자 실망스럽게도 그녀에 대해 더 이상 관심을 가지지 않았다. 헌터 양은 현재 월솔[02]에 있는 사립학교에서 교장으로 재직하고 있다. 나는 그녀가 상당한 성공을 거두었다고 생각한다.

---

01 Mauritius : 인도양에 있는 섬나라.
02 Walsall : 영국 버밍엄 북부에 있는 도시.

셜록 홈즈의 모험

초판 1쇄 인쇄 2009년 12월 14일
초판 1쇄 발행 2009년 12월 18일

지은이 아서 코난 도일
옮긴이 강의선
발행인 모지희
편집인 신현부
발행처 부북스

주소 100-835 서울시 중구 신당2동 432-1628
전화 02-2235-6041
팩스 02-2253-6042
이메일 boobooks@naver.com

ISBN 978-89-93785-04-3   04840